GRAND SCENERY AND DETOURS

胜景⊙歧途

跨世纪文学的多维审视

A PLURALIST READING OF TURN-OF-THE-NEW-MILLENNIUM CHINESE LITERATURE

刘起林 ◎ 著

中国社会科学出版社

图书在版编目（CIP）数据

胜景与歧途：跨世纪文学的多维审视 / 刘起林著. —北京：中国社会科学出版社，2013.9

ISBN 978-7-5161-2597-7

Ⅰ.①胜… Ⅱ.①刘… Ⅲ.① 中国文学—当代文学—文学研究 Ⅳ.①I206.7

中国版本图书馆 CIP 数据核字（2013）第097160号

出 版 人	赵剑英
责任编辑	门小薇
责任校对	李小冰
责任印制	戴 宽

出 版	中国社会科学出版社
社 址	北京鼓楼西大街甲 158 号（邮编 100720）
网 址	http://www.csspw.cn
	中文域名：中国社科网 010 - 64070619
发 行 部	010 — 84083685
门 市 部	010 — 84029450
经 销	新华书店及其他书店

印刷装订	三河市君旺印装厂
版 次	2013 年 9 月第 1 版
印 次	2013 年 9 月第 1 次印刷

开 本	710×1000 1/16
印 张	24
字 数	346千字
定 价	59.00 元

凡购买中国社会科学出版社图书，如有质量问题请与本社联系调换
电话：010 — 64009791

目录 ▼▼▼▼▼

绪 论 "跨世纪文学"及其审美文化特征

一

近现代中国始终处于从传统向现代转型的"三千年未有之大变局"中，中华民族的文化也处于相应的转型状态。其中又可区分为以追求独立、解放为主线的"革命文化"阶段和追求富强、文明为主线的"建设文化"阶段。而且，在新中国成立后，"革命文化"并没有随之结束，而是转换成"社会主义革命"、"无产阶级专政下继续革命"和"拨乱反正"的旗号，一直延伸到20世纪80年代的"新时期"。直到90年代后，中国社会才真正逐步进入了由政治本位到经济本位、由一元文化到多元文化、将崇高与世俗兼收并蓄的"建设文化"状态。在这样的时代文化整体格局的基础上，中国文学从90年代到新世纪的前10年间，同样处于一种以社会与文化转型为基础的、向新型文学生态与审美格局演变的过程中。有鉴于此，如果从中国文化由"革命文化"向"建设文化"转型的高度，将文学创作与文化嬗变结合起来，将20世纪90年代"新时期文学"终结与转型的状态，和21世纪前10年新型文学面貌与审美格局逐渐形成的阶段，作为一个具有内在统一性的历史进程来加以考察，并以"跨世纪文学"的概念来统驭和界定，也许能够更准确而深入地揭示这一时期文学创作的价值内涵、审美文化特性及其所具有的历史与文化意义。

在对于新中国60年文学的研究中，学术界已经形成了一些约定俗成的概念和术语。比如"十七年文学"、"文革文学"、"新时期文学"和"后新时期文学"①、"无名时代的文学"②、"多元时代的文学"以及"90年代文学"、"新世纪文学"等。这些概念所获得的学术认同度各不相同，也各有其历史与逻辑的合理性。但总体看来，其中既存在着划分过于琐细的局限，又在置于"革命"或"建设"属性的时代文化格局的整合性学术观照方面体现出某种欠缺。即以对于90年代以后的文学而论，一方面，不少相关的概念与命名其实只是文学评论界的研究者们根据社会文化环境和文学创作某种嬗变的萌芽提出的对于一个历史阶段开端的预测，而不是对一个定型的历史时期的归纳与总结，作为严谨的文学史概念来使用，尚需仔细斟酌；另一方面，从客观的历史事实来看，90年代文学和新世纪文学虽然与20世纪80年代文学的"共名"状态存在巨大差异，但这两个阶段内部却有着明显的历史连贯性，并未出现可划分为两个不同时期的显著标志，而"后新时期文学"、"无名时代的文学"等概念在实际应用过程中，基本上特指20世纪90年代文学，"新世纪文学"的概念则将90年代文学同"新时期文学"一样排除在外，结果，这些概念就使得20世纪90年代和新世纪前10年间的文学因为理论的考察与判断，反而形成了一个"断裂"。正因为如此，在新世纪的文学格局已基本确定、文学面貌已较为全面地展开之际，我们在回顾整个新中国文学的基础上，重新理解和阐释从20世纪90年代到新世纪前10年的中国文学，就显得很有必要。

　　"跨世纪文学"这一文学史阶段划分的理论构想，基本思路是根据20世纪最后10年和新世纪前10年的中国文学确实存在紧密内在联系和历史逻辑统一性的客观事实，突破学术界已有研究中各种既成的研究框架和学术概括，从文学发展与时代文化整体格局关系的角度，以整个社会文化由"革命文化"向"建设文化"转型的客观实际为历史和理论基础，来对这一时期文学的多元探索和追求"文学盛世"的努力，进行一种审美研究与精神文化考察相结合的学术阐释与价值评判。

---

① 谢冕：《新时期文学的转型——关于"后新时期文学"》，《文学自由谈》1992年第4期。
② 陈思和：《共名与无名》，《陈思和自选集》，广西师范大学出版社1997年版，第139页。

二

认识和界定一个历史时期的文学，首先需要对这一时期的基本格局和总体态势具有一种宏观的把握。"跨世纪文学"历时20余年，随着社会的转型、文化的变迁和文学自身的发展，势所必然地会形成众多影响巨大而意义深远的现象。文学思潮方面，20世纪90年代出现了前期以"百年反思"为代表性思路的长篇小说热和中期的"现实主义冲击波"，新世纪出现了秉持批判立场的"官场小说"热和理论界首倡而渐成气候的"底层写作"现象。这些创作思潮或者自成气候、或者存身于头绪纷繁的多元文化景观之中，均显得引人瞩目。创作类型方面，城市文学的兴起、"官场小说"的畅销和"青春写作"、"网络写作"的泛滥，也引起了从文坛到社会的广泛关注和热烈讨论。作家队伍方面，新时期文学是"五七族"①作家和知青作家共领风骚；90年代以后，"五七族"作家逐渐退场而由知青一代作家挑起了"大梁"，"60后"、"70后"乃至"80后"作家或"写手"则以令人眼花缭乱的姿态迅速登场。这种种现象确实为学术界提供了多层次、多侧面、多视角地进行归纳和解读的可能性。

研究思路的形成应当取决于研究视域和学术聚焦点的选择。如果从中华民族文化由传统向现代转型、中国文学由"革命文化"为主导的20世纪向以"建设文化"为基础的21世纪转型的高度出发，将作家、作品和读者同时作为考察对象，将文学发展态势审视与时代文化思潮考察结合起来，我们可以发现，"跨世纪文学"存在以下几种值得充分重视的代表性现象。

从时代文化整体格局的角度看，"跨世纪文学"最值得关注的，当属立足还原型审美立场的历史文学的异军突起和持续兴盛。中国现代文学史上，历史文学并不发达，仅有鲁迅的《故事新编》等短篇小说、郭沫若的《屈原》等历史剧形成重要影响。姚雪垠的《李自成》开创了当代长篇历史小说的文体范式，80年代前期中国文坛又出现了一

_____

① 樊星：《"五七族"的命运》，《文艺评论》1995年第2期。

股农民起义和农民战争题材的长篇历史小说创作热，从此，长篇历史小说成为历史文学的代表性文体。80年代中后期，凌力超越阶级斗争思维、以文明进化为思维基础的《少年天子》问世；90年代发表并形成巨大影响的，则有唐浩明的"近代史枢纽性人物"系列作品《曾国藩》、《杨度》、《张之洞》，二月河的"落霞系列"作品《康熙大帝》、《雍正皇帝》、《乾隆皇帝》，刘斯奋的《白门柳》等；新世纪以来，熊召政的《张居正》、孙皓辉的《大秦帝国》等作品也获得了广泛关注和高度评价。《少年天子》、《白门柳》、《张居正》还都获得了全国长篇小说最高奖"茅盾文学奖"。与此同时，各类标榜"正说"或"戏说"、艺术质量良莠不齐的历史题材影视剧也层出不穷，与长篇历史小说相呼应，有力地扩大了历史文学的社会文化影响。总体看来，这一时期历史文学最为重要的审美价值与文化意义，是通过对中国传统历史与文化的深广发掘和写实性再现，在当代文坛盛行的西方文化话语和主流意识形态话语之外，成功地建构起了一种有关中国传统文化的审美话语，从而极大地改变了当代文学的文化格局。

从作家队伍及其精神建构的角度看，"跨世纪文学"最为重要的现象，应为知青作家群在中年时代、也就是90年代的精神分化。在改革开放30年的中国文坛，知青一代作家无疑是创作最为活跃、成果最为丰硕、思想最具影响力的作家群体。但在80年代作为一个作家群的精神人格风貌鲜明地体现出来之后，知青作家们在80年代末到90年代初，又迅速地在思想和精神上"各奔前程"。于是在中国文学"跨世纪"的过程中，一方面，具有"知青"身份的单个作家，如王安忆及其《长恨歌》、张承志及其《心灵史》、韩少功及其《马桥词典》、史铁生及其《我与地坛》和《务虚笔记》等，显示和代表着这一时期中国文学的实力与水准；另一方面，不同的"知青"作家之间，精神风貌却又千差万别、迥然不同，而且其思想路线和精神境界均具影响时代文学与文化格局的重要意义。所以，知青作家的精神、心理特征及其中年时期的蜕变，实属我们不得不加以深入研究的一种极具分量而内蕴丰厚的文学与社会文化现象。

从审美文本的角度看,"跨世纪文学"以90年代的"百年反思小说"最具思想文化影响和审美价值,而以新世纪的"官场小说"最具"读者缘"和图书市场效应。

"百年反思小说"创作形成了足以与中国新文学百年历程中的任何一个历史时期相抗衡的优秀作品群。尤其应予注意的是,其中虽有王安忆的《长恨歌》、成一的《白银谷》、周大新的《第二十幕》等城市、工商题材的厚重之作,但更多作品的"百年历史反思",却是立足广袤中华大地的"乡土世界"来展开的,从90年代陈忠实的《白鹿原》、阿来的《尘埃落定》到新世纪刘醒龙的《圣天门口》、莫言的《生死疲劳》等,名篇力作堪称层出不穷。而这类作品所反映的社会生活,在中国当代文学史研究中,实际上是属于"农村题材"创作领域。早在"十七年文学"中,农村题材创作就出现了展开历史叙事的《红旗谱》和反映现实生活的《创业史》、《山乡巨变》等经典作品,从《红旗谱》到《白鹿原》,从《创业史》、《艳阳天》到《生死疲劳》,"十七年文学"的农村题材创作与"跨世纪文学"的"百年反思小说"之间,存在深刻的内在关联。所以,"乡土"、"农村"题材的"百年历史"叙事因为既具深厚的当代文学与文化基础,又取得了坚实而重要的创作实绩,完全可以作为"跨世纪文学"审美价值的代表。

"官场小说"是由20世纪90年代末王跃文的《国画》开创叙事模式而"走红"于新世纪图书市场的一种创作现象,其世俗化的审美焦点和商业化运作的传播路径,也都是基于新世纪的新型文化生态。"官场小说"对于当代中国"政界"生活的描述,实际上与80年代的"改革小说"和90年代以来的"主旋律作品",均存在千丝万缕的联系;但"官场小说"的批判性价值立场,则似乎回归了19世纪欧洲文学的批判现实主义和20世纪初中国文学的"谴责小说"乃至"黑幕小说"的创作传统,因此与"改革文学"、"主旋律文学"的价值立场形成了巨大反差。换言之,"官场小说"实乃蜕变于讴歌型的"改革文学",又因其批判和讽刺立场而大行其市。"官场小说"本质上是一种标榜批判性社会文化立场、却以娱乐和消遣为首要职能的审美文化景观,但这类创作既有广阔而热烈的社会接受效应,又有鲜明的社会文化生态表征意义,更蕴藏着丰富而复杂的审美文化渊源,因而在"跨世纪文学"中同样具有难以被替代的代表性和典型性。

这种种现象从文化底蕴、主体精神、审美价值和社会接受效应等多个层次与侧面,有力地支撑起了"跨世纪文学"的审美格局。它们之间既矛盾冲突、此起彼伏又对话交流、对照映衬的状态,则显示出"跨世纪文学"多元共生的创作态势和审美风貌。

三

基于这样的角度对创作态势进行考察,我们可以发现,"跨世纪文学"在审美文化属性层面,表现出以下方面的重要特征。

首先,"跨世纪文学"在审美意蕴建构方面,表现出多向探索、精神跨越的基本特征。

20世纪90年代后的中国文学呈现出多元发展的态势,这种多元发展,同时也是一个多向度的精神跨越、审美深化的过程。具体说来,"主旋律文学"方面,80年代蒋子龙的《乔厂长上任记》、柯云路的《新星》、张洁的《沉重的翅膀》等"改革小说"往往通过揭示体制弊端、彰显"强人"铁腕和披露改革困境,显示出一种呼唤体制变革的思想激情;90年代后张平的《抉择》和《国家干部》、周梅森的《人间正道》和《中国制造》、陆天明的《苍天在上》和《省委书记》等作品,则以全局性把握中国社会波澜壮阔的历史进程为基础,直接高扬起以"反腐败"为核心的社会现实批判的旗帜,思想主题显示出一种从激情呼唤向深切批判的跨越与转变。"官场小说"方面,80年代后期刘震云的《官场》、《官人》、《单位》等"新写实"笔法的中短篇小说,意在惟妙惟肖地勾勒凡俗之人在权力网络中卑微、无聊、尔虞我诈的日常生态;"跨世纪文学"时期,王跃文的《国画》和《苍黄》、阎真的《沧浪之水》等优秀"官场文学"作品,则以对官场生态细致入微的描摹为基础,从人生品质蜕变、精神心理困苦、生命意义迷茫等多个层面,成功地刻画出种种中国官本位社会生态中典型的人生命运与人格标本。在批判性反思20世纪中国历史方面，80年代以审美解构为叙事旨归、以意义虚无为根本判断的"新历史小说"，和90年代以来具体、实在地展开百年历史沧桑及其矛盾与创痛的"百年反思小说"，相互之间艺术内蕴的厚重与结实也不可同日而语。这各个方向的审美探索及其历史嬗变均显示出，"跨世纪文学"在多向探索的精神趋势之中，确实包含着在既成艺术思路的基础上极富精神跨度的境界拓展与审美深化。

其次，"跨世纪文学"在审美资源发掘方面，体现出兼收并蓄、"为我所用"的特征。

"跨世纪文学"对各种审美资源兼收并蓄、"为我所用"的特征，在精神文化思路的选择方面体现得最为鲜明。在80年代的"新时期文学"发展历程中，从"伤痕文学"、"反思文学"、"改革文学"到"寻根文学"乃至"新历史小说"，都存在着价值立场和话语基点单一性的特征。"伤痕"、"反思"、"改革"、"寻根"等命名本身，就是"重大而统一的时代主题深刻地涵盖了一个时代的精神走向，同时也是对知识分子思考和探索问题的制约"①的具体表现，所谓"共名时代"，此之谓也。"现实主义精神的恢复与深化"、"理理我们民族文化的'根'"等理论口号对于审美内容的导向，"意识流小说"、"寻根文学"对于意识流和魔幻现实主义艺术手法的分别借鉴，实际上也是思想和艺术走向单一性的典型例证。而在90年代后"跨世纪"的文学创作中，从莫言的《檀香刑》、铁凝的《笨花》、张一弓的《远去的驿站》等各类近现代历史反思类作品，到贾平凹的《秦腔》、王安忆的《启蒙时代》、蒋子龙的《农民帝国》、邓一光的《我是我的神》等当代生活审视类文本，直到迟子建的《额尔古纳河右岸》、范稳的《水乳大地》、杨志军的《西藏的战争》等以"边地"生活、"边缘"文化为审美重心的创作，这些作品审美内蕴的建构都不再依傍单一的精神文化话语、不再囿于特定的社会价值立场，而往往以对中国社会历史本相的丰厚揭示

① 陈思和：《中国当代文学史教程·前言》，《中国当代文学史教程》，复旦大学出版社1999年版，第14页。

为艺术旨归,将西方文化、中国当代的现实主义创作传统和中国传统乃至民间文化的各种审美资源融为一体,在兼收并蓄、兼容并包的基础上自创新境。再比如"官场文学",虽然从价值立场、审美重心到艺术笔法都构成了对80年代"改革文学"的颠覆,但二者关注现实政治生活的热情、注重作品社会性内涵的审美视角等方面,却存在着高度的内在同一性。在本来可以"寂然凝虑,思接千载,悄然动容,视通万里"①的文学创作领域,这种审美兴奋点和艺术敏感区的同一性,正是"跨世纪文学"创作将具有审美文化同类性的文学传统兼收并蓄、"为我所用"的结果。

最后,"跨世纪文学"在历史演变趋势方面,呈现出艺术形态丰富性与文化精神不成熟性相交织的特征。

在中国当代文学史上,"十七年文学"仅有现实主义范畴的"农村题材"、"军事题材"、"革命历史题材"、"少数民族"题材等几类创作显得活跃;"新时期文学"虽然思想主题不断演变、审美境界不断突破、艺术手法不断探索,整体创作主潮却显而易见。"跨世纪文学"则与此不同,一方面,各种思想立场、题材类型、审美境界、艺术技法的创作"众体皆备",均有相当精彩的作品出现,形成了众多新的审美形态。另一方面,"十七年文学"和"新时期文学"的审美境界与叙事范式,在"跨世纪文学"的创作中也时有引人瞩目的佳作名篇出现。刘白羽的《第二个太阳》、魏巍的《地球的红飘带》等作品,就属于典型的"十七年文学"革命现实主义的创作思路。老鬼的《血与铁》、潘婧的《抒情年代》、杨显惠的《夹边沟记事》等作品都遵循着80年代"伤痕文学"的审美路向和叙事模式,不过艺术形态显得更深入、更精致或更原生态而已。李洱的《花腔》则堪称"新历史小说"的思辨色彩、叙事策略和"百年反思小说"的历史实在性有机融合的典范之作。这种艺术形态的丰富性,使"跨世纪文学"表现出一种多种审美形态并行不悖、各种价值资源多元共生的审美文化景观。也正因为如

---

① 刘勰:《文心雕龙·神思》,郭绍虞主编:《中国历代文论选》(第一册),上海古籍出版社1979年版,第233页。

此，学术界才出现了"多元的文学形态"、"无名时代的文学"等说法。

但是，"跨世纪文学"领域又从诸多方面表现出文化精神的不成熟性。不少确具独特价值含量也获得了广泛关注的作品，均因其审美价值取向，导致了褒贬不一、反差极大的评价。从贾平凹的《废都》、韩少功的《马桥词典》到王跃文的《国画》、莫言的《檀香刑》，莫不如此，不少作品甚至形成了带有"事件"性质的争论。而大量被"媒体评论"推崇为"经典"、"大师"、"高峰"的创作，一经进入具体文本的深入考辨，很快就显示出审美境界和艺术价值均不过尔尔的平庸之态，难以经受多方位的推敲与检验。即使是"茅盾文学奖"这种严肃、规范而相对权威的文学评奖，一旦面对"走红"于图书市场或"火爆"于网络世界的"官场小说"、"盗墓小说"之类作品的挑战，也显得捉襟见肘，既屡屡未能具有说服力地解释何以这类作品难以得奖或入围，又往往难以对获奖作品给出富有理论深度的研究与评价。更具全局性影响之处还在于，不少的创作立意纠正中国当代文学传统的时弊，却往往矫枉过正，甚至步入了"邪祟"与"病态"的审美文化境界。某些立意摆脱意识形态束缚而"走向民间"的创作，实际上是走向了民间的"藏垢纳污"①之处；某些力求回归中国传统审美境界的作品，实际上是回归了传统审美文化的陈腐趣味。这种种现象说明，"跨世纪文学"虽然思路活跃、类型丰富，实际上却又众体杂陈、良莠不分；而且许多文学观念自身都存在着局限性；在具体的创作过程中，还出现了许多看似辉煌的"幻景"和貌似正道的"歧途"。结果，在整个时代文学的格局中，各种文学观念及其相应的艺术类型之间，既无法形成价值共识，也无法合理而充分地解释相互间的差异。各种大相径庭的判断纷纷出现，也就在情理之中。

综上所述，"跨世纪文学"处于一种已突破各种固有的审美与文化模式，却尚在走向成熟的历史过渡性状态之中。这种历史过渡性状态，正是中国社会从20世纪的"革命文化"向21世纪的"建设文化"

---

① 陈思和：《民间的浮沉：从抗战到"文革"文学史的一个解释》，《陈思和自选集》，广西师范大学出版社1997年版，第208页。

转型在文学领域的表现。相对于政治本位的一元化、"一体化"文学状态，"跨世纪文学"无疑是一种历史性的文化进步。但与中华文化在全球化语境中谋求伟大复兴的价值目标相比较，"跨世纪文学"的过渡性状态却明显地存在着不匹配、不适应之处。因此，在21世纪以"建设文化"为基础、以中华文化伟大复兴为目标的时代文化背景下，确立怎样的审美文化方向与路线才能使未来的文学创作更为雄健地发展，乃是摆在中国文学创作与研究界面前的重大时代课题。

四

基于以上认识与思考，本书拟以具有代表性、典型性的现象和问题为研究对象，来考察中国文学在"革命文化"向"建设文化"转型过程中的这种"跨世纪"状态。全书的篇章结构从创作态势和审美问题两方面展开。第一章到第五章，选取知青作家的精神蜕变、历史文学的古今对接、农村题材的艺术深化、官场小说的价值含量和文学批评的学理境况五个方面，对"跨世纪文学"的代表性现象，进行宏观考察和个案分析相结合的剖析与审视。第六章到第八章，则从现实题材创作的意蕴建构、历史题材叙事的审美意识和文学全局的精神走势三个方面，对"跨世纪文学"进行一种现状审视和价值思辨融为一体、问题揭示与方向指引兼而有之的总体把握。

在具体的写作过程中，本书的学术思路力求体现以下方面的特色：

第一，整体思路方面，突破学术界各种既成的研究框架与学术思路，以"革命文化"向"建设文化"的转型为社会文化基础和背景，使用"跨世纪文学"的概念及相应的框架，将20世纪最后10年到新世纪前10年的文学，作为一个从多元探索向追求"文学盛世"演变的统一历史进程来观照。同时坚持独立的思想立场，适度运用某些思想理论，但不依傍中外任何单一的理论和思想体系，一切以对象的客观存在为依据，力求在研究中形成一种基于历史发展全局的辩证性与批判性。

第二，章节构架和具体论述方面，以民族精神文化发展是一个多元的、渐进的历史过程为认识基点，以"转型"和"演变"为思维聚焦点，来发掘、阐述各个具体领域前沿色彩和问题色彩浓厚的核心论题，将全局性剖析与文本细读相结合，既肯定各种文学现象在探索过程中的种种具体成就与突破所构成的艺术"胜景"，又深入揭示其中因处于发展过程必然存在的局限和对时代文化全局缺乏深刻把握而导致的种种精神"歧途"。力求以学术内涵的结实、透彻与突破性来达成研究的学术厚度、学理深度和思想高度。

第三，在研究方法上，坚持论从史出、而又以论驭史的原则，力求把理论形态与历史形态、审美解读与社会文化认知、精神辨析与价值基础探寻结合起来，形成一种文本分析和超文本考察整合研究的学术范式。

本书的根本研究意图，是以适应中华民族文化的伟大复兴为价值旨归，史论结合地辨析中国文学"跨世纪"历程的演变特征、文化逻辑、价值得失及应予提倡的未来发展方向，从而使研究兼具学术探讨的理论价值和启迪创作的实践意义，为中国文学在21世纪的雄健发展提供一种符合审美规律与文化逻辑的理性认知。

第一章　知青作家的精神蜕变

第一节　知青作家的精神姿态与心理底蕴

在中国文学的"跨世纪"时期，知青一代作家无疑属于文坛的中坚力量。这一作家群中存在着一种不可忽略的现象。

一方面，中国文坛的中坚力量属于具有"下乡"或"回乡"知青身份的知青作家，这一点几乎众所公认。世纪之交，上海市作家协会等单位曾发起组织了一次"百名评论家评选90年代优秀作家作品"的问卷调查活动，向全国的100余位文学评论家和部分文学编辑发出了调查表。这次影响巨大的调查，堪称文学界和学术界对于20世纪90年代文学的一次全面考察和集体判断。评选结果，10名作家是王安忆、余华、韩少功、陈忠实、史铁生、张炜、贾平凹、张承志、莫言和余秋雨，在这中间，王安忆、韩少功、史铁生、张承志属于"下乡知青"作家，张炜、贾平凹、莫言属于"回乡知青"作家，总共占了7位。10部作品是《长恨歌》、《白鹿原》、《马桥词典》、《许三观卖血记》、《九月寓言》、《心灵史》、《文化苦旅》、《活着》、《我与地坛》、《务虚笔记》，知青作家创作的有《长恨歌》、《马桥词典》、《九月寓言》、《心灵史》、《我与地坛》、《务虚笔记》，计有6部。①

另一方面，文学史通常意义上具有思潮性的"知青文学"却仅仅存在于20世纪80年代"下乡知青"作家的创作中；90年代后，思潮性的"知青文学"已经过去，虽然不时有知青题材的优秀作品引起关

---

① 徐春萍：《九十年代最有影响的十名作家十部作品》，《文学报》2000年9月14日。

注，但再也无法形成阵势。80年代因"知青文学"成名的作家中，只有梁晓声、叶辛等少数几个仍然关注知青题材，绝大部分则从题材到境界，都与知青经历及其人生体验脱离了直接联系。

于是，虽然在90年代后，80年代"知青文学"的主力作家成为了中国文坛的中坚，但曾经特色鲜明的"知青作家"群和声势浩大的"知青题材文学"创作潮流，均已不复存在。二者之间，实际上潜藏着知青作家巨大的精神蜕变。在对"跨世纪文学"的创作态势和演变进程的研究中，知青作家群的精神蜕变及其来龙去脉，显然是一个无法绕过的重要话题。而研究知青作家的精神蜕变，需要从他们作为一个创作群体共同的精神姿态及其形成基础谈起。

一

具有文学思潮色彩的"知青文学"主要由"下乡知青"作家所创作，而且主要是出现于20世纪80年代的小说作品之中。"伤痕文学"思潮中即有《生活的路》、《蹉跎岁月》、《在小河那边》等作品；到《本次列车终点》、《这是一片神奇的土地》、《南方的岸》等中短篇小说，知青文学创作走向高潮；80年代中期，知青作家纷纷展开与知青体验密切相关的"寻根文学"的写作，同时全面反思自我的知青生涯，创作出《金牧场》、《隐形伴侣》、《雪城》、《桑那高地的太阳》等内蕴深邃、丰厚的总结性长篇小说。不过也有不少在80年代默默无闻或创作其他题材作品、但具有知青身份的作家，在90年代后又推出了他们表达知青记忆的有分量的作品，王小波的《黄金时代》（1991年）、李晶和李盈合著的《沉雪》（1997年）、池莉的《怀念声名狼藉的日子》（2001年）、潘婧的《抒情年代》（2005年），皆为典型例证。由此看来，一方面，无论视域多么开阔、创作多么丰富，知青作家或早或迟地，都会对自我的知青记忆与体验进行书写和传达。

另一方面，知青作家们往往既有知青生活题材的作品，又在乡村、都市、现实社会问题、个体生命"寻根"等题材领域皆有丰富的创造。并且，不管是80年代还是90年代之后，最能体现知青作家精神深度与思想文化价值的，其实并不是知青题材的作品，而在其他题材领域；最有影响和成就的知青作家也不以创作正宗的知青生活题材作品为主，而将更大的文学与思想能力倾注于其他题材的写作。张承志、韩少功、史铁生、王安忆等知青作家，最为内蕴厚重的作品就都不是纯正的知青题材，而是如《心灵史》、《马桥词典》、《暗示》、《我与地坛》、《务虚笔记》、《长恨歌》等其他题材的作品。他们与知青体验相关的作品，如张承志的《黑骏马》、韩少功的《爸爸爸》和《马桥词典》、王安忆的《小鲍庄》，也比其单纯表现知青生活的《绿夜》、《老桥》、《飞过蓝天》、《本次列车终点》等，具有更深厚的美学和精神文化品质。而且，同以创作典型的"知青题材小说"为最高成就的梁晓声、郭小东、叶辛等作家相比，张承志、韩少功、王安忆等显然更具精神文化层面的分量和影响。与此同时，关于知青生涯的方方面面的了解、体验和感悟，又构成了知青作家群文学话语的基础，知青作家的整个创作都与这种经历和体验有着千丝万缕的联系。张承志的《黑骏马》、《心灵史》，韩少功的《爸爸爸》、《马桥词典》、《暗示》，无疑与其知青体验存在内在的相通之处。王安忆在写完《纪实与虚构》、《长恨歌》等作品之后，本来已远离两年的下乡生活20多年，却也重拾知青记忆，在新世纪之初连续创作出一系列诗意浓郁的乡土题材短篇小说。事实说明，知青作家们实际上是把知青记忆当作自我最为深邃、根本的生命体验，凭借着由知青经历磨炼出的精神眼光和生存品格，来从事各种文学创作的。

更进一步的问题是，在对于20世纪80年代文学的考察中，我们总感到知青作家确实是一个具有共同性的创作群体，但他们并不是一个存在共同纲领、共同刊物、共同思想和美学倾向的文学流派。相反，不同知青作家之间，思想和艺术倾向的差异极大，甚至互相矛盾。即以对知青生活的态度而言，有些认为"青春无悔"，有些认为"不堪回首"，有些认为不过是一场荒谬的游戏或一种人生的状态。在对于90年代后市场意识形态的价值取向方面，他们也有着迎合、抗拒和泰然处之等截然不同的选择。

这样看来，实际上主要由"下乡知青"构成的一代知青作家的共同之处仅仅在于：他们成为作家之前的青春时代存在一段共同的、被主流意识形态所决定的、由城下乡再由乡返城的经历及体验，以及这种经历与体验在知青题材作品中的直接传达和整个创作中的间接呈现。既然知青作家群的根本共同之处，在于他们创作的精神基础是由知青生涯"那种不可铲灭的记忆"所形成的"灵魂的十字架"①，在于他们的文学传达隐藏着具有内在一致性的心理背景，那么，我们研究知青作家从人格建构到精神蜕变的生态演化，由其生存背景和审美传达所显示的心理底蕴入手，也许较为准确与贴切。

二

探讨知青作家群的生存背景与心理底蕴，首先必须追溯整个知青一代的人生道路及其生命体验。

作为新中国的第一代儿女，知青一代童年和少年时代最为重要的生命感受，自然是都市生活的体验和当代政治文化的教育。二者的共同作用加上少年天性为根基的生存憧憬，使他们既滋生着自己将作为无产阶级革命事业接班人而度过不凡人生的心理判断，又习惯了都市生活的优裕和舒适。而且，由于心智的稚嫩、教育信息的贫乏及其所导致的思想格局的局促，他们几乎不可能另萌他念。个人和社会现实处境中的比如贫穷、压抑、卑俗等人生负面的体验又往往在乌托邦话语的阐释和推演下，被淡化乃至消泯于无形。别样生存环境的真相，他们则根本不可能接触到。到"文化大革命"时期，翻云覆雨而似乎波澜壮阔的时代大势更使大量的"红卫兵"、"红五类"青年产生了主宰历史的虚幻的英雄感和优越感；即使是"黑五类"子女，虽然已经领略到了人间的屈辱与苦楚，但仍然在向往着另外的更为理想、更有作为的生存方式。

轰轰烈烈的上山下乡运动，使千百万知青或前或后地陡然被抛离原有的人生轨道，跌入了完全陌生的农村和边疆的"广阔天地"。

---

① 郭小东：《流放者归来》扉页题记，中国工人出版社1994年版。

无论是兵团、农场还是农村，他们都一切从头开始，真正地"经风雨，见世面"了。于是，一方面，这一代人从少年的梦幻和当代畸形的政治文化中觉醒，逐步摆脱精神的蒙昧状态，并且凭艰辛而自主地拼搏养育自己、改造外在世界；另一方面，失去城市文明优越的生活方式，知青们又不能不产生委屈、焦躁、受骗的荒谬感和心理失重的惆怅感。一方面，他们"在逆境中，在劳动中，在穷乡僻壤和社会底层……找到过真知灼见，找到过至今感动着、甚至温暖着自己的东西"①；另一方面，几近荒芜的文化处境，极为狭窄而且世俗价值稀薄的人生道路，理想的受挫，青春的苦闷，生存的艰难，命运的严酷……又使他们不能不倍感压抑、苦闷和绝望，以致无遮掩地袒露出自己心灵的本真状态，无顾忌地宣泄自我的生命能量、展露自我的人性负质。在少年时代滋生积蓄起来的、隐伏于潜意识中的"上帝选民"的优越感，则或先或后地被击得粉碎。

终于脱离农村的"苦海"返回城市以后，就业、住房、学业、恋爱婚姻等生存的基本条件和发展的难题又摆到了面前。知青们普遍发现，拥挤而冷漠的城市没有他们的位置，他们在付出沉重的牺牲之后，却已经被时代和都市所抛弃。在"本次列车终点"，他们简直不知身往何处去。心灵已因为命运的风霜而变得粗粝苍凉的老青年们，甚至伤感地怀念起了刚刚被自己所抛弃的下乡岁月，因为在那里毕竟有过苦难中的青春的热情、友情的温暖甚至爱情的甜蜜、真诚的追求和期待……于是，由返城后的境遇所导致的再度失落的感受，又成为了屡屡失落的知青们久久难以摆脱的心境。

生命历程中不断的失落，使得认为自己的人生本应更有意义和价值、本有可能植根于一个更为理想的人间环境的意念，成为知青一代普遍而带本质意义的心态。虽然由于各不相同的具体情况，他们对人生失落的时段认识不一样，失落的具体内容也有差别，表述方式更是存在着诸多的差异，但是，这种理想生命状态丧失的心态，却显然已经成为一种无法被改变和抹煞的代际心理趋向。

---

① 张承志：《老桥·后记》，北京十月文艺出版社1984年版，第306页。

要言之，知青一代代际心理状态的底蕴和内核实际上是一种"失乐园"心态。虽然与这种心态相对应的精神特征，是以各种不同的方式直接或隐晦地在其现实人生行为和人生价值选择中呈现出来的。

"失乐园"是从基督教关于伊甸园的神话开始，在西方文化史上形成的一个概念。

据基督教的《旧约·创世记》记载，亚当和夏娃偷尝了禁果，结果被逐出伊甸园，只能在充满磨难与风波的人间，依靠自己艰辛的劳动维持生存。《新约·启示录》里则描述了恶魔撒旦不满天国的专制而被赶下天界后，正邪并施、不择手段地进行报复和反抗斗争的故事。到了17世纪英国的大作家弥尔顿的笔下，亚当、夏娃和撒旦的命运与生存方式所体现的文化特征，则被熔为一炉，统称为"失乐园"了。

从脱离故事具体语境的文化史普泛意义的角度看，所谓的"乐园"，既指一种外在的客观状态，即在人间具体命运的对比中较为舒适、幸福的生存境遇，又指一种主观的心理，一种个人对于生命应当会具有完满存在状态的意念，和以这种意念为基础的对生命理想状态的预设。亚当、夏娃和撒旦"失乐园"的故事，则较为全面地概括了人类在"失乐园"之后精神和行为趋势的内涵与特征。具体说来，亚当和夏娃离开伊甸园，实际上是从蒙昧中觉醒，以理性和智慧明断善恶，以自由意志主宰生存，以务实的劳动维持生存、体现价值，他们处境困窘却获得了坚定与安宁。撒旦则是从专制的屈辱中逃离，然后以善恶兼具的智慧，有勇有谋、不屈不挠地进行反抗斗争，他身处逆境，情绪中更多的因素是焦灼和愤激。亚当、夏娃和撒旦，都经历着一个在苦难中本性再生的过程，不管是亚当和夏娃的义无反顾、无怨无悔，还是撒旦的仇恨满腹、肆无忌惮，实际上都表明他们无法摆脱一个心理症结，就是在生命旅程中遭遇了"失乐园"的命运。

笔者以为，借用"失乐园"这个概念，正可以通过它的基本内涵及其引申意义，来集中揭示知青一代的代际心理特征。

知青一代之中的知青作家，精神心理特征自然也不例外。

瑞士心理学家荣格认为，艺术创作的模式可分为"心理型"和

"幻觉型"两种类型。"心理模式加工的素材来自人的意识领域，例如人生的教训、情感的震惊、激情的体验，以及人类普遍命运的危机，这一切便构成了人的意识生活，尤其是他的情感生活。诗人在心理上同化了这一素材，把它从普通地位提高到诗意体验的水平并使它获得表现。"① 作为一个主要是"更凭自身经验而非想象写作"②的创作群体，知青作家从总体上看，正属于将创作主体的阅历及其相应感受与体验进行外化和升华的"心理型"作家。而且，他们将知青生涯及其之前和之后的原初体验转化、升华为体悟人生的艺术思维时，势所必然地不可能摆脱代际的心理定势。他们或者直截了当地慨叹和诅咒社会历史层面青春、爱情、故园及知识、信念、机遇等被耽搁、遭挫败以致缺失的遭遇；或者以对某些具体人生价值元素进行发掘和肯定的方式，曲折地传达整个人生理想状态的缺失感；或者在意识层面竭力将自我的每一段人生都完美化、神圣化，实质上却不能不有所规避和偏执，并难免情绪化的思维倾向，从中透露出生命体验的悲怆、苍凉感；或者干脆进行"理想乐园"先验缺失的言说等。虽然种种文学表述之间反差极大，但透视其中的某些思维逻辑之结、价值选择之谜，我们则可明显看到，他们各不相同的价值判断之中，几乎都宿命般地隐藏着一种"失乐园"的心灵暗影。

那么，知青作家的创作中是怎样透露出这种"失乐园"心态，又是怎样去开掘和发挥的呢？我们可以通过知青作家们80年代反思知青生涯和90年代初面对新型时代的代表性作品，来对这一问题进行具体的分析。

三

不少知青作家刻骨铭心的，是知青生涯中功利的挫败、心灵的创伤和生命价值的虚无，对于知青生存空间的生命存在形式，他们的切

---

① [瑞士]荣格：《心理学与文学》，《荣格文集》，冯川译，改革出版社1997年版，第40页。
② 王安忆：《感情与技术》，《今日先锋》1995年第1期。

身经历与深刻体察，往往凝结成了一种"爱他不能，恨他又不忍心"①的、梦魇般挥之不去的精神痛苦。在这类知青作家的创作中，出现了一种着重状写知青磨难与失落的精神姿态，由此形成了一种"知青苦难状写型"的审美形态。从"伤痕文学"开始，这类作品就此起彼伏出现在知青作家群的创作之中，老鬼、邓贤、郭小东、陆天明、张抗抗等作家及其代表性作品，即为典型例证。

这类作家的创作中，有一些着力追求描述知青生涯的历史真实和反思知青人生的理性深度。老鬼的《血色黄昏》（1988年）控诉主人公在兵团8年的非人境遇，陆天明的《桑那高地的太阳》（1986年）痛陈主人公因知青生涯逐渐铸成了与现代文明永恒的距离，郭小东的《中国知青部落》（1990年）和《流放者归来》（1994年）揭示一代人似乎将永远沉浸于其中的精神重荷，邓贤的《中国知青梦》（1993年）全面揭露知青历史运动的无价值状态等。知青作家们坚持不懈地力求用条分缕析的写实笔法，来描述真相、坦陈判断，并最终作出这种生存无价值、虽然刻骨铭心却永远也不必留恋的结论。

另一类知青作家则选择在当代中国历史文化语境中以负面价值的形态呈现出来的知青生命状态，来表达知青生涯给一代人所造成的价值的失落、人性的扭曲、人生欲望的毁灭，以及由此造成的生命意义虚无之感。马原的《上下都很平坦》（1989年）、乔瑜的《孽障们的歌》（1986年），着力展示知青群体中自虐、自贱乃至玩世不恭的可怜而可悲的人生侧面。张抗抗的《隐形伴侣》（1986年）直面由知青痛苦境遇所引发而失控的人性劣质。韩少功也以《归去来》（1985年）和《昨天再会》（1993年）等作品，运用写实和荒诞相结合的方式，表达了知青群体对"知青梦魇"所带来的心理障碍的敏悟与自觉。

这些作品中，创作主体的"失乐园"心态表现得相当直白。

这类作品给人感受最强烈的，当为作家们对于知青境遇中方方面面、点点滴滴的价值缺失的耿耿于怀和愤愤不平。《中国知青梦》从劳作的艰辛、生活的清苦、前途的渺茫、心境的苦闷、转业军人领导层

---

① 朱晓平：《桑树坪记事》，小说集《私刑》，中国文联出版公司1987年版，第54页。

的压制摧残，乃至女知青用不上卫生纸的细节等方面，堪称巨细无遗地对兵团战士们享受不到当时中国最文明待遇的处境进行了满腔悲愤的控诉。《青年流放者》的主人公历经世事沧桑却始终不愿跨越的精神关口，就是19名女知青被山洪冲走而无端地死亡。《血色黄昏》的林胡（据1996年中国社会科学出版社修订版）对于受迫害、遭批斗的非人遭遇刻骨铭心，而且把自己十年不偿的单相思也带有必然性地归入了知青命运之中。但事实上，知青作家所着力渲染的这种人生的意外、情感的困境，不管在大地上的哪一个生存空间，都有可能发生；他们所呈示的诸多不舒适、不文明的生存因素，对于当地百姓来说，乃为代代承受的司空见惯之事，中国的贫苦农民所遭受的甚至有过之而无不及。知青作家们却以之为基础，来达成对知青运动和知青生涯的否定，其价值立足点与心理逻辑，其实就是知青生涯使他们失去了都市的生存方式，遭受了"失乐园"的生存处境。

而且，这类作家往往对知青自身的人生困窘、道德和人性负质寄予程度惊人的体谅、宽容和深深的怜惜，而观照乡民们给予知青的种种情义和人生美德时，却总压抑不住地流露出隔阂心理与由此辛酸倍增的情感态度。马原就曾坦陈，他当年打架、偷鸡摸狗……"好像什么都干过"，而这一切都是他喜欢的"游戏"[1]，马原、乔瑜们在表现"孽障"们的这种种情事时，都坦然地将它们当作生命困境中的人性自然状态来理解和看待。韩少功的中篇小说《远方的树》描述最终成为"画家"的主人公只在心理情感上享有过而没有在事实上接受淳朴村姑的爱情时，相当明确地表露出庆幸之心和对主人公心力强健的欣赏之情，至于村姑心理和情感上实际的付出，则在无形中被淡化。显然，假如是一位女知青的情感付出，主人公其实也就是作者的心理倾向上，大概就不可能这样首先暗暗接纳、然后坦然推开了。张抗抗的《隐形伴侣》倒是尖锐地揭示了知青身上的人性变异和负质，但在更深一层判断人性的本真时，创作主体却也不由自主地通过描述"人格怪圈"，显现出一种困惑与游移之态。乔瑜的《孽障们的歌》在叙述了

---

[1] 马原：《马原写自传》，《作家》1986年第6期。

"孽障们"的种种劣迹和闹剧之后，笔锋一转，以正剧的庄严沉痛而直白地宣告："知青不朽！他们承担了大牺牲，承担了对于自己稚嫩的肩膀是太过沉重的苦难，母亲才活下来了，挺过来了，没有成了倒毙荒原的饿殍！知青中的孽障……不朽，他们也从妈妈身上背了一份苦难走，没有让人代背！"①从中明显地表露出一种化丑陋为崇高的精神倾向，这实质上是对"失乐园"之后恶魔撒旦式的生存和行为方式相当程度上的一种认同。

而且，从"伤痕文学"到《血色黄昏》、《桑那高地的太阳》，大量"知青苦难状写型"的文学作品都是以特定人物的知青生活遭遇及其人生价值的实现程度，来作为对知青运动进行判断的价值准则，至于这个人物在多达1700万以上的②知青中的代表性和典型程度如何，却处于被悬置的状态。郭小东的《中国知青部落》和《流放者归来》或者描述在是否返城这一世俗价值目标面前的知青生态，或者从知青精神人格的沉沦、残损与拯救的角度展现知青的人生历程，也都是从知青自身出发，来反省知青文学、臧否知青运动。《中国知青梦》的理性意图，是从生产力发展的角度来批判知青运动这一逆历史和自然规律而动的当代社会现象，文本叙述的真正重心却也是落在特定知青群体生命力的虚耗和创伤的深重，以及由此顺延而成的"大返城"生存方式形成的必然性上。由此，这类作品就显示出一种以对于自身人生价值的检视、估价和思辨来代替对知青运动全方位、多角度的社会历史判断的思维特征，而种种抒写的要旨，都是自我人生价值的失落、生命意义的稀薄。

总之，知青作家的这种精神姿态，从本质上看是一种以代际优越、人生顺遂的价值预设，来看待知青生存处境的。正因为如此，他们才会对知青们生存轨道的改变和人生境遇的恶劣化即生命中的"失乐园"处境愤愤不平，而把在恶劣化的处境中知青们种种心灵丑恶、人性杂质的呈现，仅仅当作未能驾驭好自我生命的一时的心理眩晕、

---

① 乔瑜:《孽障们的歌》,《当代》1986年第6期。
② 刘小萌、定宜庄:《〈中国知青史·大潮〉前言》,中国社会科学出版社1998年版,第1页。

精神迷失来加以理解、体恤和怜悯。在这样自高而又自谅之后，知青一代从根本上是值得信任和应当刮目相看的，就成为必然的结论。

四

知青作家们的另一类作品，则既包容而又超越了对知青自身生命状态的理解与判断，将艺术重心落到了对社会历史、民族文化和普遍人性的观照方面，力求在这些人类精神文化含量更为深广的层面上，阐发出创作者更为深切的对人生、对国情、对文学的感悟与思考。李锐、郑义、阿城、朱晓平和韩少功等作家再现"知青梦魇"之外的另一些有关知青体验的作品可作为代表。

这方面的作品大致可分为以下几个小类：

第一，希望入木三分地刻画和剖析当代农村真实复杂的现状。比如朱晓平的《桑树坪纪事》、《桑塬》等"桑树坪"系列小说，王兆军的《拂晓前的葬礼》和《落凤坡人物》，郑义的《远村》等。

第二，致力于体察、把握乡土中国的历史底蕴与文化根性。代表作为"寻根文学"思潮中知青作家的优秀作品，包括韩少功的《爸爸爸》，郑义的《老井》，李锐的《厚土》系列，王安忆的《小鲍庄》等。

第三，取材于知青生活领域，却立意从文化和人性的高度探寻并指认人世生存的要旨与生命存在的本相。代表作有阿城的《棋王》、《树王》、《孩子王》，王安忆的《岗上的世纪》和"三恋"，铁凝的《麦秸垛》、《棉花垛》、《村路带我回家》等。

这类作品大都出现于20世纪80年代中后期，作家们特别地显示出一种穿越意识形态话语的遮蔽来感悟"远村岁月"、探寻乡土中国的生存本相和性情内质的精神姿态，以此为基础形成了一种"远村岁月感悟型"的审美形态。

《小鲍庄》以散点透视的方式，铺叙小鲍庄封闭凝滞的生存环境，散淡宁静、波澜不惊的生活形态，宗法制的社会结构和隐含其中的以"仁义"为内核的文化精神，作者希望采用"拟神话"的话语形式来建构我们民族生存形态的整体象征系统。《爸爸爸》意象化地描述出一幅幅经典性的乡村图景，并着意渲染其苍老、荒凉，以致令人恍惚迷茫的特征；还通过丙崽的形象，凝练深刻地寓示"鸡头寨文化"的精神病症和古怪的生命力、黯淡的生存前景，其目的显然也是通过强化种种乡土图景的超具象意味，来透过表象剖示我们民族生存样态的内在实质。在剖析当代农村现实的《桑树坪纪事》中，叙事人"我"初进桑树坪便感觉到："金斗是我所接触的第一个地道的农民，可他怎么也和我印象中的农民对不上号。"①随后，作者以泼辣而沉痛的笔触揭示了李金斗那窘迫的生存处境中邪恶的生存智慧，那精明中藏恶毒、阴狠中现坚韧的"灵勾子货"性格；最后，"我"再次尖锐地慨叹："金斗算是'勤劳、智慧、质朴、可亲可爱'的农民么？"②探寻和阐述自我心目中乡土中国真相的审美姿态，堪称呼之欲出。郑义介绍《远村》和《老井》的形成缘由时，干脆直言道："在生活中我沉得越久，便越不信任某些文人在作品中展示的历史与生活，而开始到民间传说与民歌中去发掘。"③那些探索人性的作品，更纷纷以捕捉和展示具有人间普遍意义与永恒性的生存本相和人生要素为己任。

同时，这些文本虽然艺术具象多姿多彩，潜藏于其中的审美韵味却具有明显的共同性。《小鲍庄》的简淡中，显露出一种已经漠然视之的遥远感。《爸爸爸》的亦真亦幻，渗透着对乡土浓郁的异在之态。《老井》中那崇山峻岭中将电视机置于高山之巅也只现雪花点的村落位置，那村民们长绳打水和人畜争水的景观，那漫山遍野废弃的、如墓穴一般的枯井，共同烘染出乡民们恶劣到怪异程度的生态环境特征，其背后显然蕴藏着作者深深的绝望心理。《厚土》系列作品里的吕梁山腹地，则永远弥漫着一派荒寒、阴郁的韵味。包括《棋王》中王一生漠视乡村环境的"呆"、《岗上的世纪》中男女主人公无视"岗上"外在生存空间的神秘的迷狂，等等。它们从各个不同侧面，共同构成了文本乡土境界中的浓郁的异域情调、蛮荒色彩和神秘诡异的氛

---

① 朱晓平：《桑树坪纪事》，小说集《私刑》，中国文联出版公司1987年版，第3页。
② 同上书，第27页。
③ 郑义：《创作〈远村〉的断想》，《中篇小说选刊》1984年第2期。

围。这种色调和氛围、情韵，既体现出他们痛苦抑郁的感受、凄苦迷茫的心态，又隐含着一种虽浸染于其中却难以乃至不愿与对象水乳交融的"他者"立场。

文本的深层意蕴还显示出，知青作家们在此共同致力于开掘的，实质上都是中国乡村民众经受苦难的生命形态与文化心理。知青作家们总是刻意强化乡土人生的蒙昧、自在特性，在此基础上，再来揭示苦难乡民不灭的生命欲望、坚韧的生存意志及其与苦难较劲时的民间文化力量和正邪交融的"小民"智慧，并对这种生命力和生存意志在鄙陋的生存环境中粗糙低劣的表现形态，施以浓墨重彩。《老井》对老井村人代代掘井、找水经历的描述中最使人惊骇的，也许是作者对那种苦斗时心理的绝望沉痛感和结局的宿命性的再三渲染。《落凤坡人物》勾勒出落凤坡人生命欲望得不到满足而导致扭曲异化、"走火入魔"，形成群体性夜游病症的生存状态，其中展现的，同样是在不顺遂的生存境遇中，生命力既屈辱压抑而又难以泯灭的景观。《棋王》、《岗上的世纪》、《麦秸垛》等，叙写的是主人公如何以平常心淡化外在的变故与羁绊，把握住自我认定的生存和生命的根本，来穿越"乱得不能再乱"的时世，驾驭跌宕坎坷的命运中属于自己可以左右的部分。知青作家们还着力张扬一种民间的自在力量和人的原始生命力。《远村》对于民歌的引用、品味和对于狗群形象的象征性、抒情化的描写，《老井》和《桑树坪纪事》对于爱情中爆发的生命热情的炽烈讴歌，《岗上的世纪》和《麦秸垛》对于人的自然本性的认同，都是这一特征的典型例证。这又从另一侧面显现出知青们在文化荒芜、自生自灭的处境中以纯粹的个体生命搏击苦难的影子。

要言之，"远村岁月感悟型"作家对乡村人生的苦难深重、悲情浓郁情有独钟，其深层心理动因恰在于他们自己没有得到理想的生命状态，而以和乡民们文化特性相同的方式度过了知青生活那一段苦难的岁月，因此，他们才用一种惺惺相惜的态度，将这种生存体验进行诗化和对象化。还因为感到生命价值的不可靠和难以判定，他们方弃近求远，转而从更为广阔的精神时空中，为自我人生历程和生命形态的价值与意义，寻求历史与文化的支持。尽管因为找到了有效的审美对应物而达成了对个人体验的转换超越，使自我的生命感受表达得相当隐晦曲折，但这类知青作家们潜意识心理的落脚点在知青自身，却还是体现得相当明显，其根本特征则是一种理想丧失后的自悲情结和自救愿望，这无疑又是一种从另一侧面显现的"失乐园"心态。

五

知青作家群创作中，还有一类作品往往回避从社会历史角度对知青运动进行总体评价，而以辩证地看取历史和人生的姿态，英雄主义、理想主义的主体人格基调，浪漫主义的美学品质，着力开掘知青生涯在人生历程中的正面价值，用一种或悠长、或缠绵、或苍劲、或激切的悲剧性抒情笔调，将那辽阔的大草原、苍莽的黄土高原、神秘的北大荒，诗意化地抒写为"世界上最美好的地方"、"一片神奇的土地"[①]。而且，主要是由这一类"神奇土地拟构型"的审美形态及其精神价值趋向，构成了80年代前期中国文坛"知青文学"创作高潮的主导性话语。

"神奇土地"拟构型作品的代表性作家有张承志、梁晓声、孔捷生、史铁生、叶辛和晓剑等。

梁晓声的《这是一片神奇的土地》、《今夜有暴风雪》、《为了收获》、《白桦林作证》，直到《雪城》等一系列作品，均以把人物推向命运极境、人生关口进行刻画和区别的艺术构思，浓墨重彩地渲染知青一代的"牺牲精神、开创精神和责任感"[②]，以及他们在艰难困苦中爆发、显现出来的群体情义。《这是一片神奇的土地》中胸襟宽广而富于阳刚之气和自我牺牲精神的王志刚，执著信念而善解人意的副指导员李晓燕；《今夜有暴风雪》中外在卑贱孱弱却难掩内心淳朴丰富的裴晓云；《白桦林作证》中悲苦倔强的邹心萍，都令人不能不为他们在悲剧性的历史情境中展示的人格气质所深深感动。

---

① 梁晓声：《这是一片神奇的土地》，《小说选刊》1982年第3期。
② 梁晓声：《我加了一块砖》，《中篇小说选刊》1984年第3期。

张承志的作品用苍凉古朴的笔调着力表现在底层民众和自然风土的哺育下，在内蕴深邃而源远流长的民间文化规范的启示下，主人公成长为真正男子汉的心路历程。《绿夜》和《老桥》从人生哲理的高度回味知青往事，得出了青春少年置身底层时虽历经创痛与失落，内心却因此变得丰富、深厚和坚定的人生结论。《黑骏马》和《北方的河》则从天人相应的文化精神层面，从各民族的历史文化中，为坚守信念、获得内心的丰富和追求切实的理想，寻找到了有力的价值支撑。《金牧场》更立足整个人类生存价值的高度，将古今中外的"同路人"共同的精神诉求纠集到一起予以呈现，来揭示作者只有追求理想才能达到生命辉煌的顶峰的人生信念。这样，作者就从精神生命的角度和生命终极意义的高度，完成了对"神奇土地"的拟构。

孔捷生和史铁生在《南方的岸》和《我的遥远的清平湾》、《插队的故事》之中，或者强烈地向往知青时代那种精神张扬、生命和情感无保留地投入的生活，或者深情地怀念贫瘠的环境中善良百姓驾驭人生磨难时那达观而充满温情的胸怀，和在那遥远世界的深处隐藏着的生命力蓬勃的生存境界。叶辛的《我们这一代年轻人》、《蹉跎岁月》，晓剑和严亭亭的中篇小说《世界》等，则从一代人改造、融入乡村世界与异族文明的雄心与成效的角度，对知青生涯中带有时代主导性特征的人生道路和价值选择，给予了肯定性的评价。

而且，该类作品在展示那块"神奇的土地"时，几乎都以城市生存环境的冷漠、恶劣和城市生活的局促、艰窘来作为衬托与对比。《雪城》、《南方的岸》就采用纵向和横向相结合的叙事结构，全面地展开了这种对比。置身"雪城"，自然只有"南方的岸"才是温暖的地方。既然这样，那块"神奇的土地"当然就应算是"生命的乐园"了。

然而，这类作品的意象和情节之间，往往存在着一种互相矛盾的现象。

不少这类作品的核心情节，都是主人公一段纯真而刻骨铭心的爱情。《这是一片神奇的土地》中的"我"与李晓燕，《南方的岸》中的暮珍和木生，《蹉跎岁月》的柯碧舟和杜见春，《今夜有暴风雪》中的曹志刚和裴晓云，全都如此。而且，主人公心爱的另一方，如李晓燕、裴晓云、木生，都长眠在那块土地之上。青春的心灵开放着爱情的花朵，相爱的一方却留在了那块土地上，逝者往往还出于自主的选择，"埋骨何须故土，荒原处处为家"，即是他们至死不悔的誓言。

张承志、史铁生等人的笔下还总有一位满怀着温厚、慈祥，同时又不乏坚韧与深沉的当地父老，始终慰藉和启迪着远离家园的小知青。张承志从最早的《骑手为什么歌唱母亲》，到《绿夜》、《春天》、《黑骏马》，直到长篇小说《金牧场》里，都有一位时时呵护着"我"的蒙古族的额吉。史铁生的《我的遥远的清平湾》中，则有一位散淡乐天的"破老汉"，与"我"相伴着打发黄土高原的岁月。而且，那里的风俗与风土也相应地呈现出动人的人情品质和深刻的人生启迪。

但是，在这些作品中，关于知青们下乡、支边生存环境的总体感受，却又往往凝结为一种内蕴相似的中心意象。《这是一片神奇的土地》一开头就浓墨重彩地渲染那神秘、狞厉、吞人于无形的满盖荒原的"鬼沼"，并以之构成笼罩全篇的氛围。孔捷生笔下的"大林莽"，显示着大自然为人类绝对无法驾驭的、命运之神般的恐怖力量。张承志的小说则一而再再而三地出现草原的"铁灾"、"雪灾"、"白毛风"。这种种意象所寓示的，其实是一种身陷其中即面临灭顶之灾的封闭性的生存困境。

与这种意象相对应的，是知青同伴的死亡，尤其是弱小者那种意外的、具有善意而无功利价值可言的死亡。《这是一片神奇的土地》中，主人公"我"的妹妹梁珊珊为追赶一只狍子，突然葬身于荒原的沼泽地。《南方的岸》中，女主人公暮珍的心上人木生，毫无预感地被轰然倒下的大树砸成肉酱。《今夜有暴风雪》的女主人公裴晓云，则因放哨被活活冻死在北大荒的雪山上。在那灾难的深渊中，一个个宝贵的生命就这样消失得毫无价值和光彩，使为知青人生进行价值判断的幸存者即作品主人公身心震撼而又悲苦难名，留下了永难弥补的人生缺憾和永难愈合的心灵创伤。

在这样一种矛盾状态中，他们置身北大荒、"清平湾"、大草海、

"大林莽"，当跪到一座座荒原上的知青坟前、面对死者的孤魂时，当反思那样一种生存处境时，这些同代人命运的沉思者就总是采用悲壮决绝地发誓的方式，表示知青生涯有失更有得，因而人生有难但"青春无悔"，甚至要引以为"自豪"。

这中间隐含着一种特殊的心理逻辑。

首先，这类知青作家最重要的生命记忆，是那令人深感温暖的人生事实中体现的人情、人性根底的美好和青春期的温柔。张承志在《北方的河》中断言"连青春的错误都是充满魅力的"①，这"魅力"的基础显然在于它的真诚。梁晓声《这是一片神奇的土地》中的副指导员李晓燕显得可爱，原因同样是她那被极"左"路线扭曲的性格背后，存在着年轻人本性的真诚与善意。同时，那块土地也决定了他们的心爱者别无选择的生存形态和生命归宿，而在人性层面，"当一个人把自己与所挚爱的东西紧紧连在一起时，他的生命才呈现出全部价值，他的性格才迸发出全部光彩"②。并且，进行这种反思时，他们不仅离开了上山下乡的所在地，而且不时地获得世俗意义上的成功和人格的成熟，如果没有那段刻骨铭心的情感经历和精神感受作为心理的后援，他们觉得就不可能超越磨难走向新的、更为底蕴深厚和富有价值的人生。当事人有选择地以生存状态的这些侧面作为价值的砝码，于是，即使是令所有人心怀恐惧的"满盖荒原"，即使在心理上直觉着是身处一种苦难的深渊，即使已经遭遇了再大的不幸，他们都断定自己是呆在"世界上最美好的地方"。更进一步，这种心理又造成了一种价值评断的禁忌，使主人公作为幸存者从理性上比较人类所有的文明时，不愿、不忍心否定那种生存状态，而只是使用"规避"、节制和张扬、强化两种艺术手段，忽略矛盾的一个侧面，转而注目矛盾双方中显示合理性的另一面，却又在决绝的态度之中，贯注进浓郁的伤感韵味而已。对于穷乡僻壤世世代代生存者人生的匮乏，主人公们则选取了张承志在小说集《老桥》的《后记》引用的一句歌词所表达的

---

① 张承志：《北方的河》，《十月》1984年第1期。
② 孔捷生：《南方的岸》，小说集《大林莽》，花城出版社1985年版，第225页。

价值态度："忍呵，这难忍的无缘长坂，我那咀嚼不尽的妈妈的微小的人生。"①最终，他们才符合自身心理逻辑地推断出："经历了北大荒的'大烟泡'，经历了开垦这片神奇的土地的无比的艰辛和喜悦，那么，无论离开也罢，留下也罢，任何艰难困苦都休想在我们心中引起恐惧，都休想叫我们屈服！"②以此来终于达成一种自足而又自我封闭的人生价值立场的选择。

所以，知青作家的这种精神姿态，仍然缘于一种"失乐园"的心态。不过创作主体是采取了坚守青春誓言的精神姿态，并提炼出幸存者从磨难中获得的生命体验的深邃性和坚强的生存意志，来对这种坚守加以肯定；同时他们又摒弃了世俗化和功利化的人生价值取向，认为从人生的整体意义和终极价值实现的角度来说，应当是"成仁比成功更重要"③。在这样一种心理逻辑的支配下，知青岁月就被演绎成了一段似乎理想的人生，知青生存空间也就随之成了"一片神奇的土地"，一种颇富理想色彩和浪漫气质的、"神奇土地拟构型"的叙事范式由此形成。张承志《老桥》的主人公执拗地要赴多年前青春时期的约会，梁晓声《白桦林作证》的邹心萍一定要孤绝地留在那块土地，就最为典型地表现了坚守青春誓言的心理立场。张承志贬抑致力于钻营谋利的徐华北（《北方的河》）、自我松懈放逐的越男（《金牧场》），梁晓声蔑视以一己私利违背为人大节的郑亚茹（《今夜有暴风雪》），《南方的岸》里的易杰始终不原谅屈己求生、求发展而留下了人品污渍的少年恋人丽容，则表明了创作主体对于无论是乡村、城市还是知青群体中的世俗化、功利化的人生价值取向，都持一种否定的态度。

这种心理逻辑潜藏着一种悲剧性的心理机制。就是当他们心理本能上的快乐原则和现实功利原则受到损伤和压抑时，至善原则曾经抬头，他们曾经转而追求磨炼、"受难"；而当世俗快乐和现实功利已经在握之时，他们也就相信了这种磨炼的意义，希望继续追求"受难"，以

---

① 张承志：《老桥·后记》，北京十月文艺出版社1984年版，第305页。

② 梁晓声：《这是一片神奇的土地》，《小说选刊》1982年第3期。

③ 郭小东：《流放者说·〈青年流放者〉序》，《青年流放者》，中国工人出版社1994年版，第12页。

期获得在"受难"中"立誓坚守"①的人格的崇高。美国批评家西华尔曾经分析过这种悲剧性心理机制的人本特征，他指出："悲剧人物……他的人性的本质却通过受难才表现出来：'我受难，我情愿受难，我在受难中学习，所以我存在。'"②张承志、梁晓声们所显示的，正是这样一种悲剧性的心态。

这种"受难"意愿和"殉道"精神又恰恰说明，这一类知青作家实际上已经觉悟到自己是命运和历史的悲剧性人物，在现实境遇里没有获得先验性生存预设中应有的理想的生命状态，已经"失乐园"了。于是他们降格以求，认同、肯定和张扬人生既成状态的某些美好侧面，企求着一种失落后满身伤痕时的强悍姿态和昂扬情绪，以求获得一种精神人格形象的自我维护。

六

20世纪90年代前期，中国社会出现了由政治本位向经济本位、理想向实利、崇高向世俗转变的历史趋势。面对新的时代语境，知青作家群同样发生了巨大的精神嬗变，内部相互之间还直接或间接地产生了尖锐的精神矛盾与激烈的思想交锋。但发人深思的是，他们大相径庭的精神人格，总与其知青经历和体验有着千丝万缕的联系，体现出某种共同的"知青味儿"。

其中最为引人瞩目的价值立场，当属强化精神生存、追求心灵救赎的价值态度。

张承志针对"商业文化在中国的弥漫"③，针对"失败文明的象征物"④、"落日时分的中国人"⑤，决心"以笔为旗"，采取一种"敢应战和更坚决地挑战"⑥的激烈姿态，"警告中国作家"和世俗的中国人

---

① 张承志：《心灵史》，湖南文艺出版社1999年版，第129页。

② ［美］西华尔：《悲剧的形式》，转引自应光耀《知青作家为何不"玩"知青文学》，《当代文坛报》1989年第2—3合期。

③ 陆迪：《张承志警告中国作家》，《环球青年》1994年第5期。

④ 张承志：《无援的思想》，《花城》1994年第1期。

⑤ 同上。

⑥ 张承志：《以笔为旗》，《十月》1993年第3期。

民，显示他"以美为生"①的价值原则所构成的"神圣的旅途"②，张扬他"清洁的精神"、"无援的思想"，创作出大量惊世骇俗、透彻却不无偏激的思想文化随笔，着力为创作主体建构一种心灵救赎者、道德理想主义的人格形象。

梁晓声则立足凡俗世界，在社会关系的演变和社会文化的浪潮中捕捉时事敏感点，以"平民知识分子"的激情、品格和人伦责任感，来为民请命，为弱势群体打抱不平，既创作了《浮城》、《泯灭》、《恐惧》等长篇小说，又写出了《1993——一个中国作家的杂感》、《1997——中国社会各阶层的分析》等大量的随笔作品，明确地显示出一种世俗文化层面张扬公道和正义、指斥时弊的道德斗士的人格姿态。

韩少功的《夜行者梦语》、《性而上的迷失》、《灵魂的声音》、《世界》等随笔作品，以清醒、稳健、冷峻而视野开阔的神态，寓社会批判于学理剖析之中，反思文明的命运，批判当代文化的鄙俗气、市井腔，崇尚"灵魂的声音"，希望中国文化通过某种"机制"的转换再创奇迹，呼唤"一种高远澄明嘹亮的精神"③重放光芒。同时，他却又将"看透与宽容"相结合，立意显示一种"大海蕴藏着对一切语言的解释"④的话语姿态。

王安忆在80年代一直对精神品格采取低调处理的姿态，只在情在意地关注"庸常之辈"、编织日常生活故事及其在人物心灵中留下的痕迹。在这社会和文化转型的关键时刻，她也明确地表示反对彻底放弃理想主义。并且一方面创作出《叔叔的故事》，解构上一代人及其所代表的时代精神的神圣性，另一方面又营构了《乌托邦诗篇》、《歌星日本来》等作品，表白自己对守护精神追求、贴近人生真谛的生命境界的认同、肯定态度。

---

① 张承志：《无援的思想》，《花城》1994年第1期。
② 张承志：《以笔为旗》，《十月》1993年第3期。
③ 韩少功：《世界》，《花城》1994年第6期。
④ 韩少功：《海念》，《夜行者梦语》，知识出版社（沪版）1994年版，第259页。

　　李锐、史铁生等作家，或以言论"拒绝合唱"①，或用作品展示超越世俗的生存感悟，从中都显示出创作主体对生命终极意义的不倦探索和对人的精神家园的深切向往。

　　这类作家均表现出一种传播"时代强音"的思想者的人格姿态。他们格外地反感市场经济价值体系的技术理性和物质实利特征，格外地注重批判文明转轨期人欲横流、泥沙俱下、无规范、无持守的侧面，并往往致力于从生命终极价值和人的精神家园的高度，表示自我对此鄙弃和拒绝的理性立场。

　　不过张承志所认同的美的极致、生命的极致，只在"西海固"那大西北穷乡僻壤的底层民众、"穷人宗教"的群落生态之中，只在他插队落户的那块"金草地"上。他以《心灵史》在困窘和迫害中维护内心、坚持信仰的生命存在状态和由"人心的追求造成了一种凛然的人道精神"②，构成了进行时代批判的精神后援和价值支撑。梁晓声的《年轮》，更与他80年代的《雪城》一脉相承，共同显示出对人欲横流、道德沦丧的世道的谴责与愤激，对知青集团情义和世俗英雄主义的深切怀恋。韩少功在90年代中期的《马桥词典》中滞后地透露出，当他决意在"立足现实的同时，又对现实进行超越，去揭示一些决定民族发展和人类生存的谜"③时，目光所向实质上还是他插队所在的"马桥"的本土文化。王安忆的《隐居的时代》、《轮渡上》等作品，则以诗意化的笔触，体现出创作主体心灵深处对乡村那具有审美性质的"生活的形式"的依恋和向往。

　　所有这一切都鲜明地显示出，这类作家的精神立场与知青感悟存在密不可分的心理渊源，这种精神立场正是他们80年代创作成名期所形成的、由知青时代的心灵积淀建构起的价值基点的一种新型表现。

　　以"世纪末情绪"和崇尚世俗、实用的市民文化态度摒弃已逝时代的理想主义，迎合市场化、世俗化的时代大潮，这是另一些知青作

---

　　① 李锐：《拒绝合唱》，上海人民政府出版社1996年版。

　　② 张承志：《走进大西北之前》，萧夏林编：《抵抗投降书系·张承志卷》，华艺出版社1995年版，第58页。

　　③ 韩少功：《文学的"根"》，《夜行者梦语》，知识出版社（沪版）1994年版，第17页。

家在文化转型期的精神表现。其代表性人物大多是"文革"后期上山下乡的知青，他们在文化荒芜的时代度过了自己的青少年生涯，到社会文化气氛已不同于新时期初的20世纪80年代末至90年代初才开始创作或成名。其中可以池莉、何顿和已经出国的周励为例。

池莉的《烦恼人生》以体贴、认同的姿态，描述一个有着知青经历的主人公印家厚一天的生活流程，展现他在知青时代心爱的恋人肖玲、心心相印的徒弟雅丽和粗粗拉拉的老婆之间，排除浪漫情怀、顺应生活自身逻辑的态度，从中既表现了他在庸常事务和世俗之网中的奔忙和烦恼，又揭示了他并不打算按令人不踏实的理想重新选择、而打定主意接受现状的人生价值观。随后，池莉干脆直截了当地宣称"不谈爱情"、"冷也好热也好活着就好"，"只有两情相悦，没有爱情"①。对现实世相原生态的这种叙说，明显地体现出创作主体知足认命、务实本分的实用主义的价值立场，和由知青时代理想主义的失落所导致的心灵隐痛。

仅在"文革"末期有过短短两年下乡生活的何顿，也以"生活无罪"为标榜，理直气壮地表达他对于长沙"街痞子"生活方式的体谅与认同。在知青题材长篇小说《眺望人生》中，何顿以当年知青中的精英分子、如今实业界的成功人士于建国为主人公，对他那不纠缠于过去、不玄思理想与未来、只拥着公开的妻子和秘密的情人享受现在的生活态度，同样从容自然地表示了肯定的态度。作品还特意强化了滞留乡村的知青女教师困窘、艰涩的生活现状，并以之与于建国形成鲜明的对照，借此来表达创作主体的怜悯与不屑，从中真切地传达出作者对于物欲享受的认同和对于理想的虚无主义态度。

在曾经热极一时随后却频遭非议的长篇纪实小说《曼哈顿的中国女人》中，作者周励竭力炫耀乃至虚构知青出身的女主人公在海外名利追求上的成功，自得之色的背后，鲜明地显示出实用主义的市侩气和浅薄性。而且，作者对于女主人公无情地抛弃知青时代的恋人及其所伴随的生活方式，明显地表现出庆幸之态。其间所显现的，无疑也

---

①　池莉：《〈绿水长流〉·创作谈》，《中篇小说选刊》1994年第1期。

是久久未散的知青时代生活的阴影。

知青作家群在社会的转型期，还有一种涉及面更为广泛、花样更为繁多的精神现象，就是对社会上"知青文化热"的热切参与，对于知青时代生活琐事进行纪实性回忆的热衷。

"知青文化热"中，有大量的普通知青写作并发表或出版了随笔性的回忆录。这些回忆录往往站在"过来人"的心理位置，遥想隔代往事般铺叙知青时期点点滴滴的切身的生活事实，致力于展示知青时代的本真生态和其中的生活者几近本能的生存欲求。作品追求一种原始的真实性，虽然带着淡淡的感伤与怀恋，但基本上不从宏阔的历史视野中穷究"为什么"，不进行真正的深度思考，而散淡地让体验的升华为个体性的生命琐屑所消解。作者的用意在于以之为载体，通过对于相似经历、共同命运的互相指认，获得一种群体内部的心理的共鸣与慰藉。这种现象表面看来好像是不断从自我的历史生活中汲取营养，实质上所体现的，则是一种在沉重的历史事实面前软弱萎缩、在新生活面前画地为牢、在生命总体价值思考面前无能为力于是因循、顺随的文化态度。

不少知青作家很自然地加盟于这一热潮之中。从《北大荒风云录》、《苦难与风流》、《青春无悔》、《草原启示录》、《我们一起走过：一百名知青写知青》等作品合集中知青作家的篇章，到肖复兴的《呵，老三届》、《绝唱：老三届》，叶辛、张抗抗等通力合作的《中国知青恋情报告》丛书，直到晓剑的知青系列《中国知青忏悔录》、《中国知青秘闻录》、《中国知青海外录》，知青作家的这类写作堪称蔚为壮观。其作者往往在20世纪80年代即已创作出颇具影响的作品，思想深度则囿于社会性人生的层面，故而与普通知青的日常心理，颇易形成认同与共鸣。他们在这类作品中基本沿袭80年代自我思考的思路和结论，既缺乏对知青生命质量和知青运动的深层把握，又极少张抗抗《无法抚慰的岁月》之类的对知青自身病态的剖析与批判，更缺乏90年代的时代精神新质的强烈光彩。

这种精神嬗变的心理渊源更为明显。它表明不少知青作家虽然具体的生活观念发生了许许多多的也许连自己都始料不及的变化，但无意识的深层心理却仍然处在知青体验及80年代对它的解释之中，并未从昔日的自我中蜕化出来。换句话说，他们的心理实际上已经老化。恰如张抗抗所承认的，"我可是走不出'老三届'了"①。

这种种精神姿态表明，由反思和品味知青生涯而形成的心理根基，在知青作家面对新的时代语境确立精神态度时，仍然作为一种心理渊源稳固地存在着。

七

知青作家们有了相当丰富复杂的新的人生经历之后，为什么漫长者不过十年、短暂者仅只一两年的知青生活，仍然会成为他们共同的心理渊源呢？

荣格认为，人的心灵的基本结构包括意识、个人无意识和集体无意识三个层次，在个体生命体验最深处的，则是其中间环节个人无意识。"个人无意识的内容主要是由带感情色彩的情结所组成"②，这种"情结"对现代人来说主要是由社会的、人为的原因所造成的个体生命早期的创伤性体验及其积淀。这一时期由生理和精神本能与外界环境接触、碰撞所导致的"典型情境"，将作为经验"由于不断重复而被深深地镂刻在我们的心理结构之中"③，生成种种"原型"，成为"智慧之最深的本源"④，从而导致人的本性的再生和心理定势的形成。它"是联想的凝聚"，"就像磁石一样，这种情绪具有巨大的引力，它从无意识、从那个我们一无所知的黑暗王国吸取内容；它也从外部世界吸取各种印象，当这些印象进入自我并与自我发生联系，它们就成为意识"⑤。而且，这种心理定势还构成一种价值预设，一种"观念的天

---

① 张抗抗：《同"老外"谈"老三届"》，《海上文坛》1994年第2期。

② [瑞士] 荣格：《集体无意识的原型》，《荣格文集》，改革出版社1997年版，第40页。

③ [瑞士] 荣格：《荣格文集》第9卷，第48页，转引自《荣格心理学入门》，生活·读书·新知三联书店1987年版，第44—45页。

④ [瑞士] 荣格：《集体无意识的原型》，《荣格文集》，改革出版社1997年版，第40页。

⑤ [瑞士] 荣格：《分析心理学》，上海译文出版社1992年版，第7页。

赋可能性。这种可能甚至限制了最大胆的幻想，它把我们的幻想活动保持在一定的范围内"①。

知青作家本性再生的"典型情境"，就是他们共同的青春时代的知青生活及其体验。虽然由于家庭出身、个人境遇与下乡、返城的时间和方式等方面的原因，这种心灵的"典型情境"在他们中有着存在形态和内涵侧面的诸多差异，但作为一种精神特征和心理趋向，它们却始终存在着。返城之后，虽然经历了更为巨大、剧烈的命运变化，更为复杂而变幻难测的心路历程，但人生无法割断。而且，随后的生活境遇反差越大，其当初的体验就越是深入骨髓。决定灵魂格局的人生关键时刻直抵生命本质的相似生存体验，就这样形成了他们相似的心灵结构、共同的心态。于是，知青时期的"典型情境"，就始终处于他们心灵视域的核心，每当在随后不同的具体情境中从精神上探究世界与人生时，它就作为一种思维制高点、逻辑起点呈现出来，宿命般地隐藏在其各不相同的价值判断之中。到进行审美传达之时，他们各以其特定的生命欲求和情感体验来激活往昔共同心理积淀的不同方面，使这种共同心态沿不同的方向延伸、扩展、升华和变形，就构成了审美叙述层面各不相同的文本含义和各种不同形态的艺术演示。

张承志、梁晓声、史铁生等作家80年代时期，曾在自豪和怀恋中将现实功利的取舍退居次要地位，情深意长地回味战胜磨难的精神力量。到90年代，当社会转入一种完全异质的、甚至矛盾百出的新的文化环境时，他们就把这种精神因素绝对化，并怀着一种文化的责任感、使命感去守护它，从而形成了道德理想主义的思想观念和注重精神质量的人生价值态度。所以，这类知青作家表现的虽是超越传统与现实寻找第三种更优秀的文明、追求人生终极价值的姿态，但在骨子里，他们现时的心境不过是其知青体验向人类永恒性生存样态的形而上衍生，他们的思想文化立场不过是往昔心境的产物在新的历史条件下新的表现形态，从本质上看只是对战胜苦难的精神力量的珍惜及由

---

① ［瑞士］荣格：《论分析心理学与诗歌的关系》，《荣格文集》，改革出版社1997年版，第225页。

两种不同时代对比所产生的疑虑。

直接"怀旧"类知青作家所体现的则不仅是一种"知青视角"，而且简直是一种无法超越的"知青心灵境域"。这是因为在由一种生存方式转入另一种生存方式、即使是原来极为向往的生存方式时，人们也常常会产生这样的心理，即怀疑得到的是否真有价值，失去的是否真无价值。特别是当一个人在新的历史环境中不适应乃至力不从心、难以完成"对新生活艰辛而痛苦的自我消化"①时，就更是如此。于是，"我们是独特的一代"、"独特本身，就是历史给予我们的荣耀"②之类的价值判断便产生出来。既然这一代人重要得"确实是历史的标本，也是现实生活的活化石"③，而且"缺了哪一天，都不是完整的人生"④，那么，絮絮叨叨地咀嚼往事，重温青春、重温历史，也就势所必然。

实用主义和"世纪末情绪"相结合的知青作家的人生态度，与其知青生涯同样有着不可分割的联系。早在20世纪80年代，知青作家赵玄在小说《红月亮》中，就曾发出过"往事、记忆，还有人的感情，如果也能一笔勾销，该有多好"⑤的虚无哀叹。何顿的《眺望人生》和周励的《曼哈顿的中国女人》则把主人公从知青到后知青的心理演变逻辑勾勒得明明白白。事实上，上山下乡时期，知青们在时局混乱、文化荒芜的境遇中找不到有力的价值规范作为支撑和参照，因而只能在价值缺失的状况下，或者以虚无、戏谑的方式排遣郁闷、宣泄愤懑，或者极为世俗、精明地算计，以求解脱苦难之道。到了90年代，他们在经历命运的巨大转折和精神的曲折寻求之后，虽然进入了平稳的生活状态、甚至取得了不少浅层次的成功，但如果心灵的栖息地、精神的家园仍然无法确立，他们故伎重施，再次以虚无为心理背景认同实用主义和物欲享受至上的原则，也就不足为怪了。

---

① 肖复兴：《绝唱：老三届·自序》，东方出版社1999年版，第4页。
② 梁晓声：《年轮·扉页题记》，贵州人民出版社1994年版。
③ 肖复兴：《绝唱：老三届·自序》，东方出版社1999年版，第7页。
④ 肖复兴：《老三届断想》，《绝唱：老三届》，东方出版社1999年版，第336页。
⑤ 赵玄：《红月亮》，《中国作家》1986年第5期。

所以，这时知青作家们精神心理的内核，还是由青春时代生命体验所导致的"失乐园"心态。

八

而且，从80年代到90年代，各类知青作家虽然心理兴奋点和理性价值态度存在巨大差异，相互之间却并非没有互相勾连、交通之处。这种勾连与交通，则从更深的层次、更充分地说明了知青作家精神心理共同性的存在。

认同实用主义原则和"不堪回首"情绪者，往往都无法掩盖内心的沉重与痛楚。《红月亮》在进行虚无哀叹的同时，就书写了"那一堆堆隆起的黄土埋葬了那么多生命，却埋葬不了历史，埋葬不了我的罪孽和痛悔"[①]的心理痛苦。马原在《上下都很平坦》中调侃式地状写着"浪子"们得过且过、戏玩无度的人生形态，结尾却突然出现令人恐怖的"蛇阵"意象，全篇顿时显得正经、沉重起来。而《烦恼人生》的印家厚在"插友"来信偶然提起自己的知青恋人"肖玲"的名字时，即感到一种难以抑制的心灵的疼痛和禁忌被触犯的恼怒。也许正因为如此，在90年代初中国社会转型和他们自我精神嬗变的历史时期，虽然大量知青和不少知青作家都以言说或以实际行动的方式，表达着"看透恩恩怨怨"、随波逐流地埋首世俗人生的价值取向，却极少有人敢玩"知青生活"和"知青文学"。这是因为他们实用与虚无的背后，实际上是青春时代的辛酸与血泪，是"生命乐园"缺失的状况下对正统的嘲弄和叛逆，是对人生悲剧宿命的叹息；"潇洒"和顺应世俗化现实的价值态度所隐含的，则是他们在艰窘无助的处境中练就的所谓生存适应能力和"邪恶"的生存智慧。

而在"青春无悔"的宣扬者之中，就连最正经的张承志也有过对"小痞子"的赞赏。在《金牧场》中，他曾这样赞美"四五"天安门事件中烧汽车的"胡同串子"："也许小痞子、愣头青、小胡同串子就这样粗野地撕下了历史的旧一页……你只敢用小里小气的伤感来发

---

① 赵玄：《红月亮》，《中国作家》1986年第5期。

泄……然而痞子们是伟大的。"①他的《黑山羊谣》、《胡涂乱抹》等作品也都曾以粗言恶语来宣泄创作主体内心的不满与烦躁。这种对痞子和叛逆的认同所暴露的挫败感、绝望感和非理性宣泄之心，无疑是"世纪末情绪"的一种曲折表现。无独有偶，梁晓声在80年代的《雪城》和90年代的《年轮》中，也都不时以认同的姿态，着意渲染作品人物无法自抑而酗酒、打架的暴虐之相。所以，这类作家也并非没有愤激与邪恶、辛酸与虚无，只不过较为善于收敛和自制，因此这类情绪在表现出来的精神态度上不占主导地位而已。

　　还有一个饶有意味而可最为简明地说明这个问题的例证。最讲究世俗和实际的池莉把她描述小青年养育下一代的力作命名为"太阳出世"。最耽于浪漫与玄虚的张承志则在《无援的思想》中宣布："重要的是存活，重要的是一个叫法蒂玛（'法蒂玛'系张承志女儿的名字——笔者注）的宗教，其余一切都可以牺牲。"②梁晓声也不断强调：我们现在能做的和最重要的，是孝敬好我们的父母，抚养好我们的儿女。精神价值取向差异极大的知青作家这种将最高目标归结到血缘和亲情的共同的现实生活态度，不能不说是其精神心理结构内在一致性的集中体现。

　　知青作家的心灵深处，实际上都存在着"失乐园"后"打碎了重建"和"破罐子破摔"两个精神侧面，都同时具备"天使"和"恶魔"的因子，虽然进行理性价值选择时各有侧重，但始终没能以一个侧面克服或消解另一个侧面。在知青时期，那种由懵懂少年走向成熟的青春岁月里，命运和心理所发生的重大的悲剧性转折，使知青作家们深层心理的基础，是共同的"对世界和自我的双重怀疑和绝望，是对黄金世界和现实世界之间断裂的深刻揭示，是对现实深渊的深刻体验"，而"生命的真义只向站立在生存临界点的灵魂敞开，惟此时他才既俯身看到从深渊中追上来的死神步履，又仰首瞻瞩到天空上传来的

---

① 张承志：《金牧场》，《昆仑》1987年第2期。
② 张承志：《无援的思想》，《花城》1994年第1期。

神圣呼召"①。他们由此再生的自我本性，就构成了具有代际特征的"心理原型"；在社会转型期精神嬗变而成的种种人格姿态，则从不同侧面体现了悲剧性生存临界点所具备的"观念的天赋可能性"，以及它所限定的幻想活动的"一定的范围"。试想，"世纪末情绪"不正有着"死神步履"的影子，"道德理想主义"不也恰好体现了苦难中"天空中传来的神圣呼召"吗？

所以，无论选择何种侧面敞开和强化，无论以何种精神立场和话语形态呈现，无论是品味青春时代的生命历程还是面对新的时代语境，知青作家们文学创作的心理底蕴，其实都是源自知青生涯所形成的悲剧性的"失乐园"心态。只有透过他们理性的精神姿态及其审美表述把握住这一心理根基，并从心理逻辑和心理渊源的角度去考察，我们才有可能全面而准确地捕捉到知青作家们有意或无意地显露和遮蔽的一切，并最终透彻地把握住其根本性的精神存在。

第二节　知青作家的中年感悟与精神分化

在20世纪90年代后市场经济形态和多元化价值格局在中国全面铺展开来的新型时代语境中，生理和心理年龄均介于不惑到知天命之间的知青作家们，已不再热衷于自我青春期阅历与体验的书写，表达对社会转型的心理反应与理性态度也已经成为往事。此时他们最为注重的，是对自我的整个生命流程及相关的历史文化进行探究与拷问。随后，其内部不同个体之间的思想态度和文化选择也发生了巨大的分化，通常文学意义层面的"知青作家群"就变得不复存在了。这一分化当属"跨世纪文学"时期作家精神建构方面最为重要的现象。我们对于知青作家这一精神走势及其心理隐曲的把握，应当以知青作家们对生命流程的探究与拷问为基础，进而把他们的精神轨迹与现实人生抉择、个体命运与时代风浪结合起来进行辨析。

---

① 丁方：《现时代的境况与希望》，《今日先锋》1995年第1期。

一

　　知青作家对于自我生命流程及其相应的历史文化的再度思考，其实从90年代初就已经开始，而在90年代中期蔚为大观。其文学成果多半以内蕴厚重的长篇小说为主，从中大致体现出三种精神倾向。

　　其一，以正宗知青题材小说闻名文坛内外的知青作家，包括梁晓声、叶辛、老鬼、邓贤、郭小东等，在90年代前期和中期，往往借"知青文化热"的时代氛围和日渐展开的新的社会历史时空，希望以历史的纵深感，拓展、深化和修正业已形成的"知青话语"对知青历史命运和精神生态的考察，并各自奉献出了自己有分量的作品。

　　梁晓声1996年推出长篇小说《年轮》，顺延他80年代后期的《雪城》开创的情节模式和思想道路，试图全景性地展现知青一代在60年代经济困难时期、兵团时期、返城之初艰难拼搏时期和市场价值原则至上时期四个人生阶段的命运起伏与精神轨迹，并力求从中揭示出这代人日渐成熟、丰满起来的独特品格及其悲凉境遇。老鬼于1998年出版长篇纪实文学《血与铁》，把他在《血色黄昏》中对知青非人境遇的悲怆控诉，扩展到对"文革"前塑造知青一代人人格的教育和文化环境的透视与剖析。邓贤继《中国知青梦》之后，在1998年推出长篇小说《天堂之门》，聚焦于知青一代的悲剧性现实命运，通过对风云一时的"知青创业工程"的虚幻膨胀和迅速崩溃的描述，痛切地揭示了知青一代因为历史的创伤凝结成的人生原则、生存智慧和价值理想的巨大缺陷，及其与新时代的恶风暴雨相碰撞所导致的无可避免的毁灭性结局。在叶辛创作于1992年、又因改编为电视连续剧在90年代中期产生广泛影响的长篇小说《孽债》中，其80年代前期《蹉跎岁月》、《我们这一代年轻人》等作品体现的批判的倾向和追求的激情已转变为对往昔阴影无法摆脱的人生宿命的叹息，"孽债——无法偿还的感情债"①，一语道尽了历史当事人的疲惫与无奈。郭小东于1994年出版"中国知青部落"三部曲的第二部《青年流放者》，还希冀着知青一代在返城后精神与肉体再度流放的锤炼中获得人格的崇高，第三部《暗

---

① 叶辛：《孽债·前言》，《孽债》，江苏人民出版社1995年版，第1页。

夜舞蹈》于21世纪之初才迟迟推出，总体价值判断也由90年代前期三部曲整体构思时对那代人"立地成佛"①的希冀转化成面对"暗夜舞蹈"的愤懑与绝望。

虽然这些作品的具体价值判断各不相同，但以亲历者身份现身说法的激情，自命为"时代的活化石"②而希求历史珍重和探究的愿望却是其共同的心理倾向。与此同时，对于曾久久被炫耀的"知青部落"、"知青品格"的反省与解构，也成为创作者不容忽略的心理侧面。其他几位作家自不必说，就连希望宣示知青一代在共和国历史上因真诚和独特而可"青春无悔"的梁晓声，在《年轮》中也常常难以抑制"知青品格"在现实面前屡屡碰壁的焦躁，和对于知青群体意识趋于瓦解的失落感。知青"活雷锋"韩德宝之死，就正是作者对知青的人格理想客观上难以为继的真切体察。所以，尽管作品的结尾豪言壮语依旧："生活，小时候，你没能把我们怎么样，今天，你也不能把我们怎么样，随你变得多么快，随你变得怎么样……"③但实际上已显示出一种无法"扼住命运的咽喉"、虚浮与自慰相交融的心理特征。

另一些知青作家则更注重超越社会历史的表象，从生命哲学某一极致的角度来观照人类群落或生命个体的存在，以期从中探寻到生命的底蕴和真谛，"道破深机"，并由此确立自我面对世界与人生的精神原则。这类作品往往以哲理化的审美境界，凝练而鲜明地传达出作家心灵世界的蕴涵与限度，从而成为作者从事文学创作以来的种种精神探索的深化与总结。其中的代表性作家有张承志、史铁生、韩少功等。

张承志沉入"哲合忍耶的隐形世界"④，在那以血腥抵抗迫害与艰窘、坚守内心信仰的"穷人宗教"⑤的惨烈历史中，寻找着"天理和人性"⑥的所在，认定"以人的心灵自由为惟一判别准则的、审视历

---

① 郭小东：《流放者说》，《青年流放者》，中国工人出版社1994年版，第8页。
② 梁晓声：《年轮》封底题词，贵州人民出版社1994年版。
③ 同上书，第907页。
④ 张承志：《心灵史》，湖南文艺出版社1999年版，第35页。
⑤ 张承志：《离别西海固》，《在中国信仰》，湖南文艺出版社1999年版，第135页。
⑥ 张承志：《心灵史》，湖南文艺出版社1999年版，第35页。

史的标准"①，进而"熔历史、宗教、文学为一炉"②，于1991年推出
"生命之作"③《心灵史》，借以展示"异端即美"④，张扬"历史的正
义感和艺术的正义感"⑤；并源于"追求心灵的干净"⑥的价值理想，
在1994年将他80年代后期创作的包蕴丰厚的《金牧场》，删改为"对一
生中只有一次的大走场（迁徙）的感悟"⑦这一重内蕴的《金草地》。
韩少功于1996年发表长篇小说《马桥词典》，有机地融汇了他《月兰》
时期的创作关心民瘼的现实情怀，《爸爸爸》一类小说的文化视角和诡
异气息，80年代后期小说的哲思和怀疑倾向，和他的思想随笔的学者
型考辨特征，而又以"语言生存论"和"文化相对主义"的学理性价
值立足点，使这些审美优长得到了文化人类学层面的凝聚与深化，本
土文化价值本位的立场由此顺理成章地确立。2002年，韩少功又出版
了长篇小说《暗示》，通过对"具象细节"的解读表达他的对生命和
社会、文化的种种感悟，揭示被语词所掩盖的世界的蕴涵、揭示现代
知识的危机。史铁生在身心的双重困境中，从生命缘由和人生终极状
态的角度，对自我的"记忆与印象"⑧进行探询与玄思，分别于1991
年、1996年、2002年，以《我与地坛》、《务虚笔记》、《病隙碎笔》等
心神淡定而又悲天悯人的力作，为浮躁而急功近利的文坛开创出一方
弥漫着生命本原气息的沉静境界。

　　这些作品凭借着透彻的感悟、纯熟的表现和深沉而稳健的心理立
场，获得了广泛的赞誉。但其中意味深长的是，作家们创作此类表达
自我最深切生命体验的作品时，心理的灵感区域和理想的生命境界，
不管是否与知青体验有关，总在人类的生存困境之中。正如李锐在

---

　① 同上书，第203页。

　② 同上书，第172页。

　③ 张承志：《离别西海固》，《在中国信仰》，湖南文艺出版社1999年版，第139页。

　④ 张承志：《心灵史》，湖南文艺出版社1999年版，第42页。

　⑤ 同上书，第89页。

　⑥ 张承志：《注释的前言：思想"重复"的意义》，《金草地》，海南出版社1994年版，第4页。

　⑦ 同上。

　⑧ 史铁生：《记忆与印象》，《上海文学》2001年第7期。

《无风之树》和《万里无云》的创作谈中所说，他们品味和领悟着这种困境，从中感到"深冷切骨的悲凉"[①]，同时却又坚信只有"当人被挤压到最低点的时候，当人被生存的处境几乎还原为动物的时候，对于处境和处境的体验才被最大限度地突现出来"[②]。为什么他们心灵的底色总是人类"困苦的永在"[③]，以致一切都是"苦中作乐"呢？这种包含着个人生活阴影的对人生底蕴的探究，到底能否获得更宽广的、更具普适性的人类生命境界中的人性深度呢？不能不说，这是一个发人深思的问题。

知青作家们的第三种倾向，是对于纯个体生命血缘进行历史文化层面的追溯。具体说来，就是将20世纪80年代的"文化寻根"，转化为直接从生命个体角度，对家庭先辈成员的具体历史命运进行探寻，并对其存在意义进行反思。

王安忆1993年发表的长篇小说《纪实与虚构》，以"纪实"与"虚构"花开两朵各表一枝而齐头并进的结构方式，既全面展开对"我的社会"这"人生性质的关系"方面的纪实性描述，又对祖先血脉渊源这"生命性质的关系"方面，进行着学究式的考证、勘察与拟构。在对"我"成人过程的描述中，被作者细细咀嚼的丝丝缕缕的落寞与挫伤、点点滴滴的亏欠，令人深味个体生命成长的孤独与忧伤；而尽管"为使血缘传递于我，我小心翼翼又大胆妄为地越朝越代，九死一生"[④]，抠索着家庭血缘的枝枝叶叶，竭力想象祖先们雄强豪迈、潇洒自由的生命形态，结果，皈依的愿望却只能在冥想中获得暖意甚为稀薄的满足。李锐创作于20世纪90年代初期的《旧址》和2001年的《银城故事》，均是一场"和祖先与亲人的对话"[⑤]。其中《旧址》通过描述一个盐城大家族成员在20世纪的政治、经济和军事等方面的"无理

---

① 李锐：《重新叙述的故事》，《拒绝合唱》，上海人民出版社1996年版，第86页。
② 同上。
③ 史铁生：《随笔十三》，《收获》1992年第6期。
④ 王安忆：《纪实与虚构》，《收获》1993年第2期。
⑤ 李锐：《从冬天到春天》，《拒绝合唱》，上海人民出版社1996年版，第69页。

性的历史的浊流中的泯灭"①，着力展示"以血涂写的历史中的人的悲凉处境"②，和"所有泯灭的生命显得孤苦而又荒谬"③的生命情态。小说严峻地反思了"每一代人每一个人都在明确无比地奋斗挣扎，为了这奋斗和挣扎,他们或她们聚集了终生的理性和激情，到头来谁也不知道这理性和激情为什么全都变成了滔天的洪水"④。在作品的结尾，从国外归来的晚辈观察者李京生，既感到"人之为人的悲哀"，"更有一种离根的漂流之苦"⑤，结果势所必然地陷入生命的"虚无之海"⑥。张抗抗也在1995年创作出探寻红色家史的长篇小说《赤彤丹朱》，作品通过描述主人公在不断证明其革命身份之"真"的过程中反而一步步走向"假"的荒谬历程，展示出一幅乌托邦理想悲壮沉落的解构之图。作者情感浓郁地对理想主义话语发出质疑和诘问："如果社会理想的实现需要以人的价值丧失为代价，那么这种社会理想的'价值'究竟何在呢?"⑦血缘根基的追寻给张抗抗所带来的，同样是一种对生存依据的疑虑和心理的恍惚之感。

这几部作品都有着作者自身家史的真实生活的影子。发人深思的是，对最具体而贴近自我这一个体的生命参照系进行寻找的结果，在不同作家的精神世界竟然都是参照系的崩溃和生命意义的虚无感。从对个体生命"寻根"以自我确立生存依据的意图出发，却以意义的丧失与虚无为结局，这大概就是他们的创作内在的心理真相。

就这样，具体地反省自身历史，所得的是悲凉与疲惫；真切地追溯先人命运，结果的感受是荒诞与虚无；本原性地思考人类的生存处境及其生命境界，倒使作家们似乎有效地确立了面对世界与人生的精神立场，但其境界中却又弥漫着人类的局限和困境永恒存在的阴影。

---

① 李锐:《关于〈旧址〉的问答》,《拒绝合唱》,上海人民出版社1996年版，第188页。

② 同上书，第192页。

③ 同上。

④ 同上书，第189页。

⑤ 同上书，第193页。

⑥ 李锐:《虚无之海，精神之光——对鲁迅先生的自白》,《拒绝合唱》,上海人民出版社1996年版，第127页。

⑦ 张抗抗:《赤彤丹朱》,贵州人民出版社1996年版，第345页。

一代作家的这种心理共通性的原因到底何在呢？同时，在开掘出自我生命体验的底蕴、爬上了自我心灵感悟的高峰之后，这一代知青作家还能干些什么呢？在"道破深机"和心灵的最后归宿之间，他们又有着怎样的精神轨迹呢？这些正是值得我们进一步探讨的问题。

二

在重审自我生命形态的同时或以后，知青作家们面对20世纪90年代中后期以来已成历史定势的新的时代生活和社会形态，作出了各自不同的精神和现实人生的反应。

不少知青作家主要是女作家，基于对后知青时期新的时代或地域的生活样式的观察与思考，顺应时尚性的世俗文化思潮，创作出不少读者面更为广泛的著名作品。饶有意味的是，她们认同和书写新的时代生活的酣畅自如程度，从总体上看恰与其以往对于知青生活的精神体验和文学叙述的沉湎程度成反比。

池莉、王安忆和铁凝均是只在农村有过短短两年的插队经历。但她们之间又存在着差别：王安忆和铁凝都在20世纪80年代前期有过对知青和乡村生活的艺术观照，而池莉在80年代后期才以对江汉平原市井生态的认同性描写呈现创作的独特性。于是，她们的创作就呈现出各不相同的特点。

池莉表现世俗化时代的生存状态与人性品质显得更为恣意自如，竟源源不绝地奉献出《来来往往》、《小姐你早》、《致无尽岁月》、《生活秀》、《看麦娘》等作品，成为红极一时的畅销书作家。而且，即使是如《来来往往》追溯"文革"生态的片断，笔调也是旁观者轻松的嘲弄压倒了当事人式的对扭曲的沉重控诉。即使是偶尔追溯知青体验的《怀念声名狼藉的日子》，在主人公那种率真无忌而"搔首弄姿"、"潇洒走一回"的人生姿态和道德与政治律条严酷、压抑得几乎令人窒息的时代环境之间，作者也凭借着对人生快乐原则的认同与张扬，滤去了必将在人的心灵中留下深重创伤的时代阴影的侧面，而中国乡土作为一种文明形态，则似乎在作者的心灵中未曾留下生命意义层面的印记。

铁凝和王安忆同样有着对于新时代生活和乡村生活两方面的关注与描写，内在的精神和审美意味却与池莉颇不相同。

王安忆在"海上繁华梦"弥漫的时代氛围中，致力于细致地揭示其中被宏大历史叙事的浮尘所遮蔽的"日常生活"的本相，对上海今昔的地域性人生样态，进行了许多别具深度而又纤细入微的体察与描述。从《妹头》、《富萍》、《我爱比尔》这样现实生活中的"问题女孩"，到《长恨歌》中满蕴着颓败、伤感和迷惘气息的历史陈迹，上海都市中这些时尚而病态的女性的人生，成为王安忆创作的心理兴奋点。显然，她是既描述时尚人生形态"跟着感觉走"的快乐，更注重其生存原则的肤浅、最终所付出的代价的巨大和对于生命终极意义的迷茫。与此同时，王安忆又创作出《隐居的时代》、《轮渡上》、《喜宴》等不少表现乡土人生的作品，着力将其中"缓慢的，曲折的，委婉的"，但却"自由地漫流"①的生命形态的侧面予以诗意化的描述，而乡村民间更日常的真实、更折磨人的琐屑和更隐秘芜杂的品质，则因为短篇小说所特有的片段式抒写的特征，被作者巧妙地回避了。当初在农村时，王安忆曾"始终不能适应农村，不能和农村水乳交融，心境总是很抑郁"②；现在在与城市文明的比较中，她却认为"城市是一个人造的环境，而农村是一个很感性的、审美化的世界"③。乡土生活"因是从自然的状态中生出，就有了一种神性，成为了仪式，因而具有了审美的性质"④。农村"给我提供了一种审美的方式，艺术的方式。农村是一切生命的根"⑤。在前后两个人生阶段，王安忆对都市和农村的心理态度显然构成了鲜明的对比。

铁凝的《大浴女》和《永远有多远》表现的是城市的浮华与喧

---

① 王安忆：《生活的形式》，《上海文学》1999年第5期。
② 王雪瑛：《农村：影响了我的审美方式——王安忆谈知青文学》，《解放日报》1998年9月2日。
③ 同上。
④ 同上。
⑤ 同上。

器，但她几乎同时创作的《孕妇和牛》、《秀色》等作品所传达的，却是乡村人生在生存环境局限中底蕴的醇厚与真诚。

张抗抗知青体验的深广度显然远远超过这些作家。结果，即使是《情爱画廊》这样对欲望时代的爱情所作的敏慧以至于张扬的贴近，其中纯情、唯情的爱情范式也显示出古典爱情理想的印记，即使是《作女》这样对于最新潮的女性的认同性描述，展示的也是在新的生存空间对严肃的人生价值的追求。

由此可见，虽然这些作家都不约而同地在追踪着时代的社会潮流，但是，对往昔的人生形态沉浸的程度却有力地决定着她们对新的时代生活形态从价值立场到心理态度的认同程度。

另外一些知青作家同样关注时代的内在起伏和历史动向，但不同于女作家们对"日常生活"的兴趣，他们沿袭着当代中国革命现实主义的精神传统，显示的是中国作家承担重大社会命题的责任感和使命感。陆天明、邓贤、梁晓声即是这方面典型的代表。

陆天明从民众愿望和主流意识形态的结合点、交界处入手，以《苍天在上》、《大雪无痕》、《省委书记》等优秀的"主旋律"作品引誉文坛内外。邓贤的《大国之魂》、《淞沪大决战》、《流浪金三角》等长篇纪实文学作品，则着眼于20世纪重大的历史事件，将史家的求真勇气和文人的忧患情怀融为一体，于真相的揭示中追求一种悲怆的史诗品格。梁晓声以比创作《年轮》更大的热情，来剖析事关国计民生的社会热点问题，探索中国社会发展和经济繁荣过程中所伴生的邪恶与痛苦，撰写了长篇社会学随笔《1997——中国社会各阶层分析》，长篇小说《红晕》、《黄卡》，以及《学者之死》、《贵人》等大量的中短篇小说，慷慨悲怆、夹叙夹议的笔调中，洋溢着道德英雄主义的热情，和对于弱势群体在困境与委屈中呈现的善良而温馨的人性品格的赞美。

这类作家在创作主体价值立场方面最为引人注目之处，显然是其对于社会事业的承担意识，作品中所流露的对于当代中国的生活与思想局限的敏感，对于时代弊端的批判精神，以及那根深蒂固的社会关怀、人文关怀的热情，就正是这种承担意识的具体表现。

从与知青体验的关系来看，陆天明显然已摆脱了80年代后期创作《桑那高地的太阳》时那种"到底是我们改造了世界，还是世界改造了我们"式的被时代所抛弃的困惑感，而显露出成功地把握住时代主脉的昂扬与自信，但关注人物与时代大势的血肉联系，则始终是他艺术观照的核心。邓贤不同作品的理性命意当然各不相同，然而，以在历史的惊涛骇浪中有价值的牺牲与无谓的毁灭者的坟墓为核心意象，则在这些作品中一以贯之，那种破解委屈者人生隐秘的心理倾向，与他创作《中国知青梦》"我要写一本书"解说知青委屈的意图，也显得如出一辙。梁晓声作品对弱势群体几近出自本能的疼爱，与他80年代后期的《父亲》、《母亲》等"亲情小说"所表现的少年时代贫苦生活的体验密切相关，而叙事进程中仗义执言的慷慨姿态，则充分显示出他"知青小说"中富于思辨性的青春激情。

问题却还存在另外一个方面：他们那在多元社会、复杂的社会人生网络中过于明晰的价值判断与人格形象，其中所显示的到底是悟透一切后的济世气魄，还是包含着更多的趋时顺势、纯功利化层面的坚定呢？这让我们不能不加以深入的思考。

韩少功、张承志、李锐、史铁生等作家则更为关注在各种文明和人生形态中人的终极价值实现程度的问题。所以，在完成了自我对生命底蕴的探询之后，他们往往以思想随笔的形式，历史考察与哲理思辨相结合的方式，深切而直白地表达着对国家、时代、文明、故乡等难以被历史的激流所淘汰和湮没的重大命题的思考，从中显示出"追求思想及其朴素的表达"①的文学理想。

张承志一方面以"人道的立场，文化的尊重"，在对世界体制、话语霸权和世俗境界的批判中，显示他"真正的作家，必须具备良知和艺术，必须拥有独立的知识分子立场与气质，包括高贵的行为方式"②

---

① 张承志：《临近的卡尔曼》，《夏台之恋·张承志20年散文选》，青海人民出版社2001年版，第407页。

② 张承志：《风雨读书声》，同上书，第333页。

的人格理想，创作出《墨正浓时惊无语》、《再致先生书》、《双联璧》、《幻视的橄榄树》等显示自我和寻找参照的作品，另一方面又以对于"人的气质"、"异端之美"、信仰的道路等近乎迷醉的情态，"审美以养心"[①]，描述他"二十八年的额吉"、"弟弟们"、"刘介廉的五更月"、"正午的喀什"，表达他在"长笛如诉"之中的"夏台之恋"和"祝福北庄"的心情。

李锐则在对20世纪中国历史的深刻反省中，痛切地阐述现代汉语写作"语言自觉的意义"[②]，以对"中国人自己的处境"这"刻骨的真实"的寻求，批判"悯农"与"田园"之类的"中国文人的'慢性病'"[③]，并以鲁迅所显示的"虚无之海，精神之塔"为参照，"拒绝合唱"。

韩少功在对"后革命的中国"、"性而上的迷失"、"个狗主义"等"看透与宽容"并表述了他的"夜行者梦语"之后，为了"无价之人"和"文明复兴的共同使命"，干脆"回到零"，从海南搬回湖南他当初插队的汨罗乡下定居，超越种种"文明"的覆盖直接面对一切"人类乃至生类"，以期在生命的天地境界中重新感悟其底蕴，确立面对种种复杂时代命题的精神基点。

史铁生对浮华的时尚视若不见，始终气定神闲地坐在轮椅上，追思"老屋"，体察"别人"，品味他的"记忆与印象"，以获取"心魂"的质地与分量。

这类作家似乎已高远得不屑于对俗世的一切耿耿于怀，时代的新的生存境况和兴兴灭灭的众生相，在其精神视野中只作为淡淡的背景存在；与此同时，虽然作家们所认同的心理体验的重心仍源于乡土的文明和生存的困境，但它们同样是以超越性的形态出现的。也就是说，在这些作家的作品中，人间烟火味是较为稀薄的，其突出的特征是形而上的感悟和思想的传达。

---

① 张承志：《水路越梅关》，《夏台之恋·张承志20年散文选》，第387页。

② 李锐：《我对现代汉语的理解——再谈语言自觉的意义》，《当代作家评论》1998年第3期。

③ 李锐：《中国文人的"慢性乡土病"——由"悯农"与"田园"谈起》，《拒绝合唱》，上海人民出版社1996年版，第146页。

也许正因为如此，他们所认同的生命原则在某种程度上，表现出缺乏人间普适性的精神特征。

通过以上的分析我们可以发现，虽然在进行自我生命体验和历史文化反思时，知青作家们均显示出人生创伤和历史坎坷所留下的悲剧性的精神质地，但在登上体验的高峰后重返身处的具体历史情境，"意识不再向上发展，而转向广阔的视野……通过经验的发现拓展人的精神视野"时[①]，他们的心理热情与关注焦点，却发生了巨大的分化。产生分化的关键，则在于他们之间新的价值和心理基点的差异。而且，正是这包含着知青体验的整个人生感悟所形成的心理基点及其相互间的复杂关系，导致了知青作家们复杂的分化形态。

三

那么，我们究竟应当怎样理解知青作家对于自我生命底蕴的把握与判断，以及由此导致的精神分化呢？

这需要我们拓开视野，先对某些相关问题进行一些简要的描述。

一方面，针对20世纪90年代不断被咀嚼和炒作的"知青文化"，有不少知青作家发表了自己的看法。其中，王安忆始终不以为然，并且曾公开发出过"知青文学到底有没有独立出来的价值"的疑问[②]，她表示："我想这个话题应该结束了，至少我个人一点儿也不想加入这些声音。"[③]阿城对知青作家的创作前途也表示怀疑："无产阶级文化大革命的本质是狭窄与无知，反对它的人很容易被它的本质限制，而在意识上变得与它一样高矮肥瘦。"[④]张抗抗则认为，知青"中的大多数人，正在不知不觉地退出社会。由于教育和经历的原因，他们在本质上，同商品经济是格格不入的"。同时，张抗抗又深切地感受到，"我可是

---

① ［瑞士］荣格：《心理分析学的基本假设》，《荣格文集》，改革出版社1997年版，第12页。

② 王雪瑛：《农村：影响了我的审美方式——王安忆谈知青文学》，《解放日报》1998年9月2日。

③ 同上。

④ 阿城：《闲话闲说》，第180页，转引自谢泳《我们做过错事》，《作家》1998年第9期。

走不出'老三届'了"①。史铁生认为：生存困境这人世间"永恒的轮回……生生相继，连突围出去也是妄想"，而且，困境中显示的"慈与悲的双重品质非导致美的欣赏不可"②，所以，"走不出'老三届'"并不意味着其精神人格和文学魅力没有独立于世的价值。这种种迹象表明，知青作家内部对于"知青作家"和"知青文学"已然存在着不同的价值判断。

问题的另一方面是，不少名不见"文学经传"而知青体验深切的普通人物，却对文学创作中既成的"知青话语"颇为不满，并自己动手着力以朴直、精确的笔触，对自身血淋淋的经历进行悲怆激切的控诉，以期使知青话语"从虚饰中突围"，"还原民间记忆"，从而"追溯一代人生命的本原、本真"③状态。中国工人出版社于2001年隆重推出了六部这种"中国知青民间备忘文本"式的长篇纪实小说。这些作品虽然总的看来质胜于文，但其中的部分作品，如《审问灵魂》对知青自身劣质及其灾难性后果严峻的道德审问，《洋油灯》对女主人公凄惨的身世和绝望的命运的真切展示，确实撼动人心。它们至少可看作是对部分不幸知青生命原生态的抒写。

某些农家子弟出身的著名作家，90年代后期以来也纷纷艺术化地表达了自我与流行话语截然不同的"知青印象"。杨争光的《越活越明白》、阎连科的《最后一个女知青》等长篇小说，和刘醒龙的《大树还小》、莫言的《"司令"的女人》、李洱的《鬼子进村》等中短篇小说，不约而同地沿袭着一个农村青年与下乡女知青婚恋的情节模式，毫不留情地揭示出，不管具体情形如何，皆是城里人从道德到生命价值都存在对农村人的亏欠，从生活到精神都给农村人造成了终生乃至几代人都无法摆脱的阴影。《越活越明白》干脆从对中华民族历史文化贡献的高度透露出曾经自命不凡的知青一代其实"越活越明白"：他们并不是什么有作为、有特殊价值的一代，不过是身心交瘁

---

① 张抗抗：《同"老外"谈"老三届"》，《海上文坛》1994年第2期。

② 史铁生：《一封信》，《文学自由谈》1992年第1期。

③ 岳建一：《希望在于民间文本》，杨健：《中国知青文学史》，中国工人出版社2001年版。

而最终一事无成、奔波劳碌而虚幻卑琐的一群历史的弃儿。这么些作家不约而同的艺术想象与价值态度，不能不说是显示着一种不容讳言的真实。

问题更为核心的内涵则是，不少20世纪80年代前期即以"知青作家"著称而在90年代已经转向、并仍然保持创作活力的作家，虽然纷纷对于到90年代仍称他们为"知青作家"不以为然，而且其文本的精神视野、理性主题、艺术韵味等也确实脱离或超越了知青体验的界域。但是，另一侧面耐人寻味的现象也出现于他们审美化的人生旅程之中。张承志长期陶醉于在西北的穷乡僻壤里奔波，韩少功重返当初的下乡地湖南汨罗县定居，王安忆喜欢每年有几个月徘徊在苏北农村的田间地头，梁晓声对知青一代下岗职工的境遇耿耿于怀。在创作之中，张承志自不必说，王安忆、铁凝在90年代后期均满怀温馨与诗意地重拾乡村记忆，韩少功也表示往昔知青生活的片断和感受往往会在不经意中从记忆的岩层进出。尤其应引起注意的是，像韩少功、张承志、李锐、史铁生这样以生命感悟见长的作家，其最为深切动人的作品几乎都与他们的知青经历或类似的困境体验密切相关，而且，他们在道出了令人震撼的人生感悟之后面对其他的生活领域时，则除了批评和挑剔，似乎就无法获得认同性的创作灵感。另一些不管什么题材都能写的作家，如王安忆、铁凝、张抗抗、梁晓声等却又似乎除了社会性的道德或人生、人性立场外，总是难以确立其个体生命本原性的生存依据。

置身于业已充分展开的新型时代语境，结合知青作家们的创作实际，我们可以得出如下的结论：

其一，知青作家群的精神蜕变是一个不容辩驳的历史事实，文学身份层面的"知青作家"在90年代后期确实已不再存在，超越与分化即是瓦解这一身份的具体途径。从创作群落意义上分析这一时期的"知青作家"，在学理层面上难以成立。

其二，知青作家们仍然未曾穷尽其知青体验的方方面面，在他们心灵"黑箱"的最深层仍有许多他们并未觉悟或未曾浮上来的内涵。

这些内涵既是他们自己和别人对既成的"知青话语"难以满足的原因，同时却又显示出存在出现新型"知青文学"的广阔的话语空间。但是，因为已从人生底蕴和生命本源的层面对自我的知青体验进行了透底的探究，因为已从对于以知青体验为心理内核的自我生命感悟中抵达了人生的"不惑"之境，生理年龄也大多已到了"知天命"之年，所以，新型的知青文学巨著已很难再出现在八九十年代活跃于中国文坛的知青作家之中。

其三，知青体验又程度不同地规范和限制着知青一代作家，一方面成为他们人生观察的心理定势和文学创作的有效的精神资源，另一方面又使他们无论人生道路、文化选择、创作方向发生怎样的变化，精神的适应力、创作的灵感都局囿于一定的界域之内，而且这种界域如影随形般打上了"知青"的印记。结果，即使全身心地转入其他人生形态，他们也很难穷究到其深层的意蕴，更难以认同其本原性生存依据的合理性，而只能以批判或困惑的精神姿态出现，或者仅仅理性意图明晰地进行生活表象的描述和社会问题表态式的价值判断。

所以，从代际特征的角度看，知青作家永远是而且只能是"知青"作家。因为他们一直是在"戴着镣铐跳舞"，不管他们跳着怎样的舞，不管这"镣铐"以什么形式存在，也不管他们为摆脱这镣铐在20余年的时间里曾经怎样地挣扎。

从这个意义上看，确实一切都是"前定"，一切都是宿命。

第三节　《雪城》："德性伦理"规范的功效与局限

《雪城》无疑是20世纪80年代知青题材文学创作中具有代表性和总结性特征的长篇小说。在"跨世纪"的新型文化语境中重提《雪城》，并不是因为它还具有多大的思想或审美冲击力，而恰恰是由于这部当初曾产生过巨大影响的作品已主要只能作为文学史文献存在，于此同时，它所代表的价值立场和创作观念，一方面已与时代存在巨大的隔阂，另一方面却依然强烈地影响着中国文学。这样，我们在"跨世纪文学"的视域中，来重新审视《雪城》影响的具体情形及其20多年来对它的研究、评价，就可从个案的角度更具体而微地探讨知青文学和知青作家精神蜕变的内在轨迹，从而对"跨世纪文学"历史演变的具体情形，获得一种贴切而深入的认识。

一

即便放到新时期以来中国长篇小说名著的整个范围来看，《雪城》在20世纪80年代的"发表规格"和"社会待遇"，也颇为令人惊讶。

小说的上部由《十月》杂志于1986年第2、3、4期分三期连载，下部同样是分三期在1988年的《十月》第1、2、3期连载。在20世纪80年代，只有柯云路的《新星》、《夜与昼》、《衰与荣》三部作品合起来在《当代》杂志断断续续登载三期以上。90年代后，也只有《白鹿原》在《当代》、《长恨歌》在《收获》等，达到了如此连载三期的"发表规格"。而且，在《雪城》仅仅发表上部后的1987年，黑龙江电视台就迅速将这个上部改编为16集电视连续剧。电视剧播放后形成了一个收视热潮，又获当年的第六届"大众电视金鹰奖"、"优秀电视连续剧奖"，仅次于经典名著改编的《西游记》而位列第二。

从梁晓声个人的角度看，这种"待遇"堪称顺理成章、水到渠成。因为《雪城》发表之际，正是梁晓声作为"知青文学"代表作家的文学声誉达到顶峰之时。1982年，他的短篇小说《这是一片神奇的土地》获全国优秀短篇小说奖。1983年，中篇小说《今夜有暴风雪》获全国优秀中篇小说奖。1984年，梁晓声的另一"亲情"题材的短篇小说《父亲》又获全国短篇小说奖；第三届"大众电视金鹰奖"中，山东电视台根据小说改编的《今夜有暴风雪》名列优秀电视连续剧榜首；他的第一部小说集《天若有情》也于同年由十月文艺出版社列入"希望文学丛书"出版。据此，文坛甚至将1984年称为"梁晓声年"。在《雪城》发表前后，《从复旦到北影》、《京华见闻录》、《一个红卫兵的自白》等纪实文学作品,《边境村纪实》等关于中苏敏感话题的"沿江屯系列"作品,《黑纽扣》等其他自传体"亲情小说"系列也纷纷发表,"多方位出击"均影响巨大。正是在这样一浪高过一浪而且形成了众星捧月之势的情形下,《雪城》被当作他"知青文学"的总结性作品隆重推出。

值得注意的是,1986年到1988年也正是新时期中国文坛出现首轮长篇小说发表和出版高潮的时候。在这些作品中,《活动变人形》和《古船》已被普遍看作代表新时期文学成就的经典性作品,即使到90年代乃至新世纪的"茅盾文学奖"中,还不断地在主要由学术界确定的"初选"中"入围"。《浮躁》1987年获美国美孚飞马文学奖。《血色黄昏》1987年首次出版,并被迅速翻译成多种文字出版。获"茅盾文学奖"的《平凡的世界》于1986年出版第一部;而且这两部作品的发行量均远远超过《雪城》,在90年代中后期兴起的"书摊"上,也比《雪城》更为畅销。而同时期发表的《金牧场》、《桑那高地的太阳》、《隐形伴侣》等作品,对于知青人生所包含的历史、人性和精神文化内涵的开掘,可以说都比《雪城》更为深刻和独到。

但不仅因为篇幅的原因,除柯云路系列作品外,这些小说当时都没有《雪城》的"发表规格"及基本由此显示的社会影响的声势。

耐人寻味的另一个方面则在于,如果从文学评论的角度来考察,与同时期问世的其他长篇小说相比,关于《雪城》的研究、评论性文章却少得可怜。

应当说,即使在文学时时具有"轰动效应"的20世纪80年代,报纸上关于某部作品的各种消息和短评,主要显示的还是一种新闻效应,对作品审美价值的探讨和赞誉,仍然应当到各种学术性文学评论刊物上去寻找。据此,笔者翻阅了从1986年到1989年存在的十余种文学评论和研究方面的刊物,这批长篇小说发表之初几乎都有连篇累牍、一组一组作为专栏发表的研究评论性文章。《雪城》却并非如此。上部发表后,仅有《小说评论》在1987年第3期发表了旷若谷的《论

〈雪城〉的悲剧意识》，《当代作家评论》1987年第3期发表了张志忠的《未曾衰竭的青春——读〈雪城〉兼论梁晓声》，总共两篇。到下部发表直至1989年底，有关《雪城》的研究，还是只增加了李晶发表于《文学自由谈》的批评性文章《悲愤的倾泄与消散——〈雪城〉情绪分析》。区区几篇评论文字，与《雪城》的发表规格和社会影响相比较，实在是太不相称。

形成这种状况的原因，当然可列举许多。但一旦细究我们即可发现，它们作为理由都不够充分。

比如，对《雪城》的评论往往被夹杂在对梁晓声"知青小说"的整个评论之中，而且梁晓声在《雪城》中并未改变《这是一片神奇的土地》、《今夜有暴风雪》以来的整体思路。但是，对于王蒙、张承志创作的相关评论也一直不断，《活动变人形》、《金牧场》的各种研究文章却蜂拥而上。

比如，《雪城》触及了某些敏感的社会问题。梁晓声自己即曾就电视剧改编说过："在去年反'自由化'的大背景下，能将《雪城》拍成电视剧，实属不易。"①当时介绍《雪城》拍摄情况的报道也谈到："剧组面临着严峻的考验。什么'《雪城》下马了'，'中央电视台某领导说《雪城》有严重问题'，'《雪城》拍砸了'等等。真可谓谣言四起，楚歌声声。"②这导致某些评论工作者曾经心存顾忌。但是，《血色黄昏》触及的问题更尖锐，《古船》揭示的矛盾更深邃和全局化，并没有使评论界哑然无语。

再比如，80年代后期的评论界正是西方新思潮汹涌、"圈子评论"盛行之时，而《雪城》是典型的传统现实主义作品，所以遭到了冷落。而其实，当时大量的评论工作者恰恰是当代中国文化话语训练出来的，接受西方思想和审美立场的不过是少数才崭露头角的青年学者。或者，因为《雪城》篇幅过长，令某些懒惰的研究者估摸着新意不足而望而却步？这更不能成为必然的理由。艺术上其实相当平庸的

---

① 梁晓声：《梁晓声致本刊编辑部的一封信》，《大众电视》1988年第8期。
② 古戈：《哦，这些北方人——〈雪城〉剧组散记》，《大众电视》1988年第9期。

《平凡的世界》上、中、下三部，长达100万字，同样最后获得"茅盾文学奖"。

而到90年代后，专门针对《雪城》的重读性研究文章就更少了。据笔者的不完全查找，十多年时间里，只有《小说评论》1995年第3期上贺绍俊的《重读〈雪城〉》，和2001年第4期《渭南师院学报》王炳社、曹强的《论梁晓声〈雪城〉创作的误区》。这时的各种文学史著作，如洪子诚的《中国当代文学史》、陈思和的《中国当代文学史教程》、黄修己的《20世纪中国文学史》等，对《雪城》也或者视而不见，或者只约略提及，都未详加分析。

笔者以为，这种状况实际上意味着，《雪城》的影响路径主要是在纸面和视觉的媒体，文学研究界对《雪城》自始至终就没有过如文学刊物和普通读者、观众那样汹涌的热情。换句话说，20多年来未淡出读者视野的《雪城》，其实基本上是一种大众文化层面的"文学"影响，而不是文坛内部的声誉。

二

我们不妨再分析一下20多年来关于《雪城》评论和研究的具体内容，因为它们实际上是《雪城》的社会影响及其原因的体现。总的看来，各种专门研究《雪城》和论梁晓声创作而涉及《雪城》的文章，关注的是以下几个方面的问题。

首先，研究者普遍高度重视《雪城》在知青文学发展中作为知青集群诉求的意义和作用。《雪城》上部问世时发表的两篇专论都对小说在知青文学领域的意义作出了高度评价。旷若谷认为："《雪城》又是梁晓声知青题材小说创作的一座里程碑，很可能将作为作家这类题材创作的高峰和告别演出奉献于当代文坛。"[①]张志忠则认为，《雪城》有一种"庄严的使命感"，"从容，沉着，有一种史笔的味道"[②]。张广在他的《梁晓声知青小说散论》中也高度赞赏道："到了《雪城》

---

① 旷若谷：《论〈雪城〉的悲剧意识》，《小说评论》1987年第3期。
② 张志忠：《未曾衰竭的青春——读〈雪城〉兼论梁晓声》，《当代作家评论》1987年第3期。

（上部）……表现出自己乃至于同题材作品都不曾有过的深度、广度和力度，标志了梁晓声在文学作品高层次追求上的自觉性和进一步成熟。"①到了90年代，研究者则往往在对于80年代知青作家群创作的整体观照中来传达这种重视。贺绍俊的《重读〈雪城〉》这样表达自己的判断："当我们想回过头翻检一下80年代末期的现实主义作品时……完全有必要在《雪城》面前作较长的停顿。"因为"作为知青作家中颇具代表性的梁晓声，在80年代中后期完成了这部近百万字的长篇，这是作者创作过程中的一个完完整整的句号。梁晓声的很多能够代表知青一代人的思想在这部作品中得以浓缩、强化"②。王源认为"……至此，知青小说的反思才进入了真正的历史反思期，知青小说的主题也才表现出深刻的历史意蕴"③。樊星认为，梁晓声"以《雪城》、《年轮》继续谱写着知青的感伤之歌、壮美之歌"④。姚新勇从反面谈到："与知青情结理性的告别和情感依恋的冲突早在《雪城》中就已淋漓尽致地渲染表现过了。"⑤

其次，研究者对于《雪城》文本内蕴关注的焦点，则是作品以英雄主义、集体主义的人格境界为核心的价值立场，以及对这种价值立场的情感态度。

张志忠认为，"梁晓声的理想主义突出表现在作品人物身上那种鲜明的伦理原则和群体意识"⑥，并对其进行追根溯源，认为"集体高于个人，道德先于需要，群体意识和伦理原则，这在五六十年代所提倡和张扬的理想情操……成为他们一切行动的最高准则，造就了他们的不可湮没的英雄气概"。至于在艺术方面的具体表现，他认为："作品的

---

① 张广：《梁晓声知青小说散论》，《文艺评论》1987年第6期。

② 贺绍俊：《重读〈雪城〉》，《小说评论》1995年第1期。

③ 王源：《新时期"知青小说"主题的嬗变》，《兰州大学学报（社会科学版）》1997年第1期。

④ 樊星：《"知青族"的旗帜——"当代思想史"片断》，《当代作家评论》1995年第6期。

⑤ 姚新勇：《从"知青"到"老三届"——主体向世俗符号的蜕变》，《暨南学报（哲社版）》2001年第2期。

⑥ 张志忠：《未曾衰竭的青春——读〈雪城〉兼论梁晓声》，《当代作家评论》1987年第3期。

群像式的描绘正是与作品洋溢的集体主义精神互为表里的。"①王富荣认为，梁晓声"着力描写、精心刻画的是知识青年在逆境中的一种道德完善和精神升华，一种为祖国人民献身的悲壮之美"②。旷若谷则指出，《雪城》揭示和透露给读者的，"是当神本主义和畸形英雄主义大波退潮之后，凸现于人们面前的、无时不在、无处不在的普遍悲剧现实和普遍人生悲剧感"，小说"从沉沦与澄明在不同历史时期矛盾冲突的差异和联系的考察中，体现了更加深远的历史否定精神"。③樊星从思想史角度概括指出："梁晓声的《雪城》、《年轮》……这些作品能在文坛上激起热烈的反响，能在人心中拨动真诚的心弦，正是时代需要感伤、需要古老的人道主义情感的证明；从这种意义上也可以说：人道主义是'知青文学'的主旋律。"④贺绍俊把他"读《雪城》时感受最强烈的东西归结为两点，一是近乎幻想的理想主义，一是愤于现实的平民意识"，而且认为它们"具有历史性的美学意义"。⑤

　　研究者们关于《雪城》内蕴局限的分析，也集中在它的价值立场上。张志忠谈到，梁晓声"曾用'汉姆莱特型的忧郁、唐·吉诃德的挑战精神和牛虻的尖刻、毕巧林的玩世不恭'等概括这一代人的精神特征……是否也有些把当代青年贵族化的倾向呢?"而且，《雪城》"过于看重集体行动，作品的情绪指向和情节高潮都凝结于此"，"使作品在历史与道德的评判上有失偏颇，也影响了作品的生活内涵"。⑥结果，"对于道德伦理原则的强调和作家的理性精神造成的对人物的分析倾向，使《雪城》中的众多人物都以道德准则为界，泾渭分明，善恶分明，损失了大量的中间层，也损害了人物形象的丰厚圆整，使人物的共性远大于他们的个性，使他们的道德平均值湮没了他们的个性化的

---

　　①　张志忠：《沉沦中升华梦醒后自省——读长篇小说〈桑那高地的太阳〉、〈雪城〉》，《人民日报》1987年2月4日。

　　②　王富荣：《为千百万知识青年树碑——梁晓声知青小说漫议》，《萌芽》1985年第8期。

　　③　旷若谷：《论〈雪城〉的悲剧意识》，《小说评论》1987年第3期。

　　④　樊星：《"知青族"的旗帜——"当代思想史"片断》，《当代作家评论》1995年第6期。

　　⑤　贺绍俊：《重读〈雪城〉》，《小说评论》1995年第1期。

　　⑥　张志忠：《沉沦中升华梦醒后自省——读长篇小说〈桑那高地的太阳〉、〈雪城〉》，《人民日报》1987年2月4日。

生活和心灵的纷纭色彩"①。李晶认为，在《雪城》中，"一种感性结果——情绪——悲愤情绪，却以空前致命的力量阻滞了作家的理性"，而梁晓声"所持价值观的褊狭和陈旧"，还在于他看不到"在这个时代里，重要的是个人价值，次重要的才是人的社会价值"，结果，作品人物"为社会性角色的表演而不得不以个人性角色的牺牲为代价"，"很多人物的非真实或者非生活化"②的现象，就不可避免地在作品中出现了。

最后，从审美角度看，研究者们的注意力都集中关注作品由传统现实主义审美品质所带来的、在社会历史反映层面的功效。

旷若谷认为："《雪城》（上部）是一部优秀的现实主义悲剧艺术作品……体现了传统现实主义表现方法强大的生命力。……同时，大胆地创新和发展了现实主义悲剧观念"，因为这部小说"是一代人悲剧的虚构艺术"，又"体现了由哲学观念演化而引起的当代悲剧观念的嬗变，蕴含着作家关于人、历史和国家相互关系的沉重思考和深刻反思，传达出更加震撼人心的作者内心自白"。③张志忠指出："它不但以宏阔的气势反映了返城青年待业这一牵动千家万户乃至全社会的神经的历史现象，而且逼真地表现了待业者那种寻寻觅觅、惨惨戚戚的心境，其写实的功力，其冷峻的笔致，都令人叹为观止。"④贺绍俊也仍然"强调《雪城》的现实主义和它作为小说的传统性"。⑤樊星认为："这些写实之作从艺术手法上看去，并无多少新奇之处，但是，知青文化的苍凉背景、知青情结的感伤情调，却使这些平实之作具有了感天动地的巨大魅力。"⑥

由以上的概括性描述我们可以看到，评论界对于《雪城》的研究，注重的是作品的社会历史内涵和思想立场，同时关注的是作者的

---

① 张志忠：《未曾衰竭的青春—读〈雪城〉兼论梁晓声》，《当代作家评论》1987年第3期。
② 李晶：《悲愤的倾泄与消散——〈雪城〉情绪分析》，《文学自由谈》1989年第3期。
③ 旷若谷：《论〈雪城〉的悲剧意识》，《小说评论》1987年第3期。
④ 张志忠：《未曾衰竭的青春——读〈雪城〉兼论梁晓声》，《当代作家评论》1987年第3期。
⑤ 贺绍俊：《重读〈雪城〉》，《小说评论》1995年第1期。
⑥ 樊星：《"知青族"的旗帜——"当代思想史"片断》，《当代作家评论》1995年第6期。

思想情感、认识能力和文学功力能否使这种内涵获得更为成功的表达。首先应当说，研究者们的认知是基本准确的。梁晓声创作知青系列小说就是为了一个社会性的目的，即"为了歌颂一代知青"，给知青"树一块碑"、给知青文学"加一块砖"。因为在他看来，虽然"文革"中的上山下乡运动"是一场荒谬的运动"，但是，"被卷入这场运动前后达十一年之久的千百万知识青年……是极其热情的一代，真诚的一代，富有牺牲精神、开创精神和责任感的一代"。①这种认识就是梁晓声创作的思想基础。而他从事创作的审美宗旨，"在写作中执著追求的——那就是面对现实生活，努力反映现实生活"②。这种思想艺术追求，确实使他从开创性的《这是一片神奇的土地》到总结性的《雪城》的文学表达，有效地成为知青一代关于自我正面形象集群诉求的审美表征。同时，评论界对《雪城》的这种始终一贯、缺乏新的思想艺术视角的研究，也是必然的。因为《雪城》确实没有更多的思想蕴藏和审美开拓，就事论事的文本研究评论自然只能以对象的存在特征为研究的论述思路。

但另一方面，这些关于《雪城》的评论，及其由评论所显示的《雪城》形成社会影响的缘由，基本上是一种传统现实主义文学批评话语范畴之内对作品的认知，是对作品从人生变乱时期和传统"熟人"社会提炼出的"德性伦理"原则的理解与褒贬，其中实际上构成了一种与创作者思维同构而具体内涵各有差异的思想关系。而那些似乎蕴藏清醒的审美理性的评论立场，则是以面对作品的巨大社会影响保持沉默姿态来呈现的，这种研究姿态也在无形中掩盖了作品创作观念和思想视野的内部局限之所在，就连《雪城》问世后出现"冷""热"效应的思想和美学原因本身，评论界都未能给予有力的回答。

三

"德性伦理"是一个与"规范伦理"、"制度伦理"相对应的伦理

---

① 梁晓声：《我加了一块砖》，《中篇小说选刊》1984年第2期。
② 同上。

概念，它坚持以个体或共同体的品质为核心，把人在按特定环境中的美德作为伦理与人生实践的第一位的目的。《雪城》就明显地存在着这种"德性伦理"本位的价值倾向。

我们不妨从作品的这种特征及其局限性出发，来透视《雪城》创作和研究中存在的缺失，进而阐明它所导致的后果及其正负两方面的启示。

应当说，《雪城》正如研究者所言，具有相当的社会历史深度和人文热情，它对于知青一代历史命运和生存质量的考察和维护，确实令人感动。但是，不需细读我们即可发现，作品所描写的诸多矛盾的枢纽，其实是由历史错误形成的知青群体与自有其公共规范的城市的矛盾冲突；而在这种矛盾中，作者相当情绪化地站在知青立场，甚至存在着过分追求集群诉求和对于知青自身的人文热情的思想特征。

在作品中，作者以"兵团战友"在特定生存状况下的集群生存规则，即道德和情义原则及其所显示的个体人格和道德境界，作为观察历史和社会的立足点，进而将这种个人行为的伦理规范凌驾于现代公共社会的社会关系和政治秩序之上，并与之对抗。结果，作品就不可避免地遮蔽了新的历史环境中社会关系和政治秩序其他侧面的合理性，从而导致了以传统社会"德性伦理"的价值立场对抗现代社会的公共秩序和必然规范的思想偏失。比如，作为小说题目的"雪城"意象，代表的就是一种特定人生境域中知青对于城市的对抗性心理感受和情感态度，而作者显然把这种感受和态度当作了作品主导性的情感倾向。

因为执著于仅仅对单一利益群体的"人文关怀"，因为对传统"德性伦理"的迷恋，《雪城》还显示出对于知青人生和人性丰富性理解的欠缺。贺绍俊认为《雪城》的思想基点之一是"愤于现实的平民意识"，而张志忠则认为《雪城》从创作效果看，存在从思想气质上把"当代青年贵族化"的倾向。究其原因就在于，作者以"德性伦理"的主观眼光，遮蔽了作品人物作为客观的社会存在所必然拥有的性格和人性的丰富性，未能遵循从现实处境和实际要求出发的现代"规范伦理"的价值立场，更未能遵循这种伦理规范中从人们不同行为的共同底线出发对其相异行为进行充分理解的原则，未能这样来形成对人生和人性丰富性的充分理解与尊重。

而且，正因为作者以集群利益和"德性伦理"为基础，过分强调它所具有的普适性，结果，当这一群体遭遇新的生存境遇及其相应规则，导致人生坎坷乃至悲剧性命运时，作者就以该利益群体失意时个体人格在世俗层面的愤激作为创作主体情感心理的内核。这正是《雪城》描述知青融入城市的过程笔调悲怆张扬、不断失去艺术节制地出现宣泄倾向的根本原因。弥漫于作品的愤激情绪，又难以避免地会形成思想的盲区。在这样的心理基点上创作的文学作品，体察社会、历史和人性的深度怎能不受到影响？实际上，知青一代的不少人在现实生活中经过历史的锤炼，精神已经发生蜕变，执著于主观意念的创作者却未能及时发现这种蜕变，因而使作品主人公的英雄气质始终伴随着悲剧色彩；作者也并未由另一部分知青现实适应能力的匮乏提炼出对于其历史应变能力的提醒，以及对于他们迟迟缺乏这种意识和能力的批判。甚至到了90年代创作长篇小说《年轮》时，梁晓声还在对知青那种局限于自身内部的"德性伦理"的日渐消亡感到失落和茫然，而且创作出大量"思想随笔"，径直以传统"德性伦理"为价值基础，强化性地批判现代社会的规范及其相应现象。

结果，《雪城》就只能成为一种知青集团的集群诉求，而非以历史理性为基础的对社会多侧面合理性和不足性的审美解剖与透视；而且，作品传统现实主义层面的社会针对性强烈，形而上感悟和对于社会文化语境的审美超越性却相对匮乏。这样，它也就只能在知青群体意识强烈的历史时代形成社会层面的影响，一旦时过境迁，思想和审美的冲击力就自然而然地变得淡薄。

以沉默或就事论事形态出现的评论，却未能承担起阐述与剖析《雪城》这种思想视野局限的学术责任。

正因为梁晓声的《雪城》及其思想眼光和创作倾向影响巨大，而其缺失又始终未能被充分地揭示和认识，《雪城》之后，中国文坛仍然出现了大量从知青群体内部来看，观照侧面和具体态度不同，但实际上思想视野相同、情感特征相同的知青文学作品。这些作品在社会生活及其规范、文化语境及其观念发生巨大变化之后，仍然同《雪城》一样，崇尚历史事实和个人感受的真实，而缺乏历史理性的高度和深度，缺乏新的思想视野和审美开拓。为了赞赏怀恋式的"青春无悔"和怨恨而无法舍弃的"知青情结"而陈述，就是这类作品创作理念的核心。这种思潮甚至延续了十多年的时间，形成了90年代初期的"知青文化热"和新世纪沉湎于知青生存细部情景的"纪实文学"、"备忘文本"热。从社会文献角度看，这类写作自然不无意义，但从审美特别是经典性文学作品产生的角度看，它们就只能是处于为未来真正厚重的创作准备材料的阶段。并且，在新的历史文化环境中，新型的社会历史问题又会不断出现，这一类的创作更将每况愈下。

梁晓声在社会效应层面曾经非常成功的创作追求，其历史和文学命运尚且如此；假如新的历史文化环境中的创作者仍然以梁晓声描述知青命运的同样态度和思路来进行文学创造，那么，《雪城》的当时影响和后续命运就是这类作品的优秀者的问世影响与最终命运，平庸者则更可忽略不计。而学术界过去未能完满地完成自我的思想和审美引领的使命，同样必须对其后果承担起历史理性和学术良知的诘问，同样无法撇开历史的责任。

第四节　王安忆：步入"不惑"之境的体察与迷茫

王安忆作为"跨世纪文学"最具影响力的作家之一，在摆脱了"知青境域"之后，显出一种似乎什么都能写的创作姿态。面对她极为丰富的创作，我们如果仅仅从文本主题和价值立场等角度进行审美解读，就总使人觉得如瞎子摸象，难见全貌；而且，她的创作总是存在着某种内在的统一性、一以贯之的独特性。选择王安忆这样一个极具代表性和丰富性的作家，从学理层面深入地探讨她步入"中年感

悟"状态的精神追求及其心理基础，显然将有利于我们从知青作家蜕
变后创作和精神具体状态的角度，对他们的中年分化获得一种以点带
面、清晰具体的理性认知。

一

封笔整整一年后，王安忆在《收获》的1990年第6期发表了中篇
小说《叔叔的故事》，这部小说一向被看作王安忆创作新阶段的开篇
之作。这部作品既是对叔叔那一代人、也是对"一个时代的总结与检
讨"①。饶有意味的是，具有鲜明的作者自传色彩的小说人物"我"却
反复声明："恰巧在这一天里，因为一些极个人的事故，我心里也升起
了一个近似的思想，即'我一直以为自己是个快乐的孩子，却忽然明
白其实不是'"②，而且，"我讲完了叔叔的故事后，再不会讲快乐的故
事了"③。这一年王安忆36岁。据笔者查找和检索的结果，在整个90年
代，王安忆共发表和出版了5部长篇小说、20多部中短篇小说。这些作
品恰好把她从少年到中年所经历和经验到的各种生存空间的生命形态
故事重新叙述了一遍。我们可大致依时间顺序，将其分为"文化话语
解构叙述"、"个体血缘寻根神话"、"都市问题女性故事"和"乡村风
情寓言抒写"四种类型，这些作品实际上构成了一个相对完整的、王
安忆个人的"心灵世界"④。那么，王安忆在她以传统"不惑之年"为
中心的从36岁到45岁这一生命时段中，到底叙述了怎样一个"个人的
心灵世界"、怎样一个不"快乐的故事"呢？下面我们就顺着其创作流
程进行具体分析。

"文化话语解构叙述"以《叔叔的故事》为代表，包括《乌托邦
诗篇》、《歌星日本来》等。这些作品总体上显示的，是20世纪90年
代初作家从时代"共名"中走出、重建知识分子"精神之塔"⑤的努

① 王安忆：《近日创作谈》，《乘火车旅行》，中国华侨出版社1995年版，第39页。
② 王安忆：《叔叔的故事》，《收获》1990年第6期。
③ 同上。
④ 王安忆：《心灵世界——王安忆小说讲稿》，复旦大学出版社1997年版，第1页。
⑤ 陈思和：《营造精神之塔——论王安忆90年代初的小说创作》，《文学评论》1998年第6期。

力。但是，《叔叔的故事》那个带自传色彩的"我"，从"叔叔"一代的生存本相和生命境遇中，看到的是当代中国文化话语神话的破产；在《乌托邦诗篇》里，对真正崇高的知识分子情怀，叙事人又总感到难以企及的孤寂与惆怅。《歌星日本来》则干脆以"过来人"的身份，满怀"悲怆"地认为，追求精神崇高的生命现象不过是过眼烟云、稍纵即逝。这种审慎、钦羡、悲怆相交织，甚至暗含某种嘲讽的旁观者神态，暗伏着"我"作为"现实人"，从精神取向到生命意趣对这个守望"精神之塔"的人类群落难以完全认同的深层心理，显露出"我"在向往"精神之塔"的同时，实际上又内存疏离与疑虑的意味。

紧接着，王安忆写出了《纪实与虚构》这种似乎纯粹私人性质的作品，同类作品还包括《伤心太平洋》、《进江南记》、《忧伤的年代》等。它们着力描述主人公"我"落寞寡味的青少年人生历程，同时展示"我"为反抗充满孤寂、飘浮感的生命处境，对于个人血脉渊源之谜、生命之根的考证与冥想。《纪实与虚构》和《伤心太平洋》还被作者整合总称为"父系与母系的神话"。这类小说确实有着"寻根文学"思维路向的痕迹，但《小鲍庄》式的对于民族集体生存样态的摹写，在这里已蜕去其寓言性的外衣，转化、还原为对具体的单个人的家谱和"母地"的勘察、考证和认知，以及随之而来的对一代代人生命本相的揣测与品味，换言之，作者实际上是在编织个体血缘的寻根神话。其中包括两个方面。在家族历史这"生命性质的关系"方面，"为使血缘传递至我，我小心翼翼又大胆妄为地越朝越代，九死一生"[1]，皈依的愿望却只能在冥想中获得暖意甚为稀薄的满足，最后的发现是，我曾外祖母和我母亲这一老一少在"树叶落尽，北风乍起"的时候，开始了在"上海和杭州之间的无尽的漂流"，外公则是"以一个出走的形象结束了我们家庭的全部故事"，"宽肩长身，飘然而去"。[2]在"我的社会"这"人生性质的关系"方面，那衣食无忧、根正苗红的大都市革命同志家庭，经历过那个时代的普通百姓也许企羡不已，

---

① 王安忆：《纪实与虚构》，《收获》1993年第2期。
② 同上。

"我"却对作为上海"外来户"没有亲眷的孤独感刻骨铭心、反复咀嚼，并且因成人过程丝丝缕缕的落寞与挫伤，觉得做小孩子时是在"受罪"，由衷地慨叹，"成长是忧伤的，稚嫩的身体一点点地失去保护，所有的接触都是粗暴的。要过多少日子，她才能触摸到粗暴的深处的那一点暖意。这暖意也并不是什么爱之类的情感，而是从你我他的生活的艰辛，迸出来的人情之常"。①于是，我们似乎可以看到，一位养尊处优但性情朴实的都市上流社会女性茕茕孑立于此，为着青少年时代玩游戏、看电影、写信的点点滴滴的亏欠在耿耿于怀，因此而黯然神伤于人生的不够圆满，并细细抠索着家庭血缘的枝枝叶叶，略显恐慌地感叹："我是那样孤零零的一个，上不着天，下不着地。我应该怎么办呢？"②

王安忆对于上海这座她日常生活于其中的大都市的艺术观照，也颇为耐人寻味。这一类作品包括长篇小说《长恨歌》、《米尼》、《妹头》、《富萍》，中篇小说《我爱比尔》、《文革轶事》，短篇小说《遗民》等，在她90年代的创作中占了最大的比例。作者描述起来总是舒卷自如而又入木三分，显出得心应手、左右逢源的自在感。但是，王安忆所关注的对象却不是一般的"庸常之辈"，而是沿着"庸常"这一人生轨道滑行、最终却出了问题的女性。《米尼》中的米尼、《我爱比尔》中的阿三，都因为一段莫名所以的性爱而步步下滑，一点一点看似顺理成章，合起来却变得不可收拾。至于"你为什么要在蚌埠下车呢"、为什么会有"我爱比尔"呢？这些问题则无从解释也无法细究，以致一切皆氤氲着人世的偶然性与飘浮感。《长恨歌》里的王琦瑶既是女性人生的不幸者，又是时代和社会的"遗民"，然而，"弄堂里的王琦瑶们"琐细、暧昧、散发着陈腐气而又缺乏方向感的人生，却是上海的日常生活和人们挥之不去、时时缅怀的时尚。而且，社会还正在制造着富萍这样新时代的王琦瑶们。于是，作者一方面专心专意地铺叙着一个个"问题女性"随波逐流、与人世大格局缺乏干系的晦暗人

---

① 王安忆：《忧伤的年代》，《花城》1998年第3期。
② 王安忆：《纪实与虚构》，《收获》1993年第2期。

生，并由此在心中升腾起"人生长恨水长东"的苍茫感，另一方面则又以遥遥俯瞰的眼光，深入骨髓地打量着这一切，怜悯地叹息"都市无故事"，因为"这样的生活有着传奇的表面，它并不就因此上升为形式，因为它缺乏格调……真正的形式，需要精神的价值"。①显然，王安忆最后仍然是上海这大都市的"外来户"，没有在其中找到安身立命之根。

终于，王安忆的审美目光转向了牵连着她"知青体验"的乡村，在90年代末集中创作出以中篇小说《隐居的时代》为代表、却以短篇小说为主的一批作品，包括《轮渡上》、《天仙配》、《开会》、《喜宴》、《青年突击队》、《姊妹们》，等等。《隐居的时代》是一部让人的思维境界豁然开朗的力作，它写的不过是各种外来者"文革"时期在乡村生活的汤汤水水，却自有恢宏气度和辩证力度蕴含其中。从大刘庄对三位下放医师和游方郎中的态度，作者发现了"骨子里都是教化的，性情深厚，一点不轻浮，特别有肚量"这样一种以"耕读传统"浸淫过的乡村品质。从哲学讲习班和农机厂文学青年那思考欲望旺盛的聚会，她又敏悟到："当世界上只通行着一种意志的时候，空间其实是辽阔的，这里那里，会遍生出种种意愿。当然，它们是暗藏的，暗藏在那个大意志的主宰的背阴处。"②于是，在生计艰难的乡村，她发现了"人民"那令人惊叹的"渴望活下去"的生命本能，"许多虚无的思想，非但没有消解它，反成了它生存的肥料。而它活下去又绝对不是苟活，不是动物性的本能，而是具有精神的攀登的意义"。③因此，作者让贝多芬的第五交响曲在小说结尾处奏响，同时又竭力张扬乡村气度地声明，"隐居是不留纪念碑的"④。在这里，王安忆似乎从乡村面对世事浮沉的厚道安详中，对种种"外来者"的亲和力与容纳性中，以及那"缓慢的，曲折的，委婉的"，但却"自由地漫流"的生命形态中，找到了她所认同的"生活的形式"。至于《轮渡上》、《开

---

① 王安忆：《生活的形式》，《上海文学》1999年第5期。
② 王安忆：《柔软的腹地》，《小说选刊》1998年第12期。
③ 同上。
④ 同上。

会》、《喜宴》那一幅幅乡村风情画式的场景，更是作者从诗意化的审美高度对乡土美质的抒写。在创作谈《生活的形式》一文中，她曾不无欣慰地谈到，小说"必须在现实中找寻它的审美特性，也就是寻找生活的形式。现在，我就找到了我们的村庄"①。"农村生活的方式，在我眼里日渐呈现出审美的性质，上升为形式。"②这就是说，王安忆花费近十年时间、层层拆解了与自我紧密关联的种种生活样态之后，似乎终于获得了一种具有纯美品质的"尘埃落定"。

其实，大学生们的乡村"隐居"尽管闪烁着"盛世的余辉"，但毕竟是"荒凉的青春"。轮渡上的惹人注目，喜宴时闲散宽厚但烦闷且内含卑微欲望的等待，都不过是乡村人出头露面的片刻神采。乡村民间更日常的真实、更折磨人的琐屑和更隐秘芜杂的品质，则因为短篇小说所特有的片段式抒写的特征，在这里被王安忆巧妙地回避了。作家品味生活性质和洞察世事肌理之时，由此闪现出回避和呵护的特质，所以，她所作的就只是一种心理上的怀想，一种主观虚幻色彩极强的心灵抚慰，一种历尽沧桑后抗拒伤感与迷茫的、带有苟且性质的呵护。果然，在抒写乡村的沉稳、安详的同时，王安忆在1998年第3期的《花城》发表了中篇小说《忧伤的年代》，描写村姑成为都市问题女孩的《富萍》则发表于2000年第4期的《收获》。这些作品充分说明，零零碎碎的化解、冲淡、乃至虚幻地逃避，并不能使王安忆真正地超越对于成长的亏欠和人世的漂流感的反复咀嚼，她的精神心理仍然处在悬浮和暗含迷惑的情境之中。

综上所述，笔者认为，王安忆90年代文学创作的基本心理走向，是以实在的个体生命为视野，体察时代、个人、都市、乡村这样四个与她密切相关的生存空间的内在生命品质，广泛地提取各种生活样态中为人世命运"打底"的枝枝节节，进而顺着人性自在的逻辑演化为种种生存的"故事"，以求触摸到自我认同的安身立命的生活"形式"，步入"不惑"境界。但是，在为了达到"不惑"之境的审视与体察之

---

① 王安忆：《生活的形式》，《上海文学》1999年第5期。
② 同上。

中、在她精神故事的肌质之中,却如她所预感的,<u>丝丝缕缕</u>地散发着不"快乐"或至少是不够"快乐"的迷茫气息。

二

那么,王安忆在近十年时间内的创作心理流程,从价值层面看显示出怎样的精神共同特征和审美独特性呢?

我们首先可以强烈感受到的,是她"不要特殊性",对生活的"日常性"的关注与认同。《长恨歌》这部获得广泛推崇的作品是一幅上海历史沧桑的伤情画卷,实质上也体现了一种重写20世纪中国历史的努力。但是,王安忆对于无论政治还是经济视角的反省都竭力回避,甚至可以说是有意地抹去具体的社会历史变迁的痕迹。对于王琦瑶人生历程中的重大事件,她也用絮絮叨叨的叙述,使之淡化于生活之流,这样,生活中非日常性的一面自然就退到了非常虚化的位置。不仅如此,王安忆还总是着力将种种奇特的构思与体察朴素化、"日常生活化"。《纪实与虚构》的"虚构"部分,本来极易于营构绚烂而扑朔迷离的民族"寻根"神话,王安忆却将它叙述为"我"对于母系家谱的考察,种种浪漫得可使人大感惊佩的想象,她也努力朴素化为"我"在书斋的孤寂中日常的、时断时续的思绪。王安忆作品的故事和人物本身有时相当独特,逸出了生活的常轨,但作者对它们,总是力求以人生之常、人性之常来看待和解释。《米尼》和《我爱比尔》这两部作品的主人公的生活轨迹不能不说都是人生的特例,阅读王安忆的叙述时我们却会感到,它们实在是再正常不过的人性和命运的自然流淌。这种刻意以生命的基本感觉捕捉人生格调、状写人性之常的精神姿态,实质上包含着一种对不平凡性、非"日常性"心理上的不信任与拒绝。

而且,王安忆似乎总有一种逆反思维,总在与种种我们习以为常的生存事实和人生判断"唱反调",在怀疑的基础上对它们进行消解。"精神断奶"之作《叔叔的故事》揭开了"叔叔"们的庄严神圣、一本正经的面纱,毫不顾惜地还其以表面风风火火、实质上猥琐平庸的本来面目。《隐居的时代》偏从"'文革'叙述"向来流行的悲怆中，牵引出生活闲散自在的惬意之处。《忧伤的年代》也穿破人们普遍存在的、有关少年时代才快乐圆满的人生错觉，精微至极地写出其中不绝如缕的亏欠与忧伤。

就这样，一方面，王安忆认为世界上"千人千面，而又万众一心"①，哪一类人生、哪一种命运都是世事之常和人性之常；另一方面，她却又总是在揭示"甚至光中也有暗，甚至暗中也有光"②。最终，王安忆就"不要特殊性"，而用平常心把一切平常和不平常的存在都看成平常事，既细味其点点滴滴，又认同和顺应其整体走势。她认为这方是正常状态，反而是人生之本。甚至连创作本身，王安忆认为也不过是"写日记"而已。不能不说，这显然是一种以失望和黯淡为底色的人生"觉悟"。

在20世纪90年代的中国文坛，王安忆的同代作家，即其他"下乡"或"回乡"知青作家，皆以自我独特的方式或早或迟地通过超越共同话语的樊笼对个体生命安身立命之根的寻求，创作出了审美风貌迥异却都内蕴深沉的力作。张承志从"血脖子教"哲合忍耶集团世世代代舍命为信仰的崇高与苍凉中，寻找到自己的"宿命"和精神皈依之所，创作出惊世骇俗的《心灵史》；张炜从夜幕下野地里活物的欢腾与恣肆中，体验到了生命的沉醉，于是"知心认命"的《九月寓言》由地气中诞生；史铁生终于在生存困境中修炼得淳厚而淡定，悟出了《我与地坛》和《务虚笔记》；还有贾平凹的《废都》、韩少功的《马桥词典》等，都透露着悟出生命底蕴的心态；甚至连更年青的作家余华也超越先锋小说的凄迷怪诞，从"贱民味"十足的人性中，领会到"活着"这质朴而柔韧的做人要诀。但是，这些作家多半以表现生命的极限体验为目标，不管是品味人们司空见惯的生活形态，还是开掘某种特殊的人生样式，他们都是让思维远溯到人类精神某一维度的极端状态，然后才予以展示。《心灵史》"原初"到极点，《马桥词典》"学

---

① 王安忆：《长恨歌》，《收获》1995年第2、3、4期。
② 艾青：《光的赞歌》，《归来的歌》，四川人民出版社1980年版，第186页。

术"到极点，《务虚笔记》玄思到极点，《废都》颓废到极点，《活着》则苦难到极点，皆以其独特性、深邃性来显示一种精神的高度。从单部作品来说，这样做往往容易产生震撼人、摄服人的艺术效果。但对一个作家来说，到了一个极端则意味着无法再向前行、无法把所有的维度都收容于心，结果创作的丰富性与亲和力就不能不受到限制。王安忆自觉地不要这种由独特性所形成的深邃，而关注和认同生活的"日常性"，关注文化的自然状态，以期获得一种收容万物、理解一切以至最终真正全面地揭示生存"要害"的可能性。不能不说，这种审美追求是独特的、也是深刻和大气的。

王安忆对于城乡生活的不同观照与判断更是饶有意味。我们不妨将《遗民》和《轮渡上》略作比较。它们其实都是叙述"我"旁观一对关系密切的男女斗嘴。但是，《遗民》故事被安排在街灯不明的夜晚，首先就给人以晦暗、阴森的感受，这时关系不明的一男一女踱来踱去，不能不显得鬼鬼祟祟。《轮渡上》的故事则发生在夕阳西下的江面，一切皆现出柔和、饱满而松弛的情态，"奇异的美"马上形成。而且，在"我"的眼里，《遗民》中人物"迟钝"、"木然"的脸是"城府很深"、"深不可测"①，《轮渡上》人物"漠然"、"木讷"的表情则成为一种"深谙一切"的"深刻的安静与自信"②；遗民的吵嘴和打耳光是陈腐没落到无法收拾的暧昧，乡间艺人的吵架和互不理睬则是劳动后的满足与自尊。就这样，乡间的吵架成为"泱泱大族的美"③的显示，都市的吵架所散发的则是遗民的霉烂味。其实，这种生命情境相似、在都市和乡村的不同背景中表述却完全不同的状况，于王安忆的创作几乎随处可见。同样是关注的匮乏，在《纪实与虚构》、《忧伤的年代》里是与生俱来却无人体恤的孤寂，到《隐居的时代》则成为自由思想的良好契机；同样是无所事事，在《喜宴》中显示着散淡、闲适的生活节律，到《长恨歌》却是个体生命优裕背后的落寞与空虚。

---

① 王安忆：《遗民》，《作家》1998年第10期。
② 王安忆：《轮渡上》，《上海文学》1998年第8期。
③ 同上。

一向注重以生命的正常感觉体察世界的王安忆，文学叙述中为什么会出现这种持续的反差呢？原因当然是多方面的。首先，身居上海的王安忆从最切近的生活空间开始步入中年的审察，最初的迷茫自然就染到了她的都市生活小说中，到后来渐渐清明透彻，乡村生活的侧面又恰好因沉积了一段时间而重新浮出，反差于是形成。其次则是王安忆作为都市"外来户"的童年和青春时期的感受在中年记忆中的折光。少年王安忆作为"同志"的子弟成为上海的"外来户"，新时代、新生活代表的意识使她必然会特别强烈地敏感到被改造的都市陈腐、庸俗与没落的一面；同时，上海的繁盛与自大却又不可避免地给予她幼小的心灵以纤细的压抑与挫伤。这些个人记忆，在中年王安忆的创作中，发散升华为对于一种生存文化的总体感受，就出现了《纪实与虚构》对这种感受的直接叙述，以及《长恨歌》等作品以情调形式体现的间接流露。在农村，"知青"王安忆当然也是个"外来户"，但她这个69届初中生没有红卫兵经历，因而没有天塌地陷的幻灭感和感恩戴德的沉醉感；她在农村只呆了两年，不过是一段较长时间的"做客"，因而对农村的负面，她也没有撕心裂肺、梦萦魂牵的体验。而且，人之常情往往是这样：在心理感受上，深入越久，品味越细致，就越觉得其庸琐乏味，一段较短暂时间未曾真正沉浸却印象良好的关联，反可留下历时长久的美好回忆。正因为如此，到中年时代打量世界时，乡村就作为一种亲切的回忆浮上王安忆心头；但由于缺乏真正厚实的具体生活内容，乡村给王安忆留下的，实际上又只能是一种"生活的形式"的感觉。于是，她一方面总是对乡村给予美好的抒写与判断，另一方面观照的视点却又总是落入自己观照都市时的心理敏感区内。这无疑又是一种由个人生存和心灵境遇所导致的独特性。

更深入地从文本的美学品质看，不管写哪一类作品，不管是有意地考察生活的日常性，还是无意流露个人独特的心理印记，王安忆总是写怀想只到形式，写情境止于品味，写迷茫不致虚无，写忧伤不致颓废。这种审美特征，自然也与她作为精神主体生存与心理的独特状态密切相关。

王安忆在中篇小说《文革轶事》里描写主人公的人生状态时曾经写到，中年女性"处于以怀疑和检讨为主的人生阶段"①，而且，成功的女性，"信念坚定，成就显著的人，怀疑和检讨的心情越是强烈。这是因为抵达目标之际也正是失去前途之时。就像一个不断攀登的人，到了顶峰之后面前却是一片虚空"②。笔者认为，这不啻是王安忆创作心态的自况。正是强烈的怀疑与检讨的心理倾向，使她处处体察，目光透彻而精细，对世界和人生，特别是自我作为成功者、不平凡者的人生处境，有着别具一格的怀疑与"觉悟"；也正是成功者的境遇及其"虚空"心理，使王安忆既有强健的心力去不愠不火却不留情面地揭破一切，又情不自禁地感到成功后的孤寂、"漂流"、迷茫与伤感。所以，王安忆90年代创作的内在线索，存在于其价值倾向背后的心态之中。中年成功女性的透彻的体察与心境的迷茫，则是她这一时期整个创作心理上的根本特征和内在基点。

也许，这就是王安忆"个人的心灵世界"。同时，它又是一种成功者人本的困境和所有人人生的宿命。至于所谓的"知青味儿"，在这里则已退居到创作主体广阔、丰富的精神空间最为边缘、幽深之处，只在偶尔对乡村进行一种完全超越现实功利的诗意反顾时，于不经意中淡淡地浮现出来。

---

① 王安忆：《文革轶事》，《小说界》1993年第5期。
② 同上。

第二章 历史文学的古今对接

第一节 历史文学热：文化转型期意义尴尬的辉煌

以长篇历史小说为代表的历史文学热，实属"跨世纪文学"领域又一种值得我们高度关注的创作和审美文化态势。对于这一创作热潮，我们如果就事论事地研究，将无法解释其中存在的诸多复杂现象，只有将其放到民族文化转型的广阔背景中，把社会心理透视、历史文化考察和文学研究结合起来，才有可能展开较为深入、中肯的分析与探讨。

一

五四新文化运动以来，植根于中国传统"史官文化"的历史文学创作一直处于沉寂状态。现代文学史上以鲁迅的《故事新编》、郭沫若的《屈原》等为代表的历史题材小说和戏剧作品，基本属于"只取一点因由，随意点染，铺成一篇"[1]，其实不过是"借古人的皮毛来说自己的话"[2]，与其说是古代生活的展开，不如说是基于当代人对历史的认识而从史海勾提出来的艺术例证。20世纪五六十年代的《蔡文姬》、《胆剑篇》、《关汉卿》等历史剧依旧延续着郭沫若的历史剧创作原则，历史小说只有《陶渊明写挽歌》、《杜子美还乡》等少数几个中短

---

① 鲁迅：《〈故事新编〉序言》，《鲁迅全集》第2卷，人民文学出版社1956年版，第304页。
② 郭沫若：《孤竹君之二子》，《郭沫若全集》（文学1卷），人民文学出版社1992年版，第238—241页。

篇，根本未成阵势。从姚雪垠的长篇巨著《李自成》开始，中国文坛才出现真正以写实笔法全面展开历史生活画卷的历史文学作品。"文革"后的70年代末到80年代中期，以《李自成》为标志和代表，中国文坛形成了一次长篇历史小说的创作高潮，涌现了如徐兴业的《金瓯缺》、凌力的《星星草》、蒋和森的《风萧萧》、杨书案的《九月菊》、顾汶光的《大渡魂》、鲍昌的《庚子风云》等大量农民起义题材和抗御外侮题材亦即阶级斗争和民族战争思路的作品。虽然也有任光椿的《戊戌喋血记》、周熙的《一百零三天》等叙述近代中国改良道路之作，但大量作品的审美境界，是在革命文化、时代"共名"①的范畴内，并未形成不同于当时整个文学与社会思潮的独特文化意味。

90年代以来，大部头的长篇历史小说持续不断地大量涌现，在文坛内外都获得热烈的反响，并以其独特而深厚的文化意味形成了一股历史文学创作与接受的热潮，构成了20世纪中国文坛前所未有的历史小说创作兴盛的局面。唐浩明连续推出《曾国藩》、《杨度》、《张之洞》，沉雄庄严地剖析民族文化转型期的功名文化人格。二月河的《康熙大帝》、《雍正皇帝》、《乾隆皇帝》"部部好看，部部畅销"，波谲云诡地叙说杰出人物铸造历史辉煌过程的生存隐曲和文化真相。刘斯奋的《白门柳》透视易代之际士林名流的历史宿命及其悲剧心态，一举获得第4届"茅盾文学奖"。凌力的《少年天子》成为第3届"茅盾文学奖"的翘楚之作，《暮鼓晨钟》、《倾城倾国》、《梦断关河》等作品又联袂而出，继续用富于诗意的笔触，抒写人性生成和文明演化交融的艺术图式。老作家姚雪垠的《李自成》五大卷也终于完整出版，画上了"500万读者的阅读心理句号"。此外，《孙武》、《秦相李斯》、《太平天国》、《张居正》等作品都各擅胜场，均颇受赞誉。这些作品在艺术构想的宏伟气魄、人物性格的复杂深邃、历史和文化体察的丰厚精微、表现手法的圆熟老到等方面，都取得了令人惊叹的成就。而且，其中既有《雍正皇帝》、《曾国藩》、《暮鼓晨钟》这样题旨厚重、气象宏阔的巨构，也有新潮小说家"武则天"作品群一类视角新颖、机敏别致

---

① 陈思和：《共名和无名：百年中国文学发展管窥》，《上海文学》1996年第10期。

的巧制，还有大量以选题取胜、肤浅朴拙的通俗读物式作品，以营利为目的、对优秀作品进行模仿的伪劣产品则泛滥成灾。影视剧制作与历史小说的创作也互相呼应，为之推波助澜。从而使这股历史文学热潮既景象壮观、热闹非凡，而又鱼龙混杂、泥沙俱下。

审视这一创作和接受热潮，我们不能不想到一些引人深思的问题：长篇历史小说作家群在同时期的文坛名家中并非最有思想、最具才华，甚至也称不上最有学养，为什么历史题材领域却长"热"不"冷"，而且确实佳作迭出、成就斐然？为什么即使是那些通俗读物式的朴拙之作，印行销售量也能高到让精制"纯文学"者望而兴叹的地步？更深入一步看，长篇历史小说文本的具体成就和缺陷又表现在哪里呢？

二

20世纪百年中国一直处在"三千年未有之大变局"当中，由专制政治向民主政治、由政治本位向经济本位、由自然经济向商品经济、由崇尚精神向注重实利，社会的政治、经济、文化进行着全方位的转型，这种转型又紧紧围绕着救亡和致富两大亟待解决的时代课题。与之相伴而行的，则是强烈的功利欲求。暴风骤雨般的局势更使急功近利成为20世纪中国显著的时代特征，并导致了除旧布新过程中种种历史性的挫折和局限。延至20世纪末期，随着局势的宽松、禁锢的解除，作为新旧交替之间一种重要局限的"价值真空"日益明显地表露出来，以多元化的外在形态广泛地体现出社会的失序、文化的失范和价值准则的缺失。经济贫困的传统背景、挫折与失误导致的历史创伤、时代提供的发展机遇和急功近利的思维惯性，使"价值真空"中的国人走向了世俗与务实。人们往往不以责任感、使命感、崇高感为价值支点，而从欲望角度谋取当下的世俗实利；不以理性控制下的情感升华和认识深化为精神目标，而转向从心理需求层面寻求瞬时的情绪宣泄、抚慰和深层的文化依托。满足大众心理需求，就成为90年代后中国文化市场的根本性要求。

长篇历史小说正是多层面地适应了广大读者的这种心理需求与审美期待，才获得了越来越广泛的青睐。

长篇历史小说大都有着明显的世俗品格和通俗文学色彩。《曾国藩》绝非"节外生枝"地铺叙了一个接一个的掌故传说，正史、野史"一锅烩"；《雍正皇帝》对宫闱奸诈的揭示与武侠小说对险恶江湖的描摹实在是异曲同工；就是格调最为典雅的《暮鼓晨钟》，吕之悦、陆文元曲折而痛苦的经历，鳌拜"满族第一勇士"雄奇、粗豪的性格又何尝没有英雄传奇、文人落难等古典小说和戏剧叙事模式的影子？通俗读物式小说则常常是史事纪实和逸闻趣事渲染二者的拼贴。这种种审美表征实际上共同体现出历史文学创作主体一种世俗化的叙事角度、叙述兴奋点和理解评判尺度。长篇历史小说由此获得了审美文化的大众品格、民间情趣，能给予实利羁绊中紧张而疲惫的人们一种游戏、消闲式的刺激和愉悦，使他们乐于设身处地理解、品味，从而产生情感的震颤、心理的认同。

情绪的宣泄和慰藉只是短暂的心理效应，奔忙于文化失范状态的人们其实更渴望获得一种深层的精神依托来安身立命。对这种精神依托的期待，并不表现为对话语权威、价值权威的寻求，而是体现为对有着多向启发性的"经典"生活图景和生存样式的关注。中国的传统文化从理性层面已被摒除出社会生活的主流，但在民族集体无意识中的积淀却异常地深厚和稳固。极为浅显而有力的例证就是，平庸的武打片中，人物一穿上古装就给人一种格外的亲切感和庄严感。于是，因现实价值体系贫弱而精神焦渴的人们就自然而然地回过头，从传统、从古典中寻求思维依据和文化依托。植根于传统"史官文化"的历史小说，以载于史籍的、"民族经典"型的生活图景和历史人物作为表现对象，读者当然易于产生一种"经典"感、信赖感，愿以它为参照系来思索今天、为依托物来寻找安身立命之所。而无论艺术表述的优劣，历史小说总给人一种文化蕴含其中的幻觉，也就总能获得广泛的阅读面。所以，正是"文化真空"、"价值真空"的现状，使传统的经典性、可靠性变得突出，从而构成了长篇历史小说广受青睐最根本的外在条件。

当然，在90年代后文化广泛发展的中国，适应读者心理需求的文化产品并不仅是历史小说。大小报刊上琳琅满目的散文、随笔和书摊上横七竖八的武侠、言情小说，都是大众心灵宣泄与抚慰期待应运而生的产物。大量的散文、随笔以其世俗格调、温馨情调和慨叹笔调，使人们在日常生活中不经意产生的种种情愫和感触获得了直率、自由而雅致的对应与释放。武侠、言情小说则以其虚幻神奇的艺术境界、变化莫测的情节冲突、快意情仇的价值态度，使世务拘束中的人们获得一种想象性的心灵解放、人格舒张，从而在心理上感到痛快和满足。但另一方面，武侠、言情小说大多缺乏现实的社会历史基础，散文、随笔的艺术境界则大多缺乏超越日常生存图景的精神文化的深广度，它们在满足读者寻求文化依托的深层心理需求方面，也就功用微弱。现实生活题材的"严肃文学"，本应在满足和引导读者的深层心理需求方面大显身手，但事实上，90年代的这类作品或满足于呈现灵动、琐细的转型期表层世态，或以沉重的体悟局促和摒弃了对生活情景鲜活而丰满的展示，或者对本身即隐含着主体精神萎缩症状的话语技巧、叙述策略孜孜以求，其中显示出创作主体和读者实际上处于精神焦渴与无依的心理同步状态，很显然，这样的作品也就不可能出色地完成时代赋予"严肃文学"的使命。这样的文学背景又从另外一个重要的方面，使历史文学的光彩分外夺目地显示出来。

三

在长篇历史小说作者群中，韩静霆80年代曾以《凯旋在子夜》等现实题材力作饮誉文坛；凌力、吴因易、杨书案诸人因坚持不懈的系列历史小说创作使人另眼相看；大多数历史小说作家，包括二月河、唐浩明、刘斯奋、颜廷瑞等90年代历史题材领域的重量级作家，都是长期以来不为文坛所知；苏童、北村等颇具灵性的作家则不过是为功利所驱"客串"历史题材。可以说，无论从规模还是就实力论，现实题材作家群皆绝对地超过历史小说作家群。在20世纪90年代的中国文坛，两个领域的长篇小说都呈现出"批量生产"的"火爆"局面，但总的看来，现实题材长篇的"红火"形势却水分极大，数量和质量不成比例，缺少长篇历史小说那样为数众多的鸿篇巨制，缺少惨淡经营的精品力作。诸多的社会历史原因姑且存而不论，放在文化转型的大背景中来看，这两类题材的文化特性和两类作家的精神心理本身，是否也存在着引人警醒的差异呢？答案是肯定的。

从表现对象来说，两类小说存在着艺术图景和作家感悟的历时性意义即文化含量的差异。文化转型期社会现象的纷乱复杂性和价值标准的不确定性，给作家捕捉和表现具有历时性意义的生活景观造成了巨大的困难。对只有瞬时社会效应和具有深远文化意义的生活现象的鉴别与提炼，需要非凡的思想能力和艺术直觉能力，否则作品便可能刚开始轰动一时，超越瞬时社会情境就光彩黯淡。《乔厂长上任记》、《新星》等作品热情讴歌的"铁腕"改革家，时过境迁就显出"人治"色彩和专制意味；随着中越关系的解冻，以对越自卫还击战为题材的小说即显出生活和思想根基的尴尬。历史小说家则与此不同，他们往往能够选择经过时间考验，证明极具文化含量的表现对象。《曾国藩》所表现的"立德、立功、立言"之完人的人格形象及其文化渊源，显然是其他小说中的当代英雄人物所无法比拟的。《暮鼓晨钟》从满汉文化冲突中提炼出的政治改革图式与改革题材小说的艺术图景相比，文化意义也无疑地更为深远和坚实。其他如"清宫"和"晚清人物"作品群、"唐宫"作品群、先秦历史题材小说群，表现对象都具有沉甸甸的文化含量，只要挖掘到位、描述精当，其文化价值将令人刮目相看。就是历史小说的通俗文学色彩也触及了传统的民间文化，并因被有机地融入更独特地表现经典性的历史图景和民族往昔的正统文化之中，而显得别具异彩。其实，文化转型的过渡性即承前启后性，假如现实题材的作品能从文化意义的层面沟通过去、现在和将来，因其重心是"现在"，认识价值完全有可能远远超出历史题材作品。《白鹿原》、《心灵史》等作品的成功就是明证。前者有力地表现了传统宗法制社会的"仁爱"品性在20世纪的历史风浪里遭受的屈辱和损毁，后者深刻地折射了中国人缺乏心灵自由和信仰精神的民族性弱质，两部作品都达到了许多优秀的历史小说难以企及的思想高度和深度，承前性和启后性并具则为达到这种高度和深度提供了机遇。然而，就是这样的优秀作品也存在各方面对它的信任、认同程度问题，从《古船》、《白鹿原》到《心灵史》都引起激烈的争论，根源即在于此。所以，具同等才力、学养和思想深度的作家，花同样的功夫进行创作，历史文学作品因表现对象坚实的文化底蕴，往往能获得比现实题材作品更为深广的思想蕴涵。换句话说，在当下中国的文化困境中，长篇历史小说具有更易"崛起"的客观优势。

从创作主体看，历史小说家的精神空间可以具有相对的封闭性、独立性，现实题材作家则颠簸于时代潮流之中，往往印着时代潮流的特征。转型期的时代潮流具有不成熟性，带有种种缺陷和不足。"跨世纪文学"中的现实题材作家正是沾染了这些弱点，影响了小说的创作，从而在历史小说家和历史小说群落面前相形见绌。

首先，不少现实题材作家存在着急功近利的创作心态，存在"弄潮情结"。在五花八门、"各领风骚三五天"的文学现象和创作浪潮面前，他们总是不甘寂寞，试图保持一种无所不能言的"说话"姿态。这些作家当然也是靠作品说话，但如此狭小的创作动机、如此逼仄的精神背景，怎么可能产生博大精深之作呢？他们大多也有过构筑自己的"系列工程"、力作巨著的宏图，但一直身不由己被"浪潮"裹挟着，东一榔头西一棒子地零打碎敲，有大部头也是草草之作，"百年"后可作"枕头"的作品，或者半途而废，或者"千呼万唤不出来"。而且，这样的作家必须不停地朝各个方向开掘和寻找，必须对自己的才情、思想和意愿作一定程度的压抑和扭曲，以作为应对策略来迎合不断变化的文学思潮，他们就很难沉下心来对自己的种种开掘做一番整合性的工作。结果，不少在20世纪八九十年代的中国文坛屡占风光的优秀作家已垂垂老矣，却仍然只是潜力可期，没有全面显示水平的代表性作品。中国知识分子的入世传统和当代中国人的务实倾向所促成的急功近利心态，造成了他们才华和精力令人惋惜的浪费，也影响了现实题材小说创作的实际成就。

相比之下，历史小说家们则从容大气得多。他们往往积几年、十几年精力甚至毕生之功向一个宏伟的目标进击。唐浩明为塑造曾国藩这样一个"三立"完人的文化人格形象，潜心故纸堆历时十年，研读了曾国藩留下的1500多万字的原始资料，并编辑出版了卷帙浩繁的《曾国藩全集》，现实题材的小说家有几人为一部作品下过这样的功夫？二月河营建"帝王系列"作品，艺术追求上以中国古典文学的顶峰《红楼梦》为蓝本，与那些不停地在艺术小浪头上沾沾自喜的某些现实题材作家相比，追求又是何等的超脱和高远？凌力以描绘清朝"百年辉煌"图景、韩静霆以创造"春秋人物系列"自期，不管结果如何，其艺术创造的胸襟和气魄都令人不能不肃然起敬。这样精心撰构、惨淡经营的作品与那些仓促成篇的应时即景之作，当然不可同日而语。

其次，艺术创造确实是一项需要才华的工作，但同时又要求创造者对以往的人类文化进行全面、细致、深入的学习和掌握，使纯粹的才气变为才学与功力。20世纪的中华民族处于政治、经济、文化全面转型的时期，传统的各种特征都格外鲜明地表现出来。国门开放，东西方文化激烈碰撞所显示的巨大差异又分外醒目地凸显出西方文化的特色。当代作家因为饱尝了国家、民族和个人生活的动荡、挫折所带来的困苦，对命运、人生、人性的体验也特别深切。这种种因素的交汇确实有利于作家透彻地把握人生和人类文化的底蕴，不少作家谈到自己的创作经验时皆曰"感谢生活"，此话确应看作由衷之言。但是，一个心理误区也由此出现了：某些人以为单凭一己的才华、智慧，就能够利用有利的审美"站位"，敏悟到人类全部生活的真谛。现实题材创作领域颇多体验型的作家、颇多精神自传性的作品，正是创作者深陷于这一误区并对此缺乏自觉和自省的结果。以致不少作家凭敏慧、机巧写出风华毕露的初作后，便难以为继；创作起点成为艺术制高点，乃是他们的创作单凭才思而缺乏功力修炼的具体表现。

有了这样的映衬，历史小说家并不出奇的优长就变得格外引人注目。他们的创作大致以学养和功力为前提。因为知识功力深厚，不少才气平平的历史小说家也能拿出篇幅巨大、内容沉实的作品，其中才思和气质俱佳之士则能向文坛接二连三地投出自己的"重磅炸弹"。这也许就是历史文学创作的队伍并不庞大，大部头的佳作、劣作却能纷纷"出笼"，并各自保持水准的一个重要原因。

再次，在艺术创新思路上，两类作家则存在重返传统和模仿西方的差别。历史小说家对传统的继承再明显不过。《曾国藩》对传统思想文化原则的认同，《雍正皇帝》等对帝王将相生存状态的兴趣，《白门柳》对传统世风民情的描绘，凌力优美蕴藉的艺术风格，杨书案情韵盎然的小说语言，无不显示出中国传统文化的深深浸染。"五四"以后即与民族古典文化拉开了距离的读者大众，在转型期令人心烦意乱的环境中读到这类小说，恰如漂泊他乡时与故友重逢，心里的亲切感、熨帖感自不待言。

现实题材领域具有艺术探索意识的小说家往往通过模仿西方来突破小说的当代模式，他们讲究审美经验的个人性、"陌生感"，与大众审美文化心理的疏离使他们只可能在"圈子"内、在思想文化界激起浪花，而不大可能在大众读者群中掀起接受的热潮。文坛泛滥成灾的现实题材、世俗境界的长篇小说则竞相宣泄生命的苦闷焦灼、情欲的躁动、人际关系的丑陋，这些也许契合了商业文明条件下某些大众读者的心理兴奋点，但作品的轻佻和媚俗更大程度上引起的却是反感与鄙视。所以无论从哪个层面模仿西方的作品，在生活和读者心理两方面均基础薄弱，既然审美创造缺乏深厚的底蕴，其分量也就可想而知了。

现实题材小说的创作处于一种尴尬、浮躁的状态，受这种状态支配是难以产生成熟的艺术作品的。但这不是说现实题材小说的创作毫无成就，实际上其总体水平已远远高出历史小说，只是从作家的规模、付出的努力、作品的数量与高质量作品的比例来看，现实题材创作在历史小说面前就相形逊色了。

中国本是一个历史沉积深厚、历史意识异常发达的国度，历史小说在古典小说领域占有极其重要的地位，连《西游记》这样的神魔小说也以历史事件为展开想象的契机。20世纪中国的意识形态则以破旧迎新为使命，对历史、对传统往往偏重概括、评价而忽视清理、分析；20世纪中国的文学具有鲜明的意识形态特性，从内容到形式都服从于因形势紧迫而变得异常单纯和鲜明的时代思想命题。其具体结果就是现实题材创作发达、历史文学创作却长期以来甚为寂寥，即使描摹古代，作家们也是为了"借古人的酒杯，浇自己的垒块"。20世纪90年代以来的大量长篇历史小说，则往往以再现中华民族的历史真相为创作目标。二月河的"落日辉煌系列"、凌力的"百年辉煌"系列、唐浩明的"晚清人物"系列、吴因易的"明皇系列"和"则天系列"、杨书案的"中华文化溯源"系列等无不如此。这个长篇历史小说群落对20世纪的中国文学，实际上已经起到了填补思维空缺、扩展思维空间、沟通新文学与传统历史文化精神联系的作用，创作倾向体现的文本之外的思想文化意义，实在是不可低估的。尤其是因为转型期精神文化背景和文坛现实状况的映衬，以长篇历史小说为代表的历史文学在"跨世纪文学"领域的辉煌景观，就显得更为引人瞩目。

第二节　历史文学本相：多元语境无以类归的苍凉

虽然因为大众审美期待和文坛创作现实对比等方面的原因，历史文学在中国文学的"跨世纪"历程中形成了独特的辉煌景观。但考察历史文学在时代文化语境中的生存状况我们却会发现，不管是创作、批评还是接受主体方面，都存在着种种令人困惑而又发人深思的尴尬现象。在这种种尴尬现象的背后所隐藏的，才是历史文学的生存本相。因此，我们有必要进一步深入地给以辨析和探讨。

一

我们不妨先从尴尬现象本身谈起。

从创作领域来看，历史文学作品都是立意再现中华民族传统层面具有代表性的历史人物和文化现象，还原作者心目中中华民族生存发展的"经典图景"。进而，不管文本的理性题旨如何，在具体的描写中，作者对表现客体都取一种赞赏认同或体谅惋惜的态度，显示出价值同构、思维同构的精神特征。《少年天子》、《暮鼓晨钟》系列作品希望再现清王朝由改革达到"百年辉煌"的壮丽历程，《白门柳》则试图揭示中国现代民主思想的起源，其思想意图无疑带有浓厚的中国当代政治文化的色彩。但是，《少年天子》浓墨重彩地表现的福临和乌云珠那诗意葱茏、臻于完美的爱情，显然属于古典爱情理想的范畴。《白门柳》将钱谦益、冒襄、黄宗羲三足鼎立作为主人公的艺术构思，其实也是以传统文化或追求功名、或独善其身、或追求崇高的道德人格这样一种人生价值模式的框架，来作为文本"世界图景"的构成基点。《曾国藩》的庙堂文化立场更是显而易见。从艺术上看，这些长篇历史小说几乎一律采用按时间循序渐进的结构形式和全知全能的客观性叙述方式，语言也具有鲜明的传统美学的风范。《曾国藩》、《杨度》的人物传记体性质，二月河作品的传奇色彩，凌力和刘斯奋小说古典诗词的艺术韵味，等等，都是明显的例证。这些事实表明，长篇历史小说话语系统的深层定位，是处在民族传统文化心理结构之内。在20世纪90年代后的中国文化语境中，这当然是相当耐人寻味的事情。

历史文学批评领域的状况则更加意味深长。首先从总体估价上来看，面对历史文学业已形成的巨大社会效应，批评界并未显得热情洋溢，反而呈现出相当漠然的态度。世纪之交，上海文学界邀集全国100位著名评论家，用投票方式推举"90年代最有影响的10个作家和10部作品"，历史小说榜上无名，这无疑是批评界态度一个极具代表性的表征。其次，历史文学研究的队伍长期以来相对稳定，却总缺乏新生力量的加盟，青年评论家特别是受西方当代思想和艺术理论影响较深的批评家中，把历史文学纳入批评视野并倾注巨大热情者为数甚少。结果，连较富学理性的历史文学研究论文的数量与其他题材作品的批评相比，也显得相形见绌。再次，历史文学研究的文本本身也是思考视角和重心陈陈相因，批评观念和学术套路几十年"一贯制"，相当缺乏与时代崭新的思想成果的融汇。总括起来看,这类研究论文多是围绕"历史人物的评价与定位"、"艺术品性的典雅或通俗"、"作家的功力或知识性硬伤"这些问题转圈圈。至于批评者认定曾国藩、杨度、雍正皇帝等艺术形象的定位存在美化之嫌,其依据究竟是人云亦云的习惯性感受,还是精细研读史料后的成熟心得,其实大可怀疑。历史真实或艺术真实到底该如何增减,批评者可能同样茫然。一点通俗色彩、些微"硬伤"对作品的整体水准究竟有几多损伤,似乎也没有人予以深究。这种批评思路是否真正抓住了要害和本质,具备了与时代理性相匹配的思想含量,批评界则更少自我反省和深层次的探讨。结果,历史文学批评就必然地会显得缺少生机与活力,缺乏穿透性与说服力,难以真正中肯地把握历史文学成败得失的根本点之所在。

接受主体方面一个饶有意味的现象是,广大读者确实热衷于购买和阅读历史小说乃至文学性历史读物,但是,题旨厚重、内蕴深广的优秀作品和那些纯粹史料性、通俗性的作品,在普通读者的眼里似乎没有本质的区别,甚至有些思想和艺术都相当庸劣的作品,仅因以古今瞩目的历史事实为题材,也能有良好的销售量。也就是说,读者似乎并不注重对作品思想和艺术素质的把握,他们的热情的倾注之处是文学以外的东西。

这种种现象涉及面甚广,初看起来似乎各属各的领域,相互间界限泾渭分明,实际上存在着深刻的内在联系。它们共同表明,在中国文化多元化的时代语境中,景观辉煌的历史文学正处在一种"墙内开花墙外香"、"芝麻西瓜分不清"的尴尬而苍凉的状态之中。

二

虽然置身"跨世纪"的多元文化语境,历史文学却存在着自身不可违背的文化品性和审美限定性。

绝大部分历史文学作品都以还原民族历史生活、表现传统文化为目标。民族传统文化的精髓,在中国古代无疑属于高雅的精英文化的范畴;同时,因为统治阶级在意识形态领域的支配权,它又必然会带有庙堂文化的精神印记。历史小说创作以拥有客观条件的统治阶级所刊布、发行而流传下来的文化典籍为主要依据，以传统的"史官文化"为基础，庙堂文化的印记自然也就不可避免。但是，经过千百年来一代代人的遵循与实践，传统文化的内容与精神已经深入到广大民众的心里，甚至积淀到了我们民族的集体无意识之中，从而具有了公理的性质。这样，在当今中国，它们一方面极易引起共鸣，另一方面在理性判断层面却又反而显示出一种大众通俗文化的品格。历史小说顺着开掘、还原民族传统文化的思路去进行，那么，不管怎么深邃精彩，它骨子里的通俗文化特性都难以彻底地消除。而且，历史小说以史料和史实为根本基础，这就注定它只能采用客观叙述的写实性创作方法；作者热衷于创作历史题材类的文学作品，当然是对我们民族传统的美学风范和艺术韵味有着强烈的好感与共鸣。结果，历史小说从创作方法到审美趣味大同小异的传统色彩，也就是势所必然、非人力所能为的事情。

于是，无论从接受心理还是从文化类型的角度，只要细加辨别我们即可发现，历史文学确实多层次、多侧面地存在复杂而尴尬的基础。

从读者的角度来说，一方面因为集体无意识的作用，历史文学作品可以引起广泛的共鸣，从而获得广大的阅读面，但另一方面，进行精微的理性思考的能力相对欠缺的普通读者，也完全可能因为精神路向的相同，把传统文化内蕴厚实的力作与那些同样是史实再现的史料性通俗读物混为一谈，以为二者不过是量的差别，是五十步与百步谁走得更远一点而已。同样地，对传统文化精髓深入浅出的世俗化解读，与纯粹的世俗性乃至鄙俗性生存表相的演示，在他们眼里都是值得一观却不会去深究其内在特质的传统生活。这样，阅读的盲目性和理解的混乱状态自然也就在情理之中。

与当代中国精英文化圈或者说学院派文化的追求相对照，历史文学则从价值立场到心理指向都存在着歧异乃至对立。历史文学器重社会层面的生存境况，崇尚历史话语的权威，认同集体本位的精神价值立场，精英文化界则以颠覆与解构历史话语、确立知识分子在整个人类文化面前富有原创色彩的个人性精神话语为己任。道不同难相与谋。因此，对历史小说的优秀之作，精英文化圈也可能会很佩服，却不可能完全地认同、无保留地推崇。青年评论家涉世不深，学养有限，对历史意识的体验与认识不足，更是特别地看重个人性的生命感悟。而且，整个20世纪中国的精神文化界都存在一种唯新是举、喜新厌旧的心理传统，当代西方的精神话语在中国自然是新生事物，所以即使是对它们的模仿，也被看作是前沿性精神行为，被纳入探索性的精英文化的范畴。属于传统文化格局之内、缺乏崭新哲学文化背景的历史文学作品，即使对传统人生技巧和民族历史智慧开掘得再独到、展示得再精彩，也必然会因为其整体精神风貌的"陈旧"、艺术形式等方面独创性、先锋性的缺乏，而处于相对被冷落的状态。

由于缺乏时代前沿性精神探索的参与，现有的历史小说批评者在审美趣味和心理好恶方面，与历史小说创作者处于"同好"的状态，难以置身事外地对历史文学作品予以观照和剖析。其理性眼光则仍然基于"五四"以来现实主义文学的传统观念，缺乏20世纪90年代文化语境的浸润，以致连概念和术语都未曾发生太多的变化。这样，历史文学研究本身也存在诸多局限就不足为怪了。

主流意识形态则一方面会因为历史文学"弘扬民族传统文化"而从整体上予以肯定，却又会对它时代气息相对欠缺、"主旋律"色彩不够鲜明而暗自不满。

商业文明所催生的"世俗化"文化形态，连与传统的市井文化都不相契合，与历史文学审美境界中的传统文化的"通俗"意味更是相去甚远。因文化的现实背景所造成的价值标准和审美趣味的歧异，两种同具"世俗化"特征的文化实际上也难以互相认同。

在"跨世纪"的历史进程中，中国精神文化的势力格局可以分为主流意识形态文化、知识分子精英文化和大众文化三大板块，而且相互之间的关系虽有相互认同与融合，更多的却是群峰并峙，各领风骚、各行其是。历史文学的精神特性则是各类文化互相渗透、交融聚合于其中。显然，二者的精神走向恰好相反。于是，在文化多元的时代语境中，历史文学就显得无以类归。历史文学这种文化定位难归于一的、尴尬而苍凉的状况，是其自身特定的文化和文学规律同中国文化环境相互矛盾的结果。

在这多元文化预存对比而实际上无法互相取代的时代态势中，每一类文化产品都应当有其存在的合理性乃至价值的自足性，因此，历史文学的文化特质本身并不会构成对其精神品位和价值可能性的天然限定。由此看来，在历史文学的具体创作进一步自我提高的同时，倒是批评界和读者圈应当深化认识、调整观念，这样，面对包括历史文学在内的整个时代文化创造，我们才有可能克服精神视野的盲点，胸怀全局，从而作出真正切中要害的分析和恰如其分的判断。

三

但是，社会各界的理解和调整毕竟是过渡性的，历史文学到底是否充分展示出了其价值可能性，才是问题的关键所在。换句话说，如果我们撇开具体的社会历史情境，以超越的眼光进行评价，"跨世纪文学"中这一大批历史文学作品，到底会留下怎样的历史痕迹，能在怎样的程度上经受住时间的检验呢？又需要进行怎样的审美努力，才能使历史文学创作更具"经典性"呢？

笔者认为，历史文学具有文化层面创新性的审美成就，具体体现在以下方面。

首先，这些历史文学作品塑造了一批血肉丰满的历史人物形象，特别是出色地建构起了我们民族的功利代表帝王将相和精神代表文人士子两类人物的形象画廊。作家们总是以巨大的篇幅、运用写实性的笔法进行刻画，从而使得他们笔下的人物极富质感，甚至颇有雕塑感；同时，由于当今中国的历史小说家大多不是思想家型的作家，思想观念方面反而显得较为活泛，他们只是盯紧对象，对其精神心理尽可能深刻地挖掘，对其性格侧面尽可能全方位地展示，结果不少塑造得出色的形象往往反而显出"圆形人物"的性格特征；而作为中国历史文化的人格化体现，这些人物的性格、心理本身就底蕴深厚。因此可以说，这些历史文学作品的某些人物形象已经达到相当高的典型化程度。《雍正皇帝》最值得称道的，也许是它处处致力于揭示作为中国历代帝王之一的雍正从命运轨迹到性格心境的独特性，并由此鞭辟入里地展现出封建政坛复杂、险恶而变幻无定的人际关系。《曾国藩》所描写的曾国藩，因为文化原则和时代条件错位，铸成了功业圆满而精神悲苦的人生，其中显然凝聚着传统文化的深广内涵和深刻矛盾。《孙武》通过描写孙武从战争大师到战争隐者的命运和精神历程，既表现了我们民族的历史智慧和仁爱本性，也显示出人心在野蛮战争中觉醒的必然性和人类在艰难困苦的行程中向善的真诚愿望。其他如《白门柳》中的冒襄、《暮鼓晨钟》里的鳌拜、《杨度》中的王闿运，都是厚度和力度俱佳的人物形象。大量的历史小说都直接以历史人物的名字作为作品名称，也正好体现出一般的历史文学创作者在追逐艺术时尚时，对同类小说人物塑造方面的成就，已经获得了普遍的直觉，甚至形成了某种共识。

其次，"跨世纪文学"中的历史文学有效地达成了对于历史情境真切而沉实的再现。历史小说创作者往往以史实考据与工笔描画相结合的方式，气魄宏伟而一丝不苟地还原当时的社会历史情境，把历史人物及其生存的世界和盘托出，追求历史生活的"本真状态"和"原始真实"，从而使作品获得了"以事实说话"的坚实品性。同时，历史小说家们又是通过研读史籍来进行想象和拟构的，他们对历史情境的成功还原所获得的"原始真实"，实际上已经是一种以学术为基础、流贯着历史文化底脉的"深度真实"。《曾国藩》展示的"末世"气象，《白门柳》呈现的"士林"景观，《雍正皇帝》披露的"宫廷"生态，都是因还原而获得"深度真实"的典型例证。

再次，这一时期的历史文学虽然艺术独创性并不突出，但作品对我们民族审美传统的尊重、认同和深刻把握，及由此形成的文体形式和叙事风格的成熟、稳定性，堪称在同时代的创作中首屈一指。《雍正皇帝》对传统章回小说的技术操作，《白门柳》于艺术境界贯注的传统士大夫情趣,《杨度》融学术探讨于艺术描写的史传性叙述风格,都已达到相当老到的程度。20世纪的中国小说在形式方面尚处在寻找和尝试的过程中,独创与生涩、独特与"意味"单薄往往相伴相随,历史文学创作者技术性操作的老练、形式选择所依据的文化背景的博大,都是应该得到我们足够重视的。

不过从提高创作并带有全局影响力地推动时代精神文化发展的高度来看,历史文学创作确实又不能过分乐观。

一类文化产品的群体,不能仅仅满足于对本类文化的内容和韵味的展示与表达,还应当追求文本"能指"向其所属文化中人类永恒性精神价值"所指"的靠拢,追求对其他类文化中永恒的价值元素尽可能地吸纳与涵盖,并在此基础上形成从整个时代精神文化范围来看具有深邃度和支撑力的价值基点、具有导向性和说服力的价值选择。作为艺术产品,它同时也需要寻求这种目标在既成艺术范式中富有独创性而精美自然的实现方式。由此看来,历史文学创作者在充分相信自我把握文学和文化基本准则方面具有稳健、坚实性的基础上,又必须清醒地认识到,历史文学的影响虽然已经突破了"纯文学"的范畴,但多半满足于精微、深刻地还原历史和文化,这样,它们对时代精神文化整体格局的影响又必然会受到局限。同时,在多元文化并立的时代文化格局中,其他文化形态同样具有其优势和潜力,历史文学如果自足而封闭地固守一块毕竟属于"过去时"的"文化领地",而不是以开放的姿态吸取其他文化形态的营养来补充和提高自己,必将遭逢许多隐含的危机。

但历史文学创作已有巨大成就,而且思想和艺术规范都已相当成熟,其本身还存在着种种文类的天然限定性。那么,摆脱平面滑动式的创作、改变尴尬而苍凉的文化处境,使得历史文学创作从声誉到实绩都免受损伤的突破口,到底在哪里呢?

历史小说家们最重要的努力方向,也许是在还原历史真相的基础上,顺理成章地进行人类生存价值、生命哲学层面的体悟探索,挖掘、提炼出具有未来价值和普遍意义的精神之"魂"。缺乏具有人类普遍意义和未来价值的观念性元素与情感内蕴，历史图景就将"形"丰而"神"不活，作品的品位与活力也必定大打折扣。历史小说加强这方面的努力，则既能为作品所表现的具体历史提供新的思考，也能为整个民族精神文化的发展提供崭新的精神思路和价值元素，使时代精神文化的本质内涵得到丰富与发展，这样，历史文学文本才有可能真正摆脱通俗文化的印记，涵纳精英文化圈的思想和艺术理想，从而最终在中国精神文化的整体格局中占据优势地位。

韩静霆的《孙武》通过人物形象挖掘中国传统文化的精髓，并上升到对战争，对人性善恶的转化、沉沦与升华的高度进行把握，其用意显然在为人们思考现代战争起到某种参照和警示作用。唐浩明的《张之洞》着力描写了一个没有功名也不追求功名，而生命境界、生命哲学及审世智慧皆臻上乘的平凡人桑治平，将一种平凡人的生存价值与功业辉煌的张之洞的人生进行潜在的、艺术化的比较。作者在这里所做的，也正是从人类生命哲学和民族文化发展的高度，对功名型文化人格进行思辨剖析的工作，而且实际上已经构成了对民族传统文化心理结构的反思与突破。《白门柳》的作者刘斯奋在介绍创作体会时，曾撰文提倡要从历史中"看到人类前行的艰苦而壮丽的历程"，"发现文化之美"①。这其实也是希望致力于从人类文化的辽阔视野，对一种文化进行体察、感悟与判断。

这种大气而颇具本源性特征的突破路径，与历史小说既成创作思路的连贯相当顺畅与自然，又能在开辟价值新指向的同时、丰满作品的历史氛围和文化感觉，堪称一条具有可行性的审美突破路径。这样既谙熟中华传统文化，又超越出来深研其他人类文化、透彻地把握人类的历史命运和未来流向，从中提炼出具有超越性的精神意蕴，并以之"激活"历史图景，从而达成一种对人类精神哲学的体悟探索，其中显示出一种思想家的深度和气象，当为历史小说最具发展前景的突破口和最具潜能的审美空间之所在。

美学方面的独创性是摆在历史小说家面前的又一个重要突破口和

---

① 刘斯奋：《〈白门柳〉的追述及其他》，《文学评论》1994年第6期。

创作难题。所谓"一切历史都是当代史",从审美的角度看,也应该包括对历史材料以创作主体的个性化话语形式进行言说的含义,单纯的还原、即使是极为深刻精彩的还原,也意味着话语主体某种程度的"缺席"。因此,努力创造出既具深厚历史文化底蕴,又体现创作主体精神才力的艺术形式和叙述范式,并以之为载体重组历史材料,使艺术真实从历史真相的"原始真实"升华为主体言说的"诗性真实",便是具有雄心壮志的历史小说家无法回避的问题。20世纪90年代的历史文学实现这种美学方面的突破与独创时,大致显示出以下的具体操作路径,但每一种操作路径之中,又都存在着几乎无法化解的艺术难题。

因为历史小说的目的是展示人类往昔的生存本相,这种本相只能通过历史遗传下来的史料及其他文化资料去探求,由此就注定了它创作方法的再现性特征和美学趣味的民族风格。历史文学的创作者在传统叙事路径的操作方面,已经做得相当老到,能做的不过是进一步精致化而已。而且,如果把作品置于中国传统文学的历史长河,我们还可以找到其明显的师承和类属,所以从根本上说,这种审美路径存在"如法炮制"的类型化制作特色。虽然大量的创作沿袭着这一操作路径,但历史小说创作对于固有创作方法审美潜能的开采和利用,实际上已趋于饱和状态,再发展创新的空间并不大。

另一条为不少历史文学创作者实验过的操作路径,是借用具有其他精神文化背景的创作方法、表现手法,变换言说的方式和精神落脚点,以期使人耳目一新,暗含或引申出别样的意味。"新历史小说"就是以私人化、民间性叙事,来解构宏大叙事和客观再现性等传统历史小说的审美限制。但是,由于每类创作方法、表现手法的背后都有它血肉相依的观照世界的哲学眼光,有它所依赖的独特的生活与文学资源,所以,单纯地移植和套用必然会既显得别扭,又呈现出投机性和小家子气。"新历史小说"就存在无法引用史料的局限,只能转向民间生存空间,表达作者对历史的品味和揣测,这样创作的文本也就不过是作家对自己心目中所谓原生态历史的虚拟。言说方式的变换导致了作品与文类根本目标的背离，以致这类作品是不是典型的历史小说也不可避免地引起了争论。只是在具体表现手法的使用和历史小说内在机制的调整方面，历史文学显示出一定的艺术活力和发展余地。《少年天子》使用了意识流手法，对于表现主人公在爱恋情境中欣喜若狂或悲痛欲绝的心理，对于增强作品的抒情性和诗意，都起到了良好的作用。但总的看来，历史文学整体创作方法和艺术范式的改变，似乎也不存在巨大的可能性。

总括起来，问题的关键在于，如果不能很好地处理和解决好从精神文化底蕴到艺术范式的创新问题，即使极有分量的历史文学作品也只能在转型期的中华文化圈内产生共鸣，而难以与世界文学、与转型后的未来对话，甚至难以与当下的思想文化界就文本本身构成饶有兴味的精神对话。但创新和突破又势在必行，那么，成功之路在何方？这值得历史小说家们给予艰苦和深入的探索。

四

对历史文学的看法既存"合理的偏见"，又有不自觉的误区的文学批评界，又应当着重从哪些方面调整观念与思路，才能超越单一文化属类和文学观照定式的种种局限与弊端呢？

首先，历史文学批评应改变那种"历史真实"与"艺术真实"、"历史人物"与"艺术形象"之类的学究式的对位辨析。这种批评方式常常被运用，但实质上向来没有说明什么根本性的问题。一方面，鲁迅的《故事新编》"随意点染"，郭沫若的《屈原》追求"神似"，都照样具有高度的审美价值；姚雪垠创作《李自成》时对明清历史的研究不能不令人叹服，作品的人物和艺术境界却带有已为许多人诟病的"现代色彩"。另一方面，中古和近古的史料充分，拥有对位辨析的充分条件，但实际上即使是同一个历史人物或事件，在不同作家的笔下，面貌也大不相同；历史悠远的时代史料极度匮乏，历史小说的佳作却照样不断出现。对于韩静霆的《孙武》，杨书案的《孙子》、《老子》、《炎黄》系列作品，包括日本作家井上靖的《孙子》，我们又怎么去进行对位辨析呢？简单的事实即可说明，"历史真实与艺术真实"之类的套路并不具有普适性。因此，我们应当转换思路、超越这种认识层面，着力感受历史文学作品是否具有真切、浓厚的历史氛围，着力考察它对历史文化精神的展示是否丰富和深广，对世情人性、生存本相的揭示是否独特和深邃。虽然这种批评思路的转换过程还包含着一系列复杂、细致的学术和理论问题，但无疑地，转换才显得更贴近艺术的本性，也更有利于我们摆脱种种陈腐的社会历史学的结论，直视无碍地把握历史文学真正的价值内涵之所在。

其次，在多元文化群峰并峙、各行其是且纷争不息的时代，对于具体文本的把握，我们应摆脱单纯以精神倾向、价值立场定优劣的偏颇，同时注重作品包括文化空间、文化感悟、文化信息以及文化的诗性传达等方面在内的整个文化含量。偏执于精神倾向、价值立场，说到底是一种思潮眼光。思潮不过是作家观照现实、历史和文化的即时性触发点，对于作品的整体价值水准，它并不起决定性的作用，抓住这一点不计其余显然不是全面的、历史的眼光。尤其是历史小说，文化含量的意义大于精神倾向几乎是一种必然规律。我们注重其所短而忽略其所长，怎么可能给出准确、公允的评价呢？而且，扫描一下文学的历史我们即可发现，那些生活与文化含量深厚，但作者的理性立场已经过时的作品，如《三国演义》、《水浒传》等，至今尚不失其艺术的夺目光彩；而种种精神立场也许在当时颇为"先进"、"正确"，文化含量却相当稀薄的作品，如今我们读来已味同嚼蜡，现当代文学史上即存在大量这类的作品。所以，采用超越一己文化立场的辩证的眼光、"和合"的精神态度，对于评价历史文学作品，实在是一个重要而迫切的问题。

再次，历史文学作品是作者在对于史料进行钻研、甄别、梳理的基础上，"如实"叙述并略加敷演创作出来的，它不允许作家天马行空式的任意挥洒。这样一来，作家就只能"戴着镣铐跳舞"，才情、灵性就只能内蕴于功力之中含而难露，文本就必然地会显得相对地规范、老实，乃至笨拙。二月河的"落日辉煌"系列作品顺着自己才情的方向稍加发挥，就时时有"通俗化"、"传奇化"之虞。但是，"跨世纪"的中国正处于文化转型、创新的时期，创新的成功从根本上看确实是需要文化创造者的思想原创力，因此，作家的才情就受到文坛格外的青睐，即使那些创作上并无深厚底蕴，仅具个人乃至私人性感受和体验的敏锐性、精微性的作家与作品，也往往被推崇备至。而历史文学作品则常常以一般人下一番苦功夫、笨功夫也可以做到为由，招致批评者潜在的贬抑。其实，功力包含着才情，却远远胜过单纯的才情。这本是个很简单、朴素的道理，惜乎受到种种学术外衣的遮蔽，反而成为不少批评家的一种认知误区。走出这个误区，我们才可能形成更为成熟的批评眼光，对于历史文学的理解和把握，才可能更加准确和到位，还历史小说应有的理解和评价，也才有可能成为可操作的现实运行过程。

总之，"跨世纪文学"中的历史文学热，实际上是实绩与隐忧并存，辉煌与尴尬同在。优秀的历史小说家环顾当代，足堪自豪；瞻望未来，则既任重道远又举步维艰。除了艰难的突破和创新，历史文学创作者别无他途。否则在新的文化体系确立后，传统文化的威力和广大读者的传统意识将自然地淡化，"还原型"历史文学作品能够提供的有效信息及精神依托作用也必然随之减弱，受众的阅读兴奋感和共鸣度就会降低，这样，历史文学一时的辉煌与未来的被冷淡之间的巨大反差，又将构成另一种历史性的尴尬。

第三节　《曾国藩》的审美价值及当代意义

唐浩明的长篇历史小说《曾国藩》分为《血祭》、《野焚》、《黑雨》三部，120余万字。小说在20世纪90年代前期刚一出版，就以其思想文化层面高度的认识价值，引起了社会的广泛关注。政界和实业界人士普遍推崇，海峡两岸同时看好，一般读者也非常喜爱，形成了引人注目的"《曾国藩》热"。然而，对小说研究、评论的工作却迟迟未曾展开，出现批评滞后的景况。"冷""热"交织，构成一种十分值得探讨的"《曾国藩》现象"。这种状况恰恰证明,《曾国藩》既具充分的历史文化底蕴和审美价值,又具强烈的时代现实意义。我们的理解和评价也就应该由此出发。

一

《曾国藩》这部小说真实完整地还原了曾国藩的人格形象,从而在人生层面具有不可忽视的价值和意义。

作者具体地表现了一个奋斗者的奋斗历程和成败因由。小说从墨经出山、艰难创业,到功成名就、持盈保泰,直至瞻前顾后、求田问舍,一直紧紧扣住曾国藩的奋斗道路展开描写。曾国藩历尽艰难争成就,费尽心机保成就,直至为成就所累的奋斗历程,无疑对一切奋斗者都具有警醒意义。作者相当富有层次感地描写了曾国藩在奋斗过程中身心所遭受的摧折,特别是着重表现了他压抑、痛苦、委屈的心态和"好汉打脱牙和血吞"的强毅性格。这样一个事业有成但悲苦兼尝的"圣者"形象,能给予事功奋斗者很大的启发。小说还细致地揭示了曾国藩采用的策略手段及其形成思路与理论依据,而且描写了他由此获得成功或导致失败的全过程。作者将这种策略手段看成是超越常人的大智大慧,对它奸诈阴险的丑恶面给予了淡化。对于同样需采用策略手段的奋斗者,这部作品庶几成了他们观摩学习"奋斗艺术"以及采用这种"奋斗艺术"可以心安理得的文化依据。曾国藩的现世奋斗获得了如愿以偿的成功,但生前身后对他的评价却言人言殊,曾国藩本人也对他是否成功地得到了流芳百世的功名感到底虚。那么,曾国藩的悲剧性进取精神和人生哲学值不值得肯定?这样一条道路能不能最大限度地实现人生价值?这不能不引起后人的思考。作者以崇敬的态度,把曾国藩当作中国传统文化理想的人格形象进行描写,用悲剧的评断对人物在矛盾漩涡中主动或被迫作出的一些抉择予以开脱。这就从超越层面对曾国藩奋斗一生的人生价值作出了高度评价,从而也为一切奋斗者进行了肯定性的文化定位。

中国是传统的农业社会。底层读书人多半梦想由耕而读,学而优则仕，"朝为田舍郎，暮登天子堂"，达到改变社会地位的目的，甚至出将入相，身名俱崇，荣宗耀祖，青史留名。曾国藩正是一个出身乡野而在辉煌的功名之路上达到了顶峰的人物；对他的肯定性描写给予了"千古学人功名梦"虚幻性的满足。当然不是每个人都希望追求事功，但想干出一番不平凡事业的却大有人在，希望自己家庭出现龙子龙孙以荣宗耀祖的父老乡亲，简直构成了中国社会的整个底层。如果把功名理解为超越常人的地位和成就，可以说，中国人的集体无意识中存在着一个"功名情结"。曾国藩形象恰好成为"功名情结"的文化寄托。当今的中国正处于文化转型期，新的文化形态尚处在未完成状态，一切追求和创造都是"摸着石头过河"。事业奋斗者们一旦超越瞬时社会价值体系，从精神层面进行形而上的考察与诘问，就会感到对自我事业进行文化定位的困难，甚至出现价值迷失、存在迷失的现象。《曾国藩》则从传统文化角度，为当代中国的奋斗者提供了一个精神庇护所。

小说从外在表现到内在特征，对曾国藩为人处世的各个不同侧面进行了描写。曾国藩兼有农家子弟的勤俭朴素、读书士子的真诚高雅、官场老手的世故圆滑、理学大师的严谨端方和乱世人杰的残狠奸诈。因此，做人，他是仁慈坦诚的好父亲、好兄长、好朋友；做官，他是公正宽厚的上司、恭顺而有作为的下级、有定见但好打交道的同事；作文，他词切理辟，写出了品格。他做了不少亏心事，但做得冠冕堂皇，让人只能朦胧地感觉到却说不出他的错处何在；他的品格有着无法忽略的劣质，但被他用懿德美辞掩盖得那么巧妙，了无痕迹。而对于亏心事，他存着真诚的愧疚并往往尽力地弥补；对于劣质，他心中常怀着深深的忏悔。人孰无过？他这种追求心灵解脱的超越努力理应得到肯定。然而，在过后的行为过程中，曾国藩又往往老戏重演、故态复萌。从杀金松龄到杀韦俊叔侄就是典型的例证。作者对曾国藩为人处世多角度、多层次的描写，深刻地揭示了人性的复杂，读者阅读时必然会引发多方面的感慨和深刻思考。

作品还相当完整地显示了曾国藩的心路历程。从刚健昂扬，到深沉老练，直至苦闷萎缩，是他心路历程的阶段性标记。作者对曾国藩出山时重重疑虑的剖析显示出人生抉择的艰难；对他满怀失意地回家奔父丧和打下金陵大功告成时都感到身心交瘁的描写，显示出人生的苍凉；曾国藩思索自己成功原因得出"不信书信运气"的结论，则令人感到人生的迷茫。可以说，作者对曾国藩心灵感受的展示，为读者提供了五味俱全的人生况味，尤其是当曾国藩沉醉于春风得意的人生境遇时，作者对其中诸多不和谐音的渲染，更是耐人寻味。小说在宰牛血祭那使人热血沸腾的场面中，加入了一道令曾国藩心寒也让读者感到不是滋味的上谕；写到江南科举的欢乐升平景象时，又着力渲染大雪冻死一位老士子的恶性事件；描写李鸿章鸣炮礼送曾国藩北征的隆重场面中，插入一个炮声震死曾国藩小外孙的细节。这些描写大大加深了作品的复杂性，表现出作者跳出了人物当时的心境，达到了对人生更为宏观辩证的把握。对于那些曾经沧桑、对人生感慨良多的人，小说必定会勾起强烈的心灵感应。

但是，《曾国藩》在五四运动过去近一个世纪的当代中国，却以传统文化的价值标准判断人生，价值指向显然存在某些失误。

这种偏失首先表现在作者对曾国藩处理人际关系时体现的内心的丑恶和肮脏批判不力，甚至有意无意地加以淡化。康福与曾国藩恩断义绝，不只由于康福从与其弟康禄的对比中，看到了做顶天立地的英雄和做忠心事主的家奴之间人格的高下，更在于他从韦俊叔侄的被杀看到了理学名臣的虚伪残忍。作品着重强调了曾国藩感到"人生如棋"、抉择无奈的内心矛盾。实际上，曾国藩的无奈有很大的虚伪性。他对曾国荃就一直是纵容庇护的，有时甚至偏袒到了不顾原则和自身人格形象的程度，以致左宗棠等人愤愤不平。作者在理念上可能是想写出曾国藩性格的丰富复杂，但在写作中却不自觉地忽略了对曾国藩灵魂深处的阴暗丑恶面进行应有的鞭挞。

其次，作者对曾国藩用文化原则压抑自身自然人性、束缚内心快乐自由的方面，也流露出过多的认同和肯定。作者虽然也表现出了从人性压抑感到人生的悲凉，但更多的是赞美由压抑显示的人格的崇高。曾国藩得知攻下金陵的消息时，悲喜交加以至昏厥，过后却学谢安石轻描淡写地宣布捷报。对这种压抑个性自然表现而生硬地体现出的所谓大将风度，作者采用了略带嘲讽的语调进行描写，但更多地让人感到的，还是曾国藩克制内心的性格力度。这种对压抑人性的过分肯定，必然会引起一些以个人自由发展和幸福为价值标准的读者的反感。

二

作者把曾国藩这个处在社会矛盾焦点的枢纽性人物放到文化层面进行研究和描写，从而使小说在广大的思想艺术空间里，全方位地展示出中国的传统文化及其笼罩下的人生状态。

与20世纪80年代的"寻根文学"凭体验感悟拟构传统文化的民间形态不同，《曾国藩》对我国传统的庙堂文化进行了正面的写实型开拓。作品同时描写了曾国藩忠君敬上、建功立业的"外王"方面和慎独自守、砥砺品性的"内圣"方面。对"内圣"一面，则着重表现曾国藩为树立人格形象以利经世致用所做出的种种努力。总的看来，作者特别关注的是曾国藩的功名人格。小说从儒、道、法相融合的宋明理学的纲常原则中，发掘曾国藩行为心理的文化依据；又通过描写他从苦创基业到持盈保泰直至求田问舍的人生历程，展示了他功名人格从奋发张扬到没落萎缩的全过程；而对曾国藩持家训子的描写，不仅表现出中国文化家国同构的特征，而且揭示出传统文化的小农经济根基。

作品对传统文化的展示是多层次、多侧面的。对曾国藩策略手段的描写，体现出传统文化的历史智慧；对他建功立业的描写，肯定了传统的人生哲学；对他坚毅性格的描写，表现出"天行健，君子以自强不息"的民族精神。这些描写显示出作者对传统文化的深刻理解。对传统文化各个流脉铸造的不同文化人格和同一人格形象不同侧面的描写，则体现了作家对传统文化的广泛把握。

小说具体充分地揭示了传统文化的内在矛盾。明清是中国传统文化的烂熟时期，其正负质都表现得相当充分。曾国藩性格的矛盾二重性正是文化矛盾的表现。他的仁慈和残忍、大度和阴险、严苛和宽纵、刚毅和怯懦，都不只是自然的个性特征，更体现了文化原则各个侧面的内在矛盾。曾国藩性格的矛盾二重性就是因为以文化原则作统辖，才得到有机的融合和统一。作者以推崇的态度，把曾国藩压抑痛苦而刚毅不屈的性格作为一种崇高美来描写，则表现出传统文化令人景仰的人格魅力。

作者对传统文化的展示坚持一种以历史生活本来状态为原则的态度，使作品显出难能可贵的真实性。小说按历史本来面貌把曾国藩作为一个建立了不凡的事功但一生过得痛苦和压抑的人物进行描写，克服了人们以往评价曾国藩时用"完人"美化或用"恶魔"丑化的偏颇。作者对文化原则及其约束下的人生状态的观照，体现了同样的态度。小说对春燕的描写就是一例。春燕死后连公开发丧的仪式都没有，曾国藩不动声色地照常下棋，这充分体现出在宗法礼教制的封建家庭中，小妾的地位是多么卑微，生命价值是多么不受重视！然而，春燕的一生似乎也有过真正的温暖、幸福和满足，并非苦到不能存活。批判礼教者当然可以说，春燕的独立人格处于蒙昧状态，以致处在做奴隶的地位却欣然自得；也可以说封建礼教原则有一种既冷酷又富"弹性"的特征，这种"弹性"使得生活在冷酷原则下的人们有一定回旋的余地而不致生命力被窒息。但事实上，任何文化形态都不可能使人终生都觉得幸福满足，把非文化范畴的问题也归罪于一种文化是不恰当的。另一方面，几千年来一代代人毕竟生活在一种漠视个人尊严和价值的文化氛围之中，能够活下去并不等于它就合理。总之，小说还原生活本来面目形成的高度的真实性，为我们提供了对传统文化更为客观从容的观照思路。

《曾国藩》以人物的人格形象为轴心，既从感性方面生动地描写传统的人生状态，又如实地挖掘出它的文化依据，而且把文化依据本身也和盘托出。比如对曾国藩裁军，作品既通过复杂的人物关系构成的一个个事件，写出裁军迫不得已、势所必然的情势；又充分揭示出曾国藩裁军所依据的在忠君敬上前提下建功立业的宋儒理学原则，和急流勇退、持盈保泰的道家策略；而"兔死狗烹"、"英雄不可自剪羽翼"等有关人情世态的箴言，则是人物理性思考总结出的历史经验教训。这种把一切和盘托出的做法，使作品达到了对传统文化的全方位观照。

《曾国藩》以其对传统文化的全方位观照，成为一部思想文化层面具有丰厚意蕴的作品，成为人们反思民族传统文化时可作资料使用的"信史"型的优秀历史小说。在由传统文化向现代文化转型的过程中，这部作品引起巨大的反响是必然的。

但是，《曾国藩》对传统文化的观照，也存在着创作思想上的某些偏失。

首先，作者站在传统庙堂文化的立场，以功名原则作为判断人生价值的最高准则，充满体谅地把曾国藩一生当作一种崇高理想和时代条件错位所产生的悲剧来看待。但中国传统文化的功名原则在宋明理学的理想人格中，只能是建功立业，出将入相，做一代名臣。它的致命弱点是君国至上，缺乏对正义的确认和追求。正是这个原因造成了曾国藩背逆历史潮流维护清王朝和背离人心所向办理天津教案的人生失误。曾国藩在生命末期对自我人生是否成功感到没有把握时，未能对在忠君敬上的前提下建功立业这一人生支柱本身进行反思拷问，连实际上是"为民做主"的"民贵君轻"原则，他最后也没有真正接受，临终遗嘱中，曾国藩只给儿辈提出些修身养性的基本要求，不是从功名原则超越，而是从功名原则退缩了。在《黑雨滂沱》一章里，作者因为对曾国藩过分同情而在行文中倾注了浓厚的伤感情绪，实际上影响了对于人物的把握。整个作品对曾国藩的评价也就表现出内在的矛盾，具体说来，就是作者承认曾国藩具有崇高的奋斗精神但没有找准道路，却又对导致这种失误的功名原则全盘肯定。出现这种矛盾和偏失，根源在于作者缺乏体验历史的崭新思路和对传统文化既定立场的否定性反思，只是从还原角度对它进行体验和思索。这种观照历史的思路虽然超越社会层面而进入了文化的境界，却没有超越传统文化而站到今天的时代高度。实际上，人生价值体系包括功利、心灵和超越性三个层面。事功追求者往往看重现世功利；读书人则讲求美善相随、悦情悦性；超越性标准是希求超越瞬时社会价值体系永垂不朽，超越人生不同侧面达到人生价值的全方位实现。以心灵和超越标准来看待小说对曾国藩形象的描写，我们就会感到作者缺乏一种大思想家的高度。

其次，中国数千年君国本位的文化传统中，带有浓厚的集体本位的价值倾向。作者由于对传统文化的认同，不自觉地完全站在集体本位的立场来描写曾国藩和他的事业。这就必然地会用整体利益高于一切的价值标准，作为判断人物行为抉择的依据，甚至完全有可能导致对整体损害个体利益和价值的忽视，或者从形而上学的层面对这种现象予以肯定。以小说对曾国藩杀害林明光事件的描写为例。作者对无辜秀才林明光受到的侮辱损害明显地关注不够，对他内心的痛苦仇恨没有进行充分的描写，而对曾国藩的残忍，作者却用"治乱世须用重典"的原则使之合理化，对其人格形象则用铁腕雄风予以崇高化。这明显表现出作家创作思想的偏失。

《曾国藩》创作思想上的这种偏失，导致了社会上一部分人对它不够重视，对"《曾国藩》热"不以为然的现象。

对于《曾国藩》的"冷"和"热"，表明中国人对传统文化的依恋和拒斥都存在着一种不健全的浮躁心态。依恋者因为生活、浸淫于传统之中产生的敬仰与依恋，而表现出一种"情人眼里出西施"的盲目性，缺乏对它的负质客观冷静的观照。这种主体独立意识某种程度的欠缺，势必导致依恋者产生走不出传统文化氛围的悲剧性心态。拒斥者则表现出建构自身理论空泛无力，对传统文化批判、否定的思想锋芒和全面了解、深刻把握的学问功底不相称的特征。于是，一旦传统文化真实完整地呈现在眼前时，他们就感到目瞪口呆、无从置喙。笔者认为，对待传统文化的健全心态应该是：摆脱依恋或拒斥的偏执态度和非此即彼的知性思维模式，站在重建民族文化的高度，同等地注重传统存在的合理性和转换的必然性。

三

《曾国藩》的作者唐浩明是从历史研究走向小说创作的。在作品中，他显示出一种力图从大文化角度还原历史人物曾国藩的创作意图，因而在具体的叙述过程中总是把史实阐述和文艺描写融合在一起，并力求使之升华到思想文化层面。于是，小说在艺术上就超越了文艺美学范畴，具有文、史、哲相结合的特色。这种与《史记》等中国古典文学接轨的写法，不同于当代正规的文学理论预定的文学作品模式，所以，《曾国藩》在艺术层面必然也会引起不同的看法。

首先，作者表现历史人物和事件，总是在使用文学视角的同时，兼用一种历史研究的理性眼光。"墨绖出山"一章，情节的发展其实是从不同侧面逐层揭示了促使曾国藩出山的天时、地利、人和等方面的因素。作者描写曾国藩裁军，也是把情节波澜起伏的推进和对于裁军势在必行的内外原因的剖析结合在一起的。"黑雨滂沱"着意通过不同人物的评价来表现曾国藩的反思，情节的关联和衔接也并不紧密；为了表达难以进入情节却有代表性的人物的评价，作者甚至让曾国藩做了一个梦，通过梦境表现这些人物对曾国藩一生的看法。

其次，作者在描写曾国藩生活历程的同时，还对他的理性思想作了深刻的分析和翔实的介绍。小说对名胜古迹、风俗民情、器皿菜肴之类的描写，显然是从知识、学问出发，来达到反映社会生活外在面貌的艺术目的。"讨粤匪檄"和遗嘱这类表现曾国藩理性思想的资料，作者大量地予以了介绍和引用。小说对人物有关理论问题的对话和心理思考也详细地展开叙述，实质上构成了对历史人物相关理论探讨的具体介绍。"钟山论文"表面上看是一个生动的故事，对话情趣盎然，还有对捉松鼠的有趣细节的描写，实际上其中更多的内容、更主要的目的，是介绍曾国藩的文艺思想。作者尽量地把历史事实转化为艺术画面，把史实中的理性内容融入、转化到艺术画面之中，做不到的就直接介绍和引用。就这样，作品同时使用了艺术描写和科学分析两种手法，以达到完整展现曾国藩人格的创作目的。

再次，作者又把历史材料升华到文化层面进行思考，用传统人生哲学的价值标准来对历史人物和历史事件进行品评，并对曾国藩的一生用崇高理想和时代条件错位的悲剧予以概括和处理。这就使小说构思的制高点上升到了哲学层面，作品也因此具有了文、史、哲相结合的创作特色。

最后，《曾国藩》整体创作构思的特色也影响到了作品的其他方面。在具体写作方法上，除了文学创作所使用的叙述、描写等手法外，说明、介绍的历史著作写法和分析、思辨性的论说文笔调，在小说中也占了相当大的比例。在结构上，作家实际上是以对象的存在方式为作品艺术境界的构筑方式，以从感性和理性两方面展示传统文化典型的人生状态为创作旨归，其中显示出博大的历史感和文化感。

文、史、哲相结合的创作思路，给《曾国藩》带来了极大的审美优势。曾国藩是中国近代历史的枢纽性人物，作者抓住这个枢纽尽可能地撒开，作品就全方位地展示了一段活生生的中国近代史；曾国藩是中国传统文化的人格代表，作者对他的行为心理尽可能深刻地挖掘，对他体现的文化层面的内容尽可能广阔地延伸，作品就获得了全方位地展示中国传统文化的可能性；曾国藩是一个功名奋斗者，作者从哲学层面对他的艰难奋斗进行分析，又使作品具有了深广的人生哲学层面的蕴涵。但总的看来，因为整部作品审美观照的对象是曾国藩的人格形象，所以从根本上说，《曾国藩》仍然应该算一部地地道道的历史小说。若从当代中国文学、美学本位的眼光来看，《曾国藩》的艺术趣味是相当古典的。而且平心而论，小说的三部体现出由生疏、单纯向深厚、凝重的逐渐成熟过程；作者的思考也未全部有机地融入艺术描写，还存在不少令人难以畅读的理性硬块；情节的发展也存在局部形态生硬拼接的特征，不够连贯和浑然一体。但是，作者对曾国藩人格形象的描写丰厚而生动，典型化程度很高，正是这一根本点使作品达到了相当高的艺术品位。

不过《曾国藩》并没有达到文学巨著的水准。关键就在于作者文、史、哲相结合的创作思路中哲学层面的薄弱。作者对曾国藩形象的悲剧性处理，使作品上升到具有自己独特思想的哲学高度，从而找到了观照人物的思想制高点和创作小说的艺术制高点。但是，作者所依凭的这个制高点实际上是以儒家为主的中国传统文化。结果，哲学理解生活、理解文化的功能在小说中表现得很充分，其超越层面的批判功能在作品中则显得相对薄弱，评判人物缺乏创作主体独有的力度，以至表现出思想原创性的某种欠缺。

创作过程的思想视野超越文学、美学范畴，是20世纪90年代文学创作中的一种普遍现象。张承志的《心灵史》就是把宗教、历史和文学融为一炉。张贤亮的《我的菩提树》把自己在特定历史时期的日记作为社会史、思想史的资料进行分析研究。贾平凹的《废都》则大量地直接引用社会上流行的民谣作为小说组成部分。他们这样做，就使作品显示的不是虚构的"艺术真实"，而是以原始材料为基础的"形象化事实"，作家的思考也就随之显示出一种无可辩驳的真实性。因为读者假如对作家的思想持有异议，他需要面对的首要问题就是如何看待这种原始材料。事实上，作家如果希望对一些根本性的大问题进行原初思考，他也不应该依附任何理论、思想的既成结论，而必须以历史事实作为思考的起点。这正是那些作品超越文学、美学范畴的重要原因。中国的古代文化最初其实是文、史、哲不分家的，随着历史的发展，学科差别得到辨析，分类才越来越细。这种细致化有利于专家在某一特定领域的精深研究。但是，人文科学以人类社会生活为研究对象，而人类生活的各方面是千丝万缕地联系在一起的，越来越泾渭分明的学科划分往往反而会妨碍学者们思想视野的开阔和思考层次的丰厚。所以，真正的大思想家虽然谙熟各种专业，但一般不会局限于某一具体学科。富有雄心的文学家不拘泥于艺术领域，也就是一种正常而且有作为的现象。

但是，当今的中国文坛却仍然用一种文学本位、美学本位的眼光评价作品，而且往往按既定尺度，以"新"和"旧"作为判断标准。《曾国藩》虽然美学品位不低，但审美趣味相当传统，于是评论界对它的反应显得相当迟钝、冷漠。其实，文学说到底是一种文化现象，文化层面意义重要的作品同样应该获得文坛的重视。因为一旦我们超越身处的具体社会环境，与过去和未来的时代进行对话，我们今天审美趣味的所谓"文学、美学本位"、"新"和"旧"又算得了什么呢？唐代的诗文复古运动，实质上是恢复几百年前的美学趣味和艺术品格，西方同样出现过"文艺复兴"运动。而且，当今文坛种种肤浅的艺术创新在未来时代的人们看来，也许不过是文人才子们小小的笔墨游戏，80年代后期的小说形式创新迅速趋于式微，就是一个典型的例证。评论界对这类作品不遗余力的鼓吹，已经是一种创作方向的误导。事实上，文学、美学本位的狭隘眼光面对《心灵史》、《我的菩提树》等重要而特异的文学现象，均表现出捉襟见肘的窘态。总之，包括《曾国藩》在内的优秀作品这类超越文学、美学本位的创作思路实际上极富文化生命力，它的发展要求文学评论界把文学、美学本位的眼光和文化的使命感、责任感结合起来，具备一种大文化的宏阔思想视野。只有这样，我们才有可能克服用固定的条条框框去套千变万化的文学现象的弊病，而根据不断出现的文学现象，积极主动地调整批评方位，归纳和发展新的文学、美学规范；才有可能对真正有意义、有价值的作品，进行准确而有效期长久的文学定位。

近现代的中国，一直在"继承民族传统文化"和"学习西方先进文化"两种文化选择中折腾和循环往复，但迄今尚未真正找到在中国现实中转换传统文化和融合西方文化的有效机制。一个带根本性的弱点，就是对两种文化进行清理、分析的基础性工作都做得远远不够。《曾国藩》是清理和分析中国传统文化结出的一个成果。它对于我们今天发展新的民族文化，具有正反两方面的巨大的认识价值，因而理应得到社会各界的广泛重视。

第四节 《白门柳》的文化批判意识

如何在历史真实与现代意识之间进行中恰当的"古今对接"，是历史文学创作中一个极为重要而又长期未能得到妥善解决的问题。

《李自成》就存在以主观思想理念肢解、遮蔽历史复杂性的局限，"红娘子太红，高夫人太高"的流行评价，即是作品存在这种局限的典型例证。《曾国藩》则因对历史杰出人物过分敬仰和体谅，在"巨人身影"的笼罩下出现了历史理性淡薄、偏失的局限。刘斯奋的《白门柳》却以充分的时代理性和稳健的艺术驾驭能力，较好地解决了历史文学的"古今对接"问题。从这个角度看，我们对这部作品有必要给以高度的重视和深入的探究。

一

20世纪90年代以来的历史文学创作有一个重要突破，就是摒弃了当代乃至"五四"以来中国精神文化界把握历史那种褒贬判断至上、现时功利至上的价值取向，力求在大文化的宏放视野中，以史家的客观缜密和饱览忧患沧桑者的透辟通达，忠实地再现在我们民族传统文化中富有经典品格的生存状态和人生样式，尽可能充分地开掘历史生活丰富深邃的内涵和复杂隐秘的矛盾，并以此为基础来揭示中华民族动荡历史的悲怆崇高和非凡年代的庄严深沉。从《曾国藩》、《杨度》对悖逆时势而坚毅执著的功名奋斗者的体谅与讴歌，《少年天子》、《暮鼓晨钟》对君主人性生成和民族文明进化之间同一性的寻找与诗化，到二月河《雍正皇帝》等帝王系列作品对皇族生态、宫廷风险的世俗化透视、传奇化敷演，都鲜明地体现出这一特色。也就是说，全方位地、赞赏性地还原历史，成为90年代后历史文学一个带根本性的精神和审美特征。

但是，突破与局限和隐患同在。在这种以学养的丰赡和体验的深切见长的创作思潮中，作家们沉湎于历史漩流，吸纳铺陈历史烟云、赞叹把玩文化智慧的时候，创作主体的精神心理建构和价值抉择基点，却往往自觉或不自觉地落入传统文化之网，还原力旺盛而评判力却变得相对孱弱，从而导致对封建制度和封建文化整体批判意识的淡薄。这种令人遗憾的创作倾向的出现，透露出历史小说家们在消除以往创作思维的狭隘性和意识形态化的弊端时，忽略了它们在主体立场处理问题上的一定程度的合理性，结果，这些创作虽然另辟了气势宏阔的精神思路，却仍然未能全面地拥有和发挥好驾驭、剖析历史的时代认知可能性。事实上，这已经成为历史文学创作中一个事关全局的重要问题。

从这个角度看，《白门柳》所取得的成就显得格外令人振奋。小说的创作时间前后长达16年，第1卷《夕阳芳草》1984年即已出版，第2卷《秋露危城》出版于1991年，并以第1、2卷获得第4届"茅盾文学奖"，小说的第3卷《鸡鸣风雨》则到1998年才与前两卷合成全书一并出版。作品的总体影响实际上形成和存在于20世纪90年代。这部煌煌三大卷、洋洋百万余言的鸿篇巨制，在对士林人物群像的塑造、乱世气象广阔而细腻的刻画、艺术的精美考究和历史文化知识的丰富精确等方面，都有令人刮目相看的建树。但笔者认为，从对"跨世纪"历史文学精神风貌的影响而言，《白门柳》最重要的贡献，在于它从艺术构架的设计、主要人物的选择、意蕴内核的确定，直到精神氛围的营造等，都体现出一种从人类历史财富清理的高度，对封建文化进行整体审视和批判的思想意识。这种思想意识的确立及其在文本中基本成功的实现，扩展和深化了历史文学的精神内涵，使之真正有力地显示出与时代理性可能相匹配的精神探索深度。

二

《白门柳》的文化批判意识在文本中具有多侧面的体现。

首先，在小说思想基点的确定方面，作者显示出一种深思熟虑因而切中肯綮的文化批判眼光。《白门柳》是一部艺术上相当考究的作品，同时又是一部创作主体的理性意识相当明确的作品。它主要通过描绘明末清初的士大夫群体无论选择何种人生道路皆进退维谷、无论依凭何种人生价值依据皆难以获得灵魂安顿的历史命运，揭示了在封建王朝解体那"天崩地解"的时代，知识分子无法在封建的变乱时世、政治制度和文化体系的范畴内部获得理想的人生价值的群落生态，并由此暗示出民主这一历史新时代的思想曙光。小说的第一部

《夕阳芳草》以虎丘大会为情节线索凝聚和转折的关口，围绕阉党余孽阮大铖是否该被起复和东林党领袖钱谦益应以什么方式获取名位的问题，展开并剖析了封建知识分子人生价值结构内部在品流和名位之间无法调和的矛盾，实质上作者是把"立言"作为体现封建文人才智性灵和名士风度的、无论何时何世皆无根本性障碍的"私人性"事件来看待，而着力揭示了他们"立功"和"立德"难以两全的生存悲剧，从而否定了"三立"人生模式在封建时代的历史通行性。第二部《秋露危城》的线索渐趋繁复，作品把在野士大夫的内部纠葛延伸到朝政操作的疆域，围绕南明王朝从建立到崩溃朝露般短暂的历程，描写了为国运苦苦支撑和为私欲祸国殃民二者之间正不压邪的斗争，也描写了欲远离国事、苟全性命于乱世而不可得的人生困境，并由此显示出，无论是否参与，无论以策略权宜还是正道直行的姿态奔波劳碌，因为为之奋斗的最高目标、最高原则本身无法弥补的矛盾与缺陷，身负壮志雄才的士大夫们只能越扑腾越狼狈，难脱社会政治性人生抱负最终不可能实现的尴尬生态和悲怆命运。作品第三部《鸡鸣风雨》则把艺术视野扩展到民族荣辱和文化存亡的辽阔境界，表现了士大夫们虽在文士气节和身家性命间作困兽之斗，却无法维护文化守护者最基本权益的悲惨境遇。就这样，《白门柳》从三个带根本性的方面确立艺术描写的思想基点，通过对种种正面突破和反面冲击的展示，深刻、细腻地再现了明末清初那封建王朝"地解"、封建文化体系"天崩"的历史景观，从而显现出一种进行全面而彻底的还原型批判的思想意识。

其次，《白门柳》文化批判的全面性、彻底性，还表现在作者不是站在封建文化力量某一维、封建社会矛盾某一方的立场展开批判，而是挪移于其内部各种社会背景的文化立场之间，以多重视角艺术地进行一种交叉式的批判，由此达到对封建文化整体生存机能的否定。这部作品以士林生活为中心，加上秦淮烟花女子和乱世的新旧朝堂三足鼎立，共同构成审美观照的外在视界。在精神内蕴的层面，作者也不是以士大夫本位的立场体察一切，而是既从在野清议的角度，尖锐泼辣地批判明末朝堂的昏庸腐败、混乱堕落、正不压邪景观和政治文化规范的懦弱、迂腐、没落状态，又站在国家功利和庙堂功效的立场，鞭辟入里地揭示了士大夫阶层所固有的种种弱质，还通过秦淮女性的映衬，贬斥了名士们品质的诸多伪劣之处和心态的颓废堕落趋势。这样，作者在思维构架的设计方面，就通过封建文化机体内部的互相诟病，艺术地形成了对其全体的审视和批判。当然，任何文化生态都并非一无是处，作者也站在人类历史文化财富清理的高度，努力发掘和再现了当时的社会生活中具有崇高品质和现代思想意义的各种文化元素，这实质上又从另一侧面显示出作者的批判性态度。

再次，在主要人物的选择方面，《白门柳》同样显示出坚定的文化批判意识。小说士林人物群落的主角是黄宗羲、钱谦益和冒襄。这三个人中，黄宗羲正道直行，执著地追求思想的真理性、精神的独立性和品格的崇高与完美；钱谦益则总是在无奈中不惜损伤品格去谋求现世的名位；冒襄一方面在乱世中奔波劳碌以求保命全身、维持家庭，另一方面又总在立功拯世的激情和报国无门的现状所形成的矛盾中焦躁、挣扎乃至心境颓废虚无。这么三个人，如果仅以黄宗羲为主人公，作品必定会成为民族传统文化崇高品质的赞歌；如果把冒襄作为主角，小说则可能被写成知识分子生存状态的悲歌；仅仅关注钱谦益，那么，不管以体谅还是以谴责为基调，作品都难超越道德中心的价值立场。总之，不管选择这三种写法的哪一种，小说都无法达到对传统文化生态整体的观照。《白门柳》的不同凡响之处就在于，作者把三个历史人物同时纳入审美的视野，这样，由于人物相互间的对比参照，作者就透过黄宗羲人格形象的崇高，揭示出其迂直、不合世俗、难成具体功利的文化特质；摆脱对冒襄命运的感慨和心态的共鸣，有力地显现出中国传统知识分子独善其身人生道路的软弱性、不可能性和一定程度的自私特征；对于钱谦益的描写也就能摆脱纯粹的道德评判，从而构成对传统文化道德本位原则的突破与超越。将三个人物的生态作为一个整体进行观照、并全面地展示出各自性格的正负面特质，小说自然就形成了对整个传统文化的审视和批判。所以，《白门柳》在主要人物选择方面的匠心和气度，也透露出一种强有力的文化批判意识。

最后，这部小说艺术描写的侧重面同样颇有耐人寻味之处。时代生活的宏观状态在作品中往往是一种粗线条勾勒性的叙述。作者着重描写的是各种人物围绕某一意味深长的政治或文化抉择问题所表现的不同态度及相互间形成的矛盾纠葛。第一部阉党余孽阮大铖是否应被起复、第二部清议名士是否可作为幕僚进入官僚集团、第三部辫子的去留和是否应继续扶明等，都属这一类的问题。作品围绕由这些问题所形成的社会文化事件，把文章做得很足。在一系列接踵而至的事件中，钱谦益一次次病急乱投医，苟且而因小失大；黄宗羲一次次对自己最亲敬的人失望，急怒狂躁而举措失度；陈贞慧由踌躇满志地投身政治，到最终心灰意冷地逃避一切；方以智一着失误即无可挽回、万劫不复。所有这些人在政治结构土崩瓦解的境况下，都难以把握好自己，有才难展、有志难伸，人生欲求无法正常满足，反而被压抑或被扭曲，这就从各不相同的方面，深刻地显示出他们所遵循的文化原则的捉襟见肘状态，充分地体现出他们作为一代精英人才生存价值依据的悬置和变异情势。着重表现这一侧面，证明作者艺术观照的核心确实不是社会的变迁，而是对文化的批判。《白门柳》还花了大量笔墨刻画人物富于典型意义的心态，从历史人物精神状态的层面，展示出文化人畸变、文化体系被种种力量冲击而没落的必然趋势。冒襄对乞丐兼具怜悯之心与名士之气的布施所招致的情感冤屈，和恶意侮辱所体现的心灵的悲苦与精神的颓废虚无，就鲜明体现了这种由文化所酝酿成的良心修炼千年而毁于一旦的情状。柳如是由忍受牺牲、满怀希望地投身老名士怀抱到放浪寻欢的变化，则从社会心理嬗变的侧面，展示出文化代表的贬值和文化的没落。《白门柳》对艺术描写侧重面的选择，实际上是在具体操作的层面显现出毫不容情地瞄准传统文化进行审视与批判的思想意识。

在《白门柳》的《跋》中介绍小说创作的思想动机时，作者曾经谈到，"就十七世纪中叶的那一场使中国社会付出了惨重代价的巨变而论，如果说，也曾产生过某种质的意义上的历史进步的话，那么……是在'士'这一阶层中，催生出了以黄宗羲、顾炎武、王夫之为代表的我国早期的民主思想。这种思想，不仅在当时是一种划时代的飞跃，而且是对封建制度的无情的系统批判"①，小说则试图通过描绘士阶层所走过的坎坷、曲折的道路，从一个侧面记录历史的一些足印，揭示其中的某种发展线索。事实上，《白门柳》着重反映的，并不是民主思想萌芽的过程，而是具有内在有机联系地从思想基点确立、思维构架设计、主要人物塑造和艺术描写侧重等多方面精心构想，全面深刻地展示出在一个社会黑暗动荡的历史生存空间内、传统知识分子所表演的一幕幕人生悲剧和丑剧，从而痛切地揭示出，专制政治文化占统治地位的封建文化，必将导致士阶层思想混乱失序、价值选择进退维谷、生命力虚掷和萎缩的生存状态，这种生存状态又将对整个封建文化构成或正或反、或直接或间接、或自觉或无意的冲击与突破。在这种状态的深层、最隐蔽处，才有民主意识作为心灵感触、思想火花、各种行为选择失效后可能的未来契机等，出现于黄宗羲等人思维最敏感、活跃之际的精神世界，出现于小说的艺术图景。由此可见，民主这一具有现代文化气息的意识，是作者从那段天崩地解的历史中发现、提取的思想亮点，也是作者价值思维的收束点，但并不是作品艺术观照的重心，换句话说，民主思想是17世纪中国的历史痛苦转换、升华而成的精神财富，但小说的艺术重心是、也只能是那种历史痛苦本身及其对痛苦根源的揭示与批判。因此，从文本多方面显现出来的文化批判意识，才是贯穿于《白门柳》全书的血脉，才是作家创作思想的核心。

三

那么，作家这种批判性还原的创作思想，使小说文本在哪些方面显得不同凡响？该书又是怎样显出与时代理性可能相匹配的精神探索深度的呢？

---

① 刘斯奋：《白门柳·鸡鸣风雨》，人民文学出版社2004年版，第550页。

笔者认为，在以下几个方面，《白门柳》都呈现出文化批判意识所带来的良好的思想艺术效果。

在思想意蕴的开掘方面，文化批判意识使小说得以从文化生态的高度观照历史是非，超越对具体历史现象就事论事的个别性判断，进入到剖析封建文化本质、揭示封建文化痼疾的层面，从而深化了作品内蕴的层次。对于复社士大夫集团的清谈，《白门柳》就不仅如一般历史小说那样，把它作为社会正气、品流和一时民心的代表来看待和描述，而且从封建政治文化结构的角度，入木三分地揭示出它作为在野政治势力对当政势力的依赖、妥协和实际上的难以有所作为。描写危城南京中的"拥王之争"，小说也通过史可法、马士英对福王和潞王的特性都不甚明了的事实，淡化昏君、明主之类的具体判断，而透过史可法对敌与处事忠勇、刚直而拥立时却迷茫、迂腐、退让的矛盾，展现出封建文化制度所规定的立嫡原则的巨大束缚力量；还透过马士英挟拥戴之功一手遮天、反客为主的现象，显露出君主制政治体制集权于一人所必不可免的痼疾。在第三部《鸡鸣风雨》中，作者通过众多降清官员的映衬，揭示出辫子问题不单纯是一个个人气节和自尊心的问题，而且是一个文化血脉存与亡的严重问题，从而既表现了汉族子民对自己文化传统的哀哀眷恋，又由一斑窥全豹，有力地呈示出流传几千年的文化风雨飘摇的境况、孱弱的生命力和无可避免地衰微的命运。显然，如果不以文化为观照中心而且采取一种批判性的态度，作品审美内蕴的这些深意和新意都是难以获得的。

在人物形象塑造方面，文化批判意识使作家能以超越的态度，全面地把握特定历史环境中文化原则和道德原则的合理性与局限性，从而得以更富立体感和辩证性地揭示人物生命状态的方方面面，人物性格的内涵随之变得更丰厚、更具人性深度，人物形象也就显得更有血有肉。刘宗周是一位在当时的社会文化环境中被认为具有崇高乃至完美道德品格的人物，作家由于对封建文化的忠君原则有着清醒的认识，描写他决意殉主和绝食抗恶的行为时，就准确、精辟地揭示出其性格中迂拙和逞血性之勇的负面特征，结果，这个人物形象反而更有立体感、更耐人寻味。阮大铖无疑是一个阴毒而狂妄的奸臣，《白门柳》却坦然地表现了他人格始终被谴责、才干长期受压抑、毫无实现生命价值之望而形成的怨毒心理，原因也在于作者透过忠奸之辨的道德文化原则，看到了人性的适度的可变性和人欲的一定程度的合理性。同样，如果缺乏对冒襄所面临的忠孝文化规范本身审视、怀疑和批判的态度，小说就不可能既展现出他在二者之间犹疑、矛盾的行为状态，又深刻地透视出他焦躁虚无、愤世忧生的生命情态，冒襄形象的丰满与深刻程度，自然也就会大打折扣。

《白门柳》所反映的是一场巨大的历史悲剧。一代志士才俊的善良愿望和正直努力皆付之东流，是令人扼腕叹息的悲剧；平民百姓的颠沛流离、遭受池鱼之殃和柳如是、董小宛含辛忍辱却夙愿难偿、牺牲惨重却难获最普通的人生权利，是让人同情怜悯的悲剧；钱谦益、洪承畴折节失志却忏悔无门，是使人啼笑皆非的悲剧；阮大铖、马士英之流由于缺乏正义之光的强烈照耀，对自己的罪恶从不服气、毫无自觉，同样是人类的悲剧。这种种悲剧的形成，固然是由于政治的黑暗、社会的动荡乃至清人的野蛮蒙昧，但悲剧经久不歇地延续，却源于各种人物走不出历史文化的迷瘴，对已经衰落、式微且日益显露出其负面特性的封建政治制度和封建文化原则缺乏清醒的认识，并一直在无望地挽救它。《白门柳》作者对这形形色色的悲剧的深刻体察和满怀慨叹的展示，使作品显示出浓郁的悲怆情调。与此同时，作者又把对历史悲剧的揭示和对人类艰难前行的生命力量的发掘、赞叹结合起来，着力表现出人物在社会文化困境中的奔突、寻求、思索和在悲剧的宿命中生命力的蓬勃，以及它们所造就的对社会文化痼疾的客观冲击和新的思想文化意识的萌生，这就又使小说在悲怆中显露出人类历史进程的庄严、崇高来。所以从本质上看，《白门柳》以悲怆、崇高为基调的美学品格，也源于作者的创作思想由社会政治批判深入到了文化批判的思维层次。

20世纪90年代以来，中国文坛才力雄恣、思想深刻、艺术准备充足的作家们纷纷把目光投向民族往昔生活的领域，或者着力于深刻而真切地体察包含着民族经典型生存样态的文化秩序，或者从民间传统生活中发掘、提炼出具有现代意义和现实针对性的精神价值元素与精神人格形象，或者借历史生存空间的材料和意象构筑个人话语、抒写纯粹个体生命意义上的生存体验与精神感悟，由此，这些作家创作出为数众多的精品力作，从各不相同的侧面体现出当今中国精神文化创造的水准。《白门柳》的深沉、老练之处在于，它吸纳了各种创作趋向的优势加以有机的整合，同时又力避极端化的价值取向，因而文本的精神内涵虽略欠锋芒、却显得深沉削切而又规范圆润。这部小说在包容的丰富、真切度方面不逊于"经典体察型"作品，却增添了一种诘问、审视的态度和批判的眼光；也不同于从个体精神家园角度对民间价值的寻找，《白门柳》所开掘出的民主意识作为一种政治文化原则，属于现代中国人长期追求而至今尚未真正实现的社会整体生活理想；从对冒襄生存苦闷和精神宣泄的表现，到对柳如是女性欲望和畸形心理的揭示，《白门柳》与"新历史小说"有着同等的对个体生命境遇的关注，作者却通过客观化、对象化的方法，把泛泛的生存感悟纳入社会文化的总体格局中来进行考察和适度的抒写。总之，《白门柳》既以对民族历史境遇的反映，体现出当代中国在社会文化和个体生命方面的探索、反思能力，又以文化批判的眼光透视和发掘，形成了意义深远而认同面广泛的思想成果，二者的有机融合和在文本中写实性的艺术表现，使小说的意蕴建构在整个"跨世纪文学"的长篇小说创作中，都显得稳重、丰厚而又大气，而对于以再现、还原为旨归的长篇历史小说，《白门柳》无疑也是一个创作思想和精神深度方面的有力推进。

四

不过文化批判意识在《白门柳》中落实得并不彻底，而且也不是没有偏差。

首先，尽管作家立意对封建文化进行全面的审视和批判，也通过情节的展开、人物之间矛盾纠葛的揭示和人物语言行为的描述，颇富理性地对朝堂和士林两大生存空间的文化形态进行了充满辩证色彩的剖析，但实际上，作者的情感共鸣点更多的还是在士大夫阶层。这样，小说在表现士大夫人物的性格缺陷、文化局限与命运波折时，笔调满蓄着慨叹和悲悯，而对朝堂政治人物的描写则由于设身处地的同情性理解不足，笔调略显干涩和缺少韵味，对相关人物性格、心理的揭示也在一定程度上给人以"隔"的艺术感觉，尤其是对于作者在情感和理性上均持否定性态度的政治人物，描写中有时还显示出一种夸张、漫画化的倾向，这就影响了作品的内蕴深度和艺术效果。

其次，《白门柳》对士林人物欲望的膨胀及其所导致的品流的恶化、人格的扭曲进行了中肯的、鞭辟入里的批判，而对秦淮烟花女子由个人欲望所导致的人格的扭曲、精神的萎缩和心理的畸形化状态却缺乏有力的批判。一方面，这固然是由于女性们屈辱的命运确实值得同情，她们自拔于污浊的不懈努力也令人肃然起敬，但另一方面，这种偏差的出现也与作者对最基本的人性原则及其情感走向所包含的负面特性缺乏充分的批判意识存在紧密的关联。时至现代文化充分发展、其正负面特性均充分显露的20世纪末期，这种批判意识的欠缺不能不令人感到遗憾。而且，它实际上恰恰也是男权文化认为女性是天然弱者、需格外怜爱和宽容这样一种情感心理的流露。

再次，《白门柳》的第一卷结构紧凑，但思路显得拘谨，第三卷则矛盾错综复杂，线索纵横交织，思维之"网"撒得太宽而略显芜杂和外在化。第一卷和第三卷艺术思路的这种矛盾，原因固然是多方面的，但与作者对封建文化系统的驾驭、把握能力不够雄健和文化批判的总体艺术规则不够到位，联系也显而易见。

虽然有着这种种欠缺，但瑕不掩瑜，《白门柳》难能可贵的文化批判意识，对于扩充当代历史文学的精神内涵，对于当代作家合理而充分地吸纳20世纪种种精神话语的优长以更好地进行文化创造，都有着不可忽视的价值和意义，值得我们给予充分的关注和肯定。

第五节 《张居正》：传统底蕴与现代智慧的有机交融

《张居正》出现于21世纪之初。这部作品虽然在陆续出版的过程中就广获好评，也出现了较多的研究与评论文章，长江文艺出版社甚至在2004年初出版了近20万字的《〈张居正〉评论集》。但实际上，作品并没有形成如唐浩明的《曾国藩》、二月河的《雍正皇帝》那样广阔到整个社会和思想文化界范围的轰动效应，相反，倒因史料方面是否存在编造以致"厚诬古人"的弊端，而引起过一番范围不大却影响不小的争论。直至2005年第六届长篇小说"茅盾文学奖"揭晓，这部作品超越历届获奖的《李自成》第二卷、《金瓯缺》、《少年天子》和《白门柳》，创新时期历史小说纪录地名列榜首，才真正达到它声誉的高峰。事实表明，《张居正》获得了"文坛内部"的高度推崇。

笔者认为，新时期以来有影响的传统历史文学创作大致可分为三个序列。以姚雪垠的《李自成》、徐兴业的《金瓯缺》为代表，或写农民起义、或叙民族战争，思维基点是当代政治文化立场；凌力的《少年天子》、刘斯奋的《白门柳》等，写文明变革也好、写名士名媛也好，显示的是对民族历史与文化的文人式、性情化的理解；唐浩明的小说发掘中国传统的功名文化人格及其时代际遇，二月河的作品描述"康乾盛世"的帝王人生境遇及其"落霞"的辉煌、诡异与苍凉，他们是以回归古典审美规范的方式，正面触及中国传统政治文化的底蕴及其历史命运。

《张居正》的确切意义则在于，作品以高度契合20世纪中国文学审美规范的艺术境界、审美趣味和叙述方向，沿袭并推进了唐浩明、二月河的历史文学创作道路，通过刻画宰辅张居正作为"治世能臣"创立国家功业的复杂而艰难的历程，内蕴丰厚地展示出了中国封建时代处于社会核心位置的"权相"的命运、功业与人格的典型状态，以及这种往往是悲剧性结局的人生模式的体制文化根基。换言之,《张居正》是一部将传统社会文化底蕴的深厚发掘和现代审美智慧的娴熟运用有机融合的"规范之作",作品独特的精神价值与传播效应皆肇源于此。

———— 一 ————

许多有关《张居正》的研究都将学术关注的目光集中于分析、赞叹作品对主人公张居正作为封建改革家形象的成功刻画。这种社会政治层面的分析虽然具有相当的合理性,但并未真正切中《张居正》思想内涵的重心。因为《张居正》全书的《木兰歌》、《水龙吟》、《金缕曲》和《火凤凰》四卷,分别描写了张居正精心运筹谋取首辅之位、重整朝纲确立权威、全面改革展开"新政"格局、威权达于顶峰却因皇上"长大"而人亡政毁四个阶段,而有关"万历新政"的改革事业,只不过是第三卷《金缕曲》的主要内容而已。即使用作品描述的是张居正作为改革家的人生命运来进行解释,也无法说明作者何以笔墨如此详略失衡,用整整三卷的篇幅来描绘与波澜壮阔的改革过程联系不大的内容,而将改革事业本身压缩在一卷之中。

笔者以为,作者其实是以对于中国封建时代宰辅功业模式的历史文化认知为基础来为全书建构情节框架、确立叙述重点的。《张居正》四卷所着重描绘的,实际上是主人公"为相"、"为帝王师"掌权、稳权、用权和失权的"宰相事业"景观。

从这一角度出发我们可以发现,《张居正》思想内涵被忽略而更为重要的一个方面,是对于造就中国封建时代宰相权位格局的体制文化所作的精辟而透彻的审美发掘。

《木兰歌》整整一卷的篇幅,展开了张居正获取首辅权位的过程与方式,在最后一卷《火凤凰》中,作者又花十回的篇幅铺叙了威望、圣宠皆处于顶峰的张居正死后骤受几近灭门鞭尸之祸的悲剧命运及其内在原因。这种总体构思所显示的艺术意图,显然在于揭示中国封建政治体制中皇权至上的人治文化特征,和它难以驾控而又事关全局的朝堂人事和社会历史效应。

《木兰歌》中隆庆皇帝骤然归天，朝政格局马上发生了颠覆性的变化。年幼的新帝朱翊钧及其生母李贵妃的权力瞬间左右了朝局。"一朝天子一朝臣"，隆庆帝第一宠臣、首辅高拱的权位变得岌岌可危；与高拱关系亲密的大内总管孟冲也因实际上是奉风流先帝旨意而犯下的"四大罪状"，威权迅速土崩瓦解；相反，司礼监冯保因为是幼帝的大伴、次辅张居正因为是幼帝之师，立马处于权力之争的有利位置。争权过程中，高拱串通孟冲，冯保则潜访学士府与张居正联络，朝臣与内宫处于相似权位状态的两派重要人物迅速结成了各自的攻守同盟。高拱和张居正在对待殷正茂、李延两个贪官和捉、放征召童男童女时逞凶的"妖道"王九思等问题上，都用尽心机、施展手段乃至阴谋，为对方设计各种陷阱。冯保和孟冲则或者抓住把柄敲诈、或者退守接受敲诈，也展开了针锋相对的权势和利益的争夺。但其中最为核心和关键的，实际上是皇权至上的封建政统中幼帝的感觉及其生母李太后的观念、心思。高拱希望拨20万两首饰银取悦李太后、上《陈五事疏》扳倒冯保，显示出高明的政治手腕。冯保为幼帝寻找替身出家、通过说佛珠进谗言，目的同样在打动"圣心"。张居正和高拱其实都是有力有为的大臣，二者的进退得失很难说有真正的大是大非之分。但到最后，高拱因为未能及时攀附上李贵妃、幼帝又害怕看到其面相，张居正则因为既为"帝师"又曾参与上折册立太子，加上李太后作为女人对高拱、张居正两个男人的好恶感受，势倾朝野的两位宰相的权位之争顷刻间就定了输赢。大臣的万般韬略实际上敌不过一纸圣谕。所以，作品于此所显示的真正重要的内涵，实为人治政体的运行规范。

李太后选择张居正自然也蕴涵着充分的合理性，并在随后开创了"万历新政"的大好局面。但登上首辅之位后，张居正虽然逐渐地权高位重，却同样始终如履薄冰、如临深渊般不断施展各种手段，甚至用端方古板的大男人玩风葫芦的方式，来使幼帝龙心大悦，以巩固圣宠。作品随后不断地进行着这方面的描写，更为微细、丰满地展开了人治政体的运行状态。

在业已建立了丰功伟业的张居正死后，万历帝仅仅因为自己长大成人，感受到"权相"阴影的威压，就对"师相"张居正无端地进行清算与迫害，甚至将已经产生明显成效的"万历新政"的种种措施也一概废弃。这时的李太后身为皇太后，想阻止皇上对她始终宠信的"故相"张居正的迫害却也未能成功。原因同样在于，大臣的功罪、国家的兴衰，在人治政体中皆决定于一人的好恶及其利害的权衡。结果，当上意悖谬时，政局黑暗糜烂、权臣灭顶之灾等社会和人事方面的后果就随之而来。冯保的一句"皇上长大了"，叹尽了朝政沧桑之变的根本原因和身陷其中者的孱弱、无奈与悲哀。也正因为如此，高拱和张居正两个曾经你死我活的"政敌"在睽违六年的重逢之际，才有"故友"之间同命相怜、"禁不住唏嘘起来"的"真情流露"。

正因为对封建政治人治文化的深刻理解，作者对于隆庆帝、万历帝、李太后的个人生活、个人品质及其后果也进行了充分的表现。比如，隆庆帝的耽于淫乐，万历帝在逐渐长大的过程中玩赏神仙宴春宫图、无奈中下罪己诏、索银说歪理、失龙袍而大怒，李太后的信佛与对张居正的暧昧之情，甚至包括李国丈的贪财好利而又鼠目寸光，就都从各个方面影响到了张居正的权位、恩宠程度和他改革事业的方向与得失。

《张居正》还通过描写孟冲、冯保、张鲸等宫廷太监和邵大侠、何心隐等江湖人物在朝廷权变过程中的作用，更进一步表现了封建专制制度作为一种人治文化的潜规则与内在运行机制。

在全书的两次相位巨变中，无论是高拱和孟冲、张居正和冯保，还是张四维与张鲸，都是"外相"与"内相"形成搭档、唇齿相依，"一荣俱荣，一损俱损"。张居正谋取高拱首辅之位很重要的条件，是高拱的暴躁性情和选拔大内总管时的无形压制得罪了身为小皇上"大伴"并颇得皇上生母李贵妃信赖的冯保，使他心怀积怨，从而在高张之争中作为内廷的"奸细"对张居正暗中相助。争斗的结果，张居正、冯保双双成功，高拱与孟冲则互相牵连，同时失势而去。张居正登上首辅之位后成功地开创"万历新政"的局面，也与他同大内总管冯保始终保持着良好的关系，从而保持了政令畅通，并在获取皇上特别是皇太后日常信息方面配合顺畅，存在着密不可分的联系。可以说，张居正的"万历新政"能够顺利进行，"内相"冯保同样功不可没。而张居正死后遭到皇上伙同新宰相张四维的清算时，冯保也一样受到牵连，遭受着内廷"奸细"、新得势的太监张鲸依仗皇上宠信所施行的暗算。平心而论，无论是导致隆庆帝染风流病猝死的孟冲、教唆朱翊钧设计除掉冯保的张鲸，还是有力地辅助过"万历新政"的冯保，都是聪明伶俐而心术不正之人。他们历史功罪的关键，在于依托的是处于何种状态的皇上与何种类型的"外相"。太监作为内廷和朝堂联系的纽带，在当代众多即使是相当优秀的历史文学作品中，也多半被描述为或者是滑稽可笑、卑劣猥琐的小人，或者只不过是皇命传达的工具，仿佛总处于被动、弱势的状态。《张居正》则鲜明地揭示出，在中国封建社会特别是其后期，宦官在朝政格局中实际上往往隐晦地处于强势状态，以体制本身所无法显现的形式起着不可或缺的作用。这种发现与描述，充分表现出作者超越体制和世俗层面的认知所达到的、对于中国封建朝政运行潜规则的独到思考，独具只眼地深化了对于造就宰相权位格局的历史文化要素的发掘。

邵大侠与何心隐一文一武两个江湖人物介入张居正与高拱的争权，则分别是以打手与谋士的身份充当了朝廷权力变更的工具。邵大侠为高拱长途奔袭暗杀李延、何心隐特意赴京向张居正分析少年君父导致的朝政格局，即作为工具角色起作用的典型例证。他们确实以独到的手段和眼光，起到了体制内人物所无法达到的作用。而当朝政稳定之后，这种江湖人物却往往因其行事对于朝政的潜在威胁，只能落得个悲惨而阴暗的下场。邵大侠、何心隐均被暗害于监狱之中，原因就在于此。《张居正》对这类人物形象及其命运的描述，与《雍正皇帝》对邬思道、《曾国藩》对陈广敷形象的刻画属于相似的思想着力点，它进一步丰富了作品对封建人治制度潜规则的揭示。

在揭示封建专制制度的皇权至上特征及其潜规则的基础上，《张居正》还通过描述"胡椒苏木折俸事件"引起京官骚乱、"棉衣事件"触及皇室权贵利益、"夺情事件"违背清流文化观念等情节，在更大范围内，从官僚阶层人际关系网络和社会集团物质、精神利益的角度，表现了张居正个人权力保障随时出现的种种危机，实际上是从威权大势的角度，表现了即使是"铁腕宰相"也只可能达到的权势状态和相位格局。但作品也艺术地揭示出，对于张居正首辅权位的得失本身，这些初看起来声势盛大的权力与利益集团却并不能起到至关重要的作用。"夺情事件"中气势汹汹的清流舆论在皇权面前只能以失败告终，就是典型的例证。这种描述与定位，从另一侧面深刻地表现出作者对于封建政治体制文化根基的透彻把握。

紧紧扣住对封建政统皇权专制和人治文化本质的揭示，来剖析在特定历史文化环境中宿命般不可更改的宰相权位状态及其人格格局、功业限度这类传统文化的内涵，这才是《张居正》真正深刻的思想文化底蕴，也是该小说比一般的优秀历史文学作品显得更为深厚、丰满的原因之所在。

二

在揭示封建时代宰相权位格局的成因及其必然命运的基础上，《张居正》以关键性的历史事件为叙事单位，条理清晰地展示出主人公张居正"戴着镣铐跳舞"的"宰相事业"，特别是他作为"铁腕宰相"、治世能臣厉行改革、开创"万历新政"的艰难而悲壮的历程。关于作品这一方面的思想内涵本身，学界已经出现了较多的评论；但论者对于刻画张居正形象所显示的创作主体的思维角度和思想深度，却缺乏较为集中而深入的探讨。从这一侧面入手，我们可以获得更深入一层的发现。

首先，作品始终注重将张居正个人具体的人际关系处理和功业追求，与国家盛衰演变的社会历史事业联系起来，这就从总体艺术构思的高度显示出一种充分展开历史复杂性的思想理性。

在"胡椒苏木折俸事件"中，作品同时描述了锦衣卫武夫章大郎闹事和六品主事童立本悬梁两个意外事件，以及由此酿成的"公祭童立本"风波，多侧面地展示出国家财政和官吏阶层矛盾重重、危机四伏的状况，从而有力地表现出张居正作为一个有作为的"新官""开新政"的必然、必要和艰难性。如果只详写章大郎闹事和公祭风波而忽略对童立本困窘生存状况的描述，作品所引人注意的就势必只能是一种权力斗争，而权力斗争背后所包含的严峻的国家政治局面，就会在对于权术波谲云诡的描写中隐而难显。如果详述童立本所体现的京官普遍生存状况而忽略章大郎所显示的盘根错节的政治人际关系，作品对社会历史状况的揭示，则会因缺乏对具体的历史关系的有力描写而显得空泛。正因为作者同时表现了事件整体中包含的在某种程度上互相矛盾的两个方面，张居正个人的功业追求才显出事关国家前途和命运的特征，他对政敌、政友种种人际关系的处理，才转化成了事关国家命运的社会历史事业。与此同时，国家与社会的功利趋向，也就实在地落到了具体的人的身上。

同样，在何心隐于张文明坟前"癫狂送怪物"之后，作者描写了张居正个人情感上的愠怒，同时却揭示出，张居正暗地纵容金学曾使"何圣人"牢房毙命的更重要的原因，是"何圣人"兴起的抨击朝廷的讲学之风对于朝局的威胁和危害。作者对于该事件这方面隐曲的发掘，使作品的情节内涵超越对纯粹个人恩怨的剖析和对封建官场隐私的探究，显示出一种将张居正个人恩怨与国家功利、社会命运融为一体进行思考的历史理性。

再比如，作者描写了张居正父亲张文明收受公田、张居正严格约束家臣之类的情节，既使作品显得故事曲折丰富、精彩生动，也使张居正的私人生活与个体人格得到了更为充分的展现。但作者又更进一步发掘出它们事关国家土地制度和政局清明等方面的社会历史内涵，这才使作品的意蕴显得更为深厚而丰满。

其次，作品对于张居正的心路历程、人格状况及其在"宰相事业"中的作用与影响也进行了充分艺术化的描述，从中精确地揭示出特定国家体制和政治传统中个人功业的发展方向与理想的实现程度。

作为封建时代著名的"铁面宰相"，张居正顺应着他谋位治国的政治事业，心理状态和性格特征也经历了一个不断变化的过程。窥视首辅权位时期，他韬光养晦、步步为营，串通冯保、笼络李太后，用的都是"暗劲"；掌握权位之后，处置政敌、"京察"、减免田赋、更改税制等杀伐决断，张居正皆雄心铁腕而又乘时顺势、谋而后动，运筹帷幄、游刃有余地运用着"强力"；权势与功业达于顶峰时，无论是"夺情事件"还是"回乡奔丧"，张居正举手投足皆于雍容庄严、威风八面中透露出专权率性、唯我独尊和不动声色的蛮横。

作为人治文化环境中的"权相"，张居正这种不断变化的心理与人格状态无疑对他的"宰相功业"产生了不可忽略的重要影响。比如，在雄心勃勃、不断开拓的时期，张居正对阿谀逢迎而实际上阴毒贪婪的荆州知府赵谦明确地采用了严厉遏制的态度，而到声名俱泰、自我陶醉的时刻，对同样挖空心思争宠献媚的真定知府钱普，他却给予了重用。对于两名"滑吏"的态度，张居正因为个人心理原因，前后形成了鲜明的对照。再比如对于桀骜不驯的"癫狂"故人何心隐，在试图施展宏图的开拓时期，张居正是秉烛夜谈、倾听其思想智慧与战略思路，到权倾天下的守成时期，对其"生前处处受人趋奉，死后难逃水厄"这同样是切合实际的警示，张居正却面露"愠色"。结果或者深受其益，或者难以有所警惕和规避以致果然被不幸言中。而作品或详或略地描述的张居正先是与玉娘、后是与两名胡姬的关系，则从情感和人性满足方向的角度，有力地显示出主人公在不同人生阶段或"重情"或"崇欲"的心理倾向，从侧面透露出他事业的兴盛或没落的趋势。

《张居正》对于主人公心态与性格的种种描写，实际上表现的是政治强人个体人格在特定功业文化格局中展开与活动的可能性，及其对个人功业和人生命运的复杂影响。这就使作品对权相事业的讴歌与人治文化的透视，深入到了对于封建时代功业追求者个体精神人格的描写上，作者关注个体人生状态与意义的现代人本意识也由此显现。

再次，作者在观察、理解复杂的历史现象时，还表现出一种以国家功业驾驭个人私德和政治韬略、以"为苍生谋福祉"作为价值旨归来"拨云见日"进行艺术描绘与刻画的思想立场，其中鲜明地体现出一种以国家实际利益、以民为本进行功利追求的现代"经世"眼光。

作为国家宰辅重臣，张居正始终面对着复杂艰难、牵一发而动全身的矛盾局面。上任之初的"胡椒苏木折俸事件"，他面对的是空虚的国库和牵涉广泛的京官集团；"棉衣事件"里，他面对的是以李伟、李高为代表的权贵巨室和卫护国家安全的北疆将士；"夺情事件"，他面对的则是清流舆论、个人人伦品格和处于关键时刻的整个改革事业。此外，诸如裁汰冗官、整饬吏治、整顿驿递、子粒田征税、清丈田亩、实施税收"一条鞭"等治国大事之中，张居正无不面对着诸多不可避免的矛盾与冲突。甚至连是否重新重用海瑞这样一个清流名臣，也牵涉到"用循吏"还是"用清流"这样深广的思想和功利背景。可以说，他的几乎每一个决断都必然地要触及某些物质或精神利益集团。张居正只能在种种复杂尖锐的矛盾和压力中进行判断、运筹、取舍，然后把握时机、作出实际上很难完满地达到预定目标的抉择。

在这样的社会历史环境中，张居正充分施展政治智慧、运用自己揣摩到的官场权谋，就是势所必然的事情。在千姿百态的朝政事件中，张居正对部属官僚集团往往刚正威严、要求苛刻，作者对此表现出高度赞赏的态度。但作品又通过不断地描述表明，张居正其实深谙并严守"为政不难，不得罪于巨室"的官场要则，对巨室权贵、宦官和帝后时常玩弄手段，不断委曲求全。比如冯保亲属章大郎在胡椒苏木折俸过程中恣意闹事，外戚武清伯李伟、李高父子"没起色"地不断赚昧心钱中饱私囊，包括太后和幼帝也不断提出种种令人难以置措的要求，张居正对这些，就总是在一番烦躁和矛盾之后，表现出一种屈从的态度。对于张居正的屈从、权术乃至委曲求全，作者却也给以充分的谅解。

创作主体形成这种价值倾向的思想基础，是因为张居正有曲尽其巧的变通，更有勇于任事的担待，而采用各种方式的目的都在于最终获得朝廷改革事业和自己宰相大业总体上的成功与顺利。比如，一方面他日常生活中"送风葫芦取悦皇上，炼隐忍术笼络太监"，显示出灵活到不无媚态的官场策略，另一方面"谈笑间柔情真似水、论政时冷面却如霜"，而且关键时刻坚决地为皇帝"代拟罪己诏"，又充分表现出坚定的政治理性和大局原则。再比如，他始终坚持"用循吏不用清流"，既基于对自我功业方向和人格品质的高度自信，也源于对人治环境中官场规则及其功业效应的深刻理解。所以，作品对张居正或赞赏、或谅解的态度，皆源于创作主体以国家功业的成败驾驭个人私德和政治韬略的现代理性意识。

"跨世纪"状态的历史文学作品的人物刻画，比较明显地表现出几个创作误区：或者以历史社会的总体格局为人物形象的性格展示框架，历史人物作为"历史中的个人"的独特性得不到充分的、立体化的展现；或者热衷于探究历史人物的个人生活状态乃至个人隐私，把历史文学作品变成了琐屑、繁复而实际上内蕴浅薄的历史人物生活纪实；或者以单纯的人性、道德评判代替对于复杂的历史功利及其文化、人格基础的深厚发掘。这实际上都是对历史的复杂性缺乏充分洞察力的表现。熊召政则以富于现代思想智慧的精神高度，综合揭示主人公人生所体现的功利、道德、人性等诸多层面的内涵。这种思想基点，正是《张居正》人物形象塑造不同凡响的根本原因。

三

在第四届"茅盾文学奖"评奖过程中，当时影响巨大的长篇历史小说《曾国藩》、《雍正皇帝》、《白门柳》曾展开过激烈的角逐。结果，对传统文化开掘深广而笔法朴拙的《曾国藩》败下阵来，被赞为"具有《红楼梦》风范"而实际上秉承中国古代民间叙事文学审美趣味的《雍正皇帝》，也因被挑出"文史知识的硬伤"而遭到诟病，二者均不敌洋溢着浓郁古典诗词情韵、但实际上社会影响乃至历史文化含量皆略有逊色的《白门柳》。这种胜负的背后所显示的，实际上是"茅盾文学奖"在评价过程中文学、美学本位的立场。文学界尤其是第六届"茅盾文学奖"对《张居正》的高度推崇，相当重要的原因同样在此。

要言之，《张居正》一方面以超越文人式性情感悟的写实功力，发掘和展示了中国封建时代人治社会机制的核心位置所呈现的文化底蕴，另一方面，这种传达又运用契合20世纪中国文学规范和审美趣味的方式，进行了成功的艺术转换。这样，小说与文人文化韵味浓郁、艺术上颇为精致的《少年天子》、《白门柳》相比较，在思想骨质和文化厚度方面显出了为其所不具备的分量，而同精神文化路径相似的《曾国藩》、《雍正皇帝》等作品相比较，则又显示出了自己的审美优势。

《张居正》这方面的特征具体表现在以下几个方面。

首先，作者选择张居正宰相生涯掌权、稳权、用权和失权四个阶段的各种重大时刻，采用了单元式的情节结构方式，集中凝聚和组织社会生活与思想文化矛盾，并极具艺术分寸感地融入精心编织的故事情节之中，让人物性格在共同的历史事件、矛盾关系中展示和发展，让历史文化的底蕴在故事的具体头绪中显现出来。"夺情事件"中清流人物的名节观念与张居正国家功利、个人功业意图的冲突，"棉衣事件"中巨室利益与国家安危的矛盾，"回乡奔丧事件"中张居正声望盛极将衰，"万历新政"危机四伏的迹象，等等，都是在集中描述的重大事件中，通过对人物语言、行为的精彩描写表现出来的。作品的思想意蕴，因为这种叙事策略表现得透辟而又清爽，文本的章法、笔法也因充分的艺术匠心，给人以曲折变幻、张弛有度的艺术感受。

在当代著名的历史文学作品中，姚雪垠的《李自成》运用的就是这种单元式的情节结构方式。但比较而言，《李自成》是各路农民起义军、朝廷、清军等社会矛盾各方面，各条主副线服从"史诗"的创作企图，在宏观的理性思路统帅下各自展开，结果各单元之间"好像横云断岭，又好像峰回路转"[a]，存在着巨大的叙事空隙。《张居正》则围绕张居正这个人物来建构情节的单元，并由此显出如高山流水般绵

---

a 姚雪垠：《〈李自成〉创作余墨》，《姚雪垠文集》第18卷，人民文学出版社2010年版，第5页。

延而又如中国古典园林般疏密相间、错落有致的艺术韵味。

在此基础之上，作者顺理成章地铺陈了明代的社会政治结构、朝廷典章制度和各种特定历史条件，并以之构成对于主人公性格、行为基础的发掘。唐浩明的《曾国藩》等历史小说也特别注意发掘人物性格的历史文化底蕴，作者往往将主人公性格的形成基础，一直追溯到中国文化的源头——儒道文化，从而在整个中国传统文化的时空中展示主人公的文化人格。《张居正》对人物性格底蕴的发掘，则基本集中在对明代社会历史脉络的梳理。从文学角度看，这种程度确实已经足以充分展现人物思想性格的历史渊源与文化内涵，同时却又成功地避免了全盘展示中国传统思想文化可能造成的"过犹不及"、"掉书袋"的弊端。

20世纪中国盛行的现实主义文学理论认为，典型人物需要在典型环境中才能被鲜明突出地塑造，人物的性格和作品的主题必须在情节的发展演变过程中自然而然地表现。《张居正》结构和展开故事情节的方式，既是对于当代历史文学优秀作品叙事传统的继承与发扬，又是对于20世纪中国盛行的现实主义理论的贴切把握与独具匠心的运用。

其次，作者将对历史文化的深切思考、精当揭示，与对当时朝野的风俗世态、奇事异相的描述融为一体，从而既浓郁了奇事异相氤氲的历史文化氛围，又使作品对重大历史矛盾的描写落到了社会生活的实处，同时也增强了普通读者的阅读兴趣。

作品中对于风俗世态的工笔描绘几乎随处可见。一个叙事单元的开张、一个人物性格的初步展示，往往就从这方面入手。张居正的"京察"大计从"邸报中连篇诳鬼话"开始，即属大的叙事单元从奇闻异事开张。描写高拱和张居正对宫廷用碗有春宫画的态度差异，描写金学曾斗蟋蟀赌银两上交国库则属着眼风俗、细处落墨而使人物一上场就个性毕现的妙笔。"送奶子冯公公示敬"、"送乌骨鸡县令受辱"等，皆为忙里偷闲宕开一笔，以富有风俗特色的情节来透析世态炎凉。即使在情节矛盾发展到冲突剧烈的时刻，作者也不忘穿插种种奇事异相、民间风情，从而使情节描述变得更加跌宕起伏、摇曳生姿。

湖北学政的矛盾纠葛一触即发的时刻，作品插入"金学曾智布黄蜂阵"；"何圣人毙命"之时，书中又转而写"唱荤曲李阁王献丑"，就都是这样的笔墨。王希烈、魏学曾借酒论政敌之际，作者却夹杂"卖艺人席间演幻术"，而卖艺人竟然是东厂密探，波谲云诡的艺术效果由此产生。而作品中"李国舅弄玄扮妖道"、"为求人大珰舍至宝"、"白发含冤昏死内阁"等揭示重大矛盾的情节本身，就是以风俗、风物为核心来展开的。

《李自成》、《曾国藩》、《雍正皇帝》等内蕴丰富的历史文学作品，都把展示特定历史时代的社会风俗作为创作的重要着力点。但是，在《李自成》之中，京师风俗多半是作者为了扩大文本紧贴主题之外的社会生活面而作的泛泛描述，像第三卷下册刻画算命先生"张铁嘴"形象之类的笔墨在作品中并不多见。唐浩明描述风俗民情往往作为展示重要历史人物性情的逸闻趣事，从与文本主题内蕴深度连接的角度看，常常缺乏《张居正》的紧密性。二月河作品大量的风俗描写则采用传奇笔法，结果在表现作品主题方面反而时有"旁逸斜出"、喧宾夺主之嫌。《张居正》的风俗世态描述不仅涉猎面更为开阔、丰富，而且因为高度的理性自觉，与作品意蕴境界的连接也更为贴切、精当，从而有力地丰富和充实了作品的生活实感与人生内涵。

《张居正》对于风俗民情、世态百相的描述，不仅是对当代历史文学行之有效的创作传统的继承，也与20世纪80年代以来的文学超越纯粹的社会政治视角、强化"文化视野"的创作观念密切相关。80年代初的著名长篇小说《芙蓉镇》就力图"寓政治风云于风俗民情图画"①；80年代中期的"寻根文学"更着力于通过直接展示各地域的奇风异俗，在民间生态中展示中国的文化根性。《张居正》对历史文化氛围的关注与精彩描述，正是对这种审美观念和写作规范的自觉服从与创造性运用。

再次，《张居正》还从各个侧面吸收和展示了20世纪90年代以来中国时尚文化的价值元素与审美趣味。作品浓墨重彩地描述的玉娘

---

① 古华：《闲话〈芙蓉镇〉——兼答读者问》，《作品与争鸣》1982年第3期。

"外室小妾"地位和张居正对其"红颜知己"的感受，邵大侠的人物形象，都与时下中国都市文学中盛行的言情、武侠叙事模式乃至社会状况有着明显的文化心理关联。而作品中所展示的宫廷秘史、朝堂权谋，乃至世态描述中芸芸众生的逐利、享乐、趋炎附势的生活状态与价值心理，又何尝不是当今中国社会的映照？正因为如此，作品的历史生活画面就给人"陌生而熟悉"的阅读感受，从而增强了作品在当下读者中的接受效应与阅读快感。

但是，《张居正》对于20世纪中国的文学规范与文化氛围的服从与接受，又从属于作品对主人公张居正形象的刻画、对"相业文化模式"的艺术透视。这样，小说的整体审美风范就显示出一种将各种文化优势整合而有效运用于自我艺术创造的精神特征。

总的看来，《张居正》在艺术上不属于开境界、开风气之作，而是一部适应各种规范、运用匠心使各方面传统融为一体而臻于完善的精致作品。从文学史的角度看，李白无所依傍开境界，显示出充分的原创性，固然达到了无人企及的文学高度；杜甫"转益多师"、精心锤炼，完善诗歌的各种审美范式，同样能取得旁人难以比肩的创作成就。在21世纪之初，中国文化经过几千年积淀、各种规范日趋细密的社会文化语境中，以钻研和服从规范为基础进行创新，确实堪称一条不得不然、却又经得起细致琢磨与检验的文化创造道路。所以，作为文坛内部综合评价集中体现的第六届"茅盾文学奖"高度推崇《张居正》，也就具有了充分的合理性。

第三章　农村题材的艺术深化

第一节　农村题材创作的复杂态势与两难处境

"农村题材"是当代文学史一个约定俗成的概念，主要是指作家以中国共产党领导下的农村现实生活为创作题材，"农村"一词在此具有新中国行政意义上的"农村"与"社会"两方面的意味。与此相对应的，还有"乡村"这一更具中国传统历史意味和"乡土"这一更显自然和文化生态色彩的概念。我们的研究将根据具体对象的不同特征，交替使用这三个实际上在内涵和外延两方面都存在诸多交叉、重叠之处的概念，而总体上仍以"农村题材"来进行归纳和概括。这是一个需要首先说明的问题。

一

农村题材创作长期以来一直成就斐然。早在延安及各根据地文艺时期，即有反映土改斗争的《暴风骤雨》、《太阳照在桑干河上》、《李有才板话》等名篇问世；"十七年文学"时期，展现农村合作化进程的《创业史》、《山乡巨变》、《三里湾》等优秀作品则谱写了当代文学的精彩篇章。新时期之初，一大批中短篇小说反思新中国成立以来的农村历史道路、描写改革开放浪潮中的农村社会景观，有力地参与了新时期文学最初荣耀的建构。但从20世纪80年代中后期开始，随着"寻根文学"的兴起和"百年反思"题材小说的兴盛，一方面，不少作品都将艺术时空由当代"农村"拓展到了整个20世纪的中国"乡村"，另一方面，这些作品的审美境界也由社会学层面深化到了"文化"乃至"文明"的层面，于是，当代文学传统意义上的"农村题材"创作一度处于沉寂状态。

90年代中后期，以小说为主的农村题材文学创作再度受到关注。这种关注的形成，与"现实主义冲击波"密不可分。刘醒龙、何申、关仁山、谭文峰、张继、向本贵等作家，在这一时期不约而同地推出了一批素描转型期农村艰难世态的中短篇小说。这些作品描写生活现状真切细致，价值和情感态度与中国国情也颇契合，因而得到了广泛的肯定。同时，这些作家"回到生活本身"、反映普通百姓群体生态的创作抉择，又构成了对当时文坛盛行的私人化、技术化、形而上化、历史化等创作倾向的反拨，从而引起了文坛的震动和重视。不过在一阵叫好声过后，这批属于"现实主义冲击波"范畴的农村题材作品却又由于形而上意蕴的单薄和艺术原创性的匮乏、具体艺术表现的粗糙等原因，受到了文学评论界的批评与轻视，甚至引发了关于现实主义理论问题的一些争论。而且，如果将关注的视野扩展到新世纪，我们还可发现，大量在"底层写作"旗帜下创作的、以"农民工"为审美对象的"泛农村"题材作品，实际上也存在着同样的局限。由此看来，这里实际上隐含着一个在90年代以来的中国文坛具有贯穿性的重大问题。

农村题材小说创作和评论的这种状况，显然与整个当代农村题材创作的历史发展和复杂状况存在着密切的联系。当我们矫正研究视角，摆脱在文学思潮格局内泛泛而论的局限、通盘考察当代特别是新时期以来所有以乡土生存空间为审美观照对象的文学创作时，我们就会发现，在"跨世纪文学"崭新的生存背景下，农村题材的创作实际上长期处于一种两难困境之中。对此，我们拟以90年代中后期"现实主义冲击波"同时期的各类农村题材小说为例，加以阐述和剖析。

二

在中国文学的"跨世纪"历史进程中，农村题材小说创作呈现出多元发展的复杂态势。从作家的创作意图和作品的精神旨归相结合的角度来看，它们大致可分为以下类型。其一，《分享艰难》、《九月还乡》、《穷人》、《苍山如海》等"现实主义冲击波"的作品，着力揭示转型期的复杂矛盾、刻画转型期的艰难世态，可称为"农村写实"型。其二，《缱绻与决绝》、《梦土》等长篇巨制立意纵览乡村文化的百年沧桑，《自家人》、《金斗纪事》一类作品则以充满乡土情趣的笔调，别具一格地展示当代乡村人的苦乐与命运，它们可统称"乡村反思"型。其三，还有不少分量厚重的作品，把中国乡土人生作为民族乃至人类文明的一种生存形态进行考察和品味，代表性作品如《马桥词典》、《年月日》、《无风之树》等，这类作品我们不妨称作"乡土寓意"型。单从文本的题材、主题、人物等方面来分析这种种现象，我们会觉得其中的情形异常复杂，一旦穿越对表层具体的社会历史内容的辨析，而对各类作品进行深层的细分和解读，我们对其走向与得失，即可获得较为清晰的把握。

首先从艺术境界看，农村题材小说呈现出时下生态和文化形态两种类型。

一方面是表现时下生态。这类作品或者抓住当今农村具有普遍性的种种"老大难"问题，用坦诚而充满体谅的笔调，揭示处于矛盾网络中的芸芸众生的社会状态，还从农村基层管理的角度出发，肯定干部、群众在艰窘无奈的境遇中勉力前行的人生姿态，以期给人以一种苦涩中的温馨和心灵的抚慰；或者从肯定自然经济向市场经济转化的立场出发，运用清新健朗的笔触，表现农村的富裕化和现代化、农民的眼光和豪气。这些作品也表现农村的艰难步履和交错纠缠的种种新旧矛盾，但总是以一种文明发展不可阻挡的开阔胸襟，展示出诸多矛盾终将迎刃而解的明朗态势。它们皆以题材的敏锐捕捉和表现的详实真切引人入胜，从中有力地显示出生活本身的丰富性、深刻性和魅力、情趣。然而，在这朴素直观的"经验话语"背后，我们不免对之有更深一层的追问和疑惑：穿透丰富而富有现实性的生活实感层面，我们能否看到更为深邃的时代精神底脉和更具永恒性的人性深层基因呢？一旦一定历史时期内的种种"老大难"现象在人们生活中不再成为"焦点问题"，读者对这类作品的阅读兴趣又是否会受到影响呢？这似乎都是该类作品难以解决的问题。

另一方面则是表现文化形态。这类作品着力追求生活图式的经典性，并为此滤去了许多创作主体认为非经典性的元素，这种审美境界初看也颇似混沌原初的生活形态，但实际上是以作家对历史和人生的精神体验为底蕴而高度程式化了的。对抽象的形而上旨归怀有浓厚兴趣的评论家们，一般认为这类艺术境界更贴近艺术本体、更具有精神深度。但是，刻意营构这种艺术境界的作家，怎样才能摆脱精神体验的个人经历痕迹而使审美重心落实到人类社会的历史大背景上去呢？又怎能保证自己提炼敷演并加以强化的艺术图景确实是具有丰富的底蕴而不是故弄玄虚呢？这些均让人不能不有所担忧。而且，这种方向的作品，常常是一旦进入表现当前社会生态的部分，就出现了生活实感和趣味既不浓、精神文化蕴涵又不厚的问题。所以，该类作品的艺术隐患其实也是显而易见的。

综上所述，如何把解读当今国情、追求朴素直观的倾向，和注重艺术意味、寻求形而上精神思考这两种倾向结合起来，以及如何去结合，无疑是农村题材小说创作一个亟待解决的两难问题。不解决好这一问题，农村题材的创作在精神文化意蕴方面就只能是量的增加，而难以有质的突破。

其次在创作主体价值支点的选择方面，同样存在着矛盾和困境。

在良心、人格之类的道德原则和要致富、要发展的生存原则之间，刘醒龙一类作家所谓的"公民叙事"，追求的实质上是两种走势的"磨合"。但是，历史与道德的两难选择是人类自古以来未能解决的问题，通过文学的叙述显然是无法直接解决这一"磨合"问题的。一旦走出这种事实上无法实现的"磨合"立场，反映时下生态的作品就会出现价值支点的偏颇，甚至在一时的历史态势中丧失具有统率驾驭能力的价值基点。这样，作品能否具有长久的思想文化意义，就是作家们不能不严肃思考的问题。由此看来，这类作家所面临的根本问题还不仅是立场和观念的转变，而是价值基点的提升，他们要想透辟、稳健而辩证地驾驭好道德原则和生存原则的关系，只有寻找更高的精神视点。

那么，这类创作怎样去寻找精神的视点呢？可引为参照借鉴的，是体察文化形态类作品的价值基点。在这类作品中，《年月日》情韵浓郁地展示了生命延续的苍凉与辉煌，《缱绻与决绝》则通过表现农民对土地的文化心理及其在动荡时势中的变异，揭示了中国农民的生存依托。总体看来，它们的价值支点是作家对中国农民的生存本身进行审美观照的结果，也是创作主体自身生命体验和生存追求的艺术写照。与"农村写实"类作品比较，这种价值支点显然更为宏放和深沉。但作者选择这类价值基点时，在对具体生活事件的针对性和功效性方面，往往又存在关注和剖析力度不够的局限。

所以，如何找到历史与道德、审美与功用之间的契合点，从而使作品既不失时代生活内容的丰满，又不失价值基点的高远，就成为农村题材小说家们摆脱创作两难处境又一需要深入探讨的问题。

再次，在艺术形式和表现手法方面，农村题材创作也面临着一种两难选择的问题。

《马桥词典》、《日光流年》等作品运用精美考究的"诗性语言"和很"洋气"的结构方式来讲述纯粹"乡土中国"的生存故事，其中固然蕴含着作家相当深切独到的生存和艺术品悟，散发出相当浓厚高雅的纯艺术气息，但是，这种传达方式浅层的可读性如何、深层的言说方式向言说对象贴近的程度又如何呢？这种审美取向到底是对本土文化的疏离，还是更深刻、更天然的靠拢呢？这些问题都不能不引起我们的诘问和怀疑。

《缱绻与决绝》、《自家人》等小说则运用意韵浓郁的乡土民间语言来述说，泥土气息和乡野情趣洋溢于字里行间，从作品的意蕴建构方式当以对象的存在方式为依据这一角度看，它们颇有自己的稳妥之处。在这方面，自赵树理以来的中国作家也已经拥有了深厚的传统和丰富的经验。但另一方面的问题在于，这种审美传达方式到底能否与

"乡土中国"之外的艺术世界无间地交流？能否充分吸收20世纪以来的现代艺术的营养、并有机地融入乡土民间的述说方式之中？能否在活灵活现地展示乡村外在世界生存特色的同时，又具备精细入微地揭示人物"内宇宙"的表现能力？所有这一切，都是我们不能不慎重考虑的。否则中国新文学史上前辈作家的艺术局限也许将在不知不觉中又延续到这一代作家的创作之中。事实上，"农村写实"型作品多半是运用当代中国的日常生活语言，很朴素地叙述着一个个生活故事，其表现的粗糙、韵味的淡薄，已经受到不少诟病。

所以，如何把契合乡土生存和通向人类艺术殿堂、富有生活的真切深厚感和具备人类文化层面惯常的艺术意味这两者融合起来，从而寻找到走向更完美的艺术通道，这同样值得农村题材的创作者进行深入的思考。

三

农村题材作品的创作者们之所以在艺术境界、价值立场和叙说方式等方面都表现出或隐或显的困惑与迷惘，是同他们的生存状态和精神心理结构紧密相连的。

一方面，"现实主义冲击波"圈子内的农村题材小说家，大多正在社会的基层连泥带水地摸爬滚打着，深味当下平民生存的艰窘性与复杂性，深味平民生存常规的实在性与有效性，他们从生活原初状态滋长形成的深层心理意向，深远地影响着他们的创作倾向。同时，基于文化结构的特点和精神的特定观察视野，他们在作品意蕴建构方面也有自己特定的追求。这种特定追求既成就了、同时却也局限着这一类作家。另一方面，表现文化形态的作家多半已有相当的创作成就，他们已不太可能再劳苦身心地去亲历基层社会卑琐艰苦的人生，即使这样做了，实际上也难以改变他们既成的精神心理结构，所以，他们与农村的当下生态显然在一定程度上处于疏离状态。

正因为如此，两类作家的创作都一样，如果单纯地与以往的同类题材作品进行比较，我们会感到他们的创作确实已成就斐然；但如果从更高的要求、更大的发展这一角度看，我们又会觉得，中国的农村题材文学创作实际上还处于一种困惑重重、举步维艰的境况之中。尤其不能不引起我们高度重视的是，在整个"跨世纪文学"时期，农村题材创作的这种种相关问题及创作主体的相关局限，始终未曾得到真正有效的解决。

不过在90年代后期的时代语境中，农村题材小说创作正朝着更为雄健的方向发展，却也是不争的事实。一方面，大批作家都在沿着自己既定的审美路向前行进，如果这样真正能走到"极致"，那倒也无妨，因为这种"走向极致"照样是一种走向"顶端"和"高峰"的路径。同时，在当时的农村题材创作领域还出现了一些将各类创作思路的审美优势兼容并包的力作。也许这方面的创作更值得我们关注和重视。

刘醒龙的《爱到永远》和向本贵的《苍山如海》就是预示着这种方向的两部作品。在举国关注三峡水库动工的时代背景下，这两部长篇小说都选择了修建大型水电站所带来的影响这样一种重大而时新的题材，作品的艺术图景从整体上看也可归入表现时下生态的范畴。《爱到永远》致力于从主人公在爱情沧桑中表现的人格光辉里开掘可贵的文化价值元素，并将它与时代的功利追求相碰撞，思想基点出现这种提升，自然地使作品的文化蕴涵变得更加丰厚。《苍山如海》较为完整地表现了一个县移民过程的方方面面，深刻地反映了广大人民群众在顾全大局、开创社会主义大业的历程中所承受的艰辛和痛苦。以这社会现实生活层面的内容为基础，《苍山如海》还深刻地揭示出中国社会基层群体在生活巨变过程中的生存、发展潜能和素质，寻找到了血缘亲情这一时代精神走势和传统文化血脉的契合点，从而有力地呈现出了当今中国传统美德和现代法理有机融合的时代优势。平心而论，这两部小说都难称艺术上的精致成熟之作，但它们所显示的审美方向对于农村题材创作超越两难处境，都颇有启发意义。

由此看来，农村题材小说创作在文坛盛行的沿一个方向"走向极致"的道路之外，还存在另一条同样具有远大发展前景的艺术路径，就是合众家之长，追求审美的整合性、兼容性。很显然，这条审美路径获得成功的根本突破口，在于作家生活、文化积累的不断丰富和艺术认知力的不断深化、审美使命感的不断升华。

第二节 《大地芬芳》：农耕生态本位的世纪沧桑审视

陶少鸿的长篇小说《大地芬芳》有着一番不同寻常的经历。早在1998年，这部作品的"前身"《梦土》（上、下）就已由湖南文艺出版社出版，并得到文坛内外的高度评价，既出现过"北有《缱绻与决绝》，南有《梦土》"之类的赞誉流行语，又进入第六届"茅盾文学奖"初评选出的25部优秀作品之列，还获得了湖南省内的"毛泽东文学奖"、"省'五个一'工程奖"等奖项。时隔十余年后，陶少鸿又对《梦土》的"不太满意"之处"进行了较大修改，删去了二十余万字"①，并更名为《大地芬芳》，改由人民文学出版社于2010年再次推出。

事实说明，《大地芬芳》经受住了较长时间的广泛关注与检验。从"跨世纪文学"的高度重新打量这部作品，笔者认为，《大地芬芳》获得成功的关键在于，作者以其独特的国情认知和生命感悟为基础，从政治历史、乡土生态和人情世态等多方面进行审美发掘，以简练、清秀的笔触，成功地建构起了一个形象本真鲜活、内蕴坚实丰厚的百年沧桑审视的艺术境界，从而在农村题材和"百年反思"题材这两大佳作迭出、成就斐然的当代文学创作领域，都显出了卓然独立、自成"一家之言"的精神与审美风范。

一

《大地芬芳》的整体情节框架与众多的"百年反思"题材作品相类似，也是立意审视20世纪中国的社会历史沧桑及其相应的乡土生态。作品的时空跨度极为开阔，涵盖了从清末民初到20世纪80年代农

---

① 陶少鸿：《大地芬芳·后记》，人民文学出版社2010年版，第504页。

村土地商业开发的各个历史时期。作者首先描述了陶秉坤青年时代在家族欺凌的恩怨情仇中自立门户、生息繁衍的人生历程，展示出一幅未被外在时势所扰乱的传统农耕文化的生态图景；紧接着广泛地描述了从安华县城的风云人物到石蛙溪的本色农民各具特色的人生选择及其祸福得失，有力地表现了20年代波澜壮阔的大革命风暴及其深远的乡土影响；随后又展开了三四十年代战争环境的纷乱世道，以及本分农民陶秉坤虽然远离时势却屡屡被时局所牵累的命运；对新中国曲折坎坷而复杂的历史进程，作者也以陶秉坤对集体化时势的抗拒与顺应和陈秀英对冤屈的承受与寻求解除为中心，进行了深刻的揭示。在这种对社会历史进程的展示过程中，作品既呈现了陶秉坤和陶秉乾两家三代人极具对比性的谋生方式和命运状态，又揭示了书香门第陈梦园一家或壮烈、或乖戾、或凄苦的命运及其复杂影响，还广泛地展现了他们的人生所涉及的从安华县城到石蛙溪的各类人物的性格与命运。在辽阔的视野、深切的体察和清新的意象中，历史全局的沧桑巨变、时代弄潮儿的复杂命运和乡野农民的悲苦人生都得到了多层次、多侧面的探究与诠释。"百年反思"题材创作的批判精神与史诗品格也在《大地芬芳》中得到了相当充分的艺术体现。

《大地芬芳》的内在意蕴建构则充分体现出创作主体审美思路的独特性。作品对于20世纪中国历史沧桑的探究，主要是围绕"中间人物"陶秉坤勤俭兴家却屡遭厄运的百岁农耕人生和"革命圣女"陈秀英执著于革命信仰却长久地被冤屈的乖戾命运两条线索来展开的。作者将这样两种人生景观并置，实际上是抓住了20世纪中国两种最基本而又最重要的社会文化景观，其中体现出一种当"乡土中国"遭遇"革命浪潮"的历史认知格局。在二者之间，作者则以一种价值认同的审美态度，将陶秉坤设计为贯穿整个故事情节始终的主线，而将陈秀英形象安排为副线，仅对她在大革命时期和新中国时代环境中的遭遇给予了重点描绘。这种审美重心的安排深具内在意味。如果从政治历史演变的角度看，陶秉坤形象的审美意义显然不如陈秀英。陈秀英人生命运的核心，是在时代的风口浪尖上与革命的传奇性纠葛，20世纪中国历史的变迁，特别是其中的复杂性、悲剧性乃至局限性、荒谬性，都能在她身上得到集中的体现；陶秉坤虽然也时常被裹挟进革命与时势之中，却始终以植根于乡村大地的辛勤耕耘、生息繁衍为人生本分，从精神到心理上都处于时代的"神经末梢"，与社会主潮存在着遥远的距离。但如果要考察中华广袤大地的基本面貌与支撑力量，陶秉坤形象及其所体现的乡土人生、农耕文化，则具备比陈秀英形象远为深厚和本质的内涵；陈秀英形象及其所代表的革命运动、政治历史，反倒处于次要和从属的地位，甚至其是非曲直、成败得失本身也应从对于农耕生态正负面影响的角度，方能得到准确而深刻的见证和检验。《大地芬芳》以乡土农耕生态的命运和乡野芸芸众生的祸福为价值基点来审视历史，作品就超越政治历史、革命文化的视域，进入到了体味世纪沧桑、感知中国本相的深层审美境界。

《大地芬芳》还以陶秉坤、陈秀英形象为轴心和标杆，对乡土世界和革命队伍中的各类人物形象进行了大幅度的勾勒与描述，来作为他们形象的烘托、补充或对比。具体看来，其中包括以下几种类型。在乡土世界中，作者既描绘了黄幺姑、金枝、玉山、秋莲、谌氏等遵循乡土人生规范、朴实本分的农民形象，又刻画了从陶立德、陶秉乾、陶秉贵到铜锁、陶玉林、陶玉财等乡村社会传统的"赖皮子"和革命时期的流氓无产者形象；在革命队伍中，作者既描述了水上飙、陶禄生等同样遵循革命文化规范、可对陈秀英形象起蕴涵扩充作用的人物，又勾勒了红军游击队时期的周布尔和地下斗争状态的沈冬等满口马列而私欲猖狂的革命"投机者"，将他们猥亵卑劣的精神境界与陈秀英的理想纯正、品行高洁形成鲜明的对比。作者还细致地刻画了蔡如廉、陶玉田这两个秉性孱弱而内心善良的现代中国"多余人"形象，通过描述他们在历史巨变之际才情、气质与时代需求错位的悲剧，以及他们对陈秀英由衷的仰慕与爱恋之情，有力地衬托了陈秀英形象的刚毅、果决与崇高。这众多人物形象所构成的审美功能，使《大地芬芳》的艺术内蕴变得坚实而深厚，有效地丰满了文本的宏阔视域与深广探索。

　　"百年反思"题材创作在新时期以来的30余年里长盛不衰。张炜的《古船》、陈忠实的《白鹿原》、刘醒龙的《圣天门口》等作品，秉承"家国一体"的社会历史认知路径，以某种文化形态或精神品质的地域性存亡为价值基点，痛陈近现代中国的政治风云和革命文化所导致的悲剧与灾难。王安忆的《长恨歌》、铁凝的《笨花》等作品，则淡化国族历史为虚拟的背景，而将处于社会大格局阴僻处、不为人所关注和重视的"里弄"与"窝棚"的日常生活，作为生命的现实生态与人类的历史本相徐徐铺陈开来，给以浓墨重彩的表现。张洁的《无字》、李锐的《旧址》、叶广芩的《青木川》、莫言的《生死疲劳》等作品，致力于探究特异个体在险恶无常的时代风浪中个体人生目标和生命意义的坚守，以及由此导致的悲剧性命运状态。阿来的《尘埃落定》、迟子建的《额尔古纳河右岸》、范稳的《水乳大地》、马丽华的《如意高地》等作品以宗教与民俗为本位，将广袤中华大地上处于"边缘文化"状态、却具有20世纪特色的少数民族历史景观，转换成一种地方风物志、文化存亡考性质的叙事来加以展现。成一的《白银谷》、周大新的《第二十幕》、邓九刚的《大盛魁商号》等作品，着力揭示民族工商业在中华民族内外交困的时代环境中从传统向现代的转型，以及在这过程中所经历的风风雨雨、兴衰沉浮。这众多成就卓著、影响广泛的名篇力作，形成了"百年反思"题材创作中的村落家族叙事、日常生活叙事、个体生命叙事和民族风物志叙事、近代工商业叙事等深具审美活力与潜力的叙事模式，体现和代表了这一时期中国文学的最高成就。《大地芬芳》则以中国底层农民勤俭兴家、建房置地、生息繁衍的基本人生观念为基础，以农耕文化之"道"御社会变迁和人生变故之"势"，建构起了一种以乡土农耕生态的文化规范和人生原则为价值本位的、"农耕生态话语"的审美模式，从而在"百年反思"题材创作中显得境界独创、自成一格。

二

　　《大地芬芳》独特的审美境界及其丰厚的艺术蕴涵，首先体现在成功地塑造了陶秉坤这一农耕文化践行者的典型形象，从而将时势剖析与世情审察融为一体，深刻地揭示了乡土人生境界在20世纪中国的悲剧性历史命运。

小说从陶秉坤救下即将沉潭的黄幺姑并娶其为妻、开始有关土地与发家的梦想写起。青年时期，陶秉坤一直谋求着收回伯父代管的田土、房屋等遗产，凭借辛勤的劳动自立门户，却不断遭到伯父的巧取豪夺和堂兄弟的挖苦挤对；宗族势力的剥夺与欺压，使他白手起家的立业变得格外艰难。20年代，土地革命给予了陶秉坤收回丁字丘和晒簟丘的机会，他于是真诚地投身到革命浪潮之中，但获得自己土地的喜悦却随着大革命的失败转瞬即逝，他还背上了有意害死伯父的恶名。在随后的战乱环境中，陶秉坤虽然人值壮年、儿孙成人，难以逆料的灾变时局和老大玉田文弱无用、老二玉山娶妻不顺、老三玉林伤风败俗的家境，却使他长期穷于应对，各种人生努力也总是功败垂成。新中国成立后，陶秉坤刚为自己"从未有过的富有"而"喜不自胜"，就不得不面临"互助组"、"合作社"、"吃食堂"、"学大寨"、"割尾巴"等一次次运动带给农村的沉重打击，在夹缝中为保命求生而耗尽心智和技能，但结果还是免不了儿媳秋莲被饿死、自己不断被批斗甚至被弄瞎了眼睛的厄运。实行生产责任制之后，陶秉坤寿高百岁、五代同堂，丁字丘和晒簟丘也回到了自己手里，他为自己的幸运觉得心满意足，政府搞旅游开发却又征收了丁字丘，陶秉坤因此"气恨难消"地"跌坐在田里"，"怎么也起不来了"。就这样，在世纪性、全景性的社会历史视野中，《大地芬芳》忠实而全面地展示了陶秉坤作为一个普通农民充满着艰辛、悲苦和不平的人生命运。

以这种命运呈现为基础，《大地芬芳》深刻地揭示了陶秉坤自食其力、勤苦兴家却举步维艰、艰辛备尝的生存奋斗状况。陶秉坤遵循着"乡土中国"农耕人生的传统规范，希望通过自力自足的方式勤苦兴家，既拥有自己的土地与家产而又子孙满堂，儿孙们耕耘谋生或读书"成大器"。怀抱着这朴素的理想，陶秉坤长期热衷于面朝黄土背朝天的辛劳，在"浓烈而芳香的泥土气息"中，把"双臂的力量源源不断地贯注给锄把，往复不停的单调动作里似有无穷无尽的乐趣"。应当说，陶秉坤的人生目标及其实现路径，都是踏实、本分而卑微的。而且，这类"乡土社会中个人的欲望常是合于人类生存条件的。两者所以合，那是因为欲望并非生物事实，而是文化事实"，"自觉的欲望是文化的命令"①。然而，这种蕴含着充分的社会合理性与文化正义性的人生追求，在20世纪中国农耕秩序遭到严重破坏的时代环境中，却变得有力难使、有志难酬，纵然想尽千方百计、费尽辛劳与心血，卑微的奋斗目标仍无法如愿以偿。在农业集体化时期，陶秉坤就曾上下求索而四处碰壁、甚至头破血流。面对当时强大的时代定势，他有过情愿挨批斗也要闹单干的倔强，也有过大骂将他"祖上传下来"、"自己开出来"的田土充公是"打抢"的爆发；有过七老八十了还坚持做农业社牛倌、到公社食堂打杂、造"大寨田"时当"老愚公"的热情投入，也有过眼看陶玉财假借互助组名义侵吞山林、自己不甘吃亏同样大砍大伐的"争强斗狠"；还有过将"争强斗狠"砍伐的树木"赶羊"放入大河，却被洪水冲得干干净净这样弄巧成拙的人生臭棋。总之，在时势的走向和人生的意外面前，陶秉坤确实曾以命相搏地抗争与奋斗，但任何的努力都无力回天，他只能满怀悲怆地处于一种奋斗与挫败的循环之中。

围绕陶秉坤的人生状态，《大地芬芳》对于乡土世界的生老病死、生息繁衍等自然生命情状也给予了充分的关注。从陶秉坤被野猪伤到陶玉田得肺病，从玉山娶亲难到玉林坏门风，从陶立德的丧礼到陶秉坤的庆生酒和小谷的婚事，包括陶秉坤越老越瘦、瞎了眼睛、年届百岁为"温馨的乳香"怦然心动，等等，对所有这一切或与时代律动存在关联、或系乡土礼俗、或为人体生理嬗变的事宜，作者都纳入与人生的社会性内涵相统一的视野来进行审美观照。这种种有关个体自然生命存在状态的描述，有力地拓展和深化了陶秉坤形象的审美蕴涵。

正是在这样的基础上，《大地芬芳》多层次、多侧面地展现了陶秉坤极具典型意义的社会与文化人格形象。

---

① 费孝通：《乡土中国》，生活·读书·新知三联书店1985年版，第85—86页。

首先，从人格基本定位的角度看。一方面，陶秉坤在中国社会的大格局中，无疑属于被动性、边缘性的人物，在一个个无法预料、甚至难以理解的人生打击面前，他只能采取隐忍、退让和自居卑贱的态度；但另一方面，在农村家庭和乡土社会中，陶秉坤却又是一个"辈分高，作田手艺好，在村里有威望"的人物，处于"顶梁柱"、"主心骨"的位置，于是，他也就相应地显示出一种历难不渝、坚定前行的倔强人生姿态。陶秉坤这种存在明显的内在差异与矛盾的人格姿态，恰是广大中国农民以底层地位和弱势价值来应对时局、抵抗时势的典型人格表现。

其次，从价值立场与世相认知的角度看。作为中国底层社会安分守己、但实际上生命意义定位明确的农民，陶秉坤的人生奋斗既没有"生命强力"的野性宣泄，也不属于"愚氓"式的盲目挣扎。与此恰恰相反，不管是对日常状态的人情世相、农耕生活的自然规律，还是对人性的阴暗与险恶、时势的底蕴和结局，陶秉坤往往都具有相当清醒的认识，心里"清白得很"。从陶立德父子利用宗法规范对他巧取豪夺而又一本正经的无赖伎俩，到铜锁和陶玉财之类乡村干部凭借政治权势在整个石蛙溪恣意妄为、假公济私的恶霸嘴脸，陶秉坤的判断都是一针见血；从合作化实质上是违背"耕者有其田"的宣传而将田地"充公"的理解，到"吃食堂""三个月就会饿肚子"的预见，他的认识也常常是洞烛幽微、入木三分。甚至对土地国有制这样的根本性问题，陶秉坤也有"国家要田作什么？国家又不打赤脚下田"，"哪个讲田是国家的？国家绾起裤脚开过田吗？"之类能直逼事物本源的疑惑。正因为对世事人生具备这种清醒的理性认知，陶秉坤在人生道路上虽然行为的抉择往往不由自主，理解与判断却总是那么稳健、本分、睿智而又通达，显示出广泛的社会与人生适应性。

再次，从谋生手段与人生品格的角度看。陶秉坤虽然一生都在为养家糊口想方设法、劳心劳力，但他始终以自主的劳动和坚韧的奋斗为立身处世的基础，坚信"名誉是与田产同样重要的东西"，不管采取何种谋生方式与手段，总体上都坚守着中国农民淳朴本分、善良正派、有所不为的道德底线。土地革命时期，陶秉坤虽然对于这一时代浪潮能替他收回丁字丘、晒簟丘而心怀好感，却因为铜锁等农会干部假借"革命"的名义欺男霸女、鱼肉乡里，而不愿与之为伍，坚决退出了农会；合作化时期，他本来不肯加入合作社，但看到乡政府毫不犹豫地撤销多吃多占的陶玉财，显示出一种清明治理的决心，就果断地转变态度，成为了入社的积极分子；在家庭事务中，陶秉坤为蔡如廉对大儿子一技之长的欣赏和器重而多年心怀感激，为陶玉林的败坏门风而羞愧不已、长期抬不起头来，更典型地表现了他本份、淳朴的品格。正因如此，无论是在家庭还是在乡里，无论是金枝、玉香一类的弱者还是陈梦园这样威甲一方的名流，甚至在历经政治运动和"文革"动乱的耿专员、陶有富等各级农村干部眼里，陶秉坤都是忠实可靠、令人信服和德高望重的。

最后，陶秉坤的人格境界还散发出浓郁的农耕文化的生命诗意。陶秉坤的一生虽然备受命运的捉弄与摧残，却并不是没有心灵的愉悦和满足。春种秋收、建房置地、儿孙满堂，奋斗成果的点滴积累让他感到了人生的充实；从晒簟丘、丁字丘到花生种、红薯秧、老黄牯白旋儿，各种农耕对象让他的理想与情感得到了丰富的寄托；泥土的温热、紫云英的淡香、红透的枫叶与收回的红薯，都令他深深沉醉；年轻时挑担、开荒、在困境中筹划远大人生的勇气与强力，壮年时敲锣邀人打野猪的举足轻重和慷慨血性，晚年为集体耕作和众人生存出谋划策显示的德望与智慧，则让他充分体会到了人生的分量与意义。正是所有这一切，使他深切地感受到了农耕人生中所蕴含的生命的诗意与欢乐，获得了安身立命的感受，从而心甘情愿、乐在其中地不断滋生着养家糊口、生息繁衍的坚韧意志和源源不绝的抵抗命运的力量。

在20世纪的中国，"民间社会一向是以弱势者的形态存在的，它以含垢忍辱的方式来延续和发展自身历史"①，"总是以低调的姿态接纳国家意志对它的统治、渗透和改造"；但与此同时，这又是一个"包容一切被侮辱与被损害的人们的污秽、苦难、野蛮却又有着顽强生命

---

① 陈思和：《中国当代文学史教程》，复旦大学出版社1999年版，第367页。

力的生活空间"①。展现这一"生活空间"中的本色农民的奋斗与困惑，在现当代文学创作中一直受到高度重视。从《故乡》的闰土、《红旗谱》的严志和，到《创业史》的梁三老汉、《山乡巨变》的亭面糊、《许茂和他的女儿们》的许茂，这类"中间人物"的典型形象已经构成了现当代文学史上具有贯穿性的人物画廊。陶秉坤的人生道路和人格特征所代表的，也正是这样一种社会与文化现象。《大地芬芳》的非同凡响之处在于，作者从世纪性历史成败与文化得失的辽阔视野出发，超越了长期以来"国民性"批判的启蒙视角和"小生产者私有观念与狭隘眼光"批判的社会政治视角，深入到了重新审视农耕文化合理性、正义性与生命力的层面来进行审美发掘。作品也就透过中国农民"落后"、"愚昧"和"被动"、"弱势"的社会文化表象，充分展现出了他们身上由深刻的世态认知、顽强的生存能力和自食其力的价值立场所支撑起来的人格境界，以及这种文化人格所具有的推动中华民族穿越磨难、生生不息的社会"脊梁"效应。20世纪中国历史沧桑的农耕生态景观，亦由此得到有力的呈现。

三

在批判性反思20世纪中国的政治历史和革命文化方面，《大地芬芳》同样以其独特的审美境界建构起了深刻而丰厚的艺术蕴涵。作者通过刻画"革命圣女"陈秀英和时代浪潮中的"多余人"、"流氓无产者"等一系列人物形象，从人性品质和人生命运鲜明对照的角度，展现出一幕幕时代巨变过程中"黄钟毁弃，瓦釜雷鸣"的社会历史景观，深刻地揭示了20世纪中国政治时势巨大的社会破坏性与历史悲剧性。

"革命圣女"陈秀英信仰追求的奇特境遇蕴含着深刻的历史文化意味，极为鲜明地体现了中国革命文化的悲剧性与荒诞感。陈秀英出身于当地望族，从参加抗议"巴黎和约"的游行就开始投身革命，还曾是英名赫赫的女游击队长。这样一个革命者却因一纸冒名顶替的悔

---

① 陈思和：《中国当代文学史教程》，复旦大学出版社1999年版，第40页。

过书而蒙受冤屈，从此陷入了连正常革命的机会都无法得到的境地。为了"正常革命"这种底线状态的追求，她遭遇过被道貌岸然的革命领导强奸的侮辱，忍受了在革命队伍做勤杂工的卑贱，甚至有过将一把燃烧的香火戳向自己的面颊、血肉模糊地毁容的残忍，但无论怎样地奋不顾身，她都始终难逃坎坷、凄凉的人生命运。实际上，相关人员对她的人品和革命精神都相当了解，悔过书事件的真相也非常简单，阴差阳错的历史机缘和怀疑至上、打击无情的革命文化逻辑却使她不得不长久地为逃避"叛徒"的头衔而隐姓埋名、为证伪党内的怀疑而含辛茹苦，以至一辈子风风火火却碌碌无为，才华被湮灭、人生遭虚耗。绝望与执著相交织的长期精神折磨，使得陈秀英在60年代重回当初战斗过的青龙山时，已经处于经常梦游、疯癫迷狂的状态。尤其令人心惊之处在于，陈秀英虽然历九死而犹未悔地信仰革命，但到"林彪事件"时期，她不仅社会性人生位置远离了时代浪潮的中心，思想理性也已经远远落后于时代，处于一种"不知有汉，无论魏晋"的蒙昧状态。于是，她回顾往事时脸上"奕奕的神采"和特意缝制的"红军服"，就显示出一种精神幻境与现实生活严重错位、圣洁中饱蕴着悲凉的荒诞色彩。

蔡如廉、陶玉田和陶玉林等人物形象，既从不同侧面拓展和充实了陈秀英形象的历史与文化蕴涵，他们自身的生命存在状态也是对20世纪中国时势的独特批判。陶玉田乃文弱内秀、缺乏行动能力的书生，入仕不能做官、退乡不会耕田，一辈子随波逐流，典型地体现了"百无一用是书生"的"多余人"特征；蔡如廉本是个机敏果断、才情纵横的布道者，怯于党争的血雨腥风而退出了革命，在险恶的世道中含垢忍辱地保命全生。蔡如廉、陶玉田二人虽然软弱、畏怯，但不失真诚、善良的本性。只因生逢乱世，他们虽具曾经闪光的才情与灵性，却无法获得生命的理想状态。这无疑是时代和个人的双重悲剧。同时，蔡如廉的怯懦、退却和陈秀英的勇敢、执著，构成了鲜明的对比；蔡如廉和陶玉田对陈秀英的爱慕与深情，则不无诗意地烘托出了这一"革命圣女"美丽而神圣的个人风采。陶玉林是狡黠无赖和机灵无羁兼而有之的另一类人物，但他又不失率性、坦荡与仗义，显得极具可塑性。正是对陈秀英的倾慕让陶玉林走上了革命的道路；也是陈秀英顺遂或遭受冤屈的不同境遇，使陶玉林迈出了或革命、或背叛的不同人生步伐；就连他跌落悬崖的生命最后结局，也源于身着红军服的陈秀英在疯癫中的斥责和追逐。陶玉林形象从又一个独特的侧面，构成了对于陈秀英形象的烘托和革命时势内在局限性的揭露与批判。

对"流氓无产者"形象及其社会破坏功能、文化人格品质的审美透视，在《大地芬芳》的意蕴建构中占有非常重要的地位。这种"流氓无产者"既有革命队伍的周布尔、沈冬，又有乡土世界的铜锁、陶玉财等，而且贯穿了从土地革命、地下斗争到新中国建立、社会主义革命等各个历史时期。作者对革命队伍的投机者周布尔、沈冬形象的勾勒，主要围绕他们道貌岸然、心口不一的人格特征及其对陈秀英身心的侮辱来展开。乡土世界的铜锁、陶玉财等"流氓无产者"形象，当为《大地芬芳》着力描述的重点。这些人与传统社会中横行乡里、品行卑劣的陶秉乾、陶秉贵等"赖皮"、"二流子"本是同一类货色，只因时势需要，摇身一变成为政治时势的依靠对象。一朝权力在手，他们便肆无忌惮地用以欺压良善、攫取私利，甚至以恶意破坏他人正当利益和社会良俗为乐。在巨大社会破坏功能的背后，这类"流氓无产者"还体现出极为卑劣的文化人格品质。首先，他们都明显地表现出一种实用主义的价值观，只要有欲可纵、有利可图，他们就不惜使用任何卑劣与罪恶的手段，毫无伦理道德和体制、法律的底线可言，利益之外的一切在他们心目中似乎均属虚无。其次，不管是铜锁、陶玉财式的民间地痞气与政治霸权结合，还是周布尔、沈冬式的堂皇外表与龌龊内心并存，都表现出鲜明的政治投机性与人品恶劣性融为一体的特征。再次，这类"流氓无产者"往往还显示出一种"帮凶"与"奴才"集于一身的文化品性，"对于羊显凶兽相，而对于凶兽则显羊相"①。正是基于这种人格的双重性，沈冬最终作了革命的叛徒；陶玉财则明知"儿媳妇都被你搞了"，也只是在公社姚书记"过河拆桥"、撤

① 鲁迅：《忽然想到（七）》，《鲁迅选集》第二卷，人民文学出版社1983年版，第185页。

掉他的职务时，才敢对着"他们离去的背影"宣泄、嚎叫一番。这样一类品行卑劣的人物，却由于礼崩乐坏的时代环境和阶级斗争的政治需求而得势一时、大行其道，这既是人性恶在20世纪中国历史进程中泛滥成灾的体现，也从社会功利到政治伦理等诸多侧面深刻地暴露了革命文化及其现实演化过程中所存在的弊端与局限。

在展开这种批判性反思的过程中，作者立足世纪沧桑审视的思想高度，深入透视人物各不相同的人格品质、命运状态和生命意义实现程度，同时还将一种极具乡土文化色彩的、以"生死善恶、报应不爽"为核心的生命价值评判立场贯穿于其中，作品的审美境界就成功地超越了就事论事地探究具体政治是非和历史成败的层次，因深厚的人文底蕴而得到了有力的深化。

《大地芬芳》独特的生命价值评判立场，突出地表现在作者对人物的死亡结局与其人性的善恶和品质的优劣，进行了具有明显对应关系的情节设计。在小说的描述中，圣哲豪杰之士皆有慷慨、壮烈的死法：陈梦园在日本鬼子进犯时烹汤杀寇、舍身御敌；水上飚在清匪反霸斗争中，抱住匪首龙老大坠落悬崖、同归于尽；陈秀英身着红军服梦游山冈，"与松树融为了一体"。温顺而隐忍之人无法驾驭自己的命运，结局就总是意外和无奈的：黄幺姑因为陶秉坤抓蛇卖钱，被存放在家里的毒蛇咬死；秋莲在饥荒岁月中为了孙辈省点吃的，患水肿病活活饿死；谌氏难忍连续两胎的丧婴之痛和"克子"、"绝代"的咒语，"把自己悬在了梁上"；一脸"劳碌相"的玉香则被日本佬的飞机炸死。文弱书生难逃落寞、凄凉的死：陶玉田病恹恹中向往着虚无缥缈的上帝、念叨着少年恋人，被咳入气管的血痰"窒息了生命"；蔡如廉屈打成招、"声如蚊鸣"地揭发了陈秀英之后，吊死在监狱的铁窗上。品质卑劣、行恶作孽者则一律横死：陶立德被铜锁勒令游行示众，一头栽进双幅崖桥下的深潭中淹死；铜锁在"挨户团"吊"半边猪"时被陶秉乾砍断绳索，倒悬着撞在木杆上、脑浆迸裂而死；陶秉乾烟瘾发作却被人抠走了刚借到的光洋，挨家挨户地骂人时跌倒在路墈下，头破血流地死去；陶秉贵在大炼钢铁时，被山上滚下的松木砸断了颈根；周布尔因妒谋害陈秀英，被陶玉林二话不说砍掉了头颅；只有陶玉财还活着，却众叛亲离，"拄着拐杖一瘸一拐地出现时"，"像一条受伤的狗在呜咽"。

这种以乡土生命价值观为本位的死亡情节设计相当于一条精神通道，从"人生印记"和"生命感"[①]相结合的层面，使作品的历史文化批判与农耕境界发掘有机地融合了起来，《大地芬芳》品味世纪沧桑、感知中国本相的整体创作意图，也就得到了逻辑贯通、自成格局和境界的审美呈现。

第三节 《凤凰台》的当代农村反思与审美整合品格

描绘和反思当代中国农村社会的历史变迁，一直是文学创作中获得高度重视的题材，在新中国60年的文学发展史上，这类创作或富生活实感、或具历史厚度、或求精神深度、或以艺术笔法和文化魅力见长，已经形成了较为丰富的理解方式与叙事模式。但是，如何真正深刻、全面地展示和认识当代农村的复杂面貌，仍然是摆在中国作家面前的一项艰巨的任务，采用何种路径才能更有效地贴近对象、阐释对象，也还是一个需要不断深入探索的重大问题。向本贵于2004年推出了"编年史"式地展示当代中国农村状态的长篇小说《凤凰台》。这部作品既充分显示了当代农村题材创作的优秀传统，又在诸多方面达到了新的高度，在"跨世纪文学"的农村题材创作中，显得循规蹈矩而又自具深度和厚度，从而为我们如何将中国当代农村社会的历史与问题审美化，提供了重要而有益的艺术启示。

一

《凤凰台》以偏远而地域文化特色鲜明的凤凰台生产队为描述对象，着重通过全面展现这一基层社会在复杂的历史变迁中的具体情状，来揭示当代中国农村的坎坷道路和农民困苦而历尽磨难的人生命

---

① 陶少鸿：《大地芬芳·后记》，人民文学出版社2010年版，第504页。

运。小说以党支部书记、生产队长刘宝山为枢纽展开这个基层社会的人物关系。公社党委书记贾大合、生产队队长孙少辉与刘宝山长期的矛盾，构成了这个环境具体的现实政治关系；生产、生存经验丰富却有着"地主"政治身份的老农民田大榜与刘宝山的关系，显示了中国传统社会与集体化时代农业生产和农民生存方式等方面的同构特征；田玉凤、伍爱年、韦香莲等农村妇女的形象及其对刘宝山的关怀与情爱，揭示了农村男女之间的关系状况；刘宝山身边逐渐成长变化的孙有金、刘相、刘玉等年青一代的人物形象及其相互之间的差异，则展现出当代社会风浪中农村个体人生方式的变异。小说选择这些人物和他们的生存状况、相互关系为关注焦点来结构文本，目的显然是为了典型化地揭示凤凰台作为一个中国基层社会的内在格局和历史情状。

《凤凰台》这种立足"基层叙事"的艺术架构和人物关系设计，使人很自然地联想到从《创业史》、《山乡巨变》、《艳阳天》到《许茂和他的女儿们》、《芙蓉镇》、"陈奂生"系列作品等当代文学史上的"农村题材"小说名著。比如，小说中的刘宝山和田大榜两个人物及其相互关系，与《创业史》的梁生宝和梁三老汉，《山乡巨变》的刘雨生和陈先晋、亭面糊，《艳阳天》的萧长春和焦振茂、"弯弯绕"，《许茂和他的女儿们》的金东水和许茂等人物及其相互关系，就明显地存在着精神渊源关系。孙少辉与《芙蓉镇》的王秋赦、《许茂和他的女儿们》的郑百如，田玉凤与"芙蓉仙子"胡玉音、四姑娘，同样属于相似的人物性格类型，甚至连对于前者的漫画化笔法、后者的诗意化叙述，在三部不同的作品中也如出一辙。换句话说，《凤凰台》的人物形象及其关系的建构，与当代农村题材小说名著明显地存在某种内在的承接性。笔者以为，这种叙事框架所显示的精神视野，正是《凤凰台》作为一部现实主义作品的历史文化厚度的突出表现。因为既然农村题材创作的该类叙事模式从20世纪50年代一直沿袭到新时期以后，就必然有其对于当代农村基层社会概括的准确性和深刻性。《凤凰台》在文本艺术境界的建构上显示出同样的思维倾向，实际上是富有针对性地展开了站在当今时代与文学史同类作品的"历史回应"和"精神对话",这无疑有利于呈现作品对当代农村题材文学创作继承、发展、矫正与深化的创作意图。

细心阅读作品我们即可发现,《凤凰台》确实在多方面构成了对于当代农村题材创作的超越。其中最根本的超越,则在于它选择了一个返璞归真而又更为深刻稳健地把握基层社会和审视历史变迁的价值立足点。

在任何时代,社会上层也许有诸多的理念斗争、体制演变、权力转换,但基层老百姓对于所有这一切上层建筑认同程度、情感态度的根基,就是极为朴素的能否更好地生存的观念。《凤凰台》正是以"民生"这一基层社会根本的价值观念来作为小说审美叙述的视角和展开艺术世界的思想基点的。

温饱与繁衍、劳作与"风流"两个方面在当代社会历史中的具体情状,无疑是《凤凰台》最为着重地描述的艺术图景。刘宝山在几十年的人生历程中,从带头搞合作社到暗暗解散集体食堂,从冒险上山打猎到偷偷派生产队成员出外抓"副业",从不时地"斗地主"到自己在公社大院被"吊半边猪",目的全在于努力使社员们的温饱在既定体制内获得更好的解决;他克制自我对于几个女人的情爱,当然有道德的因素,而最为根本的原因,也是他把做好凤凰台这个基层社会生存和发展的领头人、保障者,当作了自己更为重要的人生目标。田大榜一生以"把阳春做好、填进去一顿饱饭"作为全部目标,他的农作经验、勤劳本色、生存能力乃至求生智慧,全部是为了卑微的求活愿望;甚至对于毛主席长征时代路过当地对他"多做善事,不做恶事"的教诲,田大榜也理解为过苦日子时为集体献出粮食、社会体制允许时多打粮食才是最忠实的实践。田玉凤精神和肉体承受诸多的屈辱与磨难,同样是源于在时势导致自我人际关系格局恶化时,对于亲人生存可能性的维护。甚至孙少辉的种种卑劣、邪恶行径,也源于他"有饭吃,有肉吃,日漂亮堂客"的愿望,只不过他与田大榜之间,在方式上存在着用"政治"、"造反"的名义剥夺、榨取还是自食其力的差别,也就是说,孙少辉同样没有脱离农村的人生格局,没有超越基层人生卑微的生存愿望和困苦的生存状态。凤凰台人将中国传统的农民起义领袖和共产党所共同提倡的"天下均富"的口号，理解为就是让大家"都过上好日子"、"吃两餐饱饭"，则是一种基层社会生存规范的集中表现。而《凤凰台》对于当代农村社会种种风云变幻及其后果的整体面貌的描绘，也是以农民苦难的深重、生存和幸福机遇的匮乏为核心来展开的。所以可以说，将"民生"作为一个贯穿当代中国农村历史的事关全局的问题来集中揭示，是长篇小说《凤凰台》最为重要的审美视角。

在当代农村题材文学创作中，"文革"前的合作化题材小说的艺术重心，其实是生产关系层面的社会经济制度的变迁，农民的生存与朴素的幸福则作为社会和经济制度的必然结果、作为随之而来的乌托邦式图景被理想化、浪漫化地描绘着，其中的内在真相却因创作思想理念的压制而被悬置起来。新时期的农村题材伤痕、反思文学作品侧重于揭示极"左"政治的弊端所造成的农村苦难，农民生存的艰难作为一个重要现象得到了充分的艺术表现。但这些作品或者如《许茂和他的女儿们》、《芙蓉镇》等，以政治道德、政治路线为艺术描绘的终极价值指向，或者如《桑树坪记事》、《河的子孙》、《远村》、《老井》等，以基层百姓性格的扭曲和生命的强力、文化的品性为艺术聚焦点，结果，对于"文革"前的农村题材叙事进行精神解构或者另寻思想基点"自说自话"式地建构，就成为这些作品主要的精神特征。

向本贵的长篇小说《凤凰台》则有意识地回归到历史真相本身，通过客观地展示细致真切的具体事实，来整合农村题材传统的认知思路和叙事策略，而以"民生"作为笼罩全局的思想制高点、以整个农村社会不分阶级差别和历史功罪的每个"人"的生存状况为艺术重心，来全面地呈现一个基层社会的真实图景，审视从合作化到改革开放以来中国农村的全部历史。这就与始终处于政治文化思想格局中的当代农村题材创作，构成了富于历史意识的"精神对话"。

这种深厚的精神意味，首先自然是源于作家深厚的底层生活积累和与农民血肉相连的感情。同时，只有在"以人为本"、建构"和谐社会"成为充分的时代自觉和主导的政治理念的精神文化氛围中，这种朴实而厚重的思想立意才有可能在文学创作中得到勇敢而切实的表现，所以，它又是时代理性充分呈现的产物。

二

以切实稳健而富于深厚历史感的艺术视角和思想立足点为基础，《凤凰台》的艺术重心，就由展示阶级斗争和当代农村社会运动本身的进展情形转换到了对于农民和农村社会因为这种进展而遭受损伤、破坏的具体状况的描绘。向本贵正是以此为艺术聚焦点，毫无讳饰地展示自我的历史记忆，展开审美叙述和艺术揭示，从而通过对复杂历史情景的逼真描绘，充分地表现出当代中国农村的实际状态，构成了作品审美境界难以辩驳的具体真实性和内在丰富性。

首先，《凤凰台》以"编年史"式的缜密笔触，描述了凤凰台在合作化、"大跃进"、过"苦日子"、"文革"、"承包责任制"、市场经济大潮等各个历史时期的真实面貌，将当代中国的农村特征、农业规律、农民愿望，以及农民愿望的不同体现方式和对于"世道"的各种民间理解，全面地展示了出来。比如，关于过"苦日子"时期如何挨饿、如何充饥及其相应后果的大量描写，关于不同历史时期批斗人的众多花样及其具体情形和当事人感受的描述，就给我们提供了极为逼真而丰富的历史细节。丁如兰因"苦日子"时期连老虎都无食物、出山乱吃人而受伤，又因老郎中的"反革命事件"耽误治疗而落下残疾。田大榜因"苦日子"时期吃蚯蚓过多，而长期流着带有浓烈腥臭气味的泪水。王美桂为保护成分不好的家人而嫁给"阳痿"的公社党委书记贾大合，长期屈辱地生活，最后被逼致疯。"地主婆"韦香莲对一个不断批斗她丈夫的干部"老俵"刘宝山心怀情愫，对另一个批斗自己丈夫的干部孙少辉却恨得临死时咬下了他一块耳朵。美丽的刘玉仅仅因当兵的哥哥没能如别人的哥哥那样给她寄点买凉鞋、袜子的小钱，就情绪激化走向极端，嫁给了公社手联社的丑男人大头，却又因羞辱、不愿眼见丑丈夫而用石灰弄瞎了自己，但即使是这样，生活困顿的她仍然拒绝来自家庭的任何援助。地主分子田中杰为摆脱自己挨批斗的命运，一心谋划儿子田耕读书出头，"文革"时期，高中生田耕却带着干部女儿刘思不声不响地离开家乡，从此生死不明。诸如此类让人惊讶、震撼、痛苦却很少在文学作品中得到如实展示的种种情形，在《凤凰台》中可谓比比皆是。源于对农村生活的异常熟悉、对乡村芸芸众生的深切关爱，也源于直面真相绝不避讳的创作态度，作者为我们提供了异常丰富的动乱、贫困年代农村社会的真实画面。但与此同时，作者又有力地揭示了乡土世界里包括"地主"田大榜在内的广大民众在困惑中对于共产党的信赖，在动乱年代对于胡折腾、不让农民过"吃饱饭"日子的"世道"不会长久的信念，以及穷计竭力谋生存的坚韧品格，从而对于历史曲折而终究富于活力的前行，给予了合理的解释。

　　作者还始终坚持将这种对农村百姓生存本相的真切理解和深刻发现，置于他们具体的个体人生状态中进行描述，从而使作品对于社会面貌的展示与对于人生命运、人物形象的刻画，紧密地结合在一起。比如，当社会走到商业经济主导的历史新时代时，农村社会格局的对立因素已经由政治和温饱范畴的问题，转换为"农本位"还是"商本位"的问题。这时，作品的主要人物刘宝山、田大榜、田玉凤等也进入了人生暮年期。这是一个既历经命运的酸甜苦辣探索到了自我生命支柱、又沉思多于行动以致常常与时代进程脱节的人生阶段，生存面貌往往呈现出落寞、悲剧化的色彩，进入了对社会和人生"谢幕"的状态。在作品的描述中，田大榜看不惯孙子田勤将肥沃的田地改成停车场，刘宝山对于丁有金家族借旅游开发大谋私利、对于儿子阿谀权贵而淡漠亲情等现象愤懑不已。所有这一切，小说都是从社会负面现象与作品人物人生感触相结合的角度来展开的。作者还特意张扬了他们不无农民本位负面特性的价值立场和生命感受，从而使一种浓厚的悲剧意味伴随着深切的人文关怀，氤氲于文本的艺术境界之中。

　　《凤凰台》的真切独到之处，还在于对当代中国社会政治运动中生产方式、阶级斗争的演变形态和参与者所夹杂的个人私欲乃至兽性，也都给予了具体真实的描绘，并充分地揭示出其内在的必然性。比如，傅郎中脱离革命不仅是出于心境颓唐、意志衰退，也因为在农村调查时所遇到的美丽女人的吸引。孙少辉积极参加各项运动的直接动机，就是能够在混乱中以政治目的堂而皇之地满足私欲，并得以宣泄自己邪恶的"智慧"。刘宝山对于"地主分子"田中杰的斗争也同样存在情恨难消、公报私仇的因素。田中杰从内心原谅刘宝山，不仅认为他不过是政治路线的执行者，也因为自己曾凶狠地拆散了刘宝山和妹子田玉凤的姻缘，因而认为刘宝山的仇恨乃人性的正常反应等。这就将对于历史进程的理念形态和参与者的个人人格病象两方面的揭示，有机地结合了起来。

"正因写实，转成新鲜"，因为细致，反显厚实。《凤凰台》这种摒除理念从生活本真状态出发的创作精神和艺术实践，有效地克服了各种理念化叙事的先验局限所导致的空泛、虚幻化的弊端和对于事物复杂本相遮蔽的可能性，使当代社会进程的内在状况和复杂动因得到了颇为丰满的揭示，从而以对读者历史原初记忆的唤醒，艺术地展现出了可以形成诸多启发的事实基础。

小说中的人物形象也因此显示出崭新的艺术内涵。在以往的农村题材小说中，刘宝山式的人物都是作为农村社会主义道路的带头人来描述的，作者们关注的往往是他们在生产关系嬗变中的复杂作用。《凤凰台》里着重表现的，则是刘宝山作为当代中国基层社会支柱式的人物和农民基本生存条件的关注者、保障者的侧面。对孙少辉、贾大合一类"懒汉、二流子"式人物反而在政治上得势的情形，小说也超越道德批判的层面，从他们希望改变社会地位和满足心理欲望的角度，揭示出当代社会的体制弊端与人性的懒惰、邪恶、欲望至上等负面因素合流的社会历史特征。田玉凤、伍爱年、韦香莲等美丽、善良的农村妇女饱受磨难与污辱的遭遇，自然是当代农村诸多苦难的集中体现，但作者同时也准确地揭示出了她们因生活的艰窘所导致的种种性情、身心的扭曲和变异，田玉凤的懦弱、伍爱年的泼狠、韦香莲的倔犟，均为这种描写的具体例证。

特别是田大榜的形象，放到整个当代文学"老农民"典型形象的人物画廊中，都显得别具深度。其中的关键，就在于作者以开放的思想视野，从人本的高度出发展开考察与描绘，使他身上传统农民的人生品质和现代中国的社会历史内涵有机地结合了起来。田大榜只是一个生产经验丰富而且具有正宗的传统人生观念的农民，但在当代社会却被加上了为革命作过贡献和解放后地主身份的双重政治油彩。在传统与现代之间，传统是他的立身之本、人生基础，现代特征则决定了他一生的坎坷命运及其对待命运的态度。他常常说的"要以劳动为本"，既是中国农民的传统美德，又是"毛主席"长征经过凤凰台时对他的教诲，他的"耕者有其田"、"吃几餐饱饭"的愿望，既是他农民式卑微本分的心理愿望，也是"毛主席"长征时期的许诺。他平和地忍受各种以政治名义施加给他的非人折磨，而且在承受诸多折磨之后对生产队的农业生产问题仍然由衷地关心，既是中国农民忍耐、勤劳的传统品格的体现，却也是亲眼见到"毛泽东"当年的不凡姿态而形成的信念所致。而田大榜解放后有地主身份、红军时期却曾经对革命作过贡献这种社会历史身世的设计本身，就极为有利于我们突破种种理念的局限来透视生活本身的复杂真相和深刻内涵。可以说，田大榜这一忍辱偷生、执著于"勤俭"和"糊口"类卑微生存格局的农民形象，是作者从"小农"的角度为我们揭开了一扇考察农村老百姓的传统生存模式在当代社会中艰难处境的、能够登堂入室的"侧门"。

三

农村题材堪称当代文学最为重要的创作题材领域之一。20世纪90年代以来，传统写实方法的局限性在文化多元化的时代语境中逐渐显露出来之后，不少作家尝试着采用各种新的途径和方法来反映当代中国农村的面貌。余华的《活着》和《许三观卖血记》采用对个体生存状况的"仪式化"呈现，来构成文本多层次的"意象暗示"；阎连科的《年月日》、《日光流年》和《受活》，贾平凹的《怀念狼》等，均以惨烈的日常图景和荒诞的总体构思相结合，形成对文明状态的整体象征图式；李锐的《无风之树》、林白的《妇女闲聊录》、莫言的《四十一炮》、李洱的《石榴树上结樱桃》等，则运用原生态的乡土语言来揭示民间暗藏的生存和精神真相。这些作品往往既独具匠心地表现了当代中国农村的社会面貌，又包含着更广阔的精神象征意味和关于人类生命、文明走势等文化与生命哲学层面的内涵，因而显示出丰厚的精神和艺术韵味。

如果单纯从文学、美学本位的角度看，与这些致力于开拓崭新精神视野和艺术境界的作品相比，《凤凰台》还存在着不可忽略的局限。首先，作者过于贴近农民的立场与感受，宏观的精神文化反思则略有不逮，而且过于关注"史迹"意味、过于胶着于"日常经验"范畴，以致文本叙事有时呈现出事无巨细皆录其中、太实太满不够疏朗的状况。这就使作品显得深厚有余而开阔不足，忠实诚恳有余而审美超越不足，结果反而影响了小说艺术的精粹和思维的稳健。其次，从艺术手法和审美境界的角度看，《凤凰台》仍然只能算是一部正规的传统现实主义作品，对于文学创作新的审美品质和艺术手法吸纳不够或运用粗疏，因而艺术上朴素有余而机智不足，沉实有余而艺术的空灵度不够，这又影响了作品审美境界的韵味和魅力。

但从另一个角度来看，关于历史的纯粹意象化的解读和以理念为目标的例证式、寓言式阐发，往往既不利于充分发掘历史的全部丰富性，也难以满足曾经身历其事者生命感受的充分展开。结果，研究和发掘的空泛、单薄与诡异，就常常成为其无法避免的局限，艺术升华的同时，历史真相的遮蔽也显而易见。也许正因为如此，在对于晚近历史的揭示与研究中，又逐渐地形成了一种"田野调查"式的实证化倾向，并逐渐受到文坛内外广泛的关注和重视。章诒和的《往事并不如烟》、陈桂棣与春桃合著的《中国农民调查》、何建明的《落泪是金》等纪实性作品广获好评，皆源于此。在文学创作领域，同样越来越突出地呈现出这样的审美倾向。杨显惠的《夹边沟记事》、尤凤伟的《中国一九五七》、张承志的《心灵史》、范稳的《水乳大地》、雪漠的

《大漠记》，包括石钟山的《激情燃烧的岁月》等父辈军人系列、贾平凹的《秦腔》等，虽然作品的具体成就各不相同，但都同样地具备一种"田野调查"式的实证倾向，这种审美范式越来越频繁地出现并且都能引起广泛关注，正说明它确实日益深入人心。

向本贵的长篇小说《凤凰台》堪称传统农村题材创作领域显示出同类品格的力作。它以作者长期的基层生活体验和基层干部眼光为内蕴基础，从当今时代所具备的思想高度出发，沿用当代农村题材创作以"正史"构架开掘历史真相的艺术路向，凭借充分的生活实感和对基层社会真相与底蕴的深厚展示，相当沉实地完成了作者对于当代农村历史的认知和农民生存忧患感的表达，从而有力地显示出在当代农村历史考察和传统农村题材文学创作这样双重意义上的整合品格。应当说，这正是《凤凰台》这部朴素而深厚的长篇小说最值得我们尊重和重视之处。

第四节 《村庄秘史》：现代暴力文化遗患的乡土透视

从观念改革开放的新时期到文化多元发展的新世纪，20世纪中国历史与文化在文学创作中的审美表现、阐释与反思已经相当地广泛和深入，以致这类题材创作的后来者在思维层次和问题境界上陈陈相因与"平面滑动"成为了常态，深层次的突破变得格外艰难。而且，除王安忆的《长恨歌》等少数作品外，"跨世纪文学"的"百年反思小说"绝大部分都是以中华大地的"乡土"生存空间为审美视野的，所以，注目于这一领域获得审美突破就更不容易。王青伟于2010年推出的长篇小说《村庄秘史》，却给人以强烈的审美震撼力和思想启发性。作者从探究世纪性历史文化核心问题的审美高度和思想深度出发，独具只眼地捕捉到了"暴力文化"的价值偏失及其历史遗患这一独特的审美视角，以此为基础，对于发生在当代中国乡村大地上的、令人沉痛乃至惊恐的典型事件，进行了多层次、多侧面的审美观照，进而有效地达成了作品层次丰厚的内涵发掘和意象繁复的境界建构，有力地显示出一种对20世纪中国历史与文化进行审美认知的新思路和新境界。

一

《村庄秘史》是一部具体描述给人的审美感受相当强烈、丰富，整体上却因意象繁复、头绪众多、层次丰富而不大好把握的作品，要想有效地避免以偏赅全以致"瞎子摸象"、"见树不见林"的弊端，从文本的意蕴建构着手来理解和阐释这部小说较为妥当。

这部小说的情节结构是以老湾村集体杀人事件为思辨聚焦点和逻辑归结点，以幕后指挥者和罪恶见证人章一回自我救赎式的讲述为故事连接点，全书总共叙述了五个带有"互文见义"性质的系列故事，从而展示出一幅老湾村百年仇恨与暴虐、困惑与探寻的历史生活画卷。文本的意蕴建构则可分为魔幻境界和现实生活境界两个层面。

在魔幻境界建构的层面，作者以极具边缘性、民间性特征的乡村经验为想象基础，故事情节营构与民俗事象编织并举，体现出一种将"规范文化"与"未纳入规范的民间文化"[①]融为一体的审美特色。从老湾与红湾那隔桥之间似乎天然仇恨、对峙的村落关系的设计，到隐含各种历史文化命脉、底蕴与源流的大樟树、树皮书、女书、浯溪等真假古迹及相关故事的拟构；从章玉官额上的图案、章义的驼背、章得的血脉、目连戏"过油滑车"故事等象征、寓言意味明显的描述，到章一回"岩石般苍老"、碰见女人又"会像夜百合花似的绽开"的脸之类寓意暧昧、模糊的想象，包括对"桥"、"锁"、"鞭炮"等道具性质的物象，作者既以一种具有中国乡土特色的思维和想象逻辑进行夸张、变形、荒诞化的描述，赋予它们以奇异、神秘、怪诞的色彩，同时又以充分清醒的历史理性意识，将这些民俗事象有机地融入现实主义性质的情节叙述和社会历史层面的主题表达之中。全书以有关小矮人绝技与发迹的虚幻传说和樟树林神奇与毁灭的真实历史共同开篇，构成审美境界的切入点，而以"三个老掉了牙的老人"守着"全是

---

① 韩少功：《文学的"根"》，《作家》1985年第4期。

断墙颓垣和摇摇欲倒的老屋"，"执著地重新梳理老湾人这几十年的历史"为结尾，更使一种亦真亦幻、魔幻、寓言式的审美氛围笼罩了文本审美境界的始终。

《村庄秘史》的魔幻境界表现出以下特点。首先，从魔幻因素与客观现实世界的关系看，《村庄秘史》魔幻叙事的审美元素绝大部分其实是民间确实存在的事象。比如"浯溪"、"女书"等就是湘南永州实有的风景名胜或文物古迹，而"大樟树"、"鞭炮"之类则是整个中国南方民间都可普遍看到的日常生活物象。因为作者的主观想象充分利用和凭借了客观的民俗事实及其固有的文化内涵，小说的魔幻境界就显得既斑斓多彩，又坚实真切。其次，从对"未纳入规范的民间文化"的具体选择与表现看，作者对这种"包括俚语、野史、传说、笑料、民歌、神怪故事，习惯风俗、性爱方式等不规范的东西"的描述中，明显地去掉了"对方言歇后语之类浅薄地爱好"[1]，去掉了比如俚语、笑料等表面化和纯粹趣味性的内容，着重描写了其中历史、文化或人性底蕴较为深厚的事象，并将深刻的理性思辨色彩和浓烈的象征、寓言意味蕴含于描述之中，文本审美境界中超现实的神秘色彩和现实层面的理性内涵也就由此获得了有机地融为一体的思维运作路径。再次，从魔幻与现实两个叙事境界的结构特征来看，《村庄秘史》丰富的现实世界内容被巧妙地嵌入作家虚拟出来的、贯通古今的乡野魔幻世界之中，其中体现出一种具体历史时代的生活流程最终将隐秘于僻远乡土漫漶、模糊的记忆的形而上感悟。

在现实生活层面的意蕴建构中，作者主要描述了五个故事，包括文弱才子章抱槐在革命历程中人生坎坷与精神失落的故事，木匠章顺畸形、变态的乡村性爱故事，战俘章义身份失落与求证的故事，以及老湾与红湾之间的集体虐杀事件，再娃改换老湾血脉、并与红湾富豪同归于尽的故事。这五个故事实际上是将时代进程与村落事件融为一体，分别从现代暴力革命本身、暴力尘埃落定而阴影仍然存在、暴力遗患恶性爆发和历史转型后暴力形态轮回四个侧面，以点带面、带有

---

[1] 韩少功：《文学的"根"》，《作家》1985年第4期。

交叉"互文"性质地建构起了20世纪中国暴力历史及其局限性、灾难性的写意画卷。在这里，作者超越对具体历史进程亦步亦趋的描述，选择具有世纪性历史核心场景性质的"暴力斗争"，从"暴力文化"的价值偏差和历史遗患的高度出发，显示出一种以时代漩涡中的人性品质与生存境界为枢纽和重心来审视历史的思想特征。魔幻境界以其象征、寓言意味，成功地增添了文本的审美魅力与文化韵味，但《村庄秘史》真正坚实的价值意蕴，其实是在作者精心编织的魔幻境界之外的、对现实生活写实型描述的层面，也就是在这五个故事之中。

魔幻境界和现实生活境界的双重建构及其有机融合，充分表现出《村庄秘史》审美资源的丰富性和审美思维的多元复合追求。众多各具内涵的线索交合勾连，使文本以五个故事为主体的"村庄秘史"叙事构成了一个境界巨大而包蕴丰厚、内在联系紧密的"乡土中国"历史与人性的意象化叙事。

二

魔幻现实主义文学的根本目的不是把魔幻当成现实来表现，而是要借助魔幻更意味深长地表现现实，所以，现实世界层面的意蕴才是其真正的价值基础。正因为如此，我们在梳理了《村庄秘史》的总体意蕴建构之后，也需要更进一步，剥离文本审美境界中的重重"魔幻"色彩，揭示其内在的社会历史层面的审美意蕴。笔者认为，《村庄秘史》社会历史层面的叙事重心是在探究这个古老民族自我仇恨、争斗直至走向毁灭之谜，具体说来，就是广泛而深刻地展开20世纪中国"暴力文化"的价值偏差与历史遗患，深入地剖析和揭示"乡土中国"到底是因为怎样的人性基础、文化条件和行为逻辑，才导致了"暴力文化"、特别是其中的"暴虐"特性的恣意横行，并最终酿成人性泯灭、文化沉沦、集体性屠戮生命的民族自我毁灭悲剧。

作者首先注目于现代战争历史时空的"暴力文化"。第一个故事通过章抱槐和江河水兄弟人生命运的比较，深刻地表现了现代战争历史及其价值规范隐含的"暴虐"特性。老湾村时期的章大、章小兄弟俩，分别是俊美的神童才子和虎头虎脑的排牯佬。两人报考黄埔军校，还是哥哥章大所引领。但在那血与火的年代，构成人生辉煌的基础并非世人惊艳的才华，而是天不怕地不怕的强悍与血性；严酷的斗争环境则使得人生选择和人生价值多样性、丰富性相兼容的状态不可能存在，使得任何与时代"铁血"规范相悖的"生命意义建构"都将不可避免地被压抑、扭曲和损伤。因为这样的社会文化原则，时怀"壮士由来耻作儒"激情的乡村才子章大章抱槐，因有过一次被捕时恐惧于敌人"筷刑"的自首，从此不管是选择逃离还是靠拢时代的人生角色，"每次抗争都走向了自己意想不到的反面"，最后只能蜕变为历史进程中苍白的影子，处于灵魂委顿地苟活的状态。与此相反，弟弟章小江河水因幸运地避免了那次被捕，而最终获得了革命成功后的八面威风。那么，就人性常态来看，江河水如果同样遭遇到残忍的"筷刑"，是否真能有别于章抱槐、忍受住恐惧的摧毁呢？在兄弟重逢时辉煌与卑贱的巨大反差中，章抱槐对此不禁满怀疑惑。但暴力斗争的严酷历史，就是这样不容分说地决定着个体的命运与荣辱。所以，章抱槐那"快要弯到地上去的脑袋"所承担的，实质上是"暴力文化"的局限以极为"暴虐"的形式施加于他这不合规范者的人生灾难，在此暴虐的法则和灾难的宿命面前，章抱槐即使"白发飘零"也无法解开自己屈辱一生之谜，更无法充分呈现自我的"真实灵魂"。

在乡土世界的人伦情理与生存境界之中，心理态度暴虐、行为方式凶残的"暴力文化"负面品性同样无处不在。作者讲述木匠章顺及相关人物之间复杂、畸形的性爱纠葛，叙事用心即在于此。在章顺、阿贵等人畸形性爱关系的演化过程中，章顺对老婆麻姑由"心杀"而雇用章一回"杀妻"，阿贵不断教唆"浪荡少年"章天意杀人，他们心理蜕变的路径，都明显地呈现出由病态欲望酿成精神屈辱与恐惧、由化解这屈辱与恐惧走向为"复仇"而杀人的特征。人伦原则的暴虐特性与行为方式的暴力倾向，在这里互为因果而相辅相成。整个老湾村人的集体心理也同样如此。他们因章顺被红湾老妇、大地主陈祖德的大姨太勾引，觉得"把老湾祖辈十八代的丑都出尽了"，并由此延伸，联想到老湾人"一直在被红湾人欺负",于是充满了"莫名的愤怒和仇恨",打算"集体出动把那个老太婆拖进河中心去捂死,绝不能让那个老太婆踏上老湾一步"。乡土社会伦理法则的暴虐性与行为方式的凶残特征由此鲜明地表现出来。正因为如此,源自千家峒"从来不与人争斗"、"我们爱朋友,也爱敌人"的"女书"文化传统,麻姑觉得老湾人无以名状的屈辱心理和"总想着要杀人"的暴力行为倾向,就像"永远也回不到现实的梦境"、"永无尽头的游戏"一样不可理喻。这种反差与对比,更有力地衬托出"老湾村文化"的"暴虐"特征。章顺和麻姑的性爱故事中,还有个令人触目惊心的"暴虐"细节,就是木匠章顺在自己的老婆麻姑身上、女人"那流淌着奶和蜜"的隐秘地方,居然加上了一把锁,从而使麻姑从肉体到精神都受到了非人的摧残。更令人震惊的是,章顺久而久之竟然忘掉了关于"那把锁"的事情,极度轻慢和淡漠的背后,强烈地显示出他对"性暴虐"的习以为常与麻木。老湾村的性爱伦理与集体心理的这种"暴虐"倾向,正是中国乡土世界存在着"暴力文化"深厚土壤的表征。20世纪中国政治历史的"暴力文化"之所以能滋生出令人难以置信的巨大遗患,无疑与这种特定地域的民间生态规律和乡村族群文化基因密不可分。

《村庄秘史》还集中笔墨展现了志愿军战俘章义丧失和求证"身份"的困苦与难度,从当代中国"身份文化"的角度对"暴力文化"的价值标准在"后暴力时代"的体制化延伸,进行了尖锐的揭露与批判。在那集体本位的"一体化"时代环境中,一个人如果丧失自我的"组织身份",就可能失去一切保障、甚至包括生存的意义与可能,"连逃逸的空间也没有"。志愿军战俘章义本来也是"跟着章小出去的二十来人"之一,而且"也是做了个不大不小的军官的",但"所有的出生入死,十几年的血战沙场都因后来变成了战俘而抹杀掉了"。当这一切只是心理上的"耻辱"时,章义仍然获得了田香温润、体贴的爱情和家庭生活的天伦之乐。而在被"清理出队伍"回到故乡老湾、进入"身份文化"主宰一切的环境之后,因为老湾人心理上的不愿承认,在一种"集体暴虐"的环境氛围中,章义所希望的夫妻恩爱、父子相认、卖油豆腐度日的日常生活，就都变得遥不可及，成了非分之想。他找到自己曾去做过长工的红湾地主、又哀求可能"同病相怜"的章玉官，但种种谋求证明的努力都于事无补；他甚至上交《关于请求死亡的报告》，希望"用死来证明自己的存在"，却因违背了"上面需要你活着"，而被看作"公然的挑衅"。就这样，在儿子"认贼作父"并对自己出现了"弑父"举动、妻子也心理动摇行为出轨之际，"驼背"章义就只有跑到"纪念碑"下偷偷哭诉一番，然后在"旷野"里千山万水地跋涉，"找到儿子让儿子索走他的性命"。因为"被儿子杀死也恰好能证明自己的存在"，他竟然把这样做作为一种信念，看作是在"实现他生命中的最后意义和价值"。正是"身份文化"这一暴力斗争价值法则与伦理规范的遗传及其体制化，才以"集体暴虐"的社会伦理形态，使不符合规范的当事人章义丧失了正常的人生空间，受尽了身心的折腾与折磨，承受着精神摧残、妻离子散乃至肉体毁灭的悲惨命运。换句话说，正是现代中国"暴力文化"及其价值偏差的遗产，导致了这种种个体的困苦、群体的罪恶和生命存在意义的缺失。

历史层面的战争规范、人性层面的乡村土壤和政权层面的体制原则，诸如此类的局限与负质相互促成、推波助澜，累积成了"暴力文化"的巨大遗患和此起彼伏的个体生存悲剧，并最终爆发为集体沉沦与毁灭性质的可怕的社会灾难。

三

老湾和红湾的集体暴虐杀人事件，既是全书的情节高潮，也是作品意蕴建构的"枢纽"和创作题旨的集中体现之处。对于这场集体杀戮的罪恶、灾难性事件，作者的审美侧重点主要在以下方面。

首先，作者从集体心理与行为逻辑的角度，对这场罪恶和灾难的形成、演变过程进行了真切的展示。在绝望和羞愤中举着砍刀杀向老湾的红湾后人陈生只是这场集体杀戮的导火索。"体制身份"辖制下个体生理的压抑、变态和心理的疼痛、扭曲，以及在崩溃和爆发的临界点的"暴力文化"思维逻辑，才是红湾人恶性事件一触即发的深层原因。而老湾人"没有想到陈生会如此疯狂地报复老湾人",于是,"一场被虚夸的恐怖一下笼罩了老湾",他们"先下手为强",开始"清算那些胆敢发起进攻的所有可疑分子"。落实到具体的刽子手,"开始是出于一种对自身命运的担忧,对地主反扑的强烈义愤,后来因为有了经济的刺激",也就是"每杀死一个人,可以从最高法庭那里领取五块钱酬金","他们更来劲了","像吸食了鸦片似的犯了瘾"。他们首先"处死那些他们公认罪大恶极的人",然后,"很小的恩怨都成为报复的借口",最后,"他们几乎再也找不到杀人的理由,但是却杀开了,一发不可收拾"。甚至连外哑巴"见金矮子他们杀得很快乐",于是"也在那疯狂中做了一回刽子手"。人性就是这样迅速地一步步走向泯灭和异化的深渊。最后,"河流上漂满了尸体","外哑巴手握着一根竹竿,整天在河道上奔上奔下去赶尸……可是赶也赶不完"。另一方面,红湾人在出逃过程中"集体投河"未果后,终于酝酿着"以反封建的名义将老湾那棵树砍掉","把老湾的命根子给拔掉",以女孩亦素这"他们唯一的温暖和黑暗心灵中的灯光"的名义,"向老湾人发起最后的清算"!于是,在"谁也不会有能力挽回这种局面"的可怕时刻,"整个夜空都被火箭照红了","在那万支火箭中,有一支射中了樟树的心脏",悲剧性灾难的场景出现了:"樟树身上流满了红色樟液……四周数百米的土地全都被樟树的汁液浸得通红";"从那间档案室飞出漫天的灰尘……那许多人的历史和许多鲜为人知的故事,一概像幽灵一般飞扬在老湾的上空";"红湾连接老湾的那座石拱桥突然断裂坍塌了"。最后,"等到那些灰蝴蝶终于全部飘落,老湾和红湾全部处于一种失忆状态","他们从矮人的故事进入了回忆"。在这具有浓烈魔幻色彩的描述中,一种民族自我屠戮而导致人性沉沦、历史倒退的"宇宙洪荒"状态,令人恐怖地展现了出来。

其次,作者通过对觉悟者天瞒大爹和拯救者常贵爹两个人物形象的刻画,使这种社会问题披露性的描述,显示出一种直逼民族灵魂的精神深度。几十年都靠红湾家家户户供养的天瞒大爹,虽然透露了"诛杀樟树"可以"用火箭刺中它的心脏"的信息,却在制作了九千多支火箭时"悔恨"了，觉悟到一方面自己"注定了要遭到泄露天机的惩罚"，另一方面"在老湾那棵樟树被诛杀后，老湾会沉没，而红湾的河水也将倒流，倒流过来的河水会把红湾全部淹掉"。但这"孤零零"的觉悟者却在去叫醒"有能力挽回这一切"的老湾瞎子常贵的路上，"一头栽倒在石拱桥上"。老湾的基督教徒常贵爹曾经"用先知般的智慧挽救了老湾人的性命"，这次当"整个老湾都已经陷入了罪恶的渊薮"时，他虽然也在努力"帮助刽子手们驱赶魔鬼，可是自己却在驱赶中也变成了一个魔鬼"。就这样，红湾和老湾都丧失了它们生命被拯救、灵魂获救赎的微弱希望。作者的这种描述作为一种反衬，更强烈地表现出战争文化遗患所导致的这场集体灾难从生理到灵魂的严重程度。

再次，作者通过对集体罪恶指挥者和见证者章一回形象的描述与剖析，对这灾难和罪恶的性质进行了有力的揭露。"章一回是怎样变成上面的，老湾人觉得一直是个谜"，因为他通过"谈话"，让"质疑"变成了"沉默"，"他的来历更加作为一种绝密材料被封锁了起来"，"用各种办法逐渐抹杀了所有知道他来历的人的记忆"。于是，章一回一方面为那些"档案"忙得"喘不过气来"，另一方面又"经常开会"以保持神秘、打探情况。在这过程中，"老湾所有的小孩子都把他当作父亲"的心理欲望和"对女人的渴求"的生理欲望，都在他不择手段的谋取中得到了满足。至此，一个现代专制统治者的人格形象已经被简捷有力地勾勒出来。正是由于他对亦素的私欲，而使"整个老湾面临灭顶之灾"。当"红湾人都起了杀人之心"、恐怖笼罩着老湾时，又是章一回成立了"清算那些胆敢发起进攻的所有可疑分子"的最高法庭，来"主宰任何人的生死"，从而以其暴君式的残忍与随意，使集体性的杀戮成为了可怕的现实。在作者随后进入象征、寓意性境界的描述中，章一回反倒因为老湾人感到"空前的恐惧"，而被敬仰为"一个大人物"、"一个神"。他自己的野心也更加膨胀开来：批判常贵爹的"信仰混乱罪"时，他自己却穿上了那件基督教徒的"黑长袍"；在剥皮去掉章玉官"额上的图案"时，他又对章玉官的"帝王戏"、"帝王服"心驰神往，"穿着那套戏装来来回回地走着……就像个真皇帝似的"，其至希望成为"真正的王"，以满足"把藏在密室里的亦素弄到城池里去……封她为王妃"的邪恶的私欲。这些又从文化渊源的角度，揭示了章一回人格内涵的封建专制特征和王权欲望。章一回在幻觉中屡屡"发现自己的那张脸像极了那棵樟树的皮，而且他觉得自己就是那棵树的幻影"，则是对章一回人格形象及其文化底蕴的一种意象化、魔幻性表达。章一回人格形象的刻画，实质上是从体制源头角度对集体暴虐杀人事件所进行的揭露与反思。

作品中最后一个有关章得和再娃的故事，则在审视集体杀戮事件的基础上更进一步，显示出一种将对"暴力文化"的审美认知引向历史哲学境界的努力。这个故事的要害之处，一是再娃的血脉改变与章得的自我救赎，二是再娃在新的时代环境中再度复仇、与红湾富豪陈军同归于尽的事件。章得杀人夺妻之后，与死者的妻儿日夜厮守，结果"被失眠症和恐惧症折磨得日见消瘦"，日子"过得真是苦不堪言"。直到他花去整整三年时间在再娃身上完成"勾结血脉的工程"，"从血脉上把娃崽变成他章得的儿子"，才终于以自己的"精血"实现了心灵的自我救赎。这样一来，再娃似乎也成了老湾和红湾双方面良性基因相结合的产物。但在"变化真的开始了"之后，"暴力文化"的遗患却并未就此消失。老湾人制作的鞭炮由红湾人经销、"到红湾去"成为普遍的趋势，"红湾人又开始吸老湾人的血"，旧时代的格局又以新形式出现了。特别是红湾的富豪陈军提出和老湾人一起修建叛徒章抱槐的坟墓，并因为这种"展示老湾人的丑陋，拍卖老湾人的耻辱"，"心里禁不住涌上一种无比的蔑视和复仇的快感"，俨然红湾人侮辱老湾人的代表，而且，他还夺走了再娃的爱情。于是，再娃挺身而出，做起了呆在章抱槐墓园中恐吓游客的守墓人，"用那条钢腿出卖自己的尊严来捍卫整个老湾人的尊严"。紧接着，再娃在墓地里用"大炮""把陈军炸倒了，他自己也炸倒了"，相当于又一次的共同毁灭、同归于尽。新仇旧恨的这一度被激化，同样是用"暴力"的方式求得最终的解决，在历史进程中，"暴力"形态及其"暴虐"的负面特性就表现出一种悲剧性轮回的历史演变规律。而且，因为文本写实性的增强，这种对仇仇相报、以暴易暴、循环轮回的历史规律的阐释，确实显示出中国社会现实的深刻投影，这就使文本的审美意蕴超越了反思现代中国斗争哲学与革命文化的层次，深化到了对中国历史中的"暴力文化"形态及其演变规律本身进行揭露与批判的境界。

四

《村庄秘史》独特审美意蕴的形成，与创作主体审美意识的创新性特征密不可分。

与作品独特的思想内涵挖掘相适应，《村庄秘史》问题视角和价值立场的选择，显示出一种超越单一思想文化立场的、充分辩证的思维眼光。

对于中国历史与文化"暴虐"性的审美批判，其实是20世纪中国一个具有贯穿性的创作主题。从鲁迅《狂人日记》中对"吃人"本质的提炼、到巴金"激流三部曲"里激情洋溢的控诉，现代文学史上的这些启蒙文学作品其实都是在揭示封建文化和封建制度的"暴虐"性。新时期以来，以《白鹿原》为代表的"百年反思"题材、"新历史主义"立场的创作，则选择各不相同的立场与视角，对现代中国的"革命"这一"暴力文化"的社会表现形态，进行了有力的批判性反思。《村庄秘史》所承接的，正是这一思想和审美传统。

《村庄秘史》的不同或者创新之处有二。第一，现代中国的"革命"作为一种社会暴力形态，无疑具有充分的历史与文化的正义性与正当性，如果不进行内部分解地一概而论，则无论审美阐释如何精彩、独到，都难免本质上的偏激、片面之嫌。不少作品泛泛地从人道或人性的立场批判暴力斗争，局限性正在于此。《村庄秘史》则独具只眼地发掘出"暴力文化"的"暴虐"这纯粹文化的负值、人性的劣质，并从这种负面特性的历史遗留及其灾难性后果的角度出发，来对20世纪中国的历史进行剖析与透视。这就使作品尖锐的、牵涉广泛的审美批判，获得了一个深刻而稳健的思想立足点。第二，不少该类作品一种常见的现象是，批判传统文化时站在现代意识的立场，批判现代社会现实时又往往回归到传统文化的立场，结果无论何种选择，都难免出现价值立场方面的彼此褒贬、争论不休。《村庄秘史》则针对20世纪中国历史与文化的核心问题，选择一个颇具典型性、代表性的案例，并以它的内在意味为审美焦点和叙事轴心，在世纪性的历史与文化时空中，进行多层次、多侧面的审美考察和艺术阐释。这样以广博"证"深细，再以具体事件构成意象，来传达和象征广远的寓意，就既能有效地避开基于单一文化立场或文化资源的审美视角选择，又能充分地吸取和利用各类思想文化的价值优长。比如，作品中的章一回形象显然是对封建专制文化的有力批判，而作者对于"女书"文化传统、对于浯溪碑林所显示的人生境界的认同，则是对另一种同样存在于中国传统之中的、具有合理性内涵的文化因素的肯定。从一个新型的审美凝聚点出发，具体问题具体分析，一种辩证而又深刻、稳健的思想逻辑即由此生成。

与作品独特的审美境界建构相适应，《村庄秘史》对历史认知和生命体验的传达，显示出一种将客观现实的理性剖析与存在可能性的精神感悟、写实型的事象铺陈和隐喻性的氛围营造融为一体的叙述特征。

《村庄秘史》的五个故事中，存在五组极富思辨色彩的对照。章抱槐乖戾、悲苦的人生与浯溪碑林的生命境界，形成了鲜明的对照；章顺形象体现的老湾暴虐伦理与"女书"文化的仁慈、博爱，构成了巨大的反差；章义身份缺失的生存状态，在他儿子章春眼里竟连无法自证清白的杀人嫌疑犯的处境都不如；在集体性的疯狂杀戮事件中，还是有天瞒大爹和常贵爹这样的觉悟者和拯救者在向另外的方向挣扎；在章得、再娃父子俩身上，自我救赎的艰难困苦与再度沉沦的无可避免之间，对比更显得触目惊心。作者在全书叙事主体部分相当系统化地进行这种对照性描述，其实是在思辨性地展现历史演变、人性发展、生存价值建构的另一面，是在超越具象层面感悟存在的另一种可能性。这种对照性描述，使《村庄秘史》在揭露社会历史的灾难与罪恶、拷问暴虐行为的文化心理和人性逻辑的同时，又从历史、文化发展可能性和生命终极意义的层面，有力地彰显和深化了各类当事人的精神痛苦与心灵困惑，并使一种具有超越既成现实的、有关历史改变和灵魂救赎可能性的深刻思辨色彩，贯穿于全书的始终。与此同时，作者还基于自我深广的民间资源积累，在叙事过程中大量地堆砌了各种神秘、怪异、丑陋的民俗事象，以此为基础营造出一种凄迷、恐怖而诡异的氛围。因为这种氛围的营造，文本的精神感悟得以更充分地转化为一种艺术的情韵；作者对乡土生活原生态的描述也得以超越民俗事象罗列和灵异境界渲染的层次，显示出形而上生存感悟的意味。一种精神气韵充沛而丰厚的审美气象由此显现出来。

但是，也许因为创新的诉求过于急切，这部作品反而在某些思路和技法方面显得有欠妥帖、圆润和精致。首先，作品的叙事线索存在着刻意繁复的痕迹，虽然作者也时时注意细致的照应，但叙事的某些"针脚"仍然需要相当细致地阅读才能在众多头绪中探寻出来；而且，某些叙事线索的设计，比如章一回在讲述老湾村秘密的过程中与女人们的纠葛，就因内在意味并不切实而显得花哨和芜杂，结果反而影响了叙事的疏朗与从容。其次，作品中有些意象的拟构也存在故弄玄虚之嫌，虚虚实实之间虽然增添了文本的审美风姿，却使作品真正意蕴的表达变得晦涩、含混起来。再次，作品情节和意象构成元素的选择中，丑陋的景观和物象铺陈得过多过密，甚至于凌乱中存在堆砌之嫌。这种始自20世纪80年代"寻根文学"并一路沿袭下来的"审丑"的时代惯性，既是一种独特审美优势的体现，实际上也是其中所包含的精神局限的反映。

总的看来，《村庄秘史》属于创作者长期积累而集中呈现的产物，是一部希望尽吐自我郁积已久的历史文化认知和乡土生存体验的、以审美爆发性和思想冲击力见长的精神能力"井喷"之作，而且确实以其"走向极致"的创作风范和丰厚的价值内涵、独特的艺术气韵，开创了20世纪中国历史与文化审美认知的新生面。

第四章 官场小说的价值含量

第一节　官场小说的审美范式与价值缺失

　　"官场文学"是"跨世纪文学"中新出现的一种文学创作类型，这类创作始自20世纪90年代后期而大盛于新世纪前10年。但"官场小说"从开始出现，就不断遭遇受冲击和被遮蔽的命运。从整个社会环境看，20世纪90年代末的《国画》、《羊的门》时期，基本状况是政治裁判掩盖了审美探讨；新世纪以来，官场小说出现走向类型文学、通俗读物的写作趋势，又导致了商业效应冲击文学追求、市场反映遮蔽文学探讨的局面。文坛内部也大多持轻视乃至否定的态度。结果，官场小说本身的审美形态、精神特征和价值底蕴，反倒未曾得到真正深入而切中要害的探究。

　　实际上，正如王蒙的《文学三元》所论述的，文学既是一种社会现象，又是一种文化现象，还是一种生命现象[①]，意义不仅存在于哪一侧面。在价值多元化的时代语境中，我们尤其应当充分认识到文学的意义与内涵的多层次、多侧面性，并以此为基础，将各类文本的不同价值指向纳入同一思想视野进行综合的考量，这样，我们的理解和评价才有可能较为全面、客观。对官场小说同样应该如此。

---

　　① 王蒙：《文学三元》，王山编：《王蒙学术文化随笔》，中国青年出版社1996年版，第183-195页。

一

"官场"、"官员"等词汇本身，其实是一个既含社会生态层面以人为核心意味，又具文化层面古今打通思路的中性术语；"官场小说"概念的原初意义，也具备一种超越时尚文化意义附加、兼容社会生态与文化特征的思想和学术视域。从这种视域来看，当代中国文坛以官场为创作题材的小说，大致存在以下几种类型的审美形态。

（一）世俗视角：这类作品往往显示出一种展现官场原生态的写作姿态，其实主要在揭示官场的权势状态、庸琐习性和腐败内幕，"官场、情场、商场"的纠葛成为故事情节的主要内容。审美境界总体上处于世俗性日常经验传达的层面，其中明显存在着实用主义的思想立场和自然主义的艺术倾向。新世纪图书市场热销的大量官场小说，比如以官职命名的各种系列作品基本属于这一类。王跃文的《国画》、《苍黄》，王晓方的《驻京办主任》系列等，堪称其中的翘楚之作。

（二）"主旋律"视角：作者基本站在政治主流意识形态立场，从社会历史外部变动和总体趋势的角度，来展示体制价值逻辑主导的官场正面规范与外在"社会"性的表现形态，作品主要内容实际上是"改革政务"与"反腐案件"两方面社会性内涵的结合。这类作品的审美境界近似于当代文学史上的"农村题材"、"工业题材"作品，实际上承接的是新时期之初"改革文学"的创作传统。周梅森的《人间正道》、《中国制造》、《我本英雄》，张平的《抉择》、《国家干部》，陆天明的《省委书记》、《命运》等，都是如此。

（三）文化反思视角：这类作品主要承接五四启蒙文化和当代文学"文革"批判的思想传统，致力于对当代政治历史，主要是政治一体化时代的专制、人治特征，进行一种文化层面的批判与反思。其中尤以柳建伟的《北方城郭》、李佩甫的《羊的门》等作品，显得提纲挈领、开阔透彻。

（四）个体生命价值视角：这类作品实为对"世俗视角"叙事的精神深化，其中最具特色之处是贯穿着一种知识分子的生命意义关怀意识。作者大多从个体生命价值能否充分实现的角度，来审视官场主人公的世俗命运，并将对官场人生生存困境、精神难题和心理苦闷的描述，与对这种处境从生命终极意义角度的思辨，艺术地结合在一起。阎真的《沧浪之水》、邵丽的《我的生活质量》、范小青的《女同志》等作品，均因认知与慨叹的深刻、独到而获得广泛的共鸣。

（五）历史官场题材作品：这类作品往往以历史杰出人物建功立业的人生轨迹与人格状态为轴心，全方位地呈现传统人治文化环境的官场生态，并将种种复杂的官场规则提升到"文化智慧"的层面进行挖掘。作品在认同传统主流文化和功名文化人格的价值立场等方面，近似于"主旋律"官场题材作品；揭示封建官场潜规则的叙事细部，又与"世俗视角"的官场小说具有相似之处。但对于主人公个体人格形成基础的挖掘，包括从"阳儒阴法"、"帝王之术"、"仕宦之术"的高度对官场权谋所作的阐释，则使文本显示出对于封建文化进行考察与批判的意味。唐浩明的《曾国藩》和《张之洞》、二月河的《雍正皇帝》、熊召政的《张居正》等堪称其中包蕴深广的代表性作品。

所以，官场题材的创作其实有广义和狭义之分。狭义的主要指"世俗视角"和"个体生命视角"两类审美形态的作品，俗称"官场小说"。广义官场小说的类型则丰富得多。我们从"官场"的本源意义出发形成一种以广义概念为基础的研究界域，将各类作品纳入同一考察视野，就能够在更开阔的思想视野、更丰富的价值系统中，对各种具体作品进行准确的探讨与权衡。

二

在新世纪图书市场最为火爆的，实际上是狭义的"官场小说"。这类官场小说的畅销，已经成为一种极为重要的社会文化现象。表面看来，它们确实包含着值得肯定的世俗视角、问题意识和批判立场，对此学术界已有诸多的阐释和评价，我们也将通过对具体作品的分析来加以阐述，所以此处不予赘述。但真正从审美和精神文化的高度来进行评判，笔者认为，大量这类作品的审美境界中，实际上严重地存在着诸多未曾被充分关注的精神和审美等层面的局限，以致越来越多地积聚着文学时尚的负面特征。

首先是审美视野感性化。大量官场小说的审美视野处于世俗性日常经验传达的层面，故事内容的拓展路径，不过是由"秘书"而"司机"而"亲信"而"官太太"，由"驻京办主任"而"接待处处长"而"党校同学"，由"省府大院"而"官场后院"而"干部家庭"，或者由"官运"、"仕途"而"裸体做官"而"升迁"、"出局"之类，围绕官场的职务生态和腐败热点作表象的"面面观"而已。初看起来，这些作品所涉及的社会内容丰富多彩、琳琅满目，实际上却只是一种社会新闻信息的捕捉与想象，极少真正深层次的审美视野的拓展与转移。正因为如此，审美类型化、模式化所包含的题材"撞车"、情节类似、细节同化等负面特征就成为无所不在的现象。

其次是审美内蕴低俗化。大量官场小说的叙事焦点主要集中在官场的权势状态、庸琐习性和腐败内幕等方面，"官场、情场、商场"的纠葛成为了作品的基本内容。不少作品热衷于以猎奇心理铺排官场的恩怨是非，具有鲜明的黑幕揭秘特征。而这些创作的审美心理兴奋点，其实是中国文化封建传统中"官运亨通"、"升官发财"、"三妻四妾"、"当官做老爷"之类陈腐的思想意识。不少作品还表现出明显的玩味腐败、宣扬权谋的心理兴趣，在描述种种官场的厚黑手段时，对其中包含的"邪恶的智慧"及其运用的成效津津乐道，垂涎三尺式的艳羡心理流露无遗。

再次是审美功效实用化。从精神文化高度看，不少官场小说实际上是从认同世俗欲望合理性的思想方向出发，沦入了全盘认同人性需求、个体私欲的人生价值境界和社会文化立场，以致遮蔽了作为现实主义文学本应具备的社会正义与个体人格诉求的理性立场。不少作品的价值旨归，还极度努力地贴近"官场宝典"之类的实用主义境界，甚至作者本人也以自己的作品能成为所谓的官场"宝典"和"秘笈"而自鸣得意。结果，所谓的世俗视角反而蜕变成了对社会负面价值行揭露与批判之名、成"讽一劝百"之实的精神挡箭牌。

正因为如此，本来可以具有强烈批判现实主义精神的官场小说也呈现出与新世纪其他"类型化写作"相似的、市场火热而文坛轻视的状况。学术界已基本形成了一种流行性的看法，就是官场小说大多仅具新闻性价值和社会信息功能，审美含量和艺术贡献则极度匮乏；甚至笼统地认定，官场本身就是一种缺乏深厚审美意味和人文底蕴的生存形态，难以与乡土、平民生活所具有的诗意相提并论，因而不具备深厚的审美潜能。不能不说，这是由世俗堕入低俗的官场小说创作的悲哀。

三

从广义的"官场"题材创作的角度，将各类审美形态纳入同一视域来进行考察，我们可以发现，整个文学创作界对于官场进行描述的审美路径，其实比这种狭义"官场小说"所显示的要广阔、丰富得多。在这广阔、丰富得多的对于中国官场的审美探究中，既有从正反两方面侧重社会性内涵的，又有侧重官场文化意蕴挖掘和生命价值探寻的；而不少真正优秀的作品，则往往呈现出兼顾各方面的审美优势、并将其有机融合起来的特征。所以，那种认为凡官场小说必世俗视角的看法，不过是时尚文化的意义附加。既然如此，狭义"官场小说"摆脱既有的"偏于一隅"的狭隘视野、实现自我突破，就是继续发展势所必然的事情。

更进一步看，既然文学就其本质来说，既是一种社会现象，又是一种文化现象，还是一种生命现象，意义不仅存在于哪一侧面，那么，成功的文学作品也必然是对审美客体的意蕴进行多侧面、多层次深入开掘的产物，必然是既具有生活信息与社会内涵的丰富性，又具备文化底蕴开掘和生命意识、人文关怀积淀的深邃、独到性。而且，文学作品价值含量提升的真正关键之处，肯定不在于社会信息的新颖独到，而在于对审美客体所包含的历史文化底蕴的深入开掘和人文内涵、生命意义的深刻认知。

由此看来，狭义"官场小说"的创作者，确实不应该自我陶醉于可读性、吸引力、销售量等大众接受、时尚读物层面的社会功效，却忽略对文学本质的认识和文学前途的追求；而应当在保留现有的大众接受优势的基础上，充分借鉴其他各种类型官场题材作品的审美和精神优势，突破和超越既成的叙事模式与意蕴境界，特别是克服其中因世俗视角负面特征所导致的种种局限，努力达成作品精神文化含量的增强和审美境界的提升。只有这样，该类型的官场小说才有可能同时获得社会影响拓展和文化意义提高两方面的巨大成功。

第二节　《国画》的境界开拓性与意蕴包容度

王跃文的长篇小说《国画》刚刚推出就获得文坛内外的高度推崇，继《白鹿原》在《当代》杂志分两期连载之后获得同等"待遇"，于该杂志的1999年第1、2期发表。但这部作品又被一"禁"10年，惹出了一场不大不小的政治"官司"。两方面的因素相结合，反而使"官场小说"这个概念和题材类型，从此流行于中国文坛与社会。因此可以说，正是王跃文的《国画》开创了"跨世纪文学"中"官场小说"的题材类型及叙事模式。不过越过外在的社会文化纠葛从作品本身来看，我们可以发现，《国画》并不刻意强化令人触目惊心的生活波澜，不着意渲染金刚怒目式的道义激情，也不外加玄奥艰深的理性提炼与剖析，只是将一幅幅当今中国权势笼罩下的官场世相、都市场景从容周密地展示，温婉含蓄地揶揄和调侃，读者却能强烈地感受到文本阅读的吸引力、体验的共鸣性、境界的真切感和蕴涵的丰厚度。这种审美效果确实不同凡响。那么，其中的奥秘到底何在呢？应当说，这是一个发人深思而颇有意义的问题。

—

20世纪的中国文学史上，描写政界生活的作品可谓夥矣。从《官场现形记》到《华威先生》，站在政治道德立场"辞气浮露，笔无藏锋"[1]地揭露官场丑态，已经形成了时断时续却渊源久远的道德批判

---

① 鲁迅：《中国小说史略》，《鲁迅全集》第9卷，人民文学出版社1995年版，第282页。

传统。当代文坛特别是新时期以来的文学创作中，反映古今"政界"或曰"官场"的作品呈现出更加多姿多彩的风貌。《新星》、《沉重的翅膀》、《人间正道》、《抉择》等小说站在社会主义改革事业发展的功利性立场，通过对种种错综复杂的时代矛盾和政治利益纠葛的深入剖析，塑造出不少焕发着共产党员崇高的思想光彩和人格感召力的领导干部形象；"现实主义冲击波"中的《分享艰难》、《路上有雪》、《信访办主任》、《这方水土》等中短篇小说，着力表现转型期艰难时势中基层干部的位置性无奈和公民立场的责任感，作品因对具体事件较少修饰与概括的素描性反映而显得颇具生活实感；刘震云的"官场小说"单刀直入，冷峻地透视权力对于"官人"的制约和影响，笔锋径直指向官场的本质特征；《曾国藩》、《雍正皇帝》等长篇历史小说则驻足庙堂立场，把官场权谋作为一种文化智慧来加以铺陈，并对其正负面特性进行立体化的展示。

在《国画》出现之前，已经产生了这么多同类题材的作品，形成了丰富的创作思路和审美传统。王跃文的《国画》作为后来者，却显示出与它们都不相同的审美观照角度和艺术体察侧重点。

这部小说以主人公朱怀镜的宦海沉浮和身心存在状态为叙述主线，围绕权势的表现形态这个轴心，广泛地描绘了当今中国都市各种被权势意识所渗透的生活领域，着力刻画了带有"世纪末"中国特色的政府官员、企业家、记者、画家、"神功"大师、警察、打工仔等人物在行业行为、事业追求即所谓工作之外的日常业余生活，表现了他们在各种交际场合面对权势时的微妙形态和曲折心理，及其对人物属于工作范畴的人生命运的深刻影响。在具体的描述过程中，作者往往首先细致入微地描写人物看似随意挥洒、实则用心良苦的言行举止，然后亦庄亦谐却鞭辟入里地阐释这些言行举止的深层用意及其与权势运行法则的顺逆、奉违特征，再进一步揭示它同人物的命运、利益、身心变化之间潜隐未显的联系。显然，作者是有意把人物命运的整体变化、心灵的深层搏斗和时代的普遍风尚，通过对日常生活、庸常琐事的从容叙述来加以表现。这就使作品具备了一种艺术表象世俗化和充分生活化的审美品格。

在此基础上，《国画》还从世俗欲望的角度，揭示了为官作宦者人生追求的实质。古往今来，中国人在为什么敬畏官、服从官、爱当官、千方百计谋高官的问题上，一直存在着庙堂和民间两种截然不同的说法。庙堂话语宣称，当官是为了建功立业、青史留名、为民做主谋福利。民间话语的看法呢？"当官做老爷"、"升官发财"、"三妻四妾"，一言以蔽之，民间话语认为，从权力欲、金钱财富欲直到性欲，当官皆能获得更大的满足，这才是世人想当官的实质所在。《国画》正是以这种民间公论性的认识和心态为焦点，对官场和大小官人给予了淋漓尽致的展示。从皮市长宠爱女记者陈雁则他人不敢做非分之想，到张天奇向领导家赠送女服务员按官职大小排漂亮的次序，作者揭露了官位大小与占有女色资格之间的联系；从皮市长借打牌和儿子出国之名大收钱财，到朱怀镜借四毛被打事件狠敲"竹杠"，再到属下弄到钱马上挖空心思向上司"进贡"，作者通过对一笔笔"灰色收入"的描述，显示了"升官发财"的奥秘；至于"当官做老爷"，作品从各类人物交谈和打电话的语调、握手和走路的架势、坐车与陪酒的次序等方面，进行了堪称精细入微的艺术表现。小说还有力地展现出，在以欲望和利益为旨归的整个当代市民社会，不论是"神功"卓绝的大师，佛名远播的高僧，还是桀骜不驯的大款，或冷艳或"清纯"的小姐，皆以接近官、巴结官、给官员以种种好处为荣幸，并力图通过攀龙附凤来达到满足自己种种欲求的目的，这就更进一步揭示了为官者欲望能得以满足的社会基础。

《国画》的精神视野不只是权势和官场本身，还包括权势辐射所及的整个都市世俗生活。作者以权势为动因和枢纽，既描述了各类官员是怎样发迹、威福和败落的，又展现了"神功"大师是怎样利用权势亦真亦幻、气泡似的吹起来的，既揭示了当代"交际花"型的女士在权势的诱惑下是怎样面对驯服、放纵和真诚、清白的，也显现了洁身自好者在当今的世道中怎样地乖张悖谬却又落拓不羁，还反映了于权势者利益、欲望有碍的人们怎样无奈地吞咽着种种屈辱，忍受着种种有形和无形的牺牲，等等。总之，《国画》描绘了当代社会光怪陆离的种种世相及其背后起主宰作用的权势法则，从而全面、深刻地显现了当代社会的官本位性质和它的独特表现形态。而且，小说还以"内幕现形记"式的写法，揭露了权势的华贵雍容中怎样地隐藏着卑劣猥琐因而只不过是道貌岸然，高雅时髦是怎样地伴随着堕落肮脏因而实质上庸俗不堪。这样，《国画》就艺术地剥去了官本位生态神圣庄严的面纱，而还其以虚伪、滑稽、丑陋的俗气本相。

以当代市民社会世俗的认知敏感区、心理兴奋点、思维习性和潜隐的内在欲求为观照视野和描述侧重点，精细入微地表现官本位世相的日常生态，这使得《国画》在整个20世纪的官场题材小说中显示出独特的艺术风貌，显现出浓厚的当代性、现场感和一种市俗化的精神品格。正是这种特征，使《国画》在当今中国都市的广大读者中，具备了充分的阅读吸引力和体察共鸣性，进而开创了一种在新世纪图书市场盛极一时的世俗化"官场小说"的叙事模式。

二

从文学审美形态形成和发展的角度看，《国画》无疑是世俗化"官场小说"叙事模式的开创者。但《国画》却又不仅是一部焦点准确、内蕴充实的当代都市市民文化范畴的读物，这部小说不仅在世俗文化层面具有的独到之处，在精神文化内涵方面同样具备不容忽视的审美含量，因而显示出相当宽广的价值包容度。

以往的同类题材作品，不管是从道德角度、事业功利角度，还是从社会位置或者文化智慧的角度进行观照，都体现出一种个体价值归属于整体价值范畴并从中获得实现的集体本位的思想立场。《国画》则将官场景观和官场习俗的文化意义，收束、凝聚到主人公朱怀镜个人的身上，通过对他官场沉浮和身心存在状态的描写，深刻地揭示了置身官场的个体人生的生命实际价值。在荆都市的官场生涯中，朱怀镜比较完整地经历了原地踏步、顺遂升迁和落魄三种形态、三个阶段。原地踏步时，他是在周而复始的落寞和无所事事中干熬岁月、虚度年华。得赏识、获升迁的顺遂阶段，朱怀镜碌碌终日又干了些什么呢？

也不过是人模人样地使一些大款和关系户"出血"，这店进那店出地喝酒应酬，或者提公文包、扛礼品在为更高的领导鞍前马后奔忙，为领导喝茶打牌、烧香拜佛、找"小蜜"弄玩物等俗不可耐之事铺路搭桥，因领导的高深莫测而如坐针毡却强作镇静，因领导的一颦一笑而惴惴不安或沾沾自喜；或者煞有介事地对各种报告作一些"人员"、"人士"之类的小改动；不问是非曲直、不管天理良心为某些关系户"了难"并从中捞得点好处，则是他们最显智慧和自身分量的得意时刻。而且，就在这种人生"高峰"时期，他官场之内无挚友，情人之外无知音，耳闻恭维声，心知企求意，时刻都需如履薄冰、如临深渊般畏畏缩缩、谨小慎微。这样，每当碌碌之后沉静放松的时候，朱怀镜自然就不能不深感疲乏、厌倦和无聊，精神状态的高质量也就无从谈起。辽阔官场，朱怀镜时时存在却又似乎可有可无；茫茫人海，他生命的不可更替、不可动摇的价值又在哪里呢？一旦身不由己地落魄，朱怀镜则更是只落得上班时枯坐斗室，闲暇时"门庭冷落车马稀"，他自然只有放眼四壁，悲从中来，痛感除了已经失去的位置一无所有。作品的最后，朱怀镜又玩弄手段在另一个城市谋得了位置，但所谓的新局面除了老戏重演，又能添什么新内容呢？于是，置身曾冥冥中给予过他某种暗示的且坐亭谷口，反思往昔深涉其中的官场与人世，朱怀镜就不能不"恍恍惚惚，一时间不知身在何处"。就这样，小说从容地展开了朱怀镜官场人生的长卷，从中透彻而丰满地揭示出，在官场体面风光的外表掩盖之下，作为个体的人，他实质上处于一种生命力低质量消耗和生命深层价值悬虚的状态。

　　不仅如此，《国画》还艺术地透视出官场运行逻辑与人类生命逻辑的悖逆特征，深刻地批判了官场游戏规则对于健全人性的压抑、扭曲和异化。官场是一个以权势为主宰构成的社会存在的网络和链条，官员必须泯灭自我的独特性去服从官场的根本准则，方能融入其中。朱怀镜仕途顺遂、官位升迁的过程，正是他抓住契机楔入官场网络的过程，也是他逐渐谙熟为官门道并以之压抑和改变自我的过程。在这个过程中，他渐渐地萎缩了自我人生的风华和创造力，而在不知不觉中培养着卑琐猥亵、投机钻营、甘为人驱使的奴性和骄矜做作、阴险而蛮横的霸气，使得种种的儒雅和涵养仅仅成为人生的摆设。而且，朱怀镜在官道中陷得越深，表面看越是春风得意，内心就变得越是阴暗和孤独，人生坦荡磊落的品格和光明正大的快乐就越是稀少。在官场上，邓才刚那样虽有才干但仅是一时之兴表现了耿介性情的人都无法立足，只有张天奇之类潜心钻营、八面玲珑而心狠手辣的人才能如鱼得水。这样，人的生命价值的独特性、自足性又何从追求、何从表现？于是，这种本来堪称社会精英的人物群落就只能在虚与委蛇、尔虞我诈中耗费年华，变得委琐狡黠，无持守，也不存在进行抉择的个体生命价值逻辑。而且，他们还总为揣摩投机钻营的伎俩而充满激情，为巴结逢迎的成功而内心窃喜，这种激情和愉悦显示出人性固有的真诚，但真诚依附在堕落和丑陋、肮脏之上，就更显出人性被扭曲、异化的程度。然而，恰恰是压抑和扭曲之后的人性形态，才能更适应官场游戏规则，从而最终使人的自然欲望得到更大限度的满足。由此，在官道面前人性被压抑和扭曲的不可抗拒性，又被作者尖锐而深刻地揭示出来。

然而，《国画》并没有普泛地表现官场超时空的一般化形态，没有通过艺术地提炼出几种精神文化特征，来批判官本位现象对于人性的扭曲、异化和人的生命价值的损伤，而是把批判寓于对当代官场特定现实不加讳饰的描述之中，于是，小说的价值内涵中又包含了对时代精神状况的认识与揭示。首先，作者敏锐地透视出当代政治体制中官场风尚与习性的深广渗透度和人治传统巨大的能量、充分的应变力。比如，牵涉张天奇的税款案，就既由于处在制度和个人权力之间的弹性地带而成为可能，又因为个人权力在属于制度范畴的手续问题上未留痕迹而现不出把柄，只能找一个替死鬼了事；尤其吊诡的是，朱怀镜最后还是以税款案的隐患威胁张天奇，才解决了从体制上根本挑不出毛病的被闲置问题。又比如，朱怀镜在官场成由皮市长、败由皮市长，人治的个人依附色彩相当明显；张天奇成为"不倒翁"，则不过是在更广的范围内建立了人际依附和制衡的网络而已。而且，市长儿子皮杰的酒店的出事过程表明，在权势的链条中，一旦某一个环节出现问题，整个官场内外相关的方方面面就都会藤牵叶动，一切似乎都源于体制的原则性，但所有的风吹草动，都显露出某个人的权势影响事件变易的实质。在这里，作者充分显示出对大文化环境中具体体制的形式化必然性、空疏脆弱性和能量局限性的深邃洞察。其次，由此延伸开去，作品还深入地开掘了当代中国官本位形态形成的特殊的时代氛围和社会土壤，深刻地剖析和揭示出当今中国作为一个消费享乐型时代，明显存在着崇高与神圣的精神不充分、生命内在激情不充沛、事业功利性共同目标不强健的文化负面特性。我们不妨以小说浓墨重彩地描绘的朱怀镜和梅玉琴的婚外情人关系，来说明这个问题。朱、梅之间长时间内卿卿我我、温软甜蜜，相处时从心理到肉体都能高度地舒展和满足，在业余娱乐和日常生活中也能高度地默契，这一切似乎都比真正美满的法定夫妻有过之而无不及，而且，他们两人对对方付出的真诚度都无所怀疑。但是，梅玉琴对于有花无果、类似秘密"小妾"的人生位置虽然偶现伤感，却似乎没有过真正撕心裂肺的疼痛，朱怀镜也无意改变相互关系的暧昧、苟且偷欢的性质，在事件发生的整个过程中，他们都尽量闪避着离婚、结婚这事，没有死去活来的心灵搏斗，没有义无反顾的抗争，朱怀镜对自己的妻子也没有强烈的愧疚和真实的留恋，一切就这么不明不白、得过且过。爱情这一人类生命中最美好、最圣洁的领域，也如此地苟且和平庸着，试问，爱情的崇高、生存的神圣、生命价值创造的激情又在哪里呢？其实，梅玉琴曾在长时间内处淤泥而不染，保守着处女的纯真，但是，纯净何用？崇高何益？就连朱怀镜对梅玉琴的纯洁都大感诧异，其他人就更不必提了。于是，享乐至上，人欲横流，苟且偷欢，就成了世纪末人生中似乎最正常不过的状态。这种病态特征是从社会精神最核心处体现出来的，与官场的畸形状态实际上构成了互为因果、相辅相成的联系。作者对时代精神状态的这种揭示，就使作品对官场特性的剖析，获得了相当深广而具体实在的社会人文背景。

通过以上分析我们可以看出，《国画》实际上是从人类文化生态的高度，对当今中国的官本位社会现实进行反映和批判的，并因此显出了多侧面、多层次的价值包容度，这样，作品在"跨世纪文学"描述"政界"题材的小说中，也就具备了自己深厚独特的价值内涵和不可替代的精神文化分量。

三

以现实生活为题材的作品，往往存在着生活实感充分、形而上意蕴却相对薄弱的弊端。《国画》在形而上感悟的开掘方面，也具有一定程度的突破。

首先，在小说的开篇，作者即以画家李明溪在公众场合"狂放的笑声"作为朱怀镜官场人生轨迹更易的契机，使人生命运的变化强烈地显示出一种偶然性、一种荒谬滑稽的色彩。随后，小说笔墨饱满地展开了对于带有原生态性质的官场生活的写实性描述，但到作品的后半部，作者却又将且坐亭谷口神秘的开合作为人物命运祸福转换的关口。紧接着，就是且坐亭谷口的进入者李明溪疯而失踪、曾俚出走、梅玉琴入狱、朱怀镜官场失意，连李明溪在画中无端添上的卜老先生也猝然死亡，使作品染上了浓厚的宿命色彩和巫鬼之气，前半部明朗、实在的人生景观也不能不令人暗生恍惚之感。到小说结尾，朱怀镜又赴且坐亭谷口，实际上显示出他、同时也是作者把且坐亭境界作为反思人生、冥想生命逻辑的精神至高点，但当此时刻，朱怀镜却发现一切皆亦真亦幻、似是而非，他进行自我理性思索的终端，只能是对生存的恍惚感和对生命的惶恐之心。应当说，作品这种由淡而浓地显现的荒诞、怪异色彩，既是作者对官本位生态的否定和批判，也是他由官场人生生发出来的对于个体生命的慨叹和形而上体悟。

其次，作品还腾出大量的笔墨，描写了精神上、人格上自立于官本位文化体系之外的李明溪、曾俚、卜未之等人物的形象，并通过他们与朱怀镜的交往及朱怀镜所产生的对两种不同人生逻辑的种种心理感受，达成了对官本位生存形态的参照和对比。无论是卜未之的高远淡泊、曾俚的耿介傲岸，还是李明溪由落魄疏懒而恐惧怪异，他们都以中国历史上官场之外另一个精英群落——士的精神传统的继承人人格形象，构成了对官本位人生从人格上的贬斥和否定。这显然是作者在洋溢着现代意识的生命感悟之外，从文化传统的角度对官本位生态所作的一种精神体察。

再次，作者的笔调总是于从容的写实中，蕴含着揶揄、调侃和反讽的意味。他既调侃官场陋习，也揶揄李明溪之族的不通世务；既窃笑和揭穿生活具象庄严正经的面纱，对种种生命形而上的意念似乎也缺乏执著之意；从朱怀镜和梅玉琴的暧昧中，他揭示出真诚，从官场的种种严正、端方之态中，他偏要寻找出笑料。所有这一切，都体现出作者一种历尽沧桑、深知其味却不知所之的心理状况。笔者认为，这里同样包含着一种相当真诚的对于文化和人生的形而上领悟。

《国画》也不是不存在局限性。这部小说的根本局限在于，作者艺术思维的形而上探索还相当不够，并未形成创作主体鲜明深邃的精神立场。这样，小说在观照官本位文化生态时，具象层面的想象、铺陈和世俗角度的品味、领悟显得相当丰沛，对于它在人类精神层面多侧面可能性的考察和想象则相对薄弱。结果，人物形象某些侧面的性格表现得颇为丰满厚实，另一些侧面的特征则隐而未显。比如，荆都市官场在短暂的生命正面激情的支配下会呈现什么另外的状态，在作品中就未能得到充分的展示；不同人物形象作为作者设置的精神个体，相互之间的距离和反差略显不够；而且，由于对繁复的生活表象从精神文化角度予以区别和穿透不足，细节和情节的蕴涵也不时给人以近似之感。所有这些局限，就使小说的艺术世界给人以平面铺开而立体化不足，乃至呈现的是"片面的真实"的阅读感受，这些在讽刺性作品中似乎通常难以避免的弊端无疑削弱了小说的思想震撼力和价值包容度。

总的看来，《国画》相当成功地开拓出了世俗化地体察当代中国官场的审美境界，因而当之无愧地成为新世纪文坛流行的狭义"官场小说"这一文学叙事类型的标志性和代表性作品；同时，这部小说的艺术内蕴又没有局限于作为"官场小说"根本特征的"世俗化"的思想视域之中，而具备了"超凡脱俗"的时代精神文化层面的意义，文本由此显示出一种超越特定文学创作思潮的审美分量。

第三节 《沧浪之水》：官本位生态的人格标本

20世纪的始与末，中国文坛均出现了"灰色官场"题材作品的创作热潮。这类作品一方面以其对官场灰暗世相尖锐辛辣乃至不无漫画化的揭示，给人以阅读的快感，因而获得了良好的接受效应；另一方面却又总是因仅仅满足小市民式的揶揄和窥探心理、缺乏历史与人性深度，而显得浮露、肤浅和狭隘。面对这种创作的"通例"和"通病"，希望有效避免和成功超越者大有人在，但具体的路径到底在哪里，却是许多甚至很优秀的作家也心中茫然的。

如果从这种角度来打量"跨世纪文学"几成泛滥之势的官场小说，我们可以发现，阎真的《沧浪之水》因其"努力追问着迷失者之所以迷失的文化根因"，"确有发人之所未发的一面"，实际上已经"超出一般官场小说的格局"①，将其推进精神人格剖析和生命意义追问的层面，从而在各方面都能给我们以审美的惊喜和有益的启示。

一

实际上，《沧浪之水》并不属于那种"横空出世"的作品，这部小说的审美特征存在两个十分明显的"先例"。正是在与这两个"先例"的比较中，《沧浪之水》显示出充分的启示意义。

其一，在《沧浪之水》以前，官场小说已经出现了王跃文的著名作品《国画》。《国画》和《沧浪之水》从创作题材到人物形象设计、再到情节模式，都存在明显的类似之处。那种围绕作品主人公，由决定其官场命运的上级、社会小混混发达为大款新富的亲戚朋友、公开的妻子和隐蔽的情人所形成的人物关系；由官场失意则万事窝囊，曲意逢迎而平步青云，权势在手则金钱、美女、别人的巴结样样送货上

---

① 雷达：《追问迷失的根因——谈〈沧浪之水〉》，《思潮与文体——20世纪末小说观察》，人民文学出版社2002年版，第307页。

门所构成的情节框架；包括官场选择时深陷惶惑与犹疑、历经沉浮后满怀苦闷与虚无的生命意义判断，等等，《沧浪之水》都与《国画》存在明显的范式同一性。但耐人寻味的是，这两部作品却并未给人以重复、雷同的审美感受。

其二，在《沧浪之水》问世之前，作者阎真本人还出版了表现"洋打工"者心灵命运的、曾经在海外华文文学界产生了巨大影响的长篇小说《曾在天涯》。在《曾在天涯》之中，阎真视文学为"给这个生命的存在一个暂时的渺小证明"①的工具，立意从精神哲学的高度展开个体的生存状态，进而在创作视角选择、生命本相勾画、生存本质呈示、终极意义探寻等方面，都力图逼近无限宇宙时空背景下的个体生命的本真。顺延这种精神思路，作品在对于海外打工者生存困境和彷徨心态的描述中，贯注了极为深邃的个体生命意义的思辨与慨叹。《沧浪之水》所表现的，实际上也是对官场人生的个体生命价值的审视与品味，贯穿于文本中的那反复的思量和无尽的彷徨，与《曾在天涯》简直如出一辙。而且在二者之间，大约因为作家本人某些亲身体验的融入，《曾在天涯》审美境界中那一唱三叹、如泣如诉的慨叹意味，显得更为真切深沉、情韵充沛。但是，《曾在天涯》却并没有形成如《沧浪之水》一样几乎遍及全社会的热烈反响。

在这两种反差中，《沧浪之水》的审美启示意义就充分显示了出来。首先，文学创作的问题意识并不应一概被排斥，在具有同等审美路径和精神深度的创作中，如果作品拥有更充分的关心现实、关怀民瘼的问题意识，或者所关注问题的覆盖面更广大、价值指向更尖锐而切中大众的精神"痛点"，那么，作品所获得的关注度与共鸣、认同程度，也会相应地大大增加。《曾在天涯》的艺术展示虽然也相当真切和深邃，但作品所选择的海外留学生、"洋打工"者这一题材，其实是个"小众化"的话题，在中国大陆的文化语境中处于相对边缘的位置，所以虽然在海外华文文学界颇受推崇，在国内文坛却寂寂无闻。而《沧浪之水》虽然思辨与感慨的情感深度、价值倾向都与之颇为相

① 阎真：《沧浪之水》，人民文学出版社1996年版，第3页。

似，但这部小说取材于官场人生，恰好切入了一个在当今中国社会获得广泛而高度关注的现实问题，文本审美境界所依托的社会心理基础的深广、雄厚度，均远非《曾在天涯》所能相比，结果，作品所获得的关注和重视程度，也就与《曾在天涯》不在同一个层次上。其次，《国画》和《沧浪之水》在对现实生活的触碰点、文本的叙事模式等社会性内涵方面，倒是都存在着相当多的类似之处，但《国画》主要是从日常生活习性的层面进行体察和透视，而《沧浪之水》则着重从心灵感受和生命意义的层面进行品味和慨叹，二者的精神理路存在巨大的差异，结果，两部作品不仅不存在所谓题材"雷同"、内容"撞车"之嫌，反而双峰并峙，给人以震撼心灵而具体内容各不相同的审美感受。

由此可见，实际上《沧浪之水》是把《国画》的题材和叙事模式优势与精神深度和思辨、慨叹意味有机地结合起来，才造就了作品的巨大成功。换句话说，这部作品的根本特点，在于成功地捕捉住了时代信息、生态的敏感点和精神、心理的痛点，进而以意蕴深切而情味浓郁的艺术揭示，赢得了审美共鸣度和精神深邃度俱佳的社会接受效应。

二

《沧浪之水》具体的艺术内涵和审美意义，一言以蔽之，就是从个体生命意义的高度和深度，成功地塑造了一个中国社会官本位生态中的人格标本。

首先，作者匠心独运，围绕主人公的人生道路，将作品的故事情节拟构为一种官场涉足者的生存轮回。小说由池大为的精神血脉、也就是中国知识分子的精神传统写起，简练地勾勒出主人公胸怀平民的尊严与年轻知识者的豪情，在爱情和人生的道路上对于权势的拒斥姿态。既而作者通过描述诸多人生的日常关节，细致入微地刻画了在官本位生存法则下，知识分子人格原则守护者境遇的局促、人格的孱弱与心灵的煎熬。而当费尽心机终于时来运转时，池大为同样只能一步步在自我谴责和自我排解的交织反复中，否定昔日的人生原则，才获得不断的升迁。最后池大为执掌权位，历经试验和比较，反而领悟到以往所鄙斥的一切在俗世功用和人性本原等诸多方面不得不然的必要性。最后面对父亲的亡灵，池大为却再一次感到无法排解的心灵的苦闷与生命价值的虚无。而似乎深不可测的未来，则有权势道路上的先行者马垂章的晚年作为其参照和样板。就这样，小说通过揭示主人公人生的一个轮回，深切地显示出其心灵世界的巨大反差，从而在生存本相的层面，剀切地描绘出官本位社会中人生的困境。

其次，小说还充分发挥第一人称叙事的优势，以近乎心灵呓语的形态，细致地描述了池大为在环境强大逼迫下精神的困苦与无望，并通过刻画他所承受的威压和琐屑而柔韧的挣扎，痛切地揭开了在追求此世功利而物质生活状况艰窘的时代环境中，一切凡俗追求皆由官本位决定其价值和地位的社会生态，以及这种生态规律对于崇高信仰与精神追求的近乎恐怖的抑制。因为"人只有一辈子"，在现世生存法则的操纵下，处于如此情势中的任何人，都只能是"沧浪之水"，清也好浊也罢，人性自在、人生诗意皆无从谈起，委屈而压抑地步入污浊则几成宿命。这就又从价值抉择、精神生活的层面，有力地表现出官本位认同者人格的内在矛盾与复杂形态。

再次，作者穿过所谓体制局限与时代苦闷之类的皮相理解，把这种生存与精神的困境，作为文化传统在揭开诗意的面纱后直面生存的全部局促性和软弱性的具体体现来进行艺术的展示。小说通过池大为的心理活动，不断地将中国历代品格高尚的圣洁之士拉进当代处境进行思辨，并为主人公设计了一个乡村平民的身世背景，进而深刻地揭示出，在人际关系疏松而社会极度专制的历史时代，池大为心灵原则的精神前辈虽黯然无言，却都能别无选择地在绝望中坚守。当历史走入真相敞露、价值多元的文化相对主义时代，每一个独立的生命个体却都不能不领受赫然突出、压抑人心而欲罢不能的卑贱感。软弱的小说主人公既然无法破解这现世生存的死结，那么，不论俗世的追求成功与否，生命终极价值失落的悲剧皆无可避免。平民背景及与之相关的诸多侧面，虽然被作为精神信仰者心灵力量的文化土壤和主人公心灵思辨的价值依托来予以表现，但作者也没有凭借它对当代人生进行道德层面合理与否的简单评判，而是由此出发，从更多重的侧面传达出一种体谅和批判同在、认同与反省兼容的精神立场。结果，小说反而显示出更为深邃的历史感和更为丰厚的人生意蕴包容度。

总之，《沧浪之水》从现世生存本原性困境、人性本然与中国知识分子精神传统衰变相结合的思想高度来直面现实，描绘20世纪末期中国官本位生态独特的人格标本，从而使瑕瑜互见的官场小说，超越了大众文化、市民文化的境界，获得了审美与精神品位的双重提升。

第四节 "类型化写作"与《苍黄》的审美突破

21世纪以来，小说创作呈现越来越明显的"类型化写作"趋势。其中既有悬疑、盗墓、玄幻、仙侠、穿越小说这样规约具体鲜明的纯粹类型文学；也有如"红色谍战"、"青春言情"小说一样，属于类型化叙事模式与特定的历史或人性内容相融合而成的；还有因过多地关注当今社会的某种热点现象、形成"精神围观"之势而诱发形成的类型化写作，如职场、官场小说等。盛况之下，以至有人将新世纪的"类型化写作"与20世纪80年代的"思潮性写作"相提并论。如果说，80年代的"思潮性写作"是一种以观念传播或形式探索为核心的先锋写作、精英文化，那么，新世纪以来的各种"类型化写作"，实际上是一种以信息传播和审美快感为主的商业化写作、大众娱乐文化。在文化多元化的时代语境中，缘于对读者多样化审美需求的顺应，文学创作出现"类型化写作"的现象自有其充分的合理性。但"类型化写作"存在一个关键性问题，就是其商业性与文学性、叙事类型化与审美独创性之间的矛盾。也就是说，不管从本质特征还是创作现状来看，怎样才能既充分发挥"类型化写作"的审美优势，以保持良好的市场效应，又不断地提升文本的审美境界、增强文本的价值含量，以保证创作的文学前途，是每一个处于"类型化写作"状态而又具有严肃创作追求的作家必须高度重视的问题。

官场小说在新世纪的图书市场长盛不衰，但这类作品实际上也陷入了一种"类型化写作"的状态。

一

广大读者普遍青睐"官场小说"，说明这类作品确实具有深厚的接受心理基础。从《国画》开始的官场小说经过十余年的曲折发展，在中国社会矛盾更尖锐、腐败现象更突出、官场问题的社会影响程度也更严重的现实背景下，已经蔚为壮观，成为最热门的社会文化现象之一。但是，在具体作品的思想表达更自由、所表现的内容也更丰富的同时，一些不可忽视的价值局限也越来越明显地表露出来。从精神文化角度看，不少作品黑幕揭秘特征更明显，审美内涵更浅薄俗气，价值旨归更接近于"官场宝典"之类的、实用主义的庸俗境界。从文学角度看，大量作品始终停留于社会生活内容和信息增添式的"平面滑动"状态，缺乏审美境界的真正的拓展与深化。结果，本应具有强烈批判现实主义精神的官场小说，也呈现出与其他"类型化写作"相似的、市场火热而文坛轻视的状况。

实际上，"类型文学"与"类型化写作"是两种存在巨大差别的创作道路，纯粹的"类型文学"本来就是一种以大众娱乐型审美为目的的快餐文化，而"类型化写作"虽然在题材、主题、故事情节和叙事方式等方面具有"类型文学"的特征，但在文本的思想内涵和审美底蕴等方面，则存在着与严肃文学、精英文化相一致的创作追求。正因为如此，在"类型化写作"热潮之中，也出现了不少超越类型化写作流行审美境界的出类拔萃之作。麦家获得茅盾文学奖的长篇小说《暗算》及《风声》、《风语》等作品，就是将谍战的叙事智慧与红色革命的精神内容有机结合而大获成功的例证。在官场小说领域，从精神文化层面相当明显地突破"类型化写作"的审美境界、出于类型而又超越类型的优秀作品，当属王跃文2009年出版的长篇小说《苍黄》。

王跃文作为"官场小说"的开创者和代表性人物，他从20世纪90年代中后期开始的审美探索，可以《国画》、《大清相国》和《苍黄》

为标志,分为既内在联系、又不断发展的三个阶段。在以《国画》为代表、包括《国画》的续编《梅次故事》和多部中篇小说整合而成的长篇《西江月》所构成的第一阶段,王跃文开创了一种世俗视角官场小说的叙事路径,构成了对之前已渐具规模的"主旋律"官场小说的反拨;还形成了一种通过描绘官场的日常生态来刻画官本位社会形态中典型的人生和人格标本的叙事范式。具体说来,《国画》成功地建构了这种叙事范式,《梅次故事》和《西江月》则分别通过透视主人公的官场正面自保形态和官运停滞状态,从不同侧面丰满了这一范式的审美内涵。第二阶段的《大清相国》在打通古今进行官场规则透视和正面人格存在可能性的探寻方面,显得独树一帜。这部小说的核心创作意图,实际上不是如通常的历史小说那样,致力于展开历史生活本身的进程与形态,而是试图打通古今、以史为鉴,思考官场到底能否有圆满的人生存在。作品采用单元式的情节结构方式,通过对朝廷重臣陈廷敬几个官运转折点和查访重大案件过程的条分缕析,着重剖析了他既为清官能臣、又能"善终"的具体手段与内在原因;同时又通过对康熙皇帝和大臣群像的描绘,揭示了做"坏官"与做"好官"同样艰难的客观规律。由此从正反两方面以历史为先例证明,中国官员既适应潜规则自保、又成功地做事和辅政的人生选择,虽然过程艰难复杂,且往往付出沉重代价,但总体看来并不是毫无可能。作者还对陈廷敬如何在顺应"皇上"好恶与坚持自我为官、为人原则之间处理好分寸的问题作了精细的揣摩,深入地揭示出中国传统文化的道统在与政统博弈时所显示的政治谋略与生存智慧,并贯注了对道德的个体面对不道德的社会环境时,如何在承认私利与保持道德底线之间维持平衡、从而顺利地生存和发展等问题的独特思考。这就从社会问题和精神问题两个层面,达成了历史与现实的对接。所以,《大清相国》实际上是王跃文在现实题材创作受挫之后的以退为进,是在通过探讨历史人物如何认识和处理权谋文化,来深化对现实官场的认知;而且文本中潜藏着一种以人格范本、人生榜样来对当今时代进行文化训诫的思想意识。

　　继《国画》之后"十年磨一剑"方始形成的《苍黄》,则以新的审美意蕴的开掘，构成了对于已形成"类型化写作"模式的官场小说创作的又一次精神超越与审美突破。

二

《苍黄》对于虽然蔚为大观、却已形成"类型化"叙事模式的官场小说所做的精神突破与审美超越，在对官场生态的价值认知方面具有相当明显的表现。

首先，《苍黄》从官场生态中拓展出"民生"的社会生活视野和文化价值立场，从而以新的精神坐标与价值资源，构成了对官场小说汲汲于官场自身世俗性特征的精神超越与审美突破。

官场小说在价值视角方面大都呈现出明显的世俗色彩。《苍黄》对此依旧持认同的态度。从县委书记刘星明对"差配"、"上访"等问题按照职位要求进行功利性处理，到县委办主任李济运在职业、家庭生活中烦躁无奈与用心应对并存的日常状态，再到李济运父母、舒泽光妻子在家庭面临危险时或狡黠或暴戾的维护方式，作者都以细致入微的写实笔法一一详尽展示，这本身就包含着一种对于庸常人生及其世俗需求的充分认同与尊重。同类创作的关键问题在于，虽然世俗审美视角在反映生活信息、宣泄社会情绪等层面确有其特殊的功能和意义，但大量的作品却将世俗欲望的合理性蜕变成了排斥审美内涵精神性的借口，结果文本作为精神文化产品就存在着重要的价值局限。王跃文的《苍黄》则摒除了这种曲意维护个体欲望的价值取向，以世俗视角为起点向另一方向发展，从而升华出了一种充分尊重百姓利益的社会价值立场。

在《苍黄》中，王跃文敏锐地捕捉当下中国基层社会的热点事件或事件的内在敏感点，并以这类事件的官场反映为核心和枢纽，来建构故事情节的基本框架，展开对于官场日常生态的描述。作者从换届选举的"差配"问题写起，广泛地描述了诸如上访与截访、农村"六合彩"、矿难、食物中毒、有偿新闻、官商警匪勾结等具有新闻热点性质的社会现实，深入地展示出当今中国基层社会濒临崩溃的现状。文本社会性内涵的密集度、尖锐性与覆盖面，比一些极具冲击力的新闻报道有过之而无不及。在当今中国，权力和官场无疑是主导民生的重要力量，《苍黄》从对世俗的认同中升华出了一种"民生"的价值立场，多层次、多侧面地展示基层社会矛盾激化、危机显现的真相，并以种种令人触目惊心的社会问题为基础，来展开对矛盾弊端形成原因和官场处理状态的追问，这就以一种官场与民生互为参照的复合性形态，拓展了对官场现状进行考察的精神坐标与价值资源，从而大大增强了对官场现实生态进行批判的思想力量与价值后援。这种从当代社会整体状况审视官场的思想眼光和"以公心讽世"①的社会文化高度，比之纯粹着意于仕途进退、人生欲望侧面的世俗化视角，无疑具有更深广的思想底蕴、更结实的价值含量。

其次，《苍黄》以一种将官场生态风俗化的审美眼光，构成了对于官场小说纯粹社会问题展示、官场黑幕揭秘境界的精神超越与审美突破。

对官场这一社会场域的"灰色"与"病态"现象进行揭示与批判，使得官场小说在审美内蕴层面表现出明显的问题意识。《苍黄》同样如此。这部作品的核心内容，正是试图以世俗价值的民众实现状态为基础和背景，通过透视时代剧变、社会困窘状况的官场反映及其内在逻辑来揭示官场"世情"。作品大量丝丝入扣、体察入微的写实型描述，充分显示出这种审美特征。正因为这种极具时代针对性的社会性内涵，王跃文小说才获得了广泛、持久的反响与热议。而且，《苍黄》很少其他官场小说的那种情爱展示、隐私猎奇、揶揄笔调和段子渲染之类具有自然主义倾向的描写，比如对主人公李济运与宣传部长朱芝之间关系的描写，作者就相当谨慎地把握着分寸。这就使作品大大减少了旁逸斜出的趣味性"闲笔"，摆脱了流行文化格调暧昧、品质芜杂的精神局限，使文本思想意蕴的针对性与凝聚力得到了有力的增强，节奏更紧凑、内蕴更沉实，从而显示出一种高品位现实主义文学辛辣而肃穆地进行社会问题探索的审美气象。

"问题小说"是我国五四时期就已出现的一种小说类型。每当社会出现巨大变故时，这类小说的创作就相当地活跃，从五四时期的冰

---

① 鲁迅：《中国小说史略》，《鲁迅全集》第9卷，人民文学出版社1995年版，第225页。

心到根据地的赵树理，直到"十七年"的某些合作化题材小说和"新时期"之初的"伤痕文学"，都是如此。这类"问题小说"的大量作品，往往都因背景逼仄、题旨直浅而遭到诟病。但其中总是能够出现少数的出类拔萃之作，如鲁迅的《阿Q正传》、《药》、《故乡》、《伤逝》等，虽然同样植根于对现实问题的思考，却因开掘深广、艺术精湛，而显示出超越问题境界的审美内涵。由此可见，一部具有问题意识的作品要想真正地出类拔萃，在以问题意识帮助作品获取社会关注与热议的基础上，还需要作者深入地开掘、艺术地处理，不仅充分展现艺术观照对象的社会性内涵，而且着力于深化和拓展这种问题的历史文化底蕴，从而有力地提升文本的审美境界、增强文本的价值含量。《苍黄》于此具有自觉的审美意识。

具体说来，《苍黄》的不同流俗之处，在于作者将繁复的官场事象与其背后所隐含的官场伦理融为一体，概括为官场的日常习性和生态规律来进行考察与描述，由此形成了一种从文化视角审视社会问题、将官场生态风俗化的审美眼光。首先，小说选择一个县级市官场为叙事环境、一名县委办主任为叙事线索、一届县委书记任期为故事情节段落，这种总体构思本身就表现出作者对当代官场的透彻认识与整体把握。其次，在情节展开的过程中，作者往往淡化对热点事件及其是非曲直本身的关注，而将尖锐沉重的社会问题描述为官场按习惯和常规处理的"工作任务"，进而通过揭示人物完成"工作任务"的情态和心态，着重揭示他们隐藏于种种处理行为背后的规则与逻辑。一种意在探究官场习性的创作动机就由此显示出来。再次，通过描述新县委书记上任伊始即转变思想和行为态度等诸多内容，作者特意揭示出，当代官场的现实情形已经不是某个重要官员偶然地、个人性地形成的问题，而具有了如生态系统自我运转一般的周期性、规律性特征。最后，作者在对故事情节和官场生活的场景、细节进行白描之外，还花费了大量笔墨来直接阐发隐含其中的官场生态的规律与习性，以至形成了一种王跃文所特有而为文坛广泛关注的"笔调从容"的叙事特征；而且，小说的具体叙述过程有一个值得特别关注的现象，就是出现了比如将"刘半间"、"刘差配"等称呼与中国古代文化的同类特性进行连接,借"宝钱"、"白鼻孔陪考"等民间俗语来剖析现实官场的现象,这实际上又从审美思维特征的角度显示出《苍黄》的根本审美意图确实是在揭示官场的文化习性,而且是时时自觉地以各类不同的文化为参照,从多重视角来对当代官场进行对比性审视的。正是这种种努力使得《苍黄》超越了一般官场小说生活表象、事件进展描述和政论性社会问题剖析的层次,进入了一种对当代官场的风俗形态或曰当代"官俗"进行审视与呈现的审美境界。不过值得注意的是,作者的剖析又基本只局限于官场行为状态本身,并不进一步走向对其生态的思想文化根基的揭露,这实质上表明,作者是在将官场生态作为一种"亚文化"形态风俗化、而不是思想文化化。

中国新文学史上一直存在着将社会生活状态风俗、风情化的审美努力。在乡土生活风俗、风情化的创作中,就出现了以鲁迅为代表的"国民性乡土"和以沈从文为代表的"诗性乡土"两种审美传统。而老舍、张爱玲的作品之所以耐人寻味,关键也在于将都市生态转化为一种人情世态来进行描摹和品味,从而别具一格而又入木三分地传达出了"京味文化"和"海派文化"的审美韵味。《苍黄》实际上是在新的时代文化语境中,以其独特的现实感悟和艺术笔调建构起了一种类似于"国民性乡土"境界的、对于当代官场批判型与风俗化的审美境界,由此有力地显示出创作主体从文化生态层面对于世风人情进行审美认知的思想高度。

三

《苍黄》对于新世纪官场小说类型特征的精神超越和审美突破,还表现在揭露和批判官场的审美路径显得别具一格。

《苍黄》审美路径的别具一格,首先表现在对于以同情性理解为基础的、愤懑与无奈兼而有之的反讽笔调的精彩运用。

新世纪的官场小说在批判性意蕴境界的建构中,呈现出多种各不相同的审美路径,其中较有艺术意味的包括以下几种:其一是义正词严、鞭辟入里的社会政治审判型，具有"主旋律"色彩的反腐题材作品如《国家干部》等，大多如此；其二是千回百转、一唱三叹的哲理性反思型，《沧浪之水》可作为这类作品的典型代表；三是所谓"零度写作"，不少描述乡土官场的作品就具有这种以乡土气息方式呈现的"零度情感"、冷峻讽刺的审美特征，李洱带有"准官场小说"题材特征的长篇小说《石榴树上结樱桃》，也很明显地体现出这种诙谐与嘲讽熔于一炉的特点。《苍黄》的审美路径却不同于此。这部作品对当代官场的批判，是采用一种以同情性理解为基础的、蕴蓄着内在愤懑与无奈的反讽式白描来实现的。

　　"反讽"是一个与"悖论"密切相关的概念，基于世界本质上是诡论式的、只有模棱两可的态度才能抓住其矛盾整体性这样一种价值认知。无论是夸大叙述、正话反说还是言非所指等，"反讽"最显著的特征，在于抓住陈述对象的表象与真相的矛盾状态，以显示出语境对其真实含义的歪曲和颠倒，进而使文本的主题意义呈现出相反相成的两重或多重表现形态。《苍黄》的审美路径正是如此。这部作品将情节展示和细节剖析、人物刻画和习性描述融为一体，按照官场价值逻辑和行为规则，展开了耐心、细致、精确的阐述与剖析。在这个过程中，作者往往一方面站在生活日常逻辑和社会道德底线的角度，对官场生态的种种异化特征予以归谬式的嘲讽、调侃和揶揄；另一方面又时时设身处地地对作品人物的言行举止进行一种"同情性"的辩解、阐释与慨叹，这二者之间恰好构成了意义的互相消解，作品就自然而然地显示出一种意味杂糅的反讽色彩。比如，作品对官场得意的县长"刘半间"和因仕途坎坷而发疯的"刘差配"两个刘星明的人物设计，就具有明显的反讽之效。县长"刘半间"的所作所为专制到近乎疯狂，而疯子"刘差配"的言论却恰好是中规中矩的体制内语言，他们各自的言行、思想的表面意义与实际内涵就构成了一种自我的矛盾与反差，导致了对自我价值正当性的排斥、抵消和反讽。而两种反差并列到一起，又在更深入的层面，呈现出一种强烈而透彻的批判意识和反讽效果。面对世界的丑陋与残缺，《苍黄》这种既冷眼旁观又感同身受、既愤懑又无奈的反讽笔调，不同于诗意化叙事的伤感，也不同于纯粹讽刺与批判的冷峻决绝，实乃王跃文作品独具韵味与魅力的批判当代官场的一种意义传达方式。

《苍黄》审美路径的别具一格也表现为一种以社会底线和良知立场为基点形成的，悲愤与无奈、谴责与怜悯相交织的悲悯情怀。

《苍黄》在批判官场病态的同时，还特别注重从"人"的立场出发，对人物的人格"不自在"生态和生命意义浅薄、功利的状态进行一种设身处地的揣摩和感同身受的体验，对那种置身官场则无可逃避，只能在欲望与规则的泥淖中随波逐流、难以自拔的生存境遇寄予了充分的同情性理解和深切的人文关怀。在具象层面，作品从点的角度，表现出李济运既隐忍地遵守官场"纪律"，又因道德底线受冲击而灵魂被拷问的矛盾状态，细致地刻画了他由无奈到抗争再到逃避的心路历程；同时从面的角度，作者满怀同情与义愤地描述了一个个正常人因为宦海风波而疯掉、自杀、失踪的结局，展示了一个个鲜活的生命被官场堂而皇之地吞噬的社会现状。抽象层面，作者以"染于苍则苍，染于黄则黄"的"苍黄"为作品命名，不断强化地描述关于"哑床"的比喻和被命名为"怕"的油画、并以之为作品的核心意象，其中鲜明地体现出一种由官场百态而品人生百味，对人性、人格、社会生活居然异化到如此程度深怀精神慨叹的意味。小说的结尾，李济运进到电梯而"不知该按哪个键"、"仿佛四处有人在悄悄说话"的惊恐与彷徨，更是对生命个体"身在樊笼中"无助而无奈心态的极具象征意味的集中表达。由此，作品就从世情与人性相结合的高度，透露出一种对于官场生态和官员人性状态的深深关切与怜悯；一种对于既不自在而又意义缺失的人生状态的悲悯情怀，也由此生发出来。这种从人本立场出发的悲悯情感，一方面以一种批判与同情性理解相交织的正面精神力量使作品避免了价值指向被扭曲性理解的可能，增强了社会文化批判的稳健度，有效地摆脱了官场生态写真常有的对现实生活的负面导向作用；另一方面也切实增强了文本生命层面意蕴的丰富性，使作品的人文意识显得更为淳厚，从而在生命意义感悟及其审美传达的层面，构成了对"类型化叙事"流行审美境界的大幅度的精神超越。

《苍黄》的审美境界中贯注着一种荒诞意味，由此显示出创作主体独具特色的从形而上层面体察现实和感悟生存的精神深度，则是作品审美路径别具一格的又一表现。

所谓"荒诞"，按字面含义通常被理解为"不合逻辑、不近情理、悖谬、无意义"，主要用来表示生活中种种乖谬、悖理现象的荒唐可笑，"荒诞不经"、"荒诞无稽"等，表达的就是这种意思。由于"二战"后存在主义哲学的理论阐发和"荒诞派"文学的创作实践，"荒诞"概念超越日常话语层面而具备了哲学、美学的意义。它着重表现精神主体对于世界的非理性和人的异化状态的生存感悟与哲学认知；同时往往采用象征隐喻、夸张变形、戏拟、反讽等手法，打破事物的逻辑性与因果关系，来达成对这种精神认知的审美传达。《苍黄》的审美境界就充分显示出这种"荒诞"意味。

《苍黄》以严谨细微、从容不迫的写实型白描为主，但源于表现对象存在诸多不合社会正常逻辑、不近人生日常情理而实际上无意义、无价值的悖谬特征，文本的审美境界反而显示出相当强烈的荒诞意味，由此，作品将官场人物身在"游戏规则"中事事处处"不自在"、尴尬无奈却还煞有介事的荒诞、滑稽状态，"归谬"式地暴露无遗。同时，《苍黄》对于整个社会环境五花八门的荒诞现象，以及这些社会热点中隐藏的复杂的社会矛盾和官场荒诞、悖谬的处理方式，给予了有力的揭示，也使一种令人啼笑皆非、悲苦莫名的荒诞意味蕴含于其中。至于《苍黄》中县委书记"刘半间"和基层干部"刘差配"两个"刘星明"的情节设计和人物形象塑造，更具强烈的象征隐喻意味和荒诞诡异色彩。作为一种"有意味的形式"，艺术笔调实际上是作者对于客观现实整体感悟的审美凝聚与集中体现。《苍黄》的反讽、戏拟笔调及其相应的艺术气韵，也恰是王跃文对官场生态荒诞、悖谬特征深刻把握后精心选择的叙事策略；而他融诡异、怪诞于严格的写实性情节之中的艺术构思，则使审美境界的荒诞色彩既具充分的"间隔

效果"和"陌生感",又让读者觉得感同身受,以至于不能不信、不能
不加以细品深究。

荒诞感作为一种生存感悟和社会认知,往往产生于旧的生存体系
受到彻底拷问而新的生存体系尚未建立的间隙,其中既体现了传统理
性在创造新文明时所遇到的失败,也体现了人类在适应新文明过程中
所产生的精神觉醒。也就是说,荒诞意识其实是创作主体心智清醒、
与审美观照对象保持精神距离的一种标志。因为在荒诞的现实面前,
精神主体往往只能在保持自己文明本质的基础上,以荒诞意味在审美
境界中的贯注,构成一种针对客观现实的否定性的提醒,才能引导人
们打破无望,唤醒灵魂深处固有的对合理价值的追求,从而领略到人
的真正的存在、真正的生存价值、真正的自由与激情。在当今中国官
本位的社会生态中,权力欲至上成为个体生命的核心推动力,这是历
史发展、演变过程中难以避免的一种"阵痛"。但作为无法复制和重来
的生命个体,如果置身官场者只能遵循病态的游戏规则,在无可奈何
中屈己求成,那么,不管成败得失的具体效果如何,个体精神的自主
性和生命存在的常态、常理不断被扭曲,个体生命价值的追求逐步走
向自己的反面,就只能是无可逃避的宿命。这种"世界的不合理性与
人的灵魂深处竭力追求合理之间的冲突"[1],以及由此构成的紧张关
系,正是构成"荒诞"型生存感悟的社会现实基础。《苍黄》对于官场
真实情境的不合情理、不合逻辑之处的描述,有力地揭示出了这种由
历史与理性所建构的确定性世界图景的崩溃和主体意识的虚无、恐慌
与绝望感,从而使文本审美境界以形而上层面的深刻感悟,显示出独
到的精神深度。

四

《苍黄》对于官场小说"类型化写作"的精神超越和审美突破
及其在文坛和社会获得的双重成功表明,首先,真正优秀的文学作品

---

[1] [法]加缪:《西西弗斯的神话》,杜小真译,生活·读书·新知三联书店1987年版,第6
页。

必然是对审美客体的意蕴进行多侧面、多层次深入开掘的产物，必然是既具有生活信息与社会内涵的丰富性，又具备文化底蕴开掘和生命意识、人文关怀积淀的深邃、独到性，而不是仅具单一层面的审美意义；其次，包括官场小说在内的"类型化写作"，只要确实有效地达成了审美境界的提升、精神含量的强化、文学质量的提高，作品的审美共鸣度和社会影响力就完全可以得到有力的增强。

但即使是获得了巨大的成功，《苍黄》的审美境界也昭示出，官场虽然在当下中国受到的关注较多，但实际上也不过是时代生活的一个方面，如果创作主体的思想视点未能以此为基点和枢纽、顺延至对整个时代的体察，那么，审美对象某些本来具备的价值含量也往往会因为精神视域的局限而难以得到更充分、更有效的发掘。《苍黄》对李济运形象的刻画就是一个例证。李济运作为由乡村进入官场的社会精英式人物，在当今中国的时代环境中显然具有极大的典型性。路遥《平凡的世界》、《人生》的成功，关键正在于抓住了由农村进入城市的中国乡村精英这一审美视角。其后，从20世纪90年代初李佩甫的中篇小说《无边无际的早晨》、到新世纪邵丽的长篇《我的生活质量》，这条创作思路一直没有中断，并不时焕发出让人难以忘怀的艺术光彩。对于李济运式人物官场方式的人生状态，《苍黄》的描述与揭示自然非其他官场小说作品所能比拟。但作品主要是把李济运作为勾连官场和基层社会各种现象与问题的情节和思想线索，人物形象设计的审美归宿是官场生态。结果，李济运作为由乡入城、由底层才俊步入官员阶层的中国式精英，他作为"一个人"到底是如何"蜕变或成长"的，包括他为什么时而欣慰时而无奈、却始终立足于官场生态来建构自己的人生，作者就未曾进行有力的揭示。这在无形中限制了李济运形象的内涵深广度和时代典型性。以官场为审美重心和兼顾时代生活的多侧面内涵，是一种矛盾的存在，但创作主体后一方面审美努力的欠缺，确实将妨碍作品精神文化境界的深厚与博大。这一点不仅是王跃文的创作、实际上也是整个官场小说带创作根本性的局限。

第五章 文学批评的学理境况

第一节　文学批评的非学理化倾向及其时代症结

　　从1985年前后的"文化热"、"方法论热"兴起开始，中国的文学批评逐渐摆脱了社会历史学批评的单一模式。20世纪90年代后，以社会经济的转型为契机，时代步入新的建设文化语境，多元化的社会历史发展趋势使文学批评获得了可以回到学术本身的自主权，这样，以深邃的学理思路、丰厚的思想内涵、主体独立的价值取向和多样化的表达方式，来真诚而有力地回应社会与文学创作，似乎就变成完全有可能的事情了。但事实上，从90年代初的"二王之争"、"人文精神讨论"、"王朔现象"，到90年代中期的"马桥事件"，直到世纪之交的《十作家批判书》、《十诗人批判书》和关于余秋雨、金庸、20世纪中国文学整体水准的种种"酷评"，中国文坛在文学思潮、作家作品评论、文学活动和学院派学术研究等各个方面，无不程度不等地呈现出非学理化的特征。结果，文学批评的科学意义和社会效益受到严重的削弱，其社会与学术形象也受到令人痛心的损伤。并且，虽然不断受到诟病与鄙薄，这种倾向却不仅未曾收敛，反而日益轻狂、鄙俗和富于"邪恶的智慧"。尤其耐人寻味的是，它似乎确实能大行其市。

　　文学批评这种长期受到多方面指责和诟病的状态，原因自然是多方面的，笔者以为，其中最为根本的原因在于文学批评的根基不牢。那么，文学批评的根基应当是什么呢？说到底，文学批评应当是一种学术文化。从这一角度来看，"跨世纪"语境中文学批评的根本缺陷，在于不管批评主体的诉求何在，都始终未能充分地注意到文学批评的学术性品格，未能努力寻求深邃独特的学理思路、深刻丰厚的学术内涵，只是以表面看来快捷、灵活而有力的方式，混乱、粗劣、肤浅地回应着社会与文学创作。而且，这种非学理化倾向在越来越激烈的有关文学批评的争论声中，不仅没有逐渐得到克服，反而越来越严重，甚至大有公认为正当走向的趋势。其结果，当然是文学批评的科学价值和社会效益皆在日益严重的丧失。

所以，我们审视"跨世纪文学"的批评状况，最为紧要的应该是站在人类学术的高度进行一种深刻的自省。因为不管是具有代表性的文学思潮、作家作品评论还是文学批评活动，均存在着严重的非学理性倾向，如果我们不对此展开尖锐的揭示和全面的剖析，以引起社会和文化各界对这一严峻问题的重视和警觉，就势必将影响到文学批评乃至整个时代文学发展的大局。

一

众人瞩目、影响深广而且确有思想文化意义的热门话题，往往能集中而多侧面地展示时代思潮的典型特征。我们首先从文学思潮与波及文学的文化思潮入手，来对文学批评的非学理化特征进行剖析和探讨。

20世纪90年代开初，震惊于以西方现代性价值标准为核心的启蒙话语的受挫，也源于"三十年河东，三十年河西"的文化信念和了解中国国情的学术热情，季羡林、汤一介等老一辈学者打出了"国学"的旗号。陈平原、汪晖等人则创办《学人》杂志，提倡梳理、研究晚清以来的学术史和学术传统，以期摆脱学术研究与现实政治贴得过紧的状态，从对传统的考证中确立合理的学术规范，从而最终提高自我描述和解释现实的能力。应该说，这样的发展方向是相当有利于深化学理、提高研究的学术文化含量的。从做学问的角度看，受这一思潮导引的不少学者也确实取得了扎扎实实的成果。但是，在总体价值取向上，"后国学"思潮隐含着一种谨慎甚至有点退缩、妥协的现实社会态度；在具体研究过程中，他们则重考据而轻思辨，强知识而弱学理，而且没有充分注意到学术研究与民族命运的贯通性、对民族现实发展的参与性，这样，他们就事与愿违，迷失于"故纸堆"和"书斋"，反而影响了学理的博大。"后国学"思潮在当时缺乏相应文本的状况下，没有对具体的创作和批评造成直接影响，但它与当时文坛的"文化保守主义"、"道德理想主义"趋向，显然存在着文化依据方面的内在联系；其学理未能博大、融通的局限也就在其中某些人单纯强调"文化至上"、"道德至上"等具有褊狭、自囿特征的精神立场的背后，被承传和顺延了下来。

另一方面，随着市场经济大潮的兴起，一批有着广泛的西方当代思想理论阅读面的青年批评家，全面地操持起西方后现代理论，用以解释中国精神文化的新变，预言中国文化和文学的未来趋势，并敏锐地拣择可以体现这种趋势的文本，以不无夸大之词进行阐发和推崇。中国的"后现代"批评思潮显示出一种全球性的学术视野，也确实拓展了中国文学批评的思路。但是，它们徒具气势而不切实际，因此难以获得广泛的认同，反倒时受讥嘲。首先，当时文坛可作他们预言的时代精神趋势表征的文本，如陈染、林白的"私人化"、女性化写作的产品，因"中国特色"淡薄，并不能产生普遍的心理共鸣和精神认可。刘醒龙、何申、谈歌、关仁山等人反映转型期世相的小说好评如潮，更从反面鲜明地表现出"后现代"理论与中国最真切的社会现实的遥远距离。以至"后现代"批评的某些中坚人物后来也不得不转换了学术关注的中心。所以，热闹一时的"后现代"讨论主要地不过是一种学术话语的推演，而不是对于重要现实问题的概括。文本表征的匮乏，实际上显示出"后现代"批评家们对中国现实和中国文学的基本估价的失误。而且，他们所认同的社会物欲化、平面化和文学边缘化、世俗化的"后现代"立场，使得他们的一些批评活动夹带了市场策略，这种"新潮"姿态引起不少人的反感，其实又是从实际操作的层面，体现出"后现代"立场的欠缺。中国"后现代"思潮严重脱离民族基本生存状况拟构话语体系的学术思路，显然隐含着忽略思维的社会人文依据的弊端，作为一种人文科学理论，这不能不说是学理上带本源性的缺陷。

人文精神大讨论勇敢地直面当下中国的严峻现实，切中了处于时代核心的迫切问题，命题也具有深广的学术文化视野和强大的精神文化涵盖力。但是，其中同样出现了种种学理薄弱或非学理化的因素。第一，人格至上的精神态度和人格姿态强化的言语策略成为讨论中普遍存在的现象。把人文精神浓缩为人格乃至道德水准的问题，确实有其敏锐、精辟性，但对博大人性与社会多侧面合理性把握的一定程度的欠缺却也隐含其中。这种倾向导致了一种以立场代替一切的精神眼光，影响到创作上，则是立场剖析、品格裁判和溯源类的思想随笔层出不穷，以深厚的精神文化蕴涵为目标的力作、巨著的创作，在这一类作家、批评家中则一时处于被搁置状态，如此效果也许为倡导者们始料未及。人格姿态强化的言语态度，主要是以"正义的愤怒"和"我是流氓我怕谁"的情绪化形态表现出来的。思想与激情同时敞露本为作家增强作品艺术魅力的有效手段，但作为社会文化态度，则因随之而来的某种排他性，反而影响了被接受的程度；还可能因"理不够，情来凑"的表象，而授对立立场者以口实。从本质上说，这种言语姿态也许恰恰是源于主体对自我的学理优越性和思想征服力的不够自信。人文精神讨论的另一个非学理化因素，是庸俗化的倾向。把一场包容广阔的文化研讨，蜕变为形式逻辑范畴的考究辩难，就是学术技术化、庸俗化的突出表现。当然我们不能说考据毫无必要，但真正意义深远的概念，内涵往往是一个难以条分缕析详尽阐述、具有长久发掘可能性的"黑箱"。人文科学的概念正以一定程度的模糊性、可塑性为特征，所以，这种技术化实质上体现的是一种学理原始化、朴素化和把理论实用工具化的倾向。对于对立面人格态度的溯源之中，存在着更为严重的庸俗化倾向。张承志当过红卫兵，就说他有"红卫兵情结"、"原红旨"心态；王蒙曾被划为"右派"，就说他思维的根本特征是"内心恐惧"，如此等等，不一而足。落实到具体人物身上，这种剖析倒确有可能入木三分、击中要害。但是，把一种具有广泛代表意义的文化态度剥离为纯粹的个人经历的心理凝结，把文化人格剖析蜕化为对个人的人身揭露，这无论如何难以称得上是学理的高层次。正因为有着诸多的非学理因素的掺和，本来学理深厚的人文精神研讨，到后来竟演化为一种拆解人际关系乃至意气用事的局面。非学理化倾向对学术研究的思想文化意义的损害，于此可见一斑。

"后国学"、"后现代"、"人文精神"这20世纪90年代中国文化界的三大思潮都是既有强大的社会现实动因，又有深厚的理论和学术背景，最后却都未能成功地实现自我的学术意图，这种局面被有些学者归结为"共识的破裂"。其实，除了种种宿命般的客观条件的制约外，其中最根本的缺陷，是它们学理的包容度、可证性和内在一致性皆存在不足之处，而且，一旦越过气势恢宏的开张，思辨论争过程就越来越多地渗入了种种非学理性的因素，学理的纯净度自然会因此而大打折扣。结果，人们既难以从根本上信服其学理，又不断失望于它演变过程的非学理化色彩，认同程度自然也就大大降低。

二

因为可以也必须立足于文本，作家、作品评论本来最有可能具备纯正的学术色彩和坚实的学理品质。现实的状况却是作家、作品评论的非学理化倾向愈演愈烈，甚至范围广泛、程度严重到了令人触目惊心的地步。

首先，批评主体对非学理性事实存在明显的依赖、附和色彩。我们可以仔细想想，20世纪90年代以来有多少作品是新闻媒介炒得风风火火，批评家才姗姗来迟、人云亦云的？批评家们开初的推崇备至和随后的吹毛求疵，又有多少脱离和超越了传媒随机性地提供的视角与思路？有多少并不起眼的作品因为被改编成电影和电视剧而一夜间身价倍增，引来诸多煞有介事的阐述、赞扬？有多少"热门作家"的平庸之作被连篇累牍的评论弄得"流光溢彩"，而"非热门作家"的精彩篇章却只被有心的读者细细品味？有多少作品因为作家的"隐私"、"名誉权"甚至"抄袭"问题而大大走俏，评论者也睁一只眼闭一只眼地掺和进去？大都市作家和边远地区作家的劳动成果又因为地域问题导致了多大的评论差异？……所有这些随新闻媒介和作家名气、随大众、随地域，甚至随谣传的评论现象，显然都是批评主体对非学理性事实的依赖与附和。本来在文学作品的发现、推介、分析和导读方面，评论家应该起主导作用，现在却反主为客、反引导为从属，这不是非学理化倾向又是什么呢？

其次，作家、作品评论中的经验感知性、主观随意性倾向日趋严重。不少评论仅仅停留于自我阅读体验，再在朴素感知型的思路中散列一些细部的技术性分析。另一些"学院派"评论家则先洋洋洒洒地铺陈一大通理论，然后蜻蜓点水式地从作品中抽取一点例证，就把整部作品往自己掌握的理论中生拉硬套；读者阅读时甚至不知是在看理论介绍还是看作品分析，严谨的读者如果把作品和评论进行对照就更会吃惊不小，因为它们压根儿就不是一回事。更有甚者，是那些根本未看作品，凭书名、凭目录、凭提要，乃至凭封面设计任意挥洒的"玄言妙论"。这种评论越来越多地充斥于各种报刊，满足了大量增加的报刊、大大扩充的版面对文字的需求，满足了读者的消闲性阅读欲望，却严重地影响了中国文学评论的质量和声誉。尤为令人担忧的是，它们还被当作大众文化倾向而加以肯定和维护。评论如此浅薄，评论家如此懒惰。长此下去，学理何存？

评价耸人听闻、分寸失当，是作家、作品评论又一非学理性的病态现象。搜检各类评论，我们既可发现大量的"大师"、"鬼才"、"奇书"、"绝唱"，又随处可见"泡沫文化"、"文化垃圾"、"痞子"、"炒作"之类的字眼，但仔细考量你将会发现，这些作品的差别不过尔尔。当然，"仁者见仁，智者见智"，论者对某一作家、作品或赏或厌而在评价中夹带情感性的夸张之辞，原则上并无不可；思想价值标准的多元化，表面上似乎也为这种"公说公有理，婆说婆有理"提供了机会和依据。但一篇千把字的短论就开那么大的"空头支票"，学理的可靠性总难免令人生疑；而且，多元化也不等于彻底的相对主义，否则文学史就无客观性可言了。实质上，评价分寸失当可获得的不过是一个非学理性的目的，那就是耸人听闻，为所评作家、作品或者为评论者自己哗众取宠而已。

我们不妨再以几个在文坛内外引起广泛关注的作家、作品、评论事件为案例，来探讨一下其中非学理化现象的严重程度。

王朔作品与贾平凹的《废都》有着共同的精神特征，即以肆虐、堕落和鄙俗化来曲折地宣泄绝望、解构权威话语的既定形态，并把艺术才情和商业、精神投机策略有机地融为一体。这类作品虽然具有巨大的媚俗效应和某些侧面的深刻性、合理性，从人类精神史的高度来看，它们却只能算一种"以毒攻毒"的短期行为。认同、体谅和赞赏《废都》与王朔作品的评论者，看重的是它们解构权威话语和顺应世俗文化大潮的意义，赏识的是作者展示于其中的充沛的艺术才智。但是，这类评论也存在着明显的学理误区。首先，他们惑于后现代理论的"平面化"、"表象化"观点，夸大了王朔、《废都》创作意图的庄严宏大性和消解作用；其次，他们把功利性的商业和精神投机行为置换成了思想文化范畴的叙事策略，并将鄙俗指认为世俗；再次，他们将感觉的泛滥和才华的"邪恶化"看成是人性和人的智慧无拘无束、自由自在的展示。批评者则多半从道德、人格的角度出发，实质上是把社会历史学的文学批评转化成了社会道德评判，其正当性难以非议，学理的狭隘和错位却也如影随形、无法避免。

另一个典型案例是"马桥事件"。这一事件实为中国文学批评学理缺失、学术异化达到极点的病例。张颐武及其同道竭力要证明的是《马桥词典》对《哈扎尔辞典》从文体形式到某些细部都确有模仿、抄袭之处；支持韩少功者，不管是对照文本还是援引故例，无非是表明《马桥词典》未曾模仿或者即使有模仿也无关紧要，双方论争的焦点是文体独创与否的问题。其实，若干年后"马桥事件"烟消云散，学术界只会以作品的真实意蕴而不会以是否模仿来确定其价值。当今中国正处于文化转型期，创新及其对"新"的信奉、偏重，就变成了创造主体必须遵循的公理性规则，这一学术传统虽有其社会功利的合理性和相对的真理性，却忽视了人类文化是一个不断累积和借鉴直至集大成、形成文化高峰的逐步发展过程这一本质特征。事实上，判断一个时代的精神文化和一部作品的超越性价值，不是以它所依赖的文化资料，而是以其最终所达到的人类精神文化高度和深广度为依据的，所以，对于《马桥词典》是否真正具有超越性蕴涵这一学术研究目标的迷失，本身就导致了学术价值重心的偏离。而且，在"马桥事件"中，作品评论很快就衍化成了学术道德的优劣之争，文学批评已经越位进入了道德文化的领域，而且中间包含着强烈的意气用事、个人人品分析和人身攻击的成分，实质上是对立的思想集团、文化论争的敌手在以此为由头，褒贬各自的思想价值标准、文学成就和精神文化地位。所以，"马桥事件"本身并没有丰厚的学术含量，而只能算一种达到文化论争胜利的策略和手段，它显示的恰恰是文学批评的学理异化，是论争者学术研究上的懒惰、急功近利乃至黔驴技穷，是一种精神人格对当下语境的"粘着"、一种大师胸襟的匮乏，它最终只能是才华和精力的无谓损耗，留下的只能是一种文坛混战、双方赤膊上阵的掌故而已。

"陕军东征"和"现实主义冲击波"这两个批评热点倒并没有引起尖锐的论争，评论者指优说劣也基本处在文学批评的范畴之内。但"陕军东征"只是一个不期而然的辉煌结局，批评界和出版界却更多地将它当作了可以操作形成的创作与出版行为，结果就导致了"丛书"、"集团军"的泛滥和长篇小说的"虚肿"，对这种学理平庸的文坛状况，评论界实在难辞其咎。对于"现实主义冲击波"，评论界既热情地赞扬了它贴近现实、关怀民瘼、生活基础厚实的优长之处，也坦诚地批评了它形而上蕴涵薄弱、价值观念古朴、缺乏明确的审美创造定位等方面的局限，基本上显得稳健而恰如其分。然而，这些评论总体上处在就作品论作品、就浪潮论浪潮，用传统现实主义的固定思路进行评述的学术层次，却也是不争的事实。如果一直不进行批评学理的拓展与深化，批评界也许将无法有效地阻止"现实主义回归"型小说家们在体验与激情喷发后的平面游走乃至流于表层、琐屑的"匠化"趋势，引导其进行全局性的审美超越就更无从谈起。这样，相关的评论本身也难以具备更大的独立启示意义和思想文化价值。而且，几十年一贯制的现实主义批评思路本身，即可见我国文学批评的学理探索被严重忽略的现状。

三

20世纪90年代以来，随着文化一体化局面的消淡，文学批评活动变得日益活跃多样与各具独立性，对于文学创作的影响和操纵作用也变得越来越巨大。所以，我们谈论文学批评而忽略文学活动，必将是研究视域的重大空缺。对此，笔者决定采用宏观综合的方法，从行为、规范、风气三个不同的层面，来对文学批评活动中的非学理化现象给予评析。

从行为层面看，最典型的文学批评活动当属学术命名、创作旗号的推出。这是屡遭讥议却为评论界乐此不疲的批评动作。这些命名和旗号一般都以社会转型动向为依据，具有商业策划和学术敏悟双重性质，从文学"后期时期"的界定，到"新状态"、"新体验"、"新市民"、"社群文学"等，各种名号可谓此起彼伏、络绎不绝。不能说这些命名与旗号毫无概括之功、影响之力、累积精神资料之效，然而，它们几乎都摆脱不了始则七嘴八舌、继而冷嘲热讽、末了孤芳自赏的千篇一律的流程，都逃脱不了"各领风骚三五天"的滑稽到苦涩的命运。其中的根本原因是，在旗号、命名所涵括的现实和学术背景，所体现的精神含量，所具备的价值生命等方面，批评家们倾注的热情远逊于把它们作为一个众人关注的话题议论和表态的兴趣，换句话说，它的学术重心实际上已经偏离了学理轨道。这种局促于当下、无人类精神文化后援的众语喧哗状态，恰恰显露出批评界内在的精神失语、学理迷失的窘境。

在文学论争和文学批评活动背后潜在地起制约作用的，是文学批评的学术规范。规范是一些公理性的原则，本身应该是不会存在什么问题的，20世纪90年代以后的文学批评在这方面存在的弊端，主要是合理的学术规范在具体实践过程中发生了"变质变味"现象。王蒙在

80年代提出文学批评的"宽容"原则，有力地保护了当时的文学创作界从极"左"思潮的僵化、专制格局中解放出来，进行大胆的精神创造。而到90年代，这一原则却衍化成了文学鄙俗化的"保护伞"，反对严正批评的"挡箭牌"。批评和反批评的平等自由，本是学术自由局面的标志，在"马桥事件"中，它却成了批评脱离学理轨道、不顾学术责任的借口。形式逻辑本是学术分析最基本的要求，在人文精神讨论中，精神文化寻思却蜕化成了形式逻辑的技术性辩难，在王蒙、王彬彬之争中，连逻辑规则本身也被违背，颇有精神文化开掘价值的精神人格批评，令人哭笑不得地被置换成了个人品质和人身的辱骂与自辩。所以，事情常常是这样，一旦进入具体操作过程，严正的学术规范就被实用主义地利用，成了达到个人功利目的的手段；又因为批评规范多半是约定俗成的、隐形的、处于批评话题之外的，它"变质变味"、失去学理纯度就总是未被警觉、未被指陈，未能得到及时而有效的克服。在这背后隐含的，是主流、精英和世俗文化之间始终存在着的对抗与隔阂，至于这样做到底是不是人类学术文化的正道、大道，却长期未被认真地探讨。

与此相应的，是批评文体和文笔的杂文化风尚。不求深厚求尖刻，不凭学术凭激情，不言文学言人际纠葛，抓住茫茫文坛鸡毛蒜皮的事就冷嘲热讽或愤怒声讨一番，其中尤甚者则动不动就打官司、索赔偿，貌似法制意识增强，实为"拉虎皮作大旗"，不择手段只求赢，文坛这个人类的精神阵地，因而显得人心险恶，危机四伏，共同建设的气氛变得日益欠缺。而且，某些人总难化解自己的"弄潮儿"情结，任何事情都喜欢进去搅和一通，以表现自己时常处在"思潮"、"热点"之中，把文坛当成了一个完完全全的"名利场"；某些报刊也以挑逗人际矛盾为能事、为追求报刊"热销"的手段。如此的风气，置学理于何地自然就可想而知了。

总的看来，在文学批评活动中，当下社会文化语境中的暂时功利和效应被放在首位，超越层面的人类精神文化价值倒成了次要的东西，这又怎么能避免发生违背学理、牺牲学术价值的事情呢？

四

通过以上考察我们可以看到，在中国文学"跨世纪"的历史进程中，文学批评非学理化的现象实在已到了比比皆是、令人触目惊心的地步，而且在新世纪的中国文坛，这种非学理化的现象实际上还在继续恶性发展。因此，我们必须立足人类学术殿堂的高度来进行一种全面而彻底的清理和批判。否则这种状况势所必然地将影响我们整整一个时代的学术和文学批评的形象与质量。

那么，文学批评非学理化倾向的时代症结到底在哪里呢？

非学理化倾向之所以成为一种时代风气，成为这一历史时期文学批评带根本性的缺陷，当然有它不得不然的社会大环境的客观原因。诸如时代剧变所带来的思想文化课题的紧迫复杂性，社会转型初始阶段无序、无范状态中个体姿态显示的重要性，置身崭新生存背景开始用新的眼光打量人类思想文化资料时难以避免的表面性、粗糙性，等等。但是，所有这一切并不必然地构成对学理的违背，尤其不可能使非学理化的倾向越来越严重和猖獗。非学理化现象的泛滥也与作者和编辑、出版者浅薄短视的商业炒作动机密切相关，但它本身不可能酝酿成非学理化倾向的广阔的社会市场。正因为如此，我们就不能不更深入、具体地探讨这种病态形成的社会心理和行为的内在根源。

应当说，当今中国在各方面取得巨大成就的同时，也出现了许多前所未有的严重问题，其中最为关键的莫过于由人欲横流所导致的人格堕落、人心颓废焦躁和人性邪恶因素泛滥的现象，它使得整个社会形成了一种渴望肆虐型宣泄的心理意向，以及相应的为达目的而不择手段的行为特征。影视领域中打斗动作片、警匪片、自贱式搞笑片和历史戏说片的大行其市，即为这种心态的明显例证。这种全社会性的精神心理趋势进入文学批评范畴，则为蔑视学理、抛弃游戏规则，进行一哄而上"打群架"、"帮乱拳"式的"讨论"，提供了形成的催化剂和接受的土壤。民族文化知识水平的提高，使更多的人能够步入"文化精英"的行列，同时也使这一行列的人文和学术素质变得更加复杂和良莠不齐，结果反而扩大了"打群架"的队伍，丰富了"帮乱拳"的方法。我们只要略为回顾一下在"马桥事件"和"余秋雨现象"中，大报小刊响应之兴高采烈、发文队伍之庞杂、挖苦谴骂文风之普遍、真正抓住基于深邃学理的要害问题进行分析的文章之稀少，就会对这一社会心态产生触目惊心的感受。

与此同时，整个社会对时代文化多元化趋势的肤浅理解和缺乏反省，又使得人们不可能广泛地以高瞻远瞩的辨别力来辨析自身的心态和文学批评的种种正负面特质，以致不少诚恳之士在只觉其混乱、却难辨其优劣的情况下掉头而去，对其根源却屡屡未曾深究。结果自然难以形成有效地遏制这种不良状态蔓延的社会力量。于是，当文学批评又一次重蹈非学理化的故辙时，社会仍然愿随之投去关注的目光，这实际上无形中对非学理化的泛滥起了推波助澜的作用。

所以，时代的精神病态及其对病态进行反省精神的匮乏，是形成文学批评非学理化倾向最为重要的原因。

各种报刊和文化出版部门时代方向感和思想、学养方面的欠缺，则是非学理化批评泛滥的直接外在条件。

略加考察我们即可发现，20世纪90年代以来存在较明显的非学理化特征且影响较大的文学批评，多半是由那些已取得相当成就的"文化名人"制造的。比如，关于《马桥词典》"抄袭案"的《精神的匮乏》，和关于20世纪中国文学整体评价的《为20世纪中国文学致一份悼词》，作者均为在全国具有一定影响的文学博士、青年批评家；开设"狗眼看世界"的小说家王朔则在文坛乃至整个社会都堪称大名鼎鼎；《十作家批判书》和《十诗人批判书》的写作者也大都是在相关领域有一定成就和知名度的作家、研究工作者。他们在文化和学理层面都曾有过精辟、独到的时刻，其批评作品初看起来似乎也存在一定程度的学理性，具备事实和学理上成立的可能性。于是，编辑者即使本心并无共鸣感，也往往会因违背学理的新作存在"新意"而予以发表或出版。

其实，专家、名人也有心理和学理迷失的时刻，"新意"的背后既可能是真理，也有可能是谬误，这就需要编辑者的认识与判断。但是，一方面对于《马桥词典》是否抄袭到底应怎样去研究、考证和发表见解，对于"悼词"的论证逻辑和"批判书"的价值逻辑到底存在什么样的问题与矛盾，编辑们因为思想学养的局限，认识时完全有可能力不从心；另一方面在文学批评已分化为学理批评和媒体批评的今天，对于它们到底应怎样发展和相互影响，编辑也缺乏清醒的思考与时代方向感。这样，往往并不是蓄意迎合社会恶俗心理，制造"热点"和"卖点"，而确实是出于真诚、正大的动机，违背学理、似是而非的批评，也必然会一次又一次地被他们编辑"出笼"，呈现给社会与文坛。立论或深或浅，立意或在认真探讨或在炒卖自我的种种反批评，自然也就随之而至。结果，当文坛又一次出现"热点"时，实质上是回避具有核心价值的问题、而围绕其中稍纵即逝的"时尚"话题进行讨论的非学理性批评就又一次甚嚣尘上。

当然不是没有有识之士痛心疾首地指斥时弊、坦陈利害，但是，在整个时代滚滚滔滔的洪流面前，他们的几声呐喊又算什么呢？更何况，他们本身那种高腔大嗓、振臂高呼的姿态，在碌碌而茫茫的大众眼里，也许同样是一种非学理化的表现。于是，在整个社会的大环境中，文学批评非学理化的弊病，就变得似乎无可救药。

<h2 style="text-align:center">五</h2>

事实上，人类的生存和文化环境从来就没有过完美的、理想的状态。所以，针对批评界这种严重的非学理化倾向，我们从批评主体的精神结构内部去寻找时代性症结，应当是更为紧要而带根本性的任务。

文学批评学理被忽略，首先在于批评主体的认识上对时代感应的迷误。当下中国总的社会特征，是由神圣、理想主义、精神至上走向世俗、务实、物欲至上，在转型初始期社会整体失序、失范、失控状态和社会成员急功近利心态的影响下，社会上确实出现了物欲泛滥、世俗蜕变为粗鄙、文明品位下降的堕落化趋势。但批评家们观照社会时，却出现了将堕落趋势放大和堕落感强化的现象，结果导致了批评走向的分化：或者强烈地表达自己"正义的愤怒"，并以之取代了对批评客体的同情性剖示；或者产生顺应时尚弄潮作浪的投机心理，奉行效应至上原则。在这两种走向中，学理显然都处于学术视野的边缘，有时甚至成为思维的盲区。而且，相当多的批评家还对这样的批评走向充满自信，在他们看来，只要鲜明地坚持一己的立场并获得一定的社会和文化后援，自我精神的一元就已经确立。其实，"一元"姿态的形成并不等于一元文化立场的成功建构，即使是相似的"一元"姿态，也必然会是学理依凭有深有浅、思想文化意义有大有小的。这种认识迷误的社会参照系，则是对世界上一些发达国家文化状态的误认和文化思潮的机械移植。实质上，各国有各国的独特国情与发展道路，以对发达国家文化状态的观照和态度来取代对中国未来趋势的认识，并超前地作出种种价值判断，是不可能准确地把握住时代内在规律的，文学批评的学理根基也就相应地不可能深厚和坚实。

非学理化倾向的背后，还有某些批评家学术信仰的局限。首先，批评界存在让评论越过学术价值直奔社会意义、现时功利的学术意图错位。学术对时代的推动作用，本来只能通过学术本身的力量来产生，否则就必然会造成文学批评学理迷失、学术含量稀薄的后果，批评的科学性、有效性也必将受到损害，但意图错位者恰恰忽略了这一客观规则，结果自然可想而知。在"马桥事件"中，张颐武之所以没有将批评目标瞄准《马桥词典》的思想艺术蕴涵本身，却挑出一个模仿问题，原因就在于他的研究动机是实现社会功利目的，而且他也不打算通过学术剖析间接地达到这个目的，只想抄起应手的武器直奔"主题"。以社会文化批判取代社会历史学的文学批评，也是这种错位的典型例证，其中"二王之争"表现得最为鲜明。其次，不少论者把自我的个人生命体验作为学术信心和信念的最终根基。诸多的"骂派批评"、"酷评"之所以也能"理直气壮"，就因为他们确实有作者灵光一闪的所谓"个人感觉"。从根本上说，在漫漫的人类文化史上，任何个人都是存在局限的，那么，一个批评家如果在学术信念上不能超越个人体验的局限，哪怕知识再渊博，他实际上也不可能获得超迈宏深的学理。更为令人忧虑的是，批评界还较普遍地存在着学术无信仰的现象。不断地追踪热门话题，正调、反调哪种引人注目唱哪种，不管唱哪种皆议论横生、意气风发，我们如果纵观其学术轨迹，却见不到批评主体学术依据的一贯性，挖掘其精神特征，则仅用两个字即可予以归纳，那就是"势利"。另一种学术研究无信仰的现象，是批评主体完全依赖于批评对象和旁人提供的"话题"，满足于做参与者、局部内容阐释者的工作。如果批评话题经不起基于深厚学理的学术分析，他们的批评文字的意义自然就甚为弱小；即使批评对象意蕴深厚，这类批评文字也会因其依附性而难具独立的精神文化价值；如果客观方面提供和纠缠的是各种"伪问题"，他们则是白白损耗了不少原本可以更有作为的精力和才华。

非学理化倾向变得越来越严重，还有着深刻的批评主体个人心理方面的动因。其中最重要的是个人的话语权威欲望。领袖、旗手、弄潮儿情结，发现权、命名权欲望，使不少取得了一定成就的批评家在纷至沓来的热门话题、新著力作面前，为议论、表态疲于奔命，结果反而把思想发现改"大额批发"为"散卖零售"，学理的深化、思考的升华则处于悬置状态。某些青年学人急于一鸣惊人，也往往走"险招"，瞄准某个敏感的热门话题先危言耸听一番，待"功成名就"之后，他们再来踏踏实实地干自己的活，至于学理，他们心知肚明，但在"走捷径"的过程中却绝不会去倚重。同时，批评界在20世纪80年代曾风风火火而浅尝辄止飞速地扮演了人类现代的各种文化姿态，如今回首，大家都觉得收效甚微；加之社会转型导致的知识边缘化、学术研究个人化状态，批评界就普遍出现了焦虑与疲惫相交织的心态。整个社会的苟且、卑琐、鄙俗情状，则更以整体氛围的方式，使这种焦虑、疲惫的心态长盛不衰。在知识分子社会地位和经济地位相对"贫困化"的世道中，出于"著书都为稻粱谋"的考虑，还使不少批评家形成了以种种经济和社会利益的算计为依据进行学术选择的心理。在此情形下，保持表白的激情和力度已属难能可贵，谁还愿意打起精神去考究学理呢？

　　与学理关系至为密切的还有一个方面，就是批评家所拥有的精神资源。学者的精神资源大致应包括知识资源、生活资源和话语价值依据三个方面。从知识资源方面来说，20世纪的中国知识分子普遍存在知识库存不够丰盈、知识根基不够深厚的弊端。"后国学"的提倡者传统文化的功底深厚，"后现代主义"的传播者则在西方当代思想理论方面独擅胜场，人文精神发起者思考得较为精深的，或许是20世纪中国知识分子的文化传统和精神使命，热衷命名和旗号的批评家最谙熟的，则是当下的社会文化情境及其言语操作。对古今中外的知识修养均臻一流的学者能有几人？知识的覆盖包容领域有限，必定带来学术视野的局限，就这样在未能弥补诸多知识空白点和薄弱处的状态下建构学理，自然难免种种盲目性、臆测性，难以攀上学理的高层次。一个时代没有一批学理至为高深的大学者、大批评家的导引，一般学者当然就只能在学理肤浅、局促的境遇中相顾茫然。因为知识资源贫弱，生活资源在当今中国批评家的精神格局中就占据了极为重要的位置。然而，20世纪的中国知识分子一方面个人命运都相当惊险复杂，以致形成了不少从人类思想文化层面看意义不大、对批评主体来说却非常重要的思路；另一方面，他们的个人话语却又湮没于集体的经验型、实用性话语的巨响之中，并没有得到科学的生发和升华，所以，在小异的背后，是无法摆脱的大同，是难以彻底汇入人类精神话语脉流的瞬时言语的喧响。中国古代多感悟式、点评式的文学批评，学理传统本来就相当薄弱，20世纪中国学术界的价值依据又过于深牢地植根于时代的历史命运。20世纪中华民族历史发展的斗争对立、实用功利之类的价值功能特征，本源性地规定了包括文学批评在内的学术文化的格局，超越时代格局、更具科学性与人类文化意义的批评学理的建构，自然非短期所能毕其功。批评家们在精神资源、学术传统方面的局限，就这样宿命般地限定了他们的思想能力与学理层次，在文明转换、文化转型过程所必然会出现的重大历史取舍面前，批评者既有的学术能力、学理功能本就难以驾驭，对深化、拓展和升华学理又无能为力，那么，不进则退，学理粗浅化乃至非学理化倾向的出现，又何足为怪呢？

在感应迷误、信仰局限和心理动因、精神资源的不足等原因的背后，还有一个将这纷繁复杂的诸多因素纠结到一起的核心根源，就是学术研究的策略意识。批评者们在不能打"硬仗"时，往往以打"巧仗"来代替，在捕捉不住学术的"体"时，往往以"用"来代替，而且还进一步将这种策略性行为当作了学术研究的"正道"。实际上，真正从价值理性层面来看，思想果实的真伪优劣、学术研究的"正道""旁门"，在人类文化的发展进程中终将水落石出，以摒除种种覆盖、遮蔽而直面存在为目标的人类学术圣地，其实是不可能容下任何的手段与策略的。

六

克服非学理化倾向，提高学术品格，可以说是我们时代的文学批评走出困境、重树形象的必由之路。那么，在时代大环境暂时难有巨大改观的情况下，文学批评到底应该采取何种对策呢？

首先，我们必须以崇高的主体精神力量，树立起自觉的学理意识。因为在文学批评中，我们可以有各不相同的种种考虑，可以采用各不相同的种种方法，但对其中蕴藏的学理的深浅，却不能不慎重对待。文学批评已经屡受诟病和鄙薄，我们除了悲壮地树立起自觉的学理意识，也已经别无他路。而且，在当今这个以人性自然至上为风尚的时代，何去何从确实是个人的选择，但"种豆得豆，种瓜得瓜"却是客观的规律，"游戏"和"戏谑"不过是迷惑那些不清醒者的幌子，有志者不应当完全、彻底地做它们的牺牲品。当然，准确地区分事务性、实用性思维与学理性思考，并不是那么容易的事；正确地掌握好学理与功利的辩证关系，更不是一件简单的工作；捕捉到研究的学理通道后，始终如一地坚守和不懈地向深处掘进，则尤其需要科研的毅力和雄心；而且，从根本上说，学理不仅是规范、原则，更是一种精神品格和学术档次。所以，增强学理意识主要只能依赖批评主体的"思想自觉"。

其次，我们还应当认真做好学术思想和批评理论的学理清理和评析工作。对于国际、国内出现的各种思想与文化理论，批评界在新见迭出地进行阐发的时候，从学理角度进行剖析的工作却做得相当不够。当代的学者多半是科班出身，对学术操作和理论建构的技术也许训练有素，但一种理论观点的形成和这种理论思想所具有的文化价值的大小，却是截然不同的两码事。对此进行判断的最有力的武器就是学理分析。只有这样，我们才能有所选择、有所规避，有效地避免自身文学批评的盲目性，并为中国文学批评的进一步发展清理出广阔的道路；也只有这样，我们才能使那些非学理化的批评自生自灭，最终有效地消除它们。

同时，我们只有加强学养的修炼和精神心理结构的塑造，才有可能提高学理判断和建构的能力。一方面，没有古今中外人类文化的深厚修养，精深学理的堂奥固然难以窥察，即使凭敏慧直觉到其内在机制，无学力后援，仍然难以将它明晰地理性话语化，更难以对它驾驭自如。另一方面，紧贴时代状态进行思维运作的精神传统，使相当多的学者难以用宏放的眼光审视人类的全部思想资料，这样，精神心理结构的塑造也就显得格外重要，否则再充分的人类文化资料，在他们头脑中都仅仅是大堆死板的知识，而不能化作熔铸宏深学理的营养。所以，我们必须两方面同时努力。而当今中国批评界最突出的任务也许是从国内和国际双方面的当下语境和言语热点进行突围，以退为进，从经典性的人类思想材料和未被充分发掘而极有启示价值的文化中吸收"别样的营养"，以便强健我们的精神"体魄"。当然，在这种"修炼"的过程中，保持对当代的精神贯通性和文化拯救立场，排除鄙弃和疏离心理，却也是我们不能不预为警觉的，否则学理建构和判断能力的"理论与实际相结合"又将耗费时日。

学理建构最关键的，是学理依据的寻找。这种学理依据实质上就是批评主体理解人类生存和命运的哲学深度，及由此引申出的哲学与文化立场。没有哲学思想的支撑，作为一种价值理性的学理是难以从根本上成立的，而肤浅的哲学只能导致肤浅的学理，千篇一律的哲理思路只能导致一个时代大同小异、平淡无奇的文学批评。对于这一点，批评界认识更为不足。不少批评家仅仅把学理当作一种批评方法、一种工具理性，围绕一个问题殚精竭虑的，是采用某种新方法、新视角予以阐述，结果花样翻新而学理并未加深。更有甚者，某些批评家干脆连方法也怠于寻找，仅仅凭机智采用某种策略或手法就玩起了文学批评。不能不说，学理作为价值理性的特质已长久地被忽略了。当然，在我们这样一个"常人文化"盛行、哲学思想贫困的时代，学理依据的寻找和创建必定会异常艰难而且希望渺茫。但既然承担了发展中华民族精神文化的使命，我们就不能不勉力向前，否则非学理化现象就将绝难从根本上得到克服，一代文学批评也就只能落个扰乱当代而贻笑后世的下场。

第二节　雷达文学批评的思想主线与精神风貌

作为影响中国文坛30余年的批评大家，雷达是一个主要以实绩确立学术和文坛地位的评论家。他的评论不仅是一种学术研究和阅读感悟，而且在相当大的程度上，显示和代表着中国文学批评的高度、水准和方向。因此，研究"跨世纪文学"的文学批评状况，雷达是一个应予重点把握和深入解读的存在。

雷达的文学评论显示出诸多值得重视和借鉴的特点，比如全局性把握的思想视野，视点丰富而聚焦文坛最厚重作品的学术高度，融化各种理论与历史资源而立足文本实际和主体独特感悟的思维特征，以及在学术对话和精神交流中阐发、评述、裁断的行文风格，等等。但不管是从捕捉雷达文学批评的学术价值和精神文化意义，还是以代表性的个案来理解中国文学批评核心特征的角度看，选择他在30余年的文学批评中具有贯穿性的思想主线和精神风貌来研究，都应当是更为重要的工作。

　　在20世纪80年代初至90年代中期的批评生涯中，雷达先后出版了《小说艺术探胜》、《文学的青春》、《民族灵魂的重铸》、《灵性激活历史》、《蜕变与新潮》、《传统的创化》、《文学活着》等文学评论集。他90年代以后文学研究的主要成果，基本收录在2002年由人民文学出版社出版的评论集《思潮与文体——20世纪末文学观察》之中。2010年，雷达则总结性地将自己30余年的文学评论精品结集为《重建文学的审美精神——雷达文艺评论精品》（上下卷），交由北京师范大学出版社出版。

　　雷达研究和评论了以创作思潮和优秀小说文本为主的极为丰富的文学作品与文学现象，他在80年代中期提出的关于新时期文学主潮的"民族灵魂的发现与重铸"说，堪称其研究贯穿始终的思想主线与价值基点。

　　早在20世纪80年代前期，雷达就高度和深度兼具地感悟《小镇上的将军》如何通过白描"画出我们民族的性格美、灵魂美"[1]，《远村》的"历史意识和审美价值"[2]，《被爱情遗忘的角落》对"思想深度和容量的追求"[3]，《种包谷的老人》所体现的"没有充沛思想的'美'是空洞乏力的"[4]。到80年代后期，雷达又从"置身世界潮流铸造自己民族苦难、惊醒、衍变、强化的史诗，提出关于整个人类精神生活的根本问题"[5]的高度，盛赞《古船》表现"人的、民族的""忏悔与超升"的"思想艺术的主航道"及由此达到的"民族心史的一块厚重碑石"[6]的价值含量；由《红高粱家族》"主体与历史关系"、"把握历史的思维方式"的"审美独特性"，和"把探索历史的灵魂与探索

　　① 雷达：《画出灵魂来——读〈小镇上的将军〉》，《民族灵魂的重铸》，中国工人出版社1992年版，第265页。
　　② 雷达：《〈远村〉的历史意识与审美价值》，《雷达自选集·文论卷》，山东文艺出版社2006年版，第27页。
　　③ 雷达：《深度与容量——读〈被爱情遗忘的角落〉所想到的》，《民族灵魂的重铸》，中国工人出版社1992年版，第180页。
　　④ 雷达：《注意力转移之后——关于何士光的创作变化及其"创作谈"》，同上书，第354页。
　　⑤ 雷达：《民族灵魂的发现与重铸——新时期文学主潮论纲》，《重建文学的审美精神——雷达文艺评论精品》上卷，北京师范大学出版社2010年版，第42页。
　　⑥ 雷达：《民族心史的一块厚重碑石——论〈古船〉》，同上书，第270、268、267页。

中国农民的灵魂紧紧结合"①的审美境界，概括出"灵性激活历史"②的审美规律。在这一过程中，雷达的文学评论逐步由关注作品的社会历史内涵，转化到体察文本的民族精神文化意蕴，越来越深入地展示出他以发掘"民族灵魂"的深广度与独特性为评价标准的研究思路和思想特征，而且从中显示出一种立足而又超越文本、关注民族精神生命的状态与底蕴的思想眼光，以及注重作品精神内涵而倾向于各种艺术手法"共存共荣"的审美立场。

在90年代以来新的时代语境中，雷达根据不断发展变化的文学事实，又为"民族灵魂的发现与重铸"说注入了新的血液，从而有力地丰富了其原有的内涵。

雷达认为，随着传播媒介的丰富和市场价值形态的形成，中国作家"观察生活的眼光和审美意识，特别是价值系统和精神追求，出现了明显的分化"；而且，文化生态的大气候、文化形态的多元化使得文学的存在价值与可能性本身都不断地遭到质疑。因此，纯粹从文学本位的角度已经"很难找到一种全景式地解析和归纳当今小说流向的最佳方式"③，"批评本身的概念已从文本的批评进入到了对时代精神、人文关怀、对文体、对方法的思考"④。于是，他一方面从"时代物质气候与精神气候"的高度追索文学本身的存在理由、处境、功能等本原性问题，同时从作家们在"市场经济、时代精神和文学规律三者之间撞击、磨合中的选择"出发⑤，"把重点放到审美意识的发展变化"⑥来梳理文学的发展趋势与演变形态，把握时代审美文化的精神走势及其可能的健全发展路向。

以此为基础，雷达认为，在90年代的文学创作中，"民族灵魂的发

① 雷达：《历史的灵魂与灵魂的历史——论〈红高粱〉系列小说的艺术独创性》，《重建文学的审美精神——雷达文艺译论精品》上卷，北京师范出版社2010年版。第218-219页。

② 雷达：《灵性激活历史——〈红高粱〉〈灵旗〉〈第三只眼〉纵横谈》，同上书，第244页。

③ 雷达：《思潮与文体》，《思潮与文体——20世纪末小说观察》，人民文学出版社2002年版，第3、7页。

④ 雷达：《文学不会使我们发财，却会使我们自由》，同上书，第31页。

⑤ 雷达：《转型中的文学》，同上书，第106页。

⑥ 雷达：《思潮与文体》，同上书，第7页。

现与重铸这一时代性主题，正在向动态的当代生活深入"，而且，文学无"本身"，作为一种审美形态，它自身的内涵也是发展的、变动不居的，因此，创作应当"向当代人的精神的纵深挖掘"[①]，追求"对民族精神历程的反思和当代性的揭示"[②]，使文学的发展史本身也成为民族"灵魂的历史"。因为这种新阐发的加入，雷达的"民族灵魂的发展与重铸"说，就显示出贯通性与当代性相融合的特征，摒除了可能将"民族灵魂"理解为若干凝固不变的要素的超时空组合这类的狭隘观念，而突出了其"时代的"、"民族的"内涵在"精神的"层面相融合的特质，从而使这一批评观念在90年代中国精神文化多元化的格局中，显示出对于创作的包容性和导向性相兼顾的学术与思想内涵。

雷达还突出地强调了审美这一"中介"的重要性，他认为，文学创作中"民族灵魂的发现与重铸"，是审美中介意识与创作精神向度的融合。更进一步，基于"文化价值重建"的时代要求和文学艺术"具象的、流动的、排斥逻辑方式"的本性与规律，根据90年代文学创作"侧重日常性"的客观局势，雷达提出了"强化思考性"[③]、"强化时代的精神体验"[④]的审美观念，强调文学在"诗性"的基础上"精神的飞翔"[⑤]。这就既为作家"主体创造意识"发现乃至提供"民族灵魂"的新因素提供了意义空间，也为文学创作"诗性的强化"和文学批评对于创作思维过程、审美灵性的探究，寻找到了思想文化层面的依据。这种突出"审美中介"特性的"民族灵魂的发现与重铸"说，比之于纯粹思想史意义的比如"人道主义"、"新启蒙"之类关于创作主潮的概括，更充分地突出了文学的审美特性；而"精神向度"的理念，在对于各种审美方式的把握方面，也比"创作方法"之类的概念显得更富于内涵的层次感，因为它不仅关注艺术形态方面的因素，而

---

① 雷达：《从生存相到生活化》，《思潮与文本——20世纪末小说观察》，人民文学出版社2002年版，第84页。

② 雷达：《转型中的文学》，同上书，第111页。

③ 雷达：《日常性、思考性与精神资源》，同上书，第23页。

④ 雷达：《强化时代的精神体验》，同上书，第150页。

⑤ 雷达：《渴望精神的飞翔——对新世纪文学的几点思考》，同上书，第182页。

且强化、突出了潜藏于审美传达方式背后的创作主体精神心理的重要意义。

因为这种丰富和深化，"民族灵魂的发现与重铸"说也就显示出历史、美学与文化立场相融合，文学与精神文化内涵相融合，学术与人类精神生命意识相融合的特征；而且摒除了各种理论印证型、导向传达型批评观念的"蹈虚"色彩，使批评的价值依据能够落实和运用到不断发展、变化的中国文学创作实际之中去，从而具备了实践性、可操作性的品质。

二

立足对"民族灵魂"发掘与审美展示的高度来研究当今文学的发展趋势和其中的优秀作品，雷达的评论就显示出一种全局性、历史感和精神深度兼具的精神风貌与价值立场。

在对文学整体发展趋势的研究方面，雷达特别强调作家对于时代重大精神问题的审美把握和对于精神高度的追求。他指出，"一个作家能否写出意识到的历史深度，取决于他的精神视点的高度"，作家应当触及"时代的重大精神问题"，书写民族"灵魂的历史"，以文学"特有的审美方式担起心灵铸造的重任"。[1]因此，针对平面化、日常化写作，他认为，"强化思考性可能正是提升精神高度的途径"。对于盛极一时的个人化写作，他提醒作家应当"把当下的生存体验上升到精神体验的高度，以个人化的写作来沟通对民族灵魂的思考"[2]。当文坛对作家的"想象力贫乏"议论纷纷时，他强调："强化当代性，大胆揭示当代人的精神冲突，是比单独提出文学的想象力更能切中要害，对激发文学的活力尤其重要。"[3]在文坛对"叙述革命"津津乐道时，他指出："在

① 雷达：《日常性、思考性与精神资源》，《思潮与文体——20世纪末小说观察》，人民文学出版社2002年版，第25、26页。
② 雷达：《思潮与文体》，同上书，第15页。
③ 雷达：《日常性、思考性与精神资源》，同上书，第22页。

今天，突出的问题主要不是进行叙述革命"①，"当下文学缺乏的或者应该加强的，主要应是思想内涵，时代的精神体验深度和强大的思想魄力"②。这种种论述既体现出雷达对于当代文学存在的价值、意义的整体维护倾向，又时时显示出他对于"转型中的文学"偏离发掘"民族灵魂"主线的局限、偏颇与迷误的不满和警觉。

落实到研究和评价各种具体的创作思潮，雷达的批评则显示出一种由全局性把握和多侧面观照而获得的独到的理解深度、评论力度和历史稳健性。在诸多相关论文中，雷达认为，"新写实小说"的价值在于表现了"民族群体生存相"，由新写实小说演化而来的"朴素现实主义"的精髓是表现了社会转型过程中"人格的觉醒或失落及其过程"③；先锋小说存在"跳过民族心理抽象追求终极价值"④的局限；新都市小说应当由"欲望化向心灵化深化"；女性小说应当"向社会文化回归"，等等。完全可以说，几乎对于新时期以来30余年间所有重要的创作现象，雷达都有剀切有力、一语中的的评断。

最见雷达文学评论功力的，自然是他对于各种优秀作品特别是长篇小说力作的审美特征与价值内涵的剖析和概括。

精神文化剖析与审美灵性揣摩并重，可说是雷达这类评论最为重要的思想特征。评论《坚硬如水》，雷达就首先从创作灵性的角度，表达了自己对作者"能够将真实推向一种陌生而警醒的程度"，从而颠覆人们的"审美惯性和思维惰性"的"天赋才能"的"惊奇"；同时又理性地指出，这种"充分的本土化与新异的现代精神的融合"，内在价值是能够"进入到人性的灵魂的深邃真实"，从而"写出我们民族灵魂中某些更本原的东西"。⑤关于《大漠祭》，雷达认为，在作品"原生态和典型化"相融合的背后，"审美根基是写出生存的真实，甚至严峻

---

① 雷达：《小说进入21世纪》，《思潮与文本——20世纪末小说观察》，人民文学出版社2002年版，第179页。

② 雷达：《强化时代的精神体验》，同上书，第156页。

③ 雷达：《从生存相到生活化——90年代初期的小说潮流》，同上书，第73、72、74页。

④ 雷达：《转型中的文学》，同上书，第111页。

⑤ 雷达：《权欲与情欲的舞蹈——评〈坚硬如水〉》，同上书，第269、270页。

的真实"①。关于《高老庄》，雷达指出，这部作品因为走向"混沌"、
"日常性"，而呈现出表象"丰盈"但实际上"充满文化精神上的迷
惘"②的审美特征。所有这类分析，都属于雷达从自我生命感悟和阅读
感受出发"知人论世"，将领会创作主体审美灵性和剖析文本精神文化
内涵有机结合的典型例证。

随之而来，雷达的文学评论显示出一种在与作者甚至与整个文
坛进行"精神对话"的状态中论说、揣测和评断的姿态。评论《白银
谷》、《太平天国》、《北大之父蔡元培》等作品时，雷达都是首先来
一番该类题材写作的可能路径、内在难点等问题的分析，然后才条分
缕析地阐述、评价和分析文本的优长与遗憾。比如对《北大之父蔡
元培》，雷达首先指出，"五四"是一个"群像"而非"肖像"的时
代，所以"孤立地写或静态地写都不行"，在充分注意到题材的这种
"特殊性，限定性"的基础上，他才分析并肯定作品"渲染出了一种
密集的、斑驳多姿的思想景观"，塑造出了启蒙思想大师蔡元培的文
学形象，同时揣测作者"也许为了让著名人物都有机会露面"，"追求
史诗效果的愿望太强烈"，结果"笔墨有些分散"，"反失却了洒脱的风
度"。③这就将剖析作品特色的思想锋芒和由同情性理解所体现的人
文情怀有机地结合了起来。分析《外省书》时，雷达从作家们对时代
的"精神追问"到底在"追问"什么、怎样"追问"的角度，将这部
作品与张炜的其他小说、与贾平凹的《怀念狼》和胡发云的《老海失
踪》等作品综合起来论述④，从中更鲜明地体现出一种与文坛乃至整个
精神文化界在"精神"层面进行"对话"的特色。相对于文学批评界
"酷评家"的"骂派"批评、"学院派"的观念"自我印证式"批评和
大众文化层面的"媒体批评"，雷达的这种批评风范无疑更富精神文化
意味，更具历史感和建设性。因为任何时代的文学都始终是一个不断

---

① 雷达：《生存的诗意与新乡土小说——读〈大漠祭〉》，《思潮与文体——20世纪末小说观
察》，人民文学出版社2002年版，第229页。

② 雷达：《丰盈与迷惘——〈高老庄〉及其它》，同上书，第294页。

③ 雷达：《"集结"的群峰——关于〈北大之父蔡元培〉》，同上书，第349、351、353页。

④ 雷达：《激愤过后的沉思——读〈外省书〉》，同上书，第260页。

发展的过程，因而"骂派"总能找到自己的攻击缺口，但它并不有效
地贴近"发展"；"自我印证派"初看具有理论色彩，但往往缺乏对各
种思潮的兼容性，而真正优秀的文学作品必然是时代所能提供的诸多
精神价值元素的创造性整合，因此这种批评实际上无法全面、公正地
把握整个时代，甚至对于某些具体作品也难以全面、完整地体察和评
价；"媒体批评"则基本未达到与优秀作品进行"精神对话"的层次。
由此，雷达文学批评的思想优势就有力地显示了出来。

当然从根本上看，雷达仍然是依据作品对于民族心灵剖析的独特
性和丰厚程度来进行分析、判断乃至推崇的。他关于《白鹿原》的民
族文化凝聚的"人格说"①，关于《废都》的"士的现代处境"②角度
的理解，关于《白银谷》是"对一种伟大金融传统的复活与慨叹"③的
概括，皆是以此为据，而获得了对作品独特而深厚的发现与剖析的。
同时，因为职业需要，雷达不可能仅仅选择那些能够引起自我心灵强
烈共鸣、体现自我价值观念的作品来进行评述，而需要对各式各样内
涵迥然不同的作品都进行深刻、准确的评价与解读。对于所有类型的
作品皆能成功地解读，这本身即表现出雷达作为一个评论家的功力和
对于"民族灵魂"内涵、对于文学本质的丰富理解。

正因为如此，雷达的文学批评就显示出一种对创作的认知和独立
于创作的学术含量、思想文化启示有机融合的特征，他的研究成果得
以具备独立价值的历史和学术文化基础也蕴含于这种特征之中。

第三节 "样板戏现象"的历史轨迹与文化实质

在"文革"结束后很长一段时间内，人们分析和考察"革命样板
戏"，习惯上都是将它们看作"文革"时代的产物和象征，直到在21世
纪先后对相关剧目进行电视剧改编，人们才逐渐打破这种将艺术作品

---

① 雷达：《废墟上的精魂——〈白鹿原〉论》，《思潮与文体——20世纪末小说观察》，人民文学
出版社2002年版，第198页。

② 雷达：《心灵的挣扎——〈废都〉辨析》，同上书，第239页。

③ 雷达：《对一种伟大金融传统的复活与怅叹——读〈白银谷〉》，同上书，第285页。

当做政治文化表征的历史惯性。其实，如果从大文化的视野将样板戏
及其相关的方方面面都纳入考察范围，我们就可发现，作为一种历史
文化现象，有关样板戏的一切并不局限于"文革"这一特定的政治历
史时期，而是从20世纪的五六十年代直到新世纪，已经存在了半个多
世纪。在这半个多世纪的历史中，因为自身特定的文化生成过程和复
杂的思想艺术特征，因为当代政治文化波谲云诡的变迁，也由于各类
社会心态的巨大差异，样板戏经历了极为戏剧化的历史命运。这种历
史命运与样板戏文本本身的内涵一道，构成了当代文学艺术史乃至整
个当代文化史上都极为耐人寻味的"样板戏现象"。

包括文学批评在内的中国文学乃至文化界对于样板戏的理解与
态度，构成了"样板戏现象"具有关键意义的组成部分，它既具体表
现了中国文学批评对于"革命文化"本位时代复杂的文学遗产和审美
传统的态度和理解，同时也折射着从"革命"到"建设"的文化转型
期中国文学批评的学术文化特征和精神文化面貌。所以，研究"跨世
纪"文学批评在历史认知方面的特征，"样板戏现象"当为既具代表
意义，又有学术含量的典型个案。

一

样板戏的历史虽然漫长而复杂，但总括看来，其萌生嬗变、荣辱
沉浮，大致可分为四个时期。

第一阶段是"文革"前样板戏的"成型期"。样板戏的前身歌剧
《白毛女》（1945年）、小说《林海雪原》（1957年）、电影《自有后来
人》（1962年）和《红色娘子军》（1960年）、沪剧《芦荡火种》（1963
年）、话剧《龙江颂》（1964年）、淮剧《海港的早晨》（1964年）等，分
别在20世纪50—60年代乃至40年代就以不同的艺术形式出现，并形成
了巨大的反响。随后，它们由于文学内外的种种原因，偶然或必然地
被逐步改编、培养成了"革命现代京剧"。在1964年的全国京剧现代戏
观摩演出大会上，《芦荡火种》、《红灯记》、《奇袭白虎团》、《智取威

虎山》、《杜鹃山》、《红色娘子军》六个剧目即已隆重登场。[①]总的看来，"成型期"作品的各种相关现象都发生在具有当代中国特色的社会主义政治文化的范畴内，并无直接的政治目的或其他的政治企图。但它们作为据以改编的原本，也确实从文本内涵到社会效应等方面，都与"文革"时期的"样板戏"存在着不应被忽略的内在联系。

第二阶段，不妨称为样板戏的"荣耀期"。从1966年12月26日《贯彻毛主席文艺路线的光辉样板》一文在《人民日报》发表，1967年5月八部戏剧作品在北京联台上演和江青的《谈京剧革命》同期发表；到1969年和1970年间样板演出本京剧《智取威虎山》、《红灯记》、《沙家浜》和舞剧《红色娘子军》相继在《红旗》杂志、《人民日报》上发表，包括上述剧目与《龙江颂》、《平原作战》、《杜鹃山》等第二批样板戏在内的剧本在人民出版社出版，以及在全国城乡展开群众运动式的"唱样板戏，做革命人"[②]活动；再到以《京剧革命十年》（人民出版社编选，1975年版）和《革命样板戏评论选》（上海人民出版社编选，1976年版）所收文章为代表的对样板戏的"学习"式评论与理论化概括；直到第三批样板戏如《山城旭日》（根据《红岩》改编）、《敌后武工队》、《春苗》、《决裂》等的酝酿、创作和流产[③]，都应纳入这一范围。"荣耀期"的样板戏命运自然更多地注入了处于病变、畸形状态的极"左"意识形态和"文革"政治权谋的色彩。

第三个阶段为样板戏的"耻辱期"。时间当起于"四人帮"被粉碎，止于1986年春节联欢晚会上刘长瑜演唱《红灯记》唱段《都有一颗红亮的心》。这一时期"样板戏现象"的主要内容，包括理论界从政治上对样板戏作为"四人帮""阴谋文艺"的阴谋性质及恶劣后果的揭露批判，历经磨难的"过来人"对"文革"时期样板戏及其所形成的令人痛苦、恐惧的时代氛围的抒情式回忆和决绝诅咒，各种艺术作品

---

① 丁景唐主编：《中国新文学大系（1949—1976）·〈史料·索引卷1〉》，上海文艺出版社1997年版，第846页。

② 文艺短评《做好普及革命样板戏的工作》，《人民日报》1970年7月15日。

③ 杨鼎川：《1967：狂乱的文学年代》，山东教育出版社1998年版，第44页。

对它们的贬斥与嘲弄，以及剧目被禁演这一事实本身。以样板戏为文化的耻辱在当时几乎是整个社会一致的情感和价值态度，虽然较少完整、系统的理论探讨，但在那一时期的批判文章、"伤痕文学"作品和比如《历史在这里沉思》之类大型文集所收的史料回忆性文章中，几乎随处可见显示此类态度的片断。"耻辱期"样板戏的风云变幻，堪称政治话语立场和社会情绪宣泄的有机融合。

第四个阶段则是关于样板戏的"争鸣期"。从1986年开始，由政府和市场，也就是意识形态与社会心理各自操纵，部分样板戏剧目不时以清唱、重排、卡拉OK、影碟等形式，进行地方性乃至全国范围的复现，而且每当其红火时，就会有来自正反两方面的研究与评价，并引发激烈的争论。这种争论由1986年刘长瑜、邓友梅、张贤亮等人的唇枪舌剑及巴金的《样板戏》一文开始；中经1988年林默涵的访谈录《周总理的关怀，艺术家的创造》和王元化的《论样板戏及其他》所引起的广泛关注与争鸣；到90年代，样板戏部分剧目在各地公演引起"冷""热"不同的反响，又导致了各界对其针锋相对的阐释；延至2001年，谭解文的一篇《样板戏：横看成岭侧成峰》在《文艺报》以"热点聚焦"的方式发表，同样导致了在《文学自由谈》等报刊上的激烈争论。在新世纪带有多元文化融合色彩的时代语境中，样板戏剧目被不断地添加各种叙事元素，改编为内涵已与当初的样板戏大相径庭的各类文艺作品，却又因所谓"红色经典不容亵渎"而不时引来批评和争论。2003年，薛荣对京剧原作极具颠覆性的小说《沙家浜》在《江南》杂志发表，就引起了轩然大波，甚至有新四军老战士出于义愤与其打官司。2004年的电视剧《林海雪原》和2006年的电视剧《红色娘子军》，则导致有关文化行政部门直接发布文件进行裁断和干预。虽然这一时期也出现了一些关于样板戏的纯学理性的研究和探讨，各种争鸣从外表上也不是纯粹的政治和文化"大批判"，而显示出较多的学术和艺术本位的色彩，但实际上，各种政治、经济因素及其社会心理的复杂内涵的融合，仍然是这一时期"样板戏现象"生长的基础。

直到样板戏剧目被夹杂在"十七年文学"和艺术名著中被大量地

改编为商业化的电视剧，样板戏才基本被还原为一个个剥离了政治文化重负的文艺作品，所谓的"样板戏现象"也才逐渐消淡下去。

从这样的精神时空和文化背景下来考察，我们就会发现，"样板戏现象"绝不仅局限于"文革"时期和剧目本身，它的荣辱沉浮的命运所包含的政治、历史、文化、文学和人性等方面的可开掘的蕴涵，实际上远远超过了这些作品作为艺术文本的研究价值，但与此同时我们又可以清楚地看到，在不同的历史时期，样板戏均受到了各种不同的政治文化诉求的蚕食，以致其本来面貌反倒隐而不显，甚至不被人们注意了。所以，摒弃种种简单、偏执、情绪化的单一视角的评价，既入乎其内又出乎其外，将审美研究与文化研究结合起来，全面、系统而透彻地分析和把握当代中国文化史上的这种"样板戏现象"，已经成为比单纯的剧目思想艺术剖析和政治历史评价更加重要而又艰难的事情。我们应当既细致剖析样板戏这批绝非人类文化史上完美经典的艺术类文本的内在机制，又深入地探究为之所投入的一个民族半个多世纪的精力、智慧和情感，并由此探究这个民族的文化心理结构的特质及其正反两方面的历史启示。也许只有这样，我们的态度才能更客观、全面和丰富，我们的研究工作也才会具备更广泛的意义、更有超越性的价值。

二

"文革"前和"文革"中的"样板戏现象"其实是一个自在的历史过程，"文革"后对样板戏的种种反思才使这一现象显示出正反两方面的多重意味，所以，不是以"文革"时期，而是以"文革"后对样板戏的种种评价为聚焦点，才有可能真正全面地揭示"样板戏现象"内在的精神文化特质。

新时期以来学术界和社会文化界对样板戏的争鸣性言说，主要包括以下几个方面。

其一是关于样板戏的思想艺术内涵。贯穿于样板戏"耻辱期"和"争鸣期"的20世纪八九十年代的权威性看法，是把样板戏作为"文革文学"的代表作，着重批判它们观照生活时阶级斗争极端化的眼光、人物形象塑造时"高大全"、反人性的内涵和"三突出"的艺术模式。王元化就认为，"样板戏是三突出理论的实践"，而"贯穿在样板戏中的斗争哲学"正体现了"文革"的精神实质。①另一种看法则着力强调其"民族传统美德"与"新的时代精神"相结合中爱国主义、民族气节等道德共同性的侧面②，进而肯定其为"红色经典"，并坚持认为，"文革"时期之所以能产生这种"红色经典"，是因为"作品的意识形态外壳和它的艺术内涵常常可能并不完全一致"。③

与此紧密联系的是关于样板戏艺术成就的问题。肯定者都把样板戏置于传统京剧艺术的范畴，以戏曲行当研究者特有的专业眼光，从戏曲题材和艺术革新的角度，否定"三突出"而肯定其"三打破"（即"打破唱腔流派，打破唱腔行当，打破旧有格式"）④，从而高度评价样板戏在京剧发展史上的地位。陈汝陶的《谈京剧样板戏的经验与启示》一文甚至认为："从这些戏的艺术成就来看，完全可以与一些京剧传统名剧相媲美；在人物塑造、唱腔音乐创作以及乐队伴奏、群众舞蹈设计等方面，甚至有过之而无不及。"⑤王寅明的《戏曲与反思》也是从戏曲艺术改革方面来肯定和分析样板戏的成就。⑥否定其成就者，则往往从思想文化角度着眼，对这一方面却忽略或避而不谈。

其二是关于样板戏和江青、和"文革"意识形态的关系。一种观点认为，样板戏是与江青政治图谋和"文革"意识形态共同凝聚成的畸形政治文化现象。邓友梅认定"江青改编后的样板戏带上了帮派气味"⑦，因而"不赞同在事实上否认它与江旗手的联系"⑧。陈冲则认

---

① 王元化：《论样板戏及其他》，《文汇报》1988年4月29日。
② 练福和：《八个现代戏评价问题之我见——兼与王元化同志商榷》，《影剧月刊》1994年第2期。
③ 金兆钧：《"红色经典"与历史的态度》，《文艺报》1997年8月21日。
④ 于会泳：《让文艺舞台永远成为宣传毛泽东思想的阵地》，《文汇报》1968年5月23日。
⑤ 陈汝陶：《谈京剧样板戏的经验与启示——侧重于音乐方面的探讨》，《文艺研究》1991年第4期。
⑥ 王寅明：《戏曲与反思》，《人文杂志》1988年第4期。
⑦ 邓友梅：《向陈冲致敬》，《文学自由谈》2001年第5期。
⑧ 同上。

为,"江青对样板戏的改造,根本着眼点是意识形态的改造,是要使它们具有与整个'文革'相一致的意识形态",结果,"样板戏中的抗日、抗美援朝、剿匪等等,只是剧情背景",所以,"样板戏是一个政治历史事件"。①"样板戏就是'文革'的代码"②,"它们作为文化统制的构成部分和成为我们整个民族灾难的'文化大革命'紧紧联系在一起"③。另一种观点则认为,江青是窃取了京剧现代戏的艺术成果,并通过对种种历史细节的考证来显示江青并未对样板戏产生多么巨大的影响。林默涵即以亲身经历说明,京剧《红灯记》和芭蕾舞剧《红色娘子军》是在周恩来的亲自关怀与指导下,由广大文艺工作者创作出来的,"一些人不明真相,误以为这些戏是江青搞的,这种被颠倒的历史应当重新颠倒过来"④。《红灯记》中李铁梅的扮演者刘长瑜也指出,"江青插手只是说头绳不够红,窗帘应该怎样卷,补丁应该怎样钉"⑤。至于江青对样板戏的影响是不是也可分为正负两个方面,江青一人的参与是否使样板戏的内涵发生了本质性的转变,则基本被研究者所忽略。

其三是"文革"后样板戏复现到底有何精神文化意味的问题。反对上演者认为,"文革"后重新上演样板戏,实质上意味着"文革""幽灵"的复活。早在1986年,巴金和邓友梅就以"我怕噩梦,因此也怕样板戏"⑥和"一听到高音喇叭放样板戏,就像用鞭子抽我"⑦的心理感受,表达了自己对样板戏的强烈厌恶与拒斥。2001年,陈冲在《文学自由谈》著文称样板戏的重新流行是"沉渣泛起",邓友梅马上呼应"向陈冲致敬"。一篇署名立木的文章《又闻"样板戏"有感》还这样慷慨陈词:"在'文革'后继续宣传样板戏,就是在意识形态领域继续对人性、人的尊严、人的主体意识实行专政","今天样板戏重新抬

---

① 陈冲:《沉渣泛起的"艺术本体"》,《文学自由谈》2001年第3期。
② 《刘长瑜邓友梅争论〈红灯记〉》,《新民晚报》1986年5月5日。
③ 王元化:《论样板戏及其他》,《文汇报》1988年4月29日。
④ 林默涵:《周总理的关怀,艺术家的创造》,《中国文化报》1988年4月27日。
⑤ 《刘长瑜邓友梅争论〈红灯记〉》,《新民晚报》1986年5月5日。
⑥ 巴金:《样板戏》,《巴金全集》第16卷,人民文学出版社1991年版,第683页。
⑦ 《刘长瑜邓友梅争论〈红灯记〉》,《新民晚报》1986年5月5日。

头，只能说明中国人仍然缺乏判断力"。①另一种观点则认为，"样板戏所以重新流行，是因为在它的政治理念外壳的包裹下，存在着一个艺术本体的内核"②。

几方面的两类意见归结到一点，自然是对样板戏的总体评价问题。一类观点认为，虽然"是好是坏我认为样板戏也不能一刀切，一出坏戏里也可能有几个好折子"③。但是，"对样板戏进行政治品格和历史是非的判断……是对样板戏进行判断的最高层面、本质层面"④。另一种看法则认为，样板戏的主要问题"在于对它的'样板'的定位上"，"我们今天重评样板戏，则是要恢复它的本来面目，对它作出正确的评价"。⑤

两类针锋相对的看法中，体现出耐人寻味的问题。

首先，虽然人们都承认样板戏与"文革"精神氛围的内在联系，但是，真正在心理和情感上全盘拒斥样板戏者，多是从20世纪五六十年代到"文革"皆有过屈辱经历和心灵创痛的人文知识分子，如巴金、王元化、邓友梅、张贤亮等。而肯定样板戏作为艺术作品包括思想内涵在内的各方面都自有其价值的，则主要是"文革"前或"文革"中因样板戏获得过人生荣耀的，如林默涵、刘长瑜等；从艺术上肯定样板戏成就者，常为深谙戏曲艺术的业内人士；而主张回归艺术本位、客观地研究样板戏的，则多属与"文革"较少个人经历方面瓜葛的专业研究工作者。其中明显地表现出，言说主体在观照历史文化现象时，确实存在置身事内的个人主观性，而且往往执著一端，未曾注意对自我的反思和心态的调整，由此，他们的思想视野出现被遮蔽的现象也就在所难免。比如，对于"文革"前、"文革"中、"文革"后三个历史时期样板戏流行的社会心理基础的歧异及其演变，研究者们就缺乏深入的

① 立木：《又闻"样板戏"有感》，《上海艺术家》1994年第2期。

② 谭解文：《样板戏过敏症与政治偏执症》，《文学自由谈》2001年第5期。

③ 邓友梅：《向陈冲致敬》，《文学自由谈》2001年第5期。

④ 陈冲：《沉渣泛起的"艺术本体"》，《文学自由谈》2001年第3期。

⑤ 谭解文：《三十年来是与非——"样板戏"三十周年祭》，《文艺理论与批评》1999年第4期。

分析。实际上，"文革"中样板戏的风行可说是一种以正剧形式上演的闹剧和悲剧，而"文革"后人们吟唱样板戏，则显然包含着胜利者对待以往历史的喜剧心理。而无论是赞赏者还是批评者，都仍将其作为历史正剧来对待，于是，一种主观判断与历史事实之间针对性的欠缺就从中表现出来。

其次，研究、争鸣者往往都夸大"文革"样板戏与"文革"前原作之间的差异，似乎二者之间产生了一种质变，而且一定是变得更恶劣。但实际上，就是从《京剧革命十年》一书中发表于"文革"时期、竭力夸大京剧"革命成果"的文章里，我们如果仔细阅读仍可看到，对样板戏原本的种种改编，虽然使其更意识形态化，但并没有彻底改变它们既成的话语模式，这样自然也就不可能改变其文化内涵的核心部分。而且，即使是"文革"的第二、第三批样板戏剧目，其中选来进行改编的范本还是有不少"文革"中受到批判的"文革"前的文艺名著，《磐石湾》、《山城旭日》、《敌后武工队》等就是如此。这一切恰恰说明，"形成期"和"荣耀期"的样板戏之间，文化内涵并没有发生本质性的改变。出现这种研究特征的根本原因则在于，争鸣者主要是从政治历史、艺术技巧、文本显性主题等方面入手进行分析，仍然囿于社会政治文化的思维模式之中；对样板戏复杂的内在机制和深层意蕴，以及改编前后的作品在文化意蕴层面的一贯性，研究者们则往往缺乏足够的重视和多侧面的剖析。

所以，我们在考察样板戏的历史风雨之时，首先必须注重对民族文化心理结构自身的审视与反思；同时必须超越个人化的精神价值立场，超越社会政治文化的思维模式。只有以此为基础，撇开政治文化诉求对文本实际内涵的蚕食，以一种平常心来检视特殊的历史文化现象，我们的研究才有可能具备更宽宏的精神视野，才有可能变得更为客观、公正和全面。

三

不管具体情形多么复杂，样板戏及其相关现象之所以能在半个多世纪里的中国政治文化中留下自己的痕迹，最根本的原因还在于其自身。比如说，"文革"前改编样板戏为什么要选择这些剧目？为什么新时期以来的30多年时间里，社会各界对样板戏的判断莫衷一是，而样板戏并没有如语录歌、"忠"字舞那样随着"文革"结束而自然地被淘汰、被遗忘，却屡屡复现于社会的文化娱乐生活之中？为什么那么多更具突破性地运用现代化得多的电声乐器所创造的京剧剧目并未让人们声口相传，样板戏的某些剧目、片断和唱段却始终未曾被遗忘？为什么在意识形态文化并不盛行的当下中国，样板戏同样能为人们所品味？撇开种种外在的政治历史和社会心理的因素，单从文本的内蕴本身进行分析，这些仍被青睐的剧目是不是确实也蕴含着能够感动不同时代的平民百姓之处呢？所有这一切都值得文学批评界给予认真的思考和深入、具体的探讨。而且，对这些问题的解答同样需要从大文化的视野，将审美研究与文化研究结合起来，才有可能切中肯綮。

笔者认为，样板戏的精神意蕴，可以从显性话语和潜在意味两个层面来进行解读。它们的显性话语当然是表现当代政治文化的内涵，无疑也显示出"文革"意识形态的色彩；但与此同时，样板戏的优秀剧目还具有一种深层话语。这种深层话语的内涵，既包括中外文学史上长久绵延的创作母题，也包括体现平民日常生活中世俗品格的精神内涵，还隐含着契合当代大众人性欲望的隐晦乃至暧昧的心理意味。

对于样板戏的民间文化内涵，陈思和曾有过很好的阐述。他认为，"文革"时期的样板戏外在形式上是国家意识形态的故事内容，隐形结构则是民间意识的艺术审美精神，"尽管政治意识形态对这些作品一再侵犯，但是民间意识在审美形态上依然被顽强地保存下来"。以此为基础，陈思和还具体分析了《沙家浜》中一个风尘女人与权势者、酸秀才、民间英雄的"一女三男"的角色模型，和《红灯记》、《智取威虎山》中隐形的"道魔斗法"的情节模式。[①]这种分析显然具有充分的合理性。实际上，样板戏的隐性艺术范式不仅局限于中国的民间文

---

① 陈思和：《民间的沉浮：从抗战到"文革"文学史的一个解释》，《上海文学》1994年第1期。

化，还往往具有中外文学与文化史上的共有母题作为背景。譬如，《白毛女》主人公喜儿的复仇女神风采，《红色娘子军》中洪常青、吴清华之间灰姑娘和白马王子的隐喻，都是中外文学作品数见不鲜的故事模式；《杜鹃山》中雷刚和柯湘之间粗犷的草莽英雄服从以柔克刚的主子所体现的江湖文化色彩，则是自《水浒传》以来的中国英雄传奇小说常见的人物关系构架。而且，即使是《智取威虎山》突出"深山问苦"的修改本，其中在"只盼得深山见太阳"的背景下显现的智勇双全、无所不能的英雄形象，实际上还是一种民间文艺中的英雄、救星的文化人格姿态。所以，在长久地进行超越具象的品味和感悟之后，当代政治文化的具体内容往往反而是样板戏文本可存可去的外在表象，作品所包含着具有文化韵味的深层意味，才是不灭的审美魅力。

平民百姓世俗生活品格的精神内涵，在某些样板戏中表现形态曲折，内涵丰富、耐人咀嚼。我们且以《红灯记》为例说明这个问题。宣扬无产阶级在革命事业中的阶级深情和抗日民族气节，无疑是《红灯记》的理性主题、政治话语。但在剧情中，阶级深情实际上表现为乱世中相依为命的民间情义，革命气节也相应地是以家庭传统、民间正义的形态体现出来。讴歌乱世的民间情义这一世俗话语在《红灯记》中虽处于隐性叙事状态，但从最初的剧名"传家宝"我们即可发现创作者不自觉的艺术意图所在。实际上，正是这世俗话语构成了全剧最具情感亲和力的内涵，并使政治话语也散发出浓浓的伦理人情的魅力。全剧一开场就着意渲染一种"人心惶惶"的时势氛围，第三场的破烂市粥棚更是典型的乱世民俗画面。在这纷乱而没有正义的世道中，贫苦者衣食无着，反抗者家破人亡；矿山的大夫成了宪兵队长、杀人刽子手；体面的巡长当了叛徒，一切都显露出压抑世俗百姓的阴森肃杀之气。就连接头人"磨剪子来锵菜刀"的悠长吆喝也传达着底层民间的苍凉韵味。但在这人心惶惶的时刻，小铁梅却"提篮小卖"，"里里外外一把手"，给予父亲李玉和以"穷人的孩子早当家"的慰藉与自豪。老奶奶平时不准儿子好酒贪杯，显示出基于伦理亲情的规约。李家给刘家一碗面，刘家帮李家一次次脱险，更是危难时刻邻里之间世俗情义的鲜明体现。尤其饶有意味的，是剧中人物关系的设计。革命工作的同志是一个个"表叔"。李玉和一家原本就是师徒、同门关系，革命斗争过程中干脆成为伦理关系中的亲人。敌对阵营的鸠山与李玉和那种多年前的"老朋友"关系，在改编本中也并没有为适应主题净化的要求而抹去，方才演绎出"赴宴斗鸠山"这样语意双关、韵味悠长的精彩片段。于是，剧中的阶级和民族关系就拖出了世俗关系的长长的影子。

《红灯记》的第四场"痛说革命家史"中的唱段"临行喝妈一碗酒"，可以最为典型地说明这个问题。"临行喝妈一碗酒"就"浑身是胆"，"什么酒都能对付"，用政治话语的解释，当然是从无产阶级的阶级深情中吸取了斗争的勇气和力量。"妈要把冷暖时刻记心头"、小女儿"要与奶奶分忧愁"，也是暗中叮嘱战友要坚持斗争，完成党交给的任务。但是，如果撇开对其中政治话语真相的揣测，我们又会发现，它本身即包含着真挚动人的民间伦理亲情的意蕴。临别时亲人间喝酒送行，表示鼓励和祝福，以最后一次体会亲情的温馨，这本是中国一种源远流长、包蕴淳厚的民间习俗。注意气候变化、要保养好身体，是出门人对家中长辈常见的关怀。贫寒人家的孩子不得不"出门卖货"，又无大人"撑腰"、照顾了，就要自己多当心，账目要记熟，留神防野狗，快长大成人了，要与大人分忧愁，这也是当家人对后辈通常的叮嘱、教育与期待。穷苦人家伦理亲情日常表现所包含的温暖与辛酸、坚强与无奈，在李玉和的这个唱段中显示得相当地凝练而浓烈。当家的出门人往往细致而慷慨，豪气中夹杂着将历经人世沧桑的预感，这种民间角色的身份特征在李玉和身上也体现得恰如其分。如此看来，按创作者的意图，世俗话语是表象，政治话语为实质。通过读者或观众的审美转换，李玉和的这个唱段则可以变成世俗话语为普通义；隐喻义意味深长、指向不定而又确实存在，引人回味；特定的政治性隐喻内涵在具体的剧情中方可觉察出来。这就给观众提供了丰富的想象空间。但想象与品味旋转的轴心却不是政治话语，而是艰难人世中的伦理温情这一世俗话语的内涵。

样板戏的诟病者自觉最切中要害的，是强调其缺乏切合市俗化人性欲望的内涵。其实，即使在这一方面我们也不能简单地看问题。样板戏中传奇性的故事情节模式，颇具浪漫色彩的景物风情，每部戏中女主人公的存在，包括《红色娘子军》女军人短裤和袜子之间一截大腿的袒露，摒除创作者的主观意图细致体会，可以说客观上都表现出一种对世俗文化、暧昧心理的迎合与隐晦的暗示。

样板戏复杂的文化内涵，在总体上又凝聚于一种以压抑、纯化的形态所呈现的崇高的审美风范。这种由压抑而显示的崇高并非一无是处。中国自古以来就有道德至上的精神文化传统，"把道德自律、意志结构，把人的社会责任感、历史使命感和人优于自然等方面，提扬到本体论的高度，空前地树立了人的伦理学主体性的庄严伟大"①，这是"存天理，灭人欲"的宋明理学也存在的具有合理性的侧面，样板戏在总体上恰恰有着对这一传统的顺应。所以，"在精神空虚、价值崩溃、动物性个体性狂暴泛滥，真可说'人欲横流'的今天"②，当人性中伦理品格的侧面需要强化的时刻，人们对样板戏显示出某种亲切感也就显得合情合理了。

总而言之，样板戏显示出一种扭曲形态下的文化母题的艺术光辉，才是这些作品被人们长久品味的根本原因所在。至于样板戏文本的某些具体内容，一方面因个人特殊的人生经历而使不少人刻骨铭心，另一方面它又不过是外在的油彩而已。其实，从《三国演义》、《水浒传》到现当代文学史上的诸多作品，价值立场都不是以超越具体时代环境的完美形态存在的，但只要其深层意蕴切入了人性的某种侧面，作品就具备了为人们所关注的基础。样板戏同样如此。而样板戏历经半个多世纪的岁月之后仍然受到青睐，更重要的原因，实际上在于当今中国新的文化创造的贫弱。也许这才是我们最大的悲哀。不过即使是这种认识，大概也只有将样板戏的各个历史阶段综合起来，揭示并最终撇开政治文化诉求对其审美意蕴的蚕食来进行考察，才有

---

① 李泽厚：《宋明理学片论》，《中国古代思想史》，人民出版社1979年版，第256页。
② 同上。

可能获得。这是我们的文学批评与研究所不能不充分注意的。

第四节 "余秋雨现象"：焦躁而乏力的文化攀登

在中国文学与文化世纪性转型过程的相当长一段时间内，余秋雨俨然成为时代的一种"文化品牌"，批判余秋雨则成为"媒介批评"的时尚。所以，将"余秋雨现象"作为"跨世纪文学"的"媒介批评"如何对待创作现实问题的一个典型案例来剖析，在某种程度上当可切中问题的要害。

一

因为"余秋雨现象"既充满火药味而又乱成一锅粥，而且远远不止于文学创作与研究的范畴，所以，只有立足时代精神文化整体演变的高度来进行梳理和考察，我们才有可能变得神清气爽、清明澄澈，而不致更加混乱和暴躁。

那么，这到底是个什么样的时代呢？

这是一个精神视野大展开、文化资源大汇聚的时代，改革开放、建设强国的社会背景，使得国人探讨问题、进行种种学术与文化的创造时，必须面对整个人类波澜壮阔而矛盾重重的生存状态。这样，我们既幸运地有可能、同时也不幸地必须面对整个人类古往今来的文化积累和思想能力，而且还必须竭力保证自己的成果凝聚的是各种文化遗产的精粹，才有可能占领时代精神文化创造的制高点。但是，当今中国又处在一个各种准备都很不充分的历史情境中，大展开之前是大闭锁、大禁锢，大分化、大扩散之前是整个民族一个大脑、一种声音，大汇聚集中了太多的好"宝贝"，利用它们的人类群落却是刚从精神冬眠中苏醒、文化荒漠中走来。我们哪来的能力驾驭这一切呢？因此，焦躁而乏力就几乎成为今日中国文化攀登者普遍的神态。一有所得就沾沾自喜、目空一切，渴望"点石成金"却不可能"立地成佛"，乃至急功近利投机取巧……诸如此类的种种现象随时可见。能经得住全方位检验的经典性作品的产生却总显得异常艰难。

不过，因为人类纷繁复杂的文化积累、大相径庭的思维逻辑同时呈现在国人的精神视野之中，所以，尽管大家创造起来都感到存在麻烦与局限，考究和评论起他人精神成果的学术视界、思想立场、文化后援来，却随便站在什么角度扫描一番即可大获或小获成功。于是，虽然体悟和立论不一定更深厚、更透辟、更无懈可击，但抓住一种众人瞩目而注定会存在纰漏与偏差的作品、现象，对它慷慨激昂、理直气壮地指手画脚一番，则既方便而又易显高明之态。结果，大解构、大争鸣甚于真正的文化耕耘，用心险恶"拆墙脚"式、一本正经"卫道士"式或确实是高瞻远瞩忧国忧民式的议论批评，甚于平和、剀切的学理考察，就成为多元文化语境中时尚性的文化景观。但实质上，这不过是文化攀登时焦躁、乏力的又一种表现。

想起来似乎叫人气馁，但这就是当今中国的时代文化语境，也是"余秋雨现象"的文化根源、文化真相。

问题总有两面性。从另一侧面来看，"余秋雨现象"的混乱性，也许恰恰是真正的文化辉煌即将来临的热烈与丰富呢？因为它毕竟也隐含着一种一丝不苟、精益求精的态度，也体现出一种不满现状、积极进取、有所作为的精神。就像一个人醒来之后要舒展筋骨、恢复生气与活力，必然会手舞足蹈、拳打脚踢一番，做派本身也许显得滑稽、不得要领，最终却总有可能取得一些正面的效果。问题在于我们最后怎样对待。

因此，我们耐心、细致地梳理出"余秋雨现象"方方面面存在的优长，特别是找出它内在的学理局限、思维陷阱、精神病症乃至心理误区，确实还是颇有必要的。

二

我们不妨先从余秋雨谈起。

20世纪末的中国文化界基本上是意识形态话语、学术精英话语和都市大众话语三分天下、并立争雄。在这种时代语境中，超越单一话语类型的局限，在三个领域内皆能有头有脸、威风八面者，余秋雨一度名列前茅。精英文化是余秋雨扬名立万的基础。他经过辛勤的磨砺，早年撰构了《艺术创造工程》等四部颇为扎实的纯学术性史论专著，20世纪90年代更创作出融文化触摸与生命慨叹于一体的新型散文"文化苦旅"和"山居笔记"两组系列作品。尤其是余秋雨的散文，充分体现出一种向民族文化高峰冲刺的高视点、大境界、深体验，和初看起来似乎与之相匹配的功力与学养，从而创立了"文化散文"一体，使中国当代散文的面貌为之一新，骤然间在中华文化圈引发了巨大的惊奇，赢得了广泛的声誉。同时，余秋雨虽然辞去了上海戏剧学院院长的行政职务，却又成为许多大都市现代化建设的"文化顾问"，以学术权威、城市文化蓝图设计者的身份四处提供"指导性意见"。而且，他还通过演讲和就各种人生问题答读者问等形式，扮演着"青年导师"的角色。在电视文化领域，余秋雨也呼风唤雨，既把电视文化作为自己"主持的博士点的专业科目"、"学术主业"，又参与电视运作，首开湖南"千年书院"文化讲座，搞"千禧之旅"，做着学术和历史文化化高深为通俗的工作，累累引起褒贬不一的轰动性反响，俨然步入通俗文化领域的雅文化代表。于是，余秋雨内心希望、似乎也确实成为了一个无所不精的"文化全能冠军"、时代文化"品牌"。

余秋雨这一系列文化行为确实显示出一种精神视野大展开、文化资源大汇聚后大发散时代的驾驭一切的宏大气魄，做的是建设性的工作，从大处着眼，这样的文化行为值得称道与珍重。如果说当今时代三类文化话语日益分化、甚至各自走向极致的最终目的是为了更好地发展我们民族的文化，那么，余秋雨力图打通、融贯三类文化话语，确立一种同时面对经典与世俗的精神人格形象，并以此探求中国现代文化的未来走向，这种胸襟和眼光我们应当刮目相看，并从中吸取有意义的成分。

然而，余秋雨也无法超越时代的局限，同样并不真正具有使用起来游刃有余的学力、才力乃至心力等方面的准备，在不断地拓展和输出的过程中，他自然难免有思虑不周、推敲不严的时刻，难免出现某些轻慢之心、失态之举和真正深层次的偏差。名士心态则使他对这种种疏漏、误区习焉不察。并且，随着声誉日隆，余秋雨似乎自我感觉越来越好，竟至反思、自省精神逐渐消减；随着批评和争论声日增，他又似乎越来越沉不住气，越来越纠缠到了种种具体乃至琐碎的事务之中。这样，不断地出现一些"状况"，在众目睽睽之下被抓住"辫子"和"把柄"，成为众人訾议的"话题"，直到积"话题"为"现象"，对余秋雨来说也就在所难免了。

余秋雨亦不过是我们这一特定时代某些方面卓越一点的凡俗之人，只是他的自我感觉和做派略为张扬、过分一点而已。

三

现在我们再来看看"余秋雨批判热"。

从指陈《文化苦旅》的"硬伤"开始，围绕余秋雨的批判愈来愈盛，在20世纪90年代末短短的一两年时间内，仅编辑或撰写成书的就有《秋风秋雨愁煞人》、《余秋雨批判》、《审判余秋雨》等，其他散见于报刊的还有不知凡几。就笔者阅读范围所及，批评性话题大致集中在几个方面。

首先，不少论者指陈余秋雨散文的缺陷，并由此引申到对其散文整体成就的否定与批评。缺口就从文坛内外曾大加称许的"文化散文"、"学者散文"这一角度打开，不少论者寻章摘句找出几个"常识性错误"，一篇随笔性小论文就被敷演出来。这种文章的结论，则逐渐从对余秋雨创作时引证粗疏、态度轻率的批评，演化为对他的学养、才情本身予以怀疑和贬低。对余秋雨散文的另一类批评，是指斥他以一己的揣摩与虚拟取代史实本身，率性地将不可能亲见的历史场景艺术化、形象化；或者认为他的散文不过是史料的堆砌和铺排，并没有多少个人的深邃的学术创见。要言之，余秋雨散文不过是轻率卖弄的"浅学术，雅散文"。更中要害的则是对余秋雨散文从情感到主题倾向的传统性、陈腐性的批评，这其实是对他散文价值根基的拆解。以上各类文章虽不免有虚张声势、夸大其词之处，但总体上还算是一种以文本为本的、中规中矩的文学批评。

其次，是对余秋雨介入电视传媒、大众文化圈的议论。余秋雨在上海一家电视台搞文化讲座，引起了最初的骚动；到深圳发表关于"深圳文化"的演说，导致了对新兴商业城市在中国当代文化中的地位的异议；设坛于千年学府岳麓书院的"忠孝廉节"堂，则惹得湖南学界哗然，对他的演讲形式、设坛资格大加嘲讽和谴责。笔者以为，这类争论的实质，是一些清高、拘束的学人在宣泄对于文化和商业行为合流的不满，余秋雨不过是一个由头和靶子而已。

再次，则是涉及余秋雨精神态度和文化人格的社会文化性批评。余秋雨《可怜的正本》一文作为"一个中国文人与盗贼搏斗的印痕"发表并产生较广泛影响之际，批评者撰文，或者指责余秋雨把对他的批评性文字与盗版者的策略必然地联系起来，实为"假公济私"的诋毁攻击，是对文学批评和文化秩序的蓄意扰乱；或者认为余秋雨义正词严的背后是一种自我吹嘘与炫耀，该文本身有变相广告之嫌。随后，因为余秋雨对批评直接或间接的反驳，关于他接受批评态度的非议也日渐增多。此类批评的高潮，是余杰为代表的对余秋雨"文革余孽"身份的揭露与声讨。

综观"余秋雨批判热"的各类文章，我们可以发现，学术层次较高、学理程度较深的全面展开并透彻剖析的论文，实际上相当匮乏。众多文章是抓住自以为证据确凿的一点由点及面，以"由一斑窥全豹"、上纲上线为预期目标；而且不就事论事、就文论文，而是由文到人对创作主体的精神乃至人身进行褒贬；行文尖锐泼辣，常用杂文笔调，火药味迷漫于字里行间。因此，这些批评的总体学术和文化征服力并不能令人叹服。但如果把它们搜罗到一起集中阅读，我们却分明地感受到一种声势、一种倾向、一种散而未显的文本外的精神威压。这不能不令我们警觉和深思。

余秋雨加入战斗予以反击，则使问题更加复杂化，从而真正形成了转型期中国文化环境中的"余秋雨现象"。他的反批评文字大多被收集在《山居笔记》的第三辑"依稀心境"之中，《可怜的正本》一文也有较大篇幅的相关言论。这些文章主要涉及对他散文作品的批评，大致看来显示出以下特点。

第一，余秋雨往往着重从总体上阐明自己散文创作时的态度和习性，又以大而化之的态度来冲淡乃至回避对具体问题的辨析。例如，对那些批评他缺乏科学理性主义的言论，余秋雨就借黑格尔老人之言，认为是"不懂文学艺术真谛的"、"稚气的学究勾当"。对于作品出现"硬伤"的原因，他则表示，"写散文时浓重的情绪气氛压于笔端，只想快快地捕捉那些灵魂颤动的朦胧亮点，脑海里不断涌现出来的文史记忆随手写出，经常也会遇到记忆不确的时候，但我不能放下笔去查证，因为文思一断往往再也接不上了。有时也会自己告诫在写完之后核对一遍，但正如古人所说，这种事如扫落叶，扫来扫去总有遗漏。因此凡有读者指出我记忆不确之处我总是十分开心……"[1]应当说，这种表白其实是对被指陈的弱点的一种委婉的承认，只不过诚恳度不够而已。

第二，余秋雨还时常采用以攻为守的手法，用探究、揣测批评者的心理动机来取代对问题本身的辨析。他优雅而不无幽默感地表示，受批评太多在于"我做了模特"，批评者过于尖锐则因为"有时周围杂音太多，批评者怕大家听不见他们的声音，就喊得响一些，冲一些，这是可以理解的"[2]。焦躁、"细致地计较"起来后，余秋雨则时而认为那些批评是因"社会行为方式"不同所产生的"无名之火"，时而指斥批评者存在"伪贵族心态"，而把批评与盗版者的恶毒伎俩联系到一起，则不妨看作他最"损"的一招。显然，这已经是一种赤膊上阵地对骂的性质了。

不过，一种学养、成就乃至名位的潜在优越感却始终贯穿在余秋雨反批评文章的语意之中。这种心态无疑是他早期散文创作时的视点和胸襟的反面。

---

① 余秋雨：《〈山居笔记〉自序》，文汇出版社1998年版，第21－22页。

② 余秋雨：《答学生问》，《山居笔记》，文汇出版社1998年版，第314页。

四

那么，到底应当怎样看待余秋雨的种种文化行为呢？对这个问题，笔者打算从他散文的"硬伤"谈起。

作品中存在知识性"硬伤"其实并不是独余秋雨一家。不少在新时期以来的文学和思想文化史上享有广泛声誉的名作皆被指陈过存在"硬伤"。李泽厚的中国思想史论系列著作和《美的历程》一书，20世纪80年代末就被说成"硬伤"累累。在第四届"茅盾文学奖"的评奖过程中，优秀长篇历史小说《雍正皇帝》也被评委们找出了诗词方面的"硬伤"。这些当今文化艺术界的"顶尖高手"在自己的代表性作品当中尚无法消除"硬伤"，其他等而下之地将某种理论生吞活剥、某类技巧和方法生搬硬套以致出现"伪……派"的怪象，就更是屡见不鲜了。从本质上说，它还是由我们这时代的有志者虽然雄心勃发、实际上各方面准备却并不充分所造成的，是当代中国文化人焦躁而乏力地进行文化攀登而导致疏漏与失误的一种表征。但这种"硬伤"，一方面并没有真正妨碍李泽厚著作的巨大影响与崇高地位，另一方面却对《雍正皇帝》在"茅盾文学奖"评奖过程中的角逐造成了无法挽回的损伤。所以，虽然世界上没有无所不知、无所不准确的全知全能者；虽然我们也深知，文化人在精神产品建构时确实存在两类不同的天性般的特长，即或者擅长于宏观把握、整体感知，对细部则缺乏敏感与耐心，或者恰恰喜欢细部雕琢、毫发不爽，而不善驾驭那种恢宏健劲的对象，但是，在这时不我再、无法重新准备的历史宿命中，细致周全、一丝不苟、严谨再严谨的态度实在是有益无害、至关紧要的，事先小心翼翼、事后亡羊补牢也理所当然。余秋雨顺着自己的天性"专心致志写灵感"，却不愿"耳聪目明扫落叶"，甚至力主"要回到文学主旨上来，千万不要拿着这片落叶乱了神"[①]，其实是过于才子意气了。他的散文已经屡被"揭短"，几近"千里长堤，溃于蚁穴"，却还想仅仅巧辩一番就让批评销声匿迹，这只能是一厢情愿。令人遗憾和不解的

---

① 余秋雨：《〈山居笔记〉自序》，文汇出版社1998年版，第21－22页。

是：余秋雨为什么不能对他写得较好的两本散文集《文化苦旅》、《山居笔记》做一番重新考证、校订的工作，然后出一个修订本呢？

对于批评者心态的揣测，则多半是文人余秋雨的思维惯性使然。他在探究中华文明和中国文人坎坷命运的缘由时，显然对我们民族文化心理的负质有着极深邃的体察、极深重的慨叹。但这样一来，余秋雨思考自己在当代文化语境中的遭遇时，似乎又因往昔负面阴影的笼罩，而夸大了那些批评意见的"居心险恶性"。毕竟，人的学养有厚薄、才情有高下、思维层次有深浅之分，由此造成见仁见智、认识分歧并不足怪。而且，当今思想界普遍认为我们的时代是一个需要判断和抉择、需要决绝、需要毫不容情地批判的历史时期，时风使然，批评者或深或浅的判断皆语气尖锐，甚至危言耸听，似乎也在情理之中。如果从整体上怀疑批评的真诚性和为民族文化发展的公心，这很难说不是一种判断失误，至少存在夸大其辞、以偏赅全之嫌。实际上，对心态作这种揣测的思路，同样是我们时代文化心理的一个误区，既不利于维持文化个体的坦荡之心，也不利于培育整个时代的正大浩然之气。

更进一步看，余秋雨在中国的大文化圈里"多面出击"，表面上似乎声势更盛、"阵容"更大，实质上则呈现出"平面滑动"的态势；而且，长期像守门员一样四处接球，余秋雨难免心力不济、应接不暇，结果就时不时出现了穷于应付、得不偿失的情况。比如，站在岳麓书院那向来由一流文化大师就各种本源性问题在最高深学理层面庄严宣讲的"忠孝廉节"堂，余秋雨的演讲就应该不仅高远辽阔，而且深邃透辟、层次丰厚。他关于文化传播"四座桥梁"的演讲，提出了中华文化怎样才能在21世纪复兴的重大问题，而且提示了一条更切近文化本质的发展思路，其学术背景与文化视点当属难能可贵。但是，在一个多小时的演讲中，余秋雨完全可以压缩那些关于经典学理、世俗民艺、信息传媒的并无巨大创见的史实归纳性内容，而对"展现群体灵魂的艺术之桥"这一核心论点进行更充分的展开、更深入的阐析。余秋雨却没有这样做。而且，他演讲中最精彩的关于"古代灰烬的余温"和"灵魂存在状态"的论点,如果我们阅读了《可怜的正本》一文所引用的黑格尔的两段话,就可明显地看出借鉴、转换的痕迹。因此,余秋雨的未能进一步阐发,实质上意味着他整体学术独创性的不足。①湖南学界就设坛资格和演讲场所有些非议,固然有"地方主义情绪"和缺乏历史发展眼光之弊,但余氏的演讲质量本身被不幸而言中,则只能算是他自己未能深思熟虑、充分准备的结果。批评界对余秋雨的"多面出击",虽然没能一语中的地表达出对他文化行为中学术含金量未曾日渐提高的不满,基本感觉却没有错。

总体看来,"余秋雨批判热"并非捕风捉影,但根源却不是余秋雨的整个人格和文品,而是由于他对自我个人气质的负面特征和我们时代在文化攀登时焦躁而乏力的特征缺乏足够的自觉与警惕,结果在具体做法和态度方面出现了诸多失误。

五

我们的文学批评界更应该进行深刻而痛切的反思。

首先,崇尚对立性、火药味、杂文气,缺乏就事论事的学术习惯,缺乏对于学理深度的自觉,缺乏温存友善的论战态度,这无疑是媒介批评中明显违背学理的倾向。这种借社会文化批评之名、行由物及人上纲上线希望"一招制敌"立见成效之实的风气,实质上是革命文化、战争文化的遗痕,与我们时代以建设性为宗旨的文化规范是背道而驰的。其认识论基础,则是传统的"文品即人品"的理论。这种理论当然有其一定程度的真理性,但如果将它绝对化,并导致对人性丰富性、本质和非本质现象同时存在可能性等问题缺乏辩证的认识,那么,其负面影响也不可低估。而且,以声势代替对真正的学术深度的追求,显然也是一种对自我文化攀登乏力的掩饰。

其次,有关余秋雨的批评性话题在短短几年的时间内呈现出一种

---

① 余秋雨:《走向21世纪的中国文人——余秋雨岳麓书院演讲笔录》,江堤、陈孔国、肖永明编选:《寻找文化的尊严:余秋雨、杜维明谈中华文化》,湖南大学出版社2000年版,第3-24页。

"滚雪球"式的发展态势，这实际上是思维懒惰、盲目从众、急功近利的社会心理在文学批评界的反映，也表明文化界的精神视野并未真正大幅度地展开，学术思路并未真正深刻地分化和独立，学术想象力并未真正汪洋恣肆地驰骋。所以，中国的文学批评和学术研究从思维的深层次上由集中、闭锁走向多元和自由还有一段相当漫长的路程。

再次，在对余秋雨的种种批评中，还存在着批评指向和对象特征错位的现象。余氏散文是从历史文化的斑斑遗迹中着重慨叹文明的沧桑、世事的坎坷和人生的沉重，着力寻找和传达民族文化多灾多难而又坚韧不拔所包含的生命况味，批评者却去指责他的作品学术新见薄弱；余秋雨散文既以文学方式叙述历史往事，如历史小说般对各种场景进行适度的想象与幻拟来营造氛围，也就无可厚非，批评者却认定他是胡编乱造。所有这些，显然是对余秋雨创作的那一类散文到底该怎样写才更贴近艺术本质这一问题没有进行同构性思维、同情性理解的结果。这又怎么能让人口服心服呢？

综上所述，余秋雨的批评者们实际上是在同一甚至更低的层次，亦步亦趋地跟别人打"对手仗"。作为一个时代带普遍性的精神文化倾向，这不是有作为的民族应该庆幸的事情。改变这一切，需要克服焦躁心态，更需要实力与能耐的极为艰难的积累。这是从贫乏和闭锁的文化境地走出的一代人也许根本无法完成、却必须努力达成的一种历史使命，否则我们的时代将难有大作为。在这大家进行文化创造的准备都不充分的时代，努力去珍惜民族的才情，珍惜历史进程中出现的、哪怕并不怎么完美的创造性火花，并以此为前提，心平气和地共同完善它，应当是一桩比寻找疮疤和挑刺更为重要、更见民族大义的态度。对于余秋雨的种种文化行为，我们同样应从这样的角度和高度来看待。

当然，我们也不妨对处于漩涡中心的余秋雨作一点忠告。笔者认为，即使"非凡"如余秋雨，也不是什么精力无限、才力无限、生命无限的"神人"，如何自我珍重，把有限的生命投入到最具人类文化价值含量的事情中去，应该是值得他深长思之的。到了新世纪，余秋雨的种种文化举措已显手忙脚乱、捉襟见肘之相，而且年事渐高，这样，他及时调整自我文化行为的整体设计就更有必要了。余秋雨曾经在多种场合提到，国外颇具现代意识和学术影响的学者，有过把三分之一的精力用于最精深的研究、而把三分之二的精力用于传播等其他行为的现象。但这到底是何种程度的成功，是个案还是普遍规律，其实也是一个值得深入思考的问题。自然，如果余秋雨真正的志趣不在对于时代文化高峰的攀登，那又是另外一回事了。但不管他本人怎样，历史和我们的时代却必然会根据余秋雨种种文化行为在思想文化层面的价值含量，来对他进行最终的历史文化意义的定位。这才是根本的、不可抗拒的规律。

第六章　现实题材创作的意蕴建构

第一节　创作题材选择的历史化倾向

20世纪90年代以来，以长篇小说为主要代表的、大批获得文坛内外交口称赞的优秀作品，一方面脱离市场经济这一现实生存境域，以民族历史时空的生活与文化为题材内容；另一方面却又不同于以了解和认识历史为审美旨归的传统历史文学创作，创作意图和精神落脚点仍在于当代。它们实际上是以"历史化"的作品题材或审美思路来达成具有充分"现实性"的创作意图。这种创作题材选择的历史化倾向，成为了"跨世纪文学"现实关注的一条独特而极为重要的精神路径。

一

"跨世纪文学"创作题材选择的历史化倾向，无疑与整个时代的精神状态和发展趋势密不可分。

总的看来，20世纪90年代后的中国处于从革命向建设文化转型、从农业文明向商业文明过渡的时代。整个社会的政治、经济、文化在进行全方位的转型，个体生存方式亦随之更易，以致多向出击、万态纷呈；而且，这种转化、过渡又是政治性决断先于思想文化和社会心理的充分准备。结果，时代表象就体现出一种未确定、未完成、"测不准"的随机性特征，大众往往被裹挟在时潮之中，却又难识时代底蕴的真面目。但如果透过纷杂表象从价值体系的层面看，我们即可发现，

90年代后中国的社会演变总体趋势是由神圣走向世俗、由政治功利走向物质欲望。它具体表现在欲望、自然人性等生命瞬时价值的追求日益兴盛，个体本位、当下状态至上之类的社会心理日益成为行为和价值基础，个体生命的形而上追求和"当代"作为民族文明一个时期在人类文明史上的品格与意义却处于潜隐的、被遮蔽的状况。这种文学创作的崭新的生存背景，生成了不断构成接受热潮的各种审美形态。

一种是所谓"经济小说"和"周末版散文"的盛行。这类作品主要的创作兴奋点是刻画转型期城乡人生中新颖、独特的人事烦恼和精明、势利的生存手段，并将一种或反讽或抚慰的情调贯注其中，它们实质上是转型期世相与传统情感的融合。因为品格基本纯正，又具有一定的信息量和鲜活灵动的艺术图景，它们一时获得了广泛的社会心理认同。其局限则在于其中不少作品沉溺于具体的生存处境和朴素的经验型把握，缺乏大视野、高境界地驾驭整个人生和民族文明现状的精神高度。

另一种在文坛"呼风唤雨"的走向，是世俗化、"状态"化的时尚。王朔、何顿等人在成功地把"世俗"这一生存空间抬进文坛的同时，用"生活无罪"作理由，自觉或不自觉地把以活着为最高目标、以"日常生存状态"为关注中心的世俗价值准则，升到了它们不应有的作为新型民族精神规范的高度。还有一些作家标榜"个人化写作"，致力于表现"私人生活"、"个人体验"，把并没有多少典型性的自我生命的存在膨胀成了人类生存的真相。等而下之的，是目标指向读者钦羡猎奇心理的、对名人逸事和商贾风采喋喋不休的絮叨。这类作品虽然与商业文明的表面特征存在某些相吻合之处，却显露出一个致命的弱点，就是精神含量的浅薄。

一些知识累积更丰富的作家则向文明转型后的西方文化探寻。但由于缺乏生活土壤，缺乏现实针对性和可操作性，也由于对西方文化把握的表面化和片面化倾向，结果，西方现代、后现代的精神意味，在他们手中就令人沮丧地演化成了名士才子式的精神清谈和话语游戏。

　　总的看来，这些作家所建构的审美境界大多局促于经验生活的情境，或过于贴近热门话题的精神语境、或游移于各类文化的表层，还没有找到精神主体在人类文化史上的价值定位和思维根基，因而缺乏剖析和概括转型期时代底蕴的超越性精神依据，虽然反响极大但实质上内涵单薄。而且，无论是世相写真还是世俗认同，其中都体现出一种与世浮沉、忍耐苟且的生存哲学，这就更加妨碍了品格崇高、意蕴厚重的大作品的诞生。

　　紧贴转型期世态的作品对当下处境和"仿写"西方文化的作品对一套具体的话语体系的依赖，使笔者不由联想起中国新文学史上那些紧跟政治风潮的作品。20世纪的中国作家往往以民族阶段性的政治价值追求为创作最高目标，殚精竭虑地在逼仄的语域内表现"时代的本质"，实际上却不过是以各具特色的艺术图景表达创作者对主流意识形态既有认识成果的体验和理解。结果，因为20世纪中国总是一个接一个地出现各种紧迫的时代课题，作家们就只能随之急功近利，大量地生产草率的即时应景之作；一旦时代风尚出现弊端和迷误，精神处于同一思维框架内的作家们则丧失了自我强健的评断批判力；某些既具鲜明时代特色又有一定历史文化蕴涵、为当时人们公认的优秀之作，也往往因精神文化根基的缺陷，随岁月流逝而失去了夺目的光彩。紧贴瞬时情境极易导致精神文化价值的稀薄，这是不能不引起希冀有所作为的作家们足够警惕的。

　　正是在这样的生存和文学背景下，不少严肃、诚恳的艺术家将目光投向了本民族的历史时空，从而表现出一种题材选择"历史化"的创作倾向。细读这类作品我们即可看到，创作者实际上怀着相当深沉的时代责任感和历史使命感，基本摆脱了艺术思维与生活表象亦步亦趋的状态，体现出从思考民族精神文化底蕴、从人类文明的深层次和高视点出发选取创作题材的特色。他们力图通过再现已经定型的民族生存情景来建构自我的精神空间，并从中提炼出具有文明层面普遍意义的价值规则、精神依据，以揭示中国文明转换的历史命运和前因后果，更进一步地透视当今的时代。应当说，这种创作题材历史化的倾向，实际上是中国作家题材选择的历史性进步。

对于"跨世纪文学"创作题材选择的历史化倾向，评论界曾经习惯性地用"回避当代"来予以贬低。这种单纯以题材的生活领域来判断作家精神价值取向的观点，是表面化和缺乏说服力的。它不能解释恰恰是那些最具创造魄力和责任感、使命感的作家纷纷钟情于历史性题材的事实，也不能说明历史性题材作品何以更有思想、艺术冲击力的原因，甚至对评论界自身在总体上贬低历史化倾向、却又把最热情的赞誉置于历史性题材的具体作品这一矛盾现象本身也不能自圆其说。实际上，如果作家的精神深度与时代底蕴处于同一层面，那么，不管选取何种题材，作品流贯的都是时代的血液，都具有引导读者把握时代底蕴的启示意义。莎士比亚的《威尼斯商人》、《哈姆雷特》和《亨利四世》都洋溢着文艺复兴时期的人文主义精神，托尔斯泰的《复活》、《安娜·卡列尼娜》、《战争与和平》皆能成为"俄国革命的镜子"。总之，对20世纪90年代以来文学创作题材的历史化倾向，我们必须摆脱仅从创作表象入手的思维局限，进入到创作者的精神意图和文本的审美境界的深层次，方才有可能准确地把握住问题的实质。

二

从精神文化层面看，创作题材历史化倾向最应该关注的，当为作家的创作宗旨和作品所达到的精神深度。

从作家的创作宗旨和精神意图来看，题材选择历史化倾向的创作体现出两大类型的特征。

一部分作家将笔墨移离当代，是为了开拓一方独立自足的精神空间，从而营构出气局宏阔、境界独特、蕴涵厚重的力作巨著。不少老作家累积几十年的文献和素材，在晚年较为宽裕、从容的条件下才形诸文字，从而创作出了《万里长城图》、《新战争与和平》、《战争与人》这样全景性题材的煌煌巨制。"五七族"及其同辈作家则是希望在长时间"思潮性"地引领文坛风骚之后，潜入自己独有的创作"领地"，经营出能够全面展示其创作实力和艺术水准的代表性作品。王蒙的"季节"系列《恋爱的季节》、《失态的季节》、《踌躇的季节》、《狂欢的季节》，刘心武的"三楼"工程《钟鼓楼》、《四牌楼》、《栖凤楼》等，都属此类。还有些原本属于文坛"散兵游勇"的作家，因尽他们的才力在一小块创作"自留地"上兢兢业业地耕耘，也产出了丰硕的文学果实，王家斌的《百年海狼》、胡希久的《七月》均在当时获得良好反响，就是典型的例证。这些作家所显示的从容、自足的创作风度，实际上是对转型期文化过渡性状态的稳健超越。

另一部分作家越过当代关注历史，目的则在于寻找背景和参照物，对创作主体进行恰当的精神文化定位，以便再回过头来透彻地把握、正确地评断当下。先锋派小说家从超时空的、玄虚的生存感悟转向具体的社会历史经验，展开对中国近现代凡俗大众生命状态的写实，目的就是为了真正实在地洞察中国人的生存真相。余华由《河边的错误》、《现实一种》向《活着》、《许三观卖血记》的创作转化即为显例。陈忠实的《白鹿原》、王安忆的《纪实与虚构》、刘震云的《故乡相处流传》、莫言的《丰乳肥臀》等，则从村史、家族史乃至种族史的角度，探讨中国在20世纪的历史命运及其文化心理根源。通过研读某种远离当下情景的底层民众群落的生命状态来确立自我价值依据的作品，当以张承志的《心灵史》和张炜的《九月寓言》为代表。这些作品实际上均极具时代针对性，隐含着对处于文明转换过程的当代的深刻思考，属于一种"退而织网"、以退为进的精神行为。

如果说作家的创作宗旨、精神意图从外在思维路向的方面，表现出他们比局囿于当下语境的创作者更为宏阔的思想视野和更为高远的精神抱负，那么，历史化题材的创作存在于长篇小说优秀文本中的精神趋向和审美深度，则显示了这种精神抱负在实践中已经达到的程度。

走向历史文化的原初状态，恢复历史"本色"，这是历史化题材长篇小说一个显著的精神趋向。以往我国的长篇小说总是致力于通过描写重大的历史事件揭示历史的本质和规律，作品具有明显的认识论框架。"跨世纪文学"的历史性题材长篇则以还原历史本相为目标，显示出宽泛得多的思想视野。王蒙的《恋爱的季节》和《失态的季节》，就对20世纪50年代的时代话语进行了纵横恣肆的戏拟。张贤亮的《我的菩提树》干脆让整部作品成为对特定时代一本个人日记的阐述，作家坚持不过滤、不升华、不艺术化的"记忆还原"的原则，力图使历史生活的情景纤毫毕现、准确无误。《许三观卖血记》、《纪实与虚构》等作品则通过对历史沧桑中变幻莫测的个人、种姓命运的揣摩和想象来揭示特定历史情境中个体生存的真相，它们是一种"体验性还原"。这两种还原所体现的，是创作者对历史既定话语形态的怀疑和颠覆，是以解构为主导倾向的思维运作。另外有两种还原表现出解构与建构相结合的特征。其一是"文献还原"。从20世纪80年代的《皖南事变》到90年代的《万里长城图》、《新战争与和平》等，都不仅全方位地、忠实地再现了当时的历史情景，而且以研究、分析的眼光，连历史事件中出现的各种文献资料也和盘托出，从而在艺术时空之外成功地建构了一个学术时空，使作品显示出"存在的全方位呈现"的特色。《心灵史》、《马桥词典》等作品可称为"精神还原"。张承志的《心灵史》就是以还原和张扬哲合忍耶教派的宗教徒在穷苦、压迫中坚守内心自由和信仰的精神为创作主旨，连体现创作思维特色的作品结构方式都与哲合忍耶教派的圣典保持了同一性。韩少功的《马桥词典》以文化相对主义和语言生存论哲学为思维根基，从"言语"这一形式化地凝结和体现人的生存的精神角度，还原了马桥人的文化生态，显示了马桥人的生存规范。

在此基础上，其中的部分作品更进一步显示出一种走向民间、认同民间价值的精神立场。代表性作品当推《心灵史》、《九月寓言》和《白鹿原》、《丰乳肥臀》。《白鹿原》和《丰乳肥臀》致力于挖掘支撑苦难、动荡的20世纪中国的民间生命与文化力量，《心灵史》和《九月寓言》则满怀激情地推崇民间那超越社会历史境遇、超越现实苦难的高质量的精神生命境界。这些作家以文化精英的姿态，热切地关注着与城市文化、商业文明异质的民间空间；还有意地消解民间生存空间的体制特征，而将它们当作人类文明的一种状态进行考察；并力图发掘中国传统民间的各种群落生态中那些具有文明层面永恒意义的生命形态和精神文化价值元素。发掘的成功,使这些作品具备了足以与整个转型期乃至转型后的商业文明的价值规范相映照和抗衡的思想分量。正因为如此,一旦创作主体回过头来观照和批判当代文化现状,就显出洞若观火、一针见血的思想穿透力和难以抗拒的精神魅力。张承志、张炜90年代散文的思想分量,即肇源于此。

所以,"跨世纪文学"中的历史化题材长篇小说,实际上搅动了时代精神文化和当代艺术规范的最深层,代表着我们民族文化对于被世俗表象遮蔽的民族当下文明的品位进行追寻、判断和塑造的倾向。作家们突破瞬时生活情境营构精神空间,突破反映历史"本质"的创作观念而再现历史生活的原初状态,小说的精神格局就获得了极大的扩展,表现出摒弃固有思维模式、回到事实本身进行原创性思考的意味。其中的出类拔萃之作,已经较成功地建构了创作主体的价值话语体系。在艺术上,《心灵史》、《马桥词典》、《我的菩提树》等作品表现出文本构成的跨文体、跨学科领域特征,具有向小说文体乃至整个学科界域理论挑战的性质,《九月寓言》、《失态的季节》则极大地丰富了小说的表现方式和艺术境界。这种文体的变异和表现方式的扩展,又与整部作品达到的人文内涵的深度水乳交融、相辅相成,因此,它们对作家思维方式、对中国小说文体发展的意义和影响都不可忽视。总括历史化题材长篇小说的精神创建,再与几类时尚性的作品进行比较,我们完全可以下这样的判断:历史化题材的长篇小说代表着"跨世纪文学"的最高成就。

三

历史化题材长篇小说取得了巨大成就,并不意味着思想和艺术都足够完美的经典之作已经在我们这个时代诞生。从更高的标准来看,其中最优秀的作品也仍然难以承受多角度、全方位的严格检验。总的看来,这些历史化题材的长篇中,较突出地存在几个方面的缺陷。

首先,历史化题材的长篇小说显示出一种回避解答20世纪主流意识形态命题的倾向。《白鹿原》从传统文化人格屈辱和败落的角度解剖20世纪中国血与火的斗争历程，却回避或漠视了对"土地"这一在20世纪中国种种斗争中均带根本性的问题的思考，小说作为一部"民族秘史"就显得根基不牢。《心灵史》以哲合忍耶底层民众二百年的历史真相来倡扬心灵自由、信仰和人道的精神，确实体现出作者对中华民族精神劣质的深刻洞察，对人类文明终极价值的深沉关注，但由弥漫于作品审美境界的血腥气所透露的对于国家意识和体制的仇视心理，一旦置于政治历史领域，就不能不受到质疑，作者因执著信仰精神而削弱了政治意识形态应有的文化分量，反而使小说在把握社会历史方面显出某种主观性和偏执性。回避主流意识形态的具体命题，使这些极为优秀的作品也仍然难以从根本上解开20世纪中国的种种历史之结。

其次，某些历史化题材长篇小说透露出作者潜在的、对物质文明甚至是文明的隔膜和抗拒心理。《九月寓言》所表现的生命境界无论怎样地自在自由、生命力饱满、天人合一，说到底不过是一种农业文明、"野地田园"的生态，它实质上隐含着的作者的心灵潜语是对人的物欲满足的排斥心态，这不能不说在尊重和关怀丰富、博大的人性方面存在一定程度的欠缺。先锋派小说家的历史性题材作品往往热衷于观照"腐烂霉变"性的历史生活空间，作为一种把当代体验贯注于历史材料的艺术创作，这类小说既与作者对"文革"灾难梦魇般的精神记忆密切相关，又体现出作者对当下状态及对整个生存悲观、沮丧灰暗的心理感受。这些作家在抒发对物质文明强盛气势所可能导致的精神的萎缩、腐烂的愤怒与恐惧时，表现出以一点否定全盘、"倒脏水连孩子一起倒掉"的危险趋向。

再次，不少历史化题材长篇小说较普遍地存在着对文明转型期的负面价值予以认同的现象。其中最突出的是迎合商业社会大众鄙俗欲望的倾向。《白鹿原》对于白鹿原"畸形性史"的过分渲染显然是一种媚俗，由此导致的作品精神内涵的芜杂不免令人扼腕叹息。《丰乳肥臀》让主人公以自然生命力来支撑和化解严峻、残酷的政治斗争所导致的人类苦难，从个体生命的视角看倒也别见深度，但其逻辑可能性和历史事实依据却不能不令人大感怀疑。这种倾向也不是说达不到精神哲学的深度，关键在于从人类文明的高度看，其哲学立场本身就是俗气浅薄的。另外，不少作家由误解多元化、个人化的精神趋势而导致了一种消解、淡化创作主体价值判断的趋向，进而显示出一种相对主义的认识论态度和妥协狡黠的精神人格姿态。最典型的例证是王蒙的《恋爱的季节》和《失态的季节》。这两部作品对作者同代人精神面貌体察的深刻精微和表现的圆熟老到，当然令人叹服，作品的语言戏拟也确实能以其不定向性引发读者更多的联想和思考、体味，但作者的精神向度不是深潜而是弥散在经验生活的"状态之流"中。这样放弃建构权威话语的努力，小说作为精神话语的分量和权威性也就相应地将在某种程度上被削弱。

"跨世纪文学"的历史化题材长篇小说存在这种种局限实际上表明，中国作家足以剖析人类文明的精神依据仍处在确立的过程之中，部分作家认定的生命理想状态、终极价值目标，只能作为"同路人"超越生存困境的精神家园，真正从精神文化层面既洞察时代又超越当下语境，既具时代价值又富历史意义的伟大作品的诞生，尚需作家们不断地丰富和修正自我，沿着已有的高起点进行更为艰难的攀登。

第二节　叙事元素捕捉的边缘化诉求

从20世纪80年代的"寻根文学"到90年代的"走向民间"，中国作家感悟民族命运、建构"中国形象"时，还越来越自觉地体现出一种超越主流视野、开掘边缘性文化资源的审美眼光。新世纪以来，这种创作思路由单纯的观念自觉逐步走向了从题材到精神全面的审美利用和价值认同。众多处于弱势、非主流、被遗忘和遮蔽状态的边缘性生态记忆和生存体验都成为文学创作的内容来源和意义基础，从而形成了一种从主导性叙事元素到价值立场都希冀边缘化的审美诉求。以边缘叙事建构超越主流意识形态的"中国形象"，成为以历史化题材达成现实性精神意图之外的，"跨世纪文学"的又一重要审美现象。

一

叙事元素捕捉的边缘化诉求主要形成了以下几种具有典型性、代表性的审美形态。

日常生活本位的历史进程叙事。众多名家热衷于这条与传统"宏大叙事"分道扬镳的审美路线，立意以对于日常生活的原生态叙事为中心，对20世纪中国那并非日常生活为主流和中心的时代进行历史进程的审视与概括。贾平凹的《秦腔》立意为形将"失去记忆"的乡土文明"树一块碑子"，却以对清风街"鸡零狗碎的泼烦日子"的"密实的流年式的叙写"①来达成审美境界的建构。铁凝的《笨花》呈现现代中国的历史风云，但国族的历史演变更像是虚拟的背景，笨花村不为人知的"窝棚故事"才是作者漫漫铺开的现实生态。王安忆较早出版的《长恨歌》，特意选择无关历史进程、在民间社会也毫不起眼的王琦瑶为主人公，从而将上海的百年沧桑淡化于生活之流，以"日常性"为本位和基础呈现出来。

少年成长本位的时代环境叙事。这类作品多半选择处于社会大潮的弱势位置因而被忽视的"少年"作为叙事中心，以中年回望、充满失败主义情绪的笔调，锱铢必较地展示他们作为生命个体的命运、人格和心智的非健全状态。王刚的《英格力士》、东西的《后悔录》通过对主人公由青春期特征引发的乖戾命运的细腻刻画来阐发时代错失带给成长少年的困惑与损伤。邓一光的《我是我的神》、艾伟的《风和日丽》、苏童的《河岸》以当代中国政治文化的光环和阴影为背景，揭示"革命后代"在宏大历史重压下挣扎、寻找和失落的悲怆历程。这类创作的审美要旨，在于以少年的个体经验打通"中国经验"，折射出作者对"当代中国形象"的独特认知。

宗教、民俗本位的民族兴衰叙事。面对着中国内部汉文化的强势地位，这类作品着眼于少数民族的生态，并将其转换成一种风物志、

① 贾平凹：《〈秦腔〉后记》，《收获》2005年第2期。

民族志性质的文化景观，以构成中国形象塑造的独特视角。范稳的《水乳大地》和《悲悯大地》对20世纪中国进步与发展状况的揭示，就是落笔于西南多文化并存地带社会历史的苦难与祥和、宗教精神的复杂与神奇。迟子建的《额尔古纳河右岸》、阿来的《空山》、马丽华的《如意高地》、杨志军的《西藏的战争》等，都属于这类作品。

历史特殊群落的"边地生态"叙事。这类作品以存在于20世纪中国的宏大历史进程之中，却沦入边缘、边地状态以致被忽略和遮蔽的特殊群体为审美对象，以期从历史的"暗处"展开对复杂而不无苍凉的"革命效应"的艺术提炼，传达创作主体关于"中国形象"的特殊生命感觉和审美认知。红柯的《乌尔禾》等小说，以极富异质文化色彩的生存场景描写，在充满浪漫气息和西部诗意的氛围中，表现了主人公的男儿本色与饱满人性。董立勃的《白豆》、《乱草》、《暗红》系列作品则以"下野地"的蛮荒和野性所隐藏的、人性的纯美与温暖，作为主人公坚守自我意义世界、唤回民族文化根性的依托。张者的《老风口》将对兵团历史的宏观回望与对兵团人复杂命运的个案刻画融为一体，讴歌了特定时代边缘群体精神上的自由、高贵与坚韧。

莫言的《檀香刑》、《生死疲劳》对"猫腔"、"六道轮回"等在民间世界处于湮灭状态的文化元素的采用，李洱的《石榴树上结樱桃》对于乡土中国的戏谑性表达所包含的民间情趣，都是对于边缘性审美文化遗产的关注与发掘。姜戎的《狼图腾》、杨志军的《藏獒》等作品则选择以往的创作中极少成为叙事资源的动物形象展开审美想象，以写实性生态叙事为基础，叙写整体隐喻性的文化寓言。这些作品也从各不相同的侧面，显示出创作主体对本土边缘性文化资源的高度重视。

边缘性文化资源立足于异质的共存、多样的共生。社会与文化的"他者"、"底层"、"弱势"、"沉默的大多数"之中，也确实埋藏着深厚的人文底蕴和道义光彩，所以成为了作家开拓独特审美空间、建构自我意义境界的有力凭借。中国文学长期以来的"共名"状态获得诸多突破，皆有赖于此。《长恨歌》、《秦腔》、《额尔古纳河右岸》、《推拿》等连获"茅盾文学奖"，《檀香刑》、《英格力士》、《河岸》等获得

"圈内人士"激赏,《狼图腾》、《藏獒》等大为畅销,则是这种开掘具备深厚审美潜能和接受基础的具体例证。

二

虽然这种叙事元素边缘化的审美诉求广获青睐,但即使是其中颇为厚重、精致的优秀作品,也存在着某些未曾引起高度重视却实在发人深思的现象。一是如《檀香刑》、《秦腔》、《狼图腾》等,获得巨大声誉的同时,却又引起了重要的争论;二是如《英格力士》、《空山》、《河岸》等,一方面得到某些"同道"、"圈内人士"的激赏和不遗余力的推崇,另一方面文本的文学与社会重要性却并未被广泛认同;三是如《水乳大地》、《如意高地》等,虽然作者的"田野调查"精神令人敬佩,普通读者却可能在作品地域"风物志"性质的陈述中,感觉到巨大的阅读障碍。

这种种现象实际上暴露出边缘文化探寻的整体思路所存在的某些局限与误区。

首先,不少作家在对边缘性叙事元素的艺术探寻中,热衷于"本色叙事"、"原生态叙事",满足于艺术想象的汪洋恣肆和事象捕捉的左右逢源。但是,他们对于审美混沌状态与复合意味本身的优势与局限缺乏深刻的把握;对于如何增强认知的穿透力、思想的整合力、文化范式的概括性和价值视域的辩证性等问题也没有深入的思考。《秦腔》的事象芜杂得让人时时不得要领,《檀香刑》渲染酷刑以致不少读者难以苟同,《狼图腾》甚至被阐释为将社会向"恶"的方向引导,关键原因也许正在这里。

其次,不少作家沉湎于对"知识性境界"的追求,狭隘、自闭的"专业"意识过于浓郁。他们或者探索特定历史环境的人性生成,审美兴奋点却执著于西方文化视域;或者过分重视技巧的丰富、叙事的匠心和单纯的文学性笔墨趣味,却疏于对情感的厚实与博大孜孜不倦的追求;或者过度信任和倚重叙事资源的独特性,却未能将其中的知识性"硬块"有效地转化为文学的血液。《英格力士》、《河岸》等作品对青春期的病态心理和"自我感"进行带有强烈"中年伤感"色彩的渲染，《悲悯大地》、《如意高地》等作品艺术韵味"唯地域性"的生涩乃至怪异感，都与此密不可分。这实际上已经导致了相关文本建构"中国形象"却"中国经验"的底蕴单薄、阐释边缘文化却对其接受难度缺乏有力破解的局限，文本审美境界的正大与开阔自然相应地受到了影响。

形成这些局限的症结在于边缘文化资源本身存在固有的不足。

首先，边缘地带的文化资源往往存在生态底蕴不定型、不明晰的局限，如果不努力超越生活表象去发掘和识别，筛选、提炼出其中具有恒定性、普适性的价值内核，"本色叙事"所建构的，就只能是一种现实原生态的表象，而非真正具有混沌气象的审美境界。

其次，边缘对于中心既可能是颠覆性的力量，更可以是一种补充、丰富、共生的"伙伴关系"。主流文化遮蔽乃至警惕边缘文化往往会导致单向度的统一性和排他性，由此产生的诸多弊端历史已经屡屡昭示；边缘文化一味拒绝主流文化的养分，彻底地"离心"和"自闭"，也同样会妨碍其自身文化境界的拓展与提升，导致审美境界文化贯通性的欠缺，这一点尚未获得众多作家的清醒认识。

再次，虽然"边缘地带"往往是生态多样性乃至生态系统新变异、新发展的萌发地，但边缘与中心、主流的差异毕竟是不可否认的客观存在。如果发掘边缘文化却弱于从把握中华民族全局历史的高度着眼，弱于与人类普适价值在文化高端而不是低端构成深层次的对话，作品就可能停留于就事论事的"特色性"层次，而无法进入汇通中外、融贯古今的"大作品"境界。

共和国文学风风雨雨60余年过去，主流文化和边缘文化诸多具体形态的审美探索已经相当充分。在这样的社会与文化情势下，到底应该怎样选择文化资源、怎样处理审美境界中本位性资源和其他资源的关系，文学创作才能更具审美优势和价值含量、更有时代文化的涵盖力与适应性，已经成为中国文学创作要更上层楼的一个亟待解决的关键问题。实际上，主流文化资源与边缘文化资源之间，是一种矛盾普遍性和特殊性、价值普适性和多样性的关系。有抱负的作家都力求使自己的创作既具审美经验的独特性，又有审美意义的普遍性，那么，在对于边缘性叙事元素的审美探寻过程中，就要对矛盾两方面的优势和局限都进行根本性思考，进而寻找到二者之间的最佳契合点，并以此为基础来重建审美的思维基点与价值逻辑。只有这样，文学创作所涉及的边缘文化和主流文化才能进入最佳"对接"的审美状态，各类文化资源的优势才能都得到充分发挥。也只有这样，创作与时代文化全部优势相匹配的文学作品，才有可能真正成为现实。

第三节 底层意识匮乏的文化立场

虽然中国文学长期以来一直强调"与最广大的人民群众"的精神联系，但从20世纪90年代后期到新世纪之初，众多作品的审美境界却都存在着底层意识严重匮乏的现象，从而显示出"跨世纪文学"在社会文化立场层面的重大缺陷。

一

放眼这一时期的中国文坛，处于风潮内的不少文学作品看似对于中国现状的真切表现，实际上不过是对于种种都市时尚生活、时尚感受和时尚人生样式的描述。从"上海宝贝"到海外的"九丹"、从校园中的"桃李"到白领阶层的"作女"、从"春天的二十二个夜晚"到"拿什么拯救你，我的爱人"，层出不穷的这类作品虽然价值立场、生活内容、审美情趣各不相同，但创作者审美观照的焦点和艺术思考的心理兴奋点却有着惊人的一致之处，一言以蔽之，即"时尚生活、小资情调的自我感受与写真"。写作者们津津有味地展开着富有阶层的糜烂颓废、知识者的软弱伤感和"新新人类"的骄纵迷惘，体贴入微地宣泄着富足者更高生存意义缺失的挣扎与迷乱，而且，其中的优秀者往往文笔精巧凄美、情韵细腻周密，因此获得了不少共鸣与好评。作为一种特定的创作思潮来看，这种表现当然具有一定的历史合理性，具体文本本身也各有其程度不一的生命体验与艺术描摹方面的优长。但是，这样浓墨重彩地描述时尚生活，其背后却掩盖了对于那些真正能体现时代之重、也能促使中国文学更有作为的严峻问题的深入思考和艺术揭示。试想，在这辽阔的、文化和生活内涵都异常丰厚的古老国土上，在历史进程异常恢宏而艰难、社会矛盾异常复杂尖锐的当今时代，中国最深层的社会现实难道真就只是这么一幅景观吗？中国社会最紧要的，难道真就是这么一些问题吗？当然不是。因此完全可以说，这类创作吸引了如此广泛的关注，实际上恰恰显示着当今文坛思想视野的狭隘、思想基础的浅薄与轻飘，它们在反映我们时代风貌方面的代表性，其实是大可怀疑的。

另一类以"反腐"为主题的文学作品也在批量生产，并受到了各方面的好评。初看起来，这类作品似乎确实展开了较为雄健广阔的生活面，也蕴涵了创作者严肃的政治使命感和严正的社会责任感。但我们仔细琢磨即可发现，它们不过是标举"反腐败"的民意这么一个绝对正确的思想理念，在一个侦破或曰公案小说的情节模式中，从另一个角度、以另一种风格展示着与时尚写作相似的生活内容，即中产阶级的生活场景和权势群体的腐败堕落。在这些作品中有清官、有斗士，但我们很难看到他们同普通民众在现实生活层面上的血肉联系，更难看到灯红酒绿和腐败堕落的背后普通百姓所承受的艰辛和付出的代价，民众的真实生活情景在作品中实际上处于缺位状态。那么，这些自以为反映时代问题的作品的时代特色在哪里呢？与类似题材的港台片、历史文学相比，除了主人公身份和特意显扬的意识形态口号，二者之间在叙事模式和深层内涵层面的差别又在何处呢？不能不说，这都是该类作品难以直面的问题。于是，这一类作品对于政治和道德意念的宣扬就不能不显得浮泛、单薄乃至概念化。

在两个世纪之交，中国文坛其实也出现了不少以中国底层社会生活为描述对象的作品。它们大致可分为两类。其一是某些以写实见长的作家所写的纪实性较强而艺术质地较差的作品。从梁晓声表现贫困学子出卖青春的《贵人》等小说，到尤凤伟揭示都市民工生存状况的

《泥鳅》，都属这一类。它们的共同局限在于，作者总是不可避免地带有某种猎奇、揭秘的色彩，总是对"上等人"邪恶背后的孤独给予深深的体谅与宽容。与其说这是对人性复杂性的体察，不如说它恰恰体现出创作者对于底层人真实心态的隔膜。其二，描写底层特别是乡村民众生活的作品常常是在开掘地域文化底蕴、寻求"恒常之美"的创作思想的指导下，把底层生灵的生命状态当作一种"文物考古"式的观察和剖析的对象。他们似乎是在揭示底层，但揭示的却往往只是底层社会古老的、已经缺乏生命活力、与底层现实缺乏联系的侧面。那些"老中国儿女"的形象，散发着腐烂气息的生活和审美情调，不关现实底层痛痒的"非功利"化的描述，实际上暗含着创作者对于当代底层生活的漠视，显示出一种以高远姿态出现的、未能与底层息息相通的精神歧视、情感冷淡的心理立场，结果，这些作品从更深的层次体现出创作者底层意识的匮乏。虽然这类创作的不少具体文本都显得圆熟而独特，但是，它们要真正获得从中国现实社会的波涛奔涌的深层出发而形成的思想与艺术突破却是难之又难的。

与此相应地，占据当今荧屏主流画面的多半是漂亮却千篇一律的都市现实生活和腐朽而堂皇的古代宫廷生活。缺乏底蕴的外在的漂亮构成了当今影视剧流行的美学品格。"不上镜"的底层特别是农村生活画面则处于被摒弃之列。

这种现象甚至构成了一种强势的时代精神趋势，不仅遮蔽了中国社会的内在真相，而且正培养着一个时代的审美风尚。由于商业文化运作规律的支配，这种种作品又出现了大量的复制与再生产。于是，一方面感慨不断出现的文学作品缺乏从社会深层锤炼出的思想与审美的震撼力，另一方面却又无法也无人愿意逃脱既定话语模式的束缚去另辟新路，就成为了我们时代特有的畸形现象。

二

形成这么一种文学局面，首要原因也许在于创作者本身生存状况的局限。活跃在当今文坛的主要是两类作家。一类是业已成名且生活相对优裕的中年乃至接近老年的"著名作家"，另一类则是一直作为"时代骄子"读书就业、浮游于社会优越位置的"才子型"文学新秀。前一类作家往往有着自己的观念和思考，对社会、文化和人生也领悟得较为透彻。但是，他们多半只孜孜以求地致力于在已有的基础上前行，以期通过转换和升华攀登上文学和文化的高峰，已无余力、也怠于重新深入观察中国社会瞬息万变的底层；即使走马观花式地打量一番，他们业已基本固定的思想和美学建构也难以容纳和消化以种种复杂的新面貌出现的底层的信息与内涵。还有一类"才子型"文学新秀则不过是从学校到机关或公司甚至是从学校到学校，他们看起来也许在不断地变换生活，实际上人生的领域和空间都是相当狭窄乃至封闭的。这一类作家往往有才华、有艺术的灵性，对当今世界文学和文化的信息了解得较为广泛，对同类人生存状况的体察也还算细腻、敏锐。但是，对于曾与他们一同前行却至今尚劳苦于底层的"人生失败者"的实际生存状况和真实心态，这些生活的顺遂者又哪里会认真地去尊重、慎重地去考察并加以认同呢？他们又怎能悟透"纸上得来终觉浅"这种其实是很平常的道理呢？结果，以他们狭窄的人生体验和年轻的生命感悟，再加上"才子气"的自以为是、一挥而就，作品怎会具有丰沛的底层意识和厚重的历史内涵呢？

其次是观念的误区。20世纪80年代以来，中国作家因为对于现代化的向往，形成了对西方最新的文学、文化思想乃至审美境界和生命体验的趋同心理。随着全球化浪潮以及随之而来的对于文化全球化可能性的信任，更使这种趋同心理理直气壮地表现出来。但是，对于全球化、现代性作为一种文化理论的历史合理性及其所可能构成的思想的误区，不少人则缺乏全面的思考和足够的警惕。而长期以来形成的以观察和描述时代新信息为创作主要目标的创作心态，更使他们从思维观念层面认同了这种选择，甚至以为对于时尚生活的描述才真是把握住了中国历史发展的敏感的脉搏。结果，由"现代化的陷阱"所构成的底层意识匮乏的状况，就成了我们这个时代文学的重要的精神趋势。

再次是认识的偏差。比如种种时尚化写作的产品并非没有自我真诚、痛切的人生感受和生命体验，实际上，它们往往就是创作者人生经验的写真。然而，个人的体验并不等于历史的全局，某些个人曾经为之欲死欲生的一切，从整个时代的历史进程来看，也许是微不足道的，甚至有可能只是无病呻吟而已。而且，即使是纯粹的个人体验也有深层和表层、狭隘与博大之分。所以，如何选择与时代精神底脉息息相关而且确实散发着生命本原意识的体悟，去除那些瞬时性的情绪和感受，就是一个不能不认真考虑的问题。事实表明，时尚文学的写作者们恰恰未曾进行这种艰苦的区分和选择。这当然就既无法深入到时代的底层，也难以触摸到生命的深层。

但是，任何社会最深厚的底蕴、最深刻的矛盾，恰恰都蕴藏在底层生活之中。而一旦超越时尚性的文学和文化语境我们即可发现，当今的中国也同样如此。国企困境、"三农"问题、基层危机、弱势群体的懦弱与无能，等等，诸如此类的问题构成了众多任何"时代强人"、英明举措乃至体制变革都无法解开的死结。其中该有着多么鲜活而丰厚的文学矿藏！又哪里是一点点时尚生活所能象征、代表和深刻揭示得了的呢？中国的底层生活及其内涵与时尚生活的关系，就像新近搭建的几座漂亮的楼阁与作为其基础的、业已存在千百万年的土地的关系一样。当今大量的作家所描述的，不过是暂时能给人以新鲜感的地表楼阁，而一个真正胸襟开阔的作家、真正有作为的文学时代所应该研究和表现的，恰恰是那深厚的土壤。作为单个的作家，创作当然完全有进行自我选择的自由，但作为一个整体，底层意识匮乏现象的日益严重化，实际上意味着整个时代文学的根基浅薄、视野狭窄乃至自说自话。这一点不能不引起我们充分的自觉与深刻的反省。

第四节　精神制约薄弱的审美境界

任何希望有作为的作家，都会努力寻求自我独特的精神空间，都会有自己努力攀登的思想和艺术的高度。但艺术创造是没有现成的道路可走的，所以，到底在大千世界中选择怎样的精神高度，并以之为基点来建构自我的审美空间，就成为创作者个人摸索的问题。在"跨世纪文学"的多元文化语境中，这种特色显得更为突出。与此同时，不同人之间的精神高度又必然存在着差异，而且，坚持在何种精神高度进行审美探索和艺术抉择，对艺术创造的结果具有至关重要的影响。令人遗憾的是，许多创作者正是对这一问题缺乏足够的认识和稳健的把握，在创作中没能以时代所可能提供的精神高度来制约整个创作思路的进展和艺术境界的展开，以致从总体看，各种题材的创作都呈现出良莠不齐而自我感觉良好的状态；在具体文本内部也往往是品位高低不同、底蕴深浅不一、情韵浓淡有别的内容并存，这甚至导致了对作品整体质量和内在审美统一性的极大损害。

一

在影响较为广泛且产生了不少优秀作品的几种创作现象中，这种缺陷均有具体特征不同的表现。

表现都市世俗和时尚生活的作品就普遍地存在着这种局限，并且已经作为一种现象受到了广泛的批评。这类作品或者以开掘市井文化、推崇日常历史的姿态，缺乏提炼地铺陈小市民细碎繁琐、汤汤水水的现实生存和繁华往事，基于某一日常感慨式的主题就敷演出大量卿卿我我加尔虞我诈的生活故事，并以转化为影视"肥皂剧"而沾沾自喜；或者以挪揄调侃而暗存艳羡的笔调，讽一劝百地展览官场猥琐、糜烂的外在景观；或者借口与时尚接轨，津津乐道于各种"新新人类"貌似反叛的张扬做派、理直气壮的颓废心态与貌似现代意识的邪恶化的心理趋势。创作者往往囿于一隅，抓住大千世界中随便一种生活形态、一个"另类"人物甚至一种尚属新闻性的理念和情态就开始了创作，并以创作丰富自娱。实际上，他们的创作往往停留于平面写实式地反映社会表象的真实，停留于文化创造中精神要求的底线而搁置了其中的高位诉求。而且，由于视野的狭窄和根基的浅薄，他们对于当今这姿态万千而内蕴芜杂的时代的各种病态，在创作中往往还表现出同命相怜、刻意渲染的状态，而无法以强大的主体人格展开深切的透视和有力的批评。这样，大量作品给人的总体感觉自然就只能是事象鲜活而境界肤浅、笔触灵动而内蕴单薄。试想，几个失意而"新潮"或散发着"陈腐"气的男女、几段畸形而缺乏品位的情场恩怨、几条官场或商场的心计秘闻与成败得失，怎么可能引申得出与深邃的时代精神内核相关的审美意蕴呢？并且，即使只是如此的精神高度，如果未能坚守如一，也往往会出现为了非艺术原因而自我降低的现象。池莉、毕淑敏的本来还算认真的作品，却选取"有了快感你就喊"、"拯救乳房"这样与主题意蕴仅具牵强联系、实际上是以暧昧的暗示迎合俗众的标题，就从一个最为浅显的层面、一个艺术创造的细节方面，表现出了丧失精神高度制约所必然带来的后果。其实，创作主体如果拥有了真正的精神高度，这类现象很可能根本就不会在其审美兴奋点之内，他们关注的就可能会是更紧要的时代课题、更能体现艺术创造能力的审美境界；即使描述这类现象，创作者也不可能以所谓的"世俗化"、"真实性"、"个人化"的文学观念和表现当今时代欲望泛滥的社会现实为借口，而冲淡了批判的力量、对思想新视野的追求和审美的高远、宏大感。

展示乡土民间生存样态的创作领域同样存在着这种局限，而且因"民间文化"理念的遮蔽，长期未曾得到有力的揭示与剖析。这一题材领域从20世纪80年代后期开始就不断出现相当优秀的作品，其中主要显示出以下创作倾向。第一类是以乡土社会的生存真相揭示近现代中国风云变幻的政治历史及其得失。如陈忠实的《白鹿原》、李锐的《银城故事》等。第二类作品则往往以认同的态度，选取乡土中似乎亘古不变的生存根基和价值追求，以"野史"或"讲古"性质的叙述视角、底层社会习俗性的审美趣味，敷演出乡土社会本身的百年历史长卷，揭示其中文化底蕴的具体演化状态，附带折射出近百年中国的时代波澜与文化变迁的正负面特征及其影响。赵德发的长篇小说三部曲《缱绻与决绝》、《天理暨人欲》、《青烟或白雾》就是分别从乡土世界的土地、道德和对于"官"的观念与追求等方面入手，来展开这种对乡土社会内部形态的艺术描述的。第三种倾向是作者以"乡下人"

的独特乃至不无怪异的价值立场和生命感悟，来叙说对于20世纪中国的社会或文明问题的体验和感受。贾平凹揭示文明演化对于人性泯灭、扭曲从而导致人种变异的《怀念狼》，阎连科阐释"文革"形成与人性邪恶化"同盟"关系的《坚硬如水》，莫言揭示欲望在当代中国社会的力量及作者的爱恨交加之情的《四十一炮》等作品，均属此类。

一方面，在这类题材的创作领域，不少创作者的用心用力之作确实从各不相同的侧面摒除意识形态和体制文化的遮蔽，揭示出了民间生活的真相及其文化根基，视角独特、内蕴厚重而又韵味浓郁，并已由此获得了高度的赞誉和广泛的认同。但另一方面，这一领域的创作却普遍地过于认同民间的价值观念和审美趣味，对于民间文化"藏垢纳污"的特性及民间本身的浅薄、粗俗、蒙昧、卑琐等侧面缺乏足够的认识。结果，有些作家在认同"民间真谛"的创作理念的指引下，往往以民间虽具生命原初品质但缺乏人类精英文化锤炼的内涵为文本的价值立足点，以致作品在给人以匠心独具之感的同时，不时地显出观念狭隘偏执、感悟主观极端之态。李锐的《银城故事》因欲望导致了血腥与邪恶，而滋生出历史虚无的观念；赵德发作品对民间怪异的生理和生态景观显示出浓厚兴趣，及对它们包含着文化内涵的牵强认定；阎连科的《坚硬如水》以"情欲"向邪恶方向的泛滥来解释"文革"的人性逻辑，就都存在这种局限。实际上，胶着于某种单一的理念与感受，虽能给人以新鲜和从某一侧面看显得透彻的感觉，在总体上却并不能解释和承载社会历史的全部复杂性。也有些创作者在总体构思注重精神高度的同时，于具体艺术展开过程却将寻求"民间灵性"的创作立场推向极致，以致良莠不分地将其中的一切均纳入文本的审美境界，结果读者在为其鲜活、真切所触动的同时，却又不能不深感其中某些艺术元素、艺术景观的低俗与污浊。贾平凹的《怀念狼》以他惯用的艺术思路，将深切的人文忧思与民间"野狐禅"的趣味融为一体进行艺术想象，总体构思不乏大气，但创作主体的叙述过份地热衷于"野狐禅"式的民间趣味，不时缺乏节制地放纵趣味、为趣味而趣味，就导致作品后半部的艺术形象显出对于创作主旨的游离之态，形象本身也给人以内蕴暧昧、趣味低俗之感，文本的艺术境界自然就显得芜杂、诡异乃至紊乱。莫言《四十一炮》的结尾部分，有些"炮"显得目标暧昧不明，以致各"炮"之间内涵不够匀称，情韵存在着饱满与松懈之别，这同样与作者率性而为地放纵想象，没有把想象始终确定在同一精神高度密切相关。

以上种种不足的出现都源于创作者未能完全摒除庸俗写实主义的心理影响，未能将总体构思时驾驭历史与文明的精神高度全面而始终如一地贯穿在创作过程之中。

还有一类将才力与学养相结合、从事"奇书"和"旧题新意"类创作的现象，也不时出现受到评论界鼓励与好评的作品。比如，沿袭路遥《人生》、《平凡的世界》的创作思路，从新的侧面表现"才子"型钻营者在乡与城、底层与上层之间"向上爬"的作品，就出现了李佩甫的《城的灯》、王大进的《欲望之路》、邵丽的《我的生活质量》等；沿袭"知青文学"的写作道路，以对20世纪80年代的"知青文学"进行"去伪"与"揭秘"式的批判型写作的作品，则有如李晶、李盈的《沉雪》和潘婧的《抒情年代》等；还有"新历史小说"集大成式的、李洱的《花腔》，描述《哥德巴赫猜想》中陈景润式天才人物的、麦家的《解密》，等等。这类作品中的优秀者确实或展示出了时代所提供的新的思想视角和人文内涵，或将以往对于生活表象的描述深入到开掘其中人性和精神底蕴的层面，各有程度不同的创意。它们的局限则在于作家往往注意到了与以往同类作品相比的新意，却未曾充分注意到是否确实在更高的精神层次进行透视与反思。比如从艺术观照的重心看，《欲望之路》、《我的生活质量》由人生的意义与价值向人的自然本性及其境遇倾斜，《抒情年代》、《沉雪》等作品则由社会历史内涵向个人的心理感受与人生得失转移，在这过程中如何扬利除弊，就存在着不少值得推敲之处。

二

为什么在相当广泛的范围内都存在着作家未能获得应有的精神高

度、优秀作品的创作者未能始终保持已经获得的精神高度这样的现象
呢？笔者认为，除创作者思想、艺术能力的因素外，还普遍存在着认
识与思想态度方面的原因。

首先是创作者观念理解的价值认知误区。新时期以来，中国文学为
摆脱意识形态话语和体制文化的束缚，逐步走向了个人化、民间化、世
俗化的道路。在这一过程中，文学"是一种个人化的创造性活动"、"是
生命个体独特体验和感悟的艺术呈现"等观念获得了普遍的认同。抽象
地看，这种观念本身自有其充分的合理性，但实际上，它却潜藏着许多
陷阱，越过雷池一步就有可能误入歧途。不少创作者正是对这种观念的
负面特质缺乏充分的认识和有力的超越，以致将自我体验和感悟中精神
文化价值贫乏的内涵也兴冲冲地铺陈到了艺术作品之中。

其次是迷信艺术才华的审美认知误区。在创作的过程中，作家往
往以艺术的灵性为主，理性则隐藏了起来，所以不少的作家对艺术感
觉与灵性泛滥的现象缺乏足够的警觉。而且，在当代中国文学史上，
还出现过借口重视世界观作用、而以外在强加的理性观念损害艺术
形象和艺术思维的历史悲剧，这就更使不少作家对理性思维存在着天
然的反感。其实，人类思维有其共通性，理性思维与形象思维本身并
不一定互相对立或彼此矛盾，而完全可以是相辅相成、相得益彰的。
所以，当灵性的发挥淋漓尽致之后，立足自我所可能达到的精神高度
来对这种灵性的产物进行取舍与规范就应提到重要的位置，否则内蕴
与品位参差不齐就势所难免。莫言从《红高粱》系列开始的整个创作
中，时而焕发出天才式的耀眼光华，时而创作中又泥沙俱下，也许就
是作者过于相信艺术以灵性为主、过于迷恋自我的艺术才华，而缺乏
精神高度始终如一的制约所导致的。

生活与思想视野的局限及由此造成的心理误区，也是一个重要的
原因。不少作家往往对某一生活领域或侧面相当熟悉，对其他领域和
整个时代的面貌则缺乏全面和深入的思考。这样，将自我在现实生活
某一局部的观察与感受作为整个时代的根本特征进行概括和描述，就
是不难理解的事情了。但如果跳出自我定型的思路，他们也许就会发

现，既成艺术品的不少内容，实际上是根基浮泛或眼界低下的，对于业已拥有的艺术材料，他们完全有可能从更高的精神基点、捕捉更为深切动人的侧面来进行表现。惜乎当今作家惯于这样举一反三的却并不多见。

创作者精神高度的动摇还有一个重要原因，就是其艺术奋斗目标本身的局限。实际上，当今文坛的不少作家并没有真正崇高的艺术创作目标，他们就是想凭借艺术的才情获得一种心理的宣泄、一种即时性的引人注目，或者某种商业的动机。所以，当时势崇尚某一精神基点时，他们就展示某一精神基点；当时尚需要低俗时，他们也就明明已经在时代可能的精神高度进行着严肃而崇高的精神创造，同时却又夹杂着兜售低俗。这种现象大量存在，实际上已经使我们时代文学的整体精神品质受到了损伤。

但是，一个时代的文学是不能没有精神的高峰和精神思考的高度的。真正希望有作为的作家，其审美过程也是不能丧失精神高度的支撑和制约，因为在个人的选择之外，还有时代精神文化与丰富人性整体的希望和需求，还有历史老人的无情却又公正的淘汰与评价。这是有为的中国作家在随着整个民族文学与文化走向成熟的过程中，都应清醒地认识到的一个问题。

第五节　"意味"独创性欠缺的艺术形态

英国艺术理论家克莱夫·贝尔曾经提出了"美"是"有意味的形式"①的著名观点。这一观点包含着两个不同的方面。一方面，审美形式的创新必须与审美主体对于社会、文化与生命、人性等层面内涵的独特开掘相结合，否则所谓的"形式创新"就不过是一种华丽的"空壳"；另一方面，独特的精神感悟也必须凝结为相应的艺术形态，才能

---

① [英]克莱夫·贝尔:《艺术》，周金环、马钟元译，中国文艺联合出版公司1984年版，第4页。

真正有力地唤起读者的审美情感。两方面缺一不可。

但令人遗憾的是，在中国文学的世纪性审美转型过程中，不少作家在艺术创造的过程中，对于以自我的人生感悟和文化积累为基础来探求特有的艺术思维境界、形成独特而"有意味"的艺术形态，始终未形成充分的理性自觉。结果，兼具精神意味独特性和艺术形态独创性的审美话语，即使在"跨世纪文学"的不少优秀作品中也显得甚为稀少。无论是致力于审美话语个体独创的文本，还是以流行审美话语代表者的姿态活跃于文坛的作家，都不同程度地存在这种局限。

一

首先不能不引起我们关注和重视的是某些思想者型的著名作家，他们在业已进行了广泛的艺术探索之后，纷纷致力于将长期以来艺术和人生的磨炼与积累熔为一炉，进行自我总结式的精心营构，以期使自己的审美创造既包容时代和其个人以往创作所具有的精神内涵，又能探求出一种超越时代思维常态的艺术形态，从而创造出能够整合并有效超越他们全部创作的、个体独创的审美话语境界。

张洁呕心沥血的《无字》、韩少功刻意求新的《暗示》等作品，从总体上看就都已经达到了这样的境界。《无字》以生命长河中个体的情感命运及其生命感受为依据来体察、品味20世纪中国波谲云诡的历史和人生风云，确立了一种纯粹个人基点的精神立场；还一反20世纪中国文学"创作总根于爱"的审美心理传统，以一种由爱的损伤、缺憾和痛苦所形成的"恨"为作品的基本情感倾向，转换了20世纪中国文学创作中传统的审美视界；在此基础上，《无字》形成了一种以感悟为依据的叙述形态。成熟透彻的生命感受、广阔新颖的生活内容和丰富圆润的艺术手法，由此获得了崭新而更为深邃的艺术意味。韩少功的《暗示》在质疑、批判现代性文化和现代学术体系的基础上，获得了"场景暗示"这一感悟世界和生命的新的思维制高点，由此达成了跨越艺术和学术界域的对生存更为根本的感受与发现，并相应地构成了作品跨文体的写作范式。从《无字》、《马桥词典》等作品中，我们都可以明显地看出作者在过去几十年来的创作中已经表现过的客观内容，创作主体正是艺术地总揽这整个的有关世界与人生的内容和内涵，并从中提炼出了超越具体语境的历史、文化、人性乃至学术的底蕴，从而成功地开创了当代文学思想和艺术的新视野，使作品在文学和思想文化层面都显示出重要而深刻的启示意义。

但即使是这种开创了审美和精神新视野的优秀作品，其艺术形态所包含的精神文化"意味"的稳健度、周密性也难以经受住严苛的推敲。《无字》以纯粹个人的生命感受为基础，个体"内宇宙"承受着全部"外宇宙"的内涵，文本的精神骨架就难免显示出某种软弱之态。《暗示》艺术形态的根本局限，可能并不在于它"跨文体"的表面状态，而在于作品松散的外在形态实际上暗示出作者精神境界内在统一性和完整性的缺失，因为世界与生命的无边无际并不意味着文本也能够放弃思想和叙述的逻辑边界。于是，这些作品的艺术形态作为"有意味的形式"的完美性，就让人不能不心存疑虑。

20世纪90年代以来的中国文坛，还活跃着另外一些同样颇富艺术创造力的作家，他们往往聚焦于某一地域空间和人生领域中特殊的人生样态，致力于探究其中被流行话语所遮蔽的人类生存本相，并以之为基础，建构起自我独特的精神空间和艺术形态。

这类作家所关注的特殊人生样态，大多是他们青少年时代的生存环境及家庭长辈的人生样式。因为一切都烂熟于心，而且品味时间长久，所以他们作品的具体生活内涵和民间文化底蕴往往显得真切、结实而深厚，在某种程度上确实构成了独具特色的审美境界。他们将这种种内蕴或诗意化、或传奇化、或纪实化，从艺术结构到叙述形态等方面都颇为注意对独创性的追求，因而作品往往既具纯正的美学品性，又富艺术创造的活力。阎连科的《日光流年》与《受活》、红柯的《西去的骑手》、李洱的《花腔》等，皆为其中的代表性作品。

但深入探究我们又会发现，这种对某类特殊人生样态进行文化审视的作品，往往只是将某类文化形态的生活底蕴及其艺术传达当作文本最高的意蕴境界和形式基础，创作主体独具的思想观念在艺术形态中的渗透却显得并不充分，结果，艺术形态的普适性就不能不大打折扣。

二

还有几类作品，一方面在20世纪90年代以来的图书市场更为引人注目，另一方面却不过是在某种流行的审美话语模式中，以"批量生产"的方式进行着内涵的不断补充和内容的重新编排。

张扬反腐败主题的"主旋律"作品，大多是以中产阶级的生活场景、公案小说的情节模式，将时代的社会内涵纳入政治化的主题框架和戏剧化的情节框架中来叙述，从中显扬一种民众意愿与意识形态要求合一的、带有明显政论色彩的思想倾向。其代表性作家当属周梅森和陆天明。周梅森从《人间正道》、《中国制造》到《绝对权力》、《国家公诉》，逐步由普泛地描述一项社会主义事业的艰难历程，走向了以对于一桩刑事侦破故事进行社会学考察为情节框架，并以此为基础，对于"反腐败"命题所包含的沉重的社会现实和复杂的时代内涵进行有力的揭示。陆天明从《苍天在上》、《大雪无痕》到《省委书记》、《命运》则走着一条相反的路子，由最初从人性蜕变的角度观照腐败现象的形成，渐渐转向了在社会主义事业的大框架内，把腐败现象作为社会政治生活的一个侧面来揭示和抨击。这类作品在社会文化层面确有值得称道和切合人心之处，但同一作者仅仅在一个生活领域，短短的时间内就创作出好几部作品，要想使每一部作品都成为作家的全部体验和思考进行艺术升华的结晶，当然是不可能的。结果，艺术形态自我重复、不同作品之间独特性欠缺就是势所必然的了。

"官场小说"的审美话语模式由王跃文的《国画》开创，经阎真的《沧浪之水》而走向深刻。这类作品通常以一个混迹官场者的人生轨迹和命运沉浮为线索来展示人物在特定生存环境中心灵挣扎、人性异化和人格蜕变的真实历程，行文中贯穿着一种惶惑伤感、调侃反讽乃至玩世不恭的灰色情调。这种艺术形态确实是一种时代景况和时代情绪的真切反映，突破了周梅森、陆天明作品戏剧化的艺术场景，进入了世俗话语的层面，从而更具备"文学是人学"的审美"意味"。但这种艺术形态也存在一个根本性的局限，因为创作者未曾获得能独立审视时代情绪的思想发现与价值依据，文本的审美境界就往往缺乏令人惊讶的思想视点。结果，置身相似生存环境的读者在阅读之后，虽然能够获得强烈的审美共鸣和心灵震颤，却无法获得既感同身受而又能触类旁通、精神境界获得升华的更高层次的艺术感受。

"旧题新写"地描述父辈革命军人题材的作品也是这样。邓一光的《我是太阳》即已开启了这一创作思路和叙述模式；石钟山的小说及长篇电视连续剧《激情燃烧的岁月》，在广泛的受众领域获得了共鸣；艺术上渐趋精美、丰润的，当属马晓丽的长篇小说《楚河汉界》；最具代表性的则是《历史的天空》和《亮剑》、《英雄无语》。这些作品以中国社会的底层意识甚至农民文化的品质为价值基础，颇富激情地描述了父辈军人在战争人生的境界中能够自足而独立的人生品格，讴歌了一种个体人生在特定历史与文化局限中可能存在和达到的人格的崇高境界。比较20世纪80年代初着重展示英雄军人的平凡品质及传统军人的封建意识，和80年代中期以来军事题材作品致力于挖掘军人身上的农民素质，这批将人生局限与人格崇高融为一体进行审美观照的作品，显然更为质朴地贴近了人类生命长河中的本相。因此可以说，这类作品确实从回归人本的角度，对新时期以来的军事文学创作形成了一种纪实品格层面的深化与升华。但这种"有意味的形式"的局限在于，创作者对明显地处于生命价值局限中的人生境界往往给予了过多的认同，其间实际上潜藏着一种以回归形式呈现的思想的陈旧。也许正因为如此，即使是普通的电视观众在观看根据这类小说改编的电视剧时，往往一方面赏识和快意于主人公的性情，另一方面又会因人物形象的精神风貌暗含诸多农民文化的痼疾，而觉得文本情感真诚背后的价值立场不无滑稽和可笑的成份。

这三类作品皆广受关注，作为流行的审美话语模式也都具有社会、时代、历史和人性等方面的合理性，并且形成了相对自足的叙述范型，甚至其中还确实蕴藏着具有巨大开掘余地的艺术潜能，具体作品之间的成就也存在巨大的差异。但这种种艺术形态作为"有意味的形式"成为流行模式本身，就显示出了一种与独创性相反的通俗性、共通性，类型化和可以批量生产本身正是独创性不够的明显标志。而且，虽然开创模式的作品具有一定的社会和文学意义，"批量生产"的众多后续作品中除了某些"凤毛麟角"确有对更深的人文内涵的开掘，大量作品的文学意义都不能不大打折扣。

其他或者在自我既成审美境界中游走、或者仅仅展示新颖的时代生活表象的作品，则更是等而下之。虽然其中的优秀作品从内部比较的角度看往往不无可取之处，但严格地说来，大多数作品都只是新鲜材料的堆砌和艺术才情的炫耀而已。

三

总而言之，在当今中国这种可以灵性四溢、思想无拘无束而且大量作者皆有相当素养的文学环境中，单纯的所谓思想或艺术发现已经无法达到时代文学的高峰。只有或者整合各类作品的优长，并能从新的思想、艺术视点进行升华和深化；或者自我参悟，并能直达生命与文学的根本，作品方才有可能凭借其独创的审美境界和相应的叙述形态，给人以思想与艺术的巨大震撼，文本的艺术形态才有可能具备充分的人类精神文化层面的"意味"。而从这方面进行努力，也许远比汲汲于某种手法、情韵、感觉的新颖性而沾沾自喜的平庸写作，显得更为重要和富有生命的活力。

但令人遗憾的现实说明，蕴含着深刻精神与文化"意味"的独特艺术形态的创造，尚是一个亟待文学界获得充分艺术自觉的问题。不少作家仍然未能摆脱新时期以来不停地追踪西方现代、后现代文学思潮的思维惯性，在寻找个别的形式"创新点"和艺术手法精致的层面消耗着才力与精力，却没有真正充分地认识到，从"有意味的形式"这一高度出发来探寻以审美境界和叙述形态为核心的独特艺术形态，才是使中国文学在已经取得巨大成就的基础上更上层楼所必须跨越的重要关口。

第七章　历史题材叙事的审美意识

第一节　历史文学的"盛世情结"及其文化生成

"盛世"一词的本义是对中国封建王朝盛衰、治乱过程中一种社会状态的历史学概括，引申为对"国家从大乱走向大治，在较长时间内保持繁荣和稳定的一个时期"[①]的价值指认。"盛世情结"是中国当代历史文学创作一个涉及面广泛而尚未得到深入讨论的问题，尤其是"跨世纪文学"的历史题材作品中普遍地存在着这个问题。在这一时期的历史文学创作领域，"盛世情结"也包括双重含义。首先是指热衷于以历史学判断的"盛世"为创作题材进行"盛世叙事"；更为深层的则是指创作主体普遍呈现出一种"盛世"、"乱世"、"末世"的审美思维视野和认同以治国、执政文化开创"盛世"的价值取向。我们的研究即以此为基础展开。

一

历史文学的"盛世情结"，实际上在"十七年"的文学创作中就已经存在。对应于现代中国的阶级斗争思维和人民革命成功的时代特征，反映王朝"乱世"、"末世"社会状态的历史文学作品在当时成为创作主流。电影《宋景诗》、长篇小说《李自成》以歌颂农民起义英雄为己任，电影《林则徐》、《甲午风云》等着重表现内忧外患的末世状态中民族英雄的情操与品格，作品普遍表现出一种批判性的革命文化

---

① 戴逸：《盛世的沉沦——戴逸谈康雍乾历史》，《中华读书报》2002年3月20日。

立场，确实缺乏"盛世情结"的精神意蕴。但与此同时，不少现代文学史上即名满天下的老作家却应和新中国的开国气象，表现出关注开元治世、呼唤升平"盛世"状态降临的创作心态。郭沫若的话剧《蔡文姬》和《武则天》以历史"翻案"性的艺术构思，浓墨重彩地歌颂"了不起的历史人物"①开创新时代的"政治才干"、"文治武功"，及其所向无敌、"天下归心"的精神魅力。曹禺的话剧《胆剑篇》注目于弱小国家同心同德、卧薪尝胆、奋发图强，从而战胜强敌、开创伟业的精神。田汉的历史剧《文成公主》则表现了唐蕃团结、民族亲好的盛世期待。另外如陈翔鹤的短篇小说《陶渊明写〈挽歌〉》、《广陵散》和黄秋耘的《杜子美还乡》、《鲁亮侪摘印》等，着意抒发"盛世遗才"的落寞、挑剔、愤激与自矜，"盛世"思维的审美视野和精神路线也曲折地隐含其中。

"文革"结束、拨乱反正时期，历史文学作家们的关注焦点是农民起义和农民战争题材，从刘亚洲的《陈胜》、杨书案的《九月菊》、蒋和森的《风萧萧》和《黄梅雨》、郭灿东的《黄巢》，到姚雪垠的《李自成》、凌力的《星星草》、顾汶光的《大渡河》、李晴的《天国兴亡录》，等等，一时蔚为壮观。此外还有徐兴业的《金瓯缺》、冯骥才与李定兴合著的《义和拳》和《神灯》、鲍昌的《庚子风云》等抗御外侮题材的，任光椿的《戊戌喋血记》、周熙的《一百零三天》等戊戌变法题材的作品，等等。这批作品主要是表现中国封建王朝"末世"、"乱世"的各种抗争及其失败，贯穿其中的是对历史教训的总结，盛世向往之情相对匮乏。但80年代中期以后，整个社会转入以经济为中心的现代化建设轨道，阶级斗争的历史哲学风光不再，农民起义题材的历史文学创作逐渐淡出，凌力的《少年天子》、唐浩明的《曾国藩》、二月河的《康熙大帝》和《雍正皇帝》等力作巨制的先后出现，标示着历史文学创作的审美重心由此转移到了对帝王将相和王朝历史盛衰本身的思考上来。随后，此类作品大量涌现，从长篇小说到电影、电视剧等各种叙事文体全面"开花"，而且大多篇幅浩繁，以多卷本小说

---

① 郭沫若：《蔡文姬·序》，文物出版社1959年版，第2页。

或长篇电视连续剧的形式出现，力图形成一种史诗的风范与气势。于是，从创作题材到审美路线、再到心理倾向和价值立场，一种关于中华民族历史发展的"盛世情结"，就在历史文学创作中以相当成熟的审美形态表现出来，成为长久持续的文学创作热点和社会关注焦点。

直接描述王朝盛世历史开创的"盛世叙事"文本中，"盛世情结"表现得相当鲜明。其中有两种主要表现形态。

其一，以盛世主宰者为叙事核心，全面展开封建王朝的某个辉煌、鼎盛时期，正面描写其改革和兴盛、繁荣与富强的复杂历史过程。这类作品在20世纪80年代中期以后才开始出现，代表作当属二月河反映"康乾盛世"的"落霞"系列长篇小说《康熙大帝》、《雍正皇帝》、《乾隆皇帝》。这些作品的创作始于1985年而延续到1999年，在90年代中期后形成了一股"二月河热"。改编为同名电视连续剧后，《雍正王朝》在中央电视台一套热播的最高收视率达到16.71%，在台湾卫视中文台创下连续六次重播的纪录，在香港亚视台播出时，使"亚视"多年来第一次收视率与无线台持平；《康熙王朝》在中央电视台八套播出的最高收视率为16.1%，在台湾一播出就打破了此前大陆电视剧在台播映的最高收视纪录；《乾隆王朝》也在各省级主要电视台的晚间黄金时间陆续播出。二月河的小说和电视剧相互呼应、推波助澜，以其巨大而广泛的影响，使历史文学的"盛世叙事"达到了高潮。此外，长篇小说中孙皓辉的《大秦帝国》，长篇电视连续剧《汉武大帝》、《贞观长歌》、《贞观之治》、《成吉思汗》、《秦始皇》，电影《英雄》等也都引起了巨大反响。

其二，以历史上某位著名的改革、变法人物为主人公，着力描写其开创盛世、中兴王朝的变革过程，探究盛世形成的基础、条件和前因后果。"十七年"的《蔡文姬》、《武则天》、《胆剑篇》、《文成公主》等都属于这类作品。20世纪80年代后期以来的代表性作品则有凌力"百年辉煌"系列的《少年天子》、《暮鼓晨钟》，熊召政的《张居正》和颜廷瑞的《汴京风骚》等。其中"十七年"的作品着力表现生机勃勃的开国气象，新时期以来的这类作品则着力发掘中华民族历史上的风云人物和辉煌时期藏于壮观表象背后的隐曲与艰难，展示杰出历史人物艰窘的生存状态和坚韧的人生品质，从中显示民族历史文化的深邃、复杂和盛世开创的艰难、崇高。《暮鼓晨钟》和《少年天子》以历史进程、文明样态契合美好人情、人性为盛世形成条件的思想路线，《张居正》对权谋合理性及相关体制所依据的民族文化血缘根基的体认，颜廷瑞的《庄妃》和《汴京风骚》对于专制文化氛围扭曲人物高尚人格的慨叹，胡月伟的《万历王朝》对社会结构性弊端所导致的历史灾难的剖析，以及电视连续剧《一代廉吏于成龙》、《大明王朝》……实际上都是在深刻地思考民族腾飞、盛世来临的艰难与复杂。这类作品往往能因其题旨深邃、内蕴厚重、艺术精湛，获得文学界内部较为一致的高度评价。《少年天子》和《张居正》均获得长篇小说"茅盾文学奖"，《汴京风骚》也名列首届"姚雪垠长篇历史小说奖"，就是典型的例证。

在以"盛世追求"为价值指向进行审美思维的作品中，有些作者虽然并不叙写中国历史上的盛世本身，但审美精神中却体现出强烈的对于民族振兴、国家强盛的向往和对于传统的"升平盛世"的认同，并将其作为内在的思想线索贯穿于文本的历史认知之中。这类曲折表现创作主体"盛世情结"的作品也包括两种主要的类型。

其一，作品描写封建王朝的乱世或末世，却以挽救危局、力图王朝中兴的历史人物为主人公，并表现出高度认同和赞赏的思想特征。代表性作品有唐浩明的《曾国藩》、《杨度》、《张之洞》，电影《鸦片战争》、电视连续剧《走向共和》等。《曾国藩》和《张之洞》描述的都是中国封建社会王朝末世的朝廷重臣，虽然他们费尽心力创建的辉煌功业最后都化为乌有，曾国藩为自己吏治和自强之梦的破灭痛苦不已，张之洞临终前慨叹"一生的心血都白费了"[①]，但作者对于历史人物始终不渝地追求王朝振兴、国家强盛的文化人格却表现出高度认同和赞赏的态度，对于他们在变幻莫测的历史洪流中为建功立业真诚、悲苦却迭遭误解的生命形态则表现出深切的体谅与同情，其中贯穿着

---

① 唐浩明：《张之洞》（下卷），人民文学出版社2001年版，第592页。

一种深沉地向往和追求民族"盛世"的精神心理和创作立场。再比如，同是末世题材的作品，建国初的《甲午风云》、《林则徐》主要体现的是一种批判性的革命文化立场，缺乏"盛世情结"的表现，而新时期以来的长篇小说《林则徐》，电视连续剧《台湾巡抚刘铭传》、《施琅大将军》，电影《鸦片战争》等同类题材作品，却体现出鲜明的追求"盛世"而难得的创作心理，"盛世情结"也就由此显示出来。

其二，作品以某些在"野史"、"外传"、"民间"中具有丰富传说基础的历史人物为中心，采用"戏说"的方法着力编写"升平"之世"皇家"内外的世相风情、人生百态故事。比较典型的作品有电视剧《宰相刘罗锅》、《康熙微服私访记》、《铁齿铜牙纪晓岚》等。其他大量良莠不齐、褒贬不一的"清宫戏"也可包括在内。这类作品往往将名士风流和正直智慧同时赋予作为主人公的君王或大臣，在亦庄亦谐、不乏调侃意味的叙说中，既表现他们同各种腐败、黑暗现象玩弄权术和权威的斗智斗勇，又展示他们的艳情逸事、世俗魅力，一种君主开明、大臣正直、时势氛围总体清明的价值指认，也就以这种"游戏"性的叙说氤氲于文本的艺术境界之中。这类作品其实是在更开阔、宽泛的意义上丰富了历史文学创作"盛世情结"的内涵。

二

"情结"是荣格心理学说的一个概念，主要是指由创伤性体验及其心理积淀形成的精神心理兴奋点和思维定势、价值预设。当代历史文学的"盛世情结"正是一种创伤性的民族记忆及其心理情感的积淀与转化。经过中华民族世代追求和向往的积淀，中国历史上的"盛世"境界已经成为了一种民族心理与情感体验的"原型"和"典型情境"。近现代中国的坎坷命运、奋斗历程和一百多年殷切期待而始终难以实现的创伤性体验，则深化和强化了广大民众对民族盛世状态的诉求，以致凝结成了集体无意识心理的"痛点"与"情结"。中华人民共和国成立及其清新、明朗的开国气象，使中国作家和广大民众自然萌发出"时间开始了"①、升平盛世即将来临的心理预期，社会主义建设"大跃进"的社会氛围，更将这种心理感受推向了一个新的高度。所以，在50年代末的经济困难时期，历史文学"盛世开创""颂歌"的创作倾向反而强势登场，出现了诸如《蔡文姬》、《胆剑篇》之类的作品。但由于指导思想失误等诸多复杂因素，社会主义建设历经坎坷与挫折，甚至形成了"文革"这样全局性的动乱，以致在拨乱反正、痛定思痛时期，民族的盛世境界还难以预期，也来不及被向往和憧憬，历史文学作家们只能忙于抒发愤懑、总结教训，"盛世情结"于是被暂时搁置起来。80年代中期以后，中国的改革开放、建设发展状态逐渐丰富而充分地展开，中华民族的振兴又显示出切切实实的可能性。民族复兴历史进程的触发，使人们对于"盛世中国"的期盼再度迸发出来，于是，对中华民族盛世历史的眷恋与反顾，对民族"盛世"这种"典型情境"的领悟与传达，就作为历史文学创作中"普遍一致的和反复发生的无意识"的"本能过程"，②又一次构成了"联想的凝聚"、思维定势和价值预设，"跨世纪文学"的帝王将相题材历史文学创作，则堪称"盛世情结"的集中爆发和全面表现。

在中国文学的世纪性文化转型过程中，历史文学的"盛世情结"叙事形成热潮，还存在着深刻的现实原因。首先，新时期以来的30年时间里，中国国家文化由革命文化向执政文化转变，国家治理和建设也取得巨大成就，这使得民族复兴、"盛世"来临的美好前景显得可望可期，于是，回顾和讴歌民族历史上的"盛世"来作为时代现实的映衬和参照，就成为各方面均能认同和欢迎的文化行为。其次，当今中国由于社会的深刻转型，又处于一种问题复杂、矛盾尖锐、弊端丛生的历史状态，当公众对各种现实弊端心怀愤懑而又不便言说和缺乏应对之策时，以托古鉴今的方式，借历史类似图景的重构来形成一种替代性的宣泄与满足，就成为顺理成章的事情，这又使"盛世情结"叙事对于传统"盛世"内在复杂性的揭示，获得了广泛的接受空间。

---

① 胡风：《时间开始了》，《人民日报》1949年11月20日。

② ［瑞士］荣格：《本能与无意识》，《荣格文集》，改革出版社1997年版，第3页。

再次，改革开放的全面展开和全球化时代的来临，也加深了中华民族自我体认的精神需求。中国作为后发达国家，要学习先进国家、全面融入全球化的人类历史文化状态，就必须在新的起点上重新理解和认识民族的自我特征，以此为基础形成自己的文明理念，只有这样，学习、融入和超越才有可能沿着正确、快捷的路径进行。而全球化时代的西方话语霸权往往会压抑或掩盖后发达国家及其人民的真实处境，偷换乃至取消他们面临的真实问题，中国同样面临这种情况。中华民族历史上的盛世，则为加强民族自我认同、增强对话语霸权的有效抵抗提供了可靠的精神资源。时代心理的深厚基础和有力铺垫，使得历史文学创作的"盛世情结"达成了由心理积淀向理性自觉的转化。于是，从《少年天子》呼唤体制改革、文明进化以使国家走向强盛开始，到二月河的"落霞系列"作品直接探讨盛世形成的波澜壮阔的历程、《曾国藩》深沉反思国家中兴的复杂与艰难，直到新世纪的《贞观长歌》、《汉武大帝》等正面展开汉唐盛世的史诗性画卷，历史文学的"盛世情结"叙事就随时势的发展一步步走向高潮，终于蔚为壮观。

总的看来，近现代中国的"盛世情结"是一种"因痛苦而追寻而探求而行动而激扬而积极运转"的"积极的痛苦"，这种"积极的痛苦"能够凝聚并表达出来的基础和触发点，则在于中国政治情势由革命文化向执政文化、建设文化的转换成为确凿的现实。"盛世情结"类历史文学实际上是全社会"盛世情结"的审美反映，是创作主体精神与时代心理氛围适时、有效的对接，是"这种积极的痛苦的表现，是升华，是挥发，也是虚拟的实现，是调节，是补偿和慰安"，相关作品所表现的民族盛世的辉煌景观、王朝改革图治的历史画卷、盛世的来龙去脉与规律得失，以及由此显示的民族文化的正负面特征、对于建设文化和执政文化的历史反思，既使这种"积极的痛苦"得到"仅仅从现实生活中不可能全部得到的满足"，[①]又使时代的认知需求获得了可雅俗共赏的文化资源，还使现实社会的进程获得了思想文化层面的具体参照。

---

① 王蒙：《文学三元》，《王蒙学术文化随笔》，中国青年出版社1996年版，第192—193页。

　　从创作主体精神文化站位的角度看，历史文学"盛世情结"叙事的创作主体鲜明地表现出一种依托民族的传统历史及其主流文化，来感悟和映衬当代中国历史情势的"代言人"意识。

　　在民族文化的基本框架与原则确立之后，中国的文学与文化创造就一直强调一种"载道"、"代言"的传统，即所谓"代圣贤立言"，做"圣贤"思想的代言人。延伸到具体的创作中，甚至在主题意蕴和精神倾向方面"代圣贤立言"之外，还出现了一种假托他人身份和口吻言情叙事、"代人立言"的"代言体"，历代男性诗人创作的"弃妇"、"思妇"类诗歌就是典型的例证。现代中国的思想文化和文学创造也存在具体内涵已经发生巨大改变的"代言"与"立言"两种精神立场。"立言"往往指创作主体以西方的思想文化理论为基础，挑战和反抗传统文化与主流意识形态，建构和传达个体的"现代意识"与生命感悟；"代言"则主要是把当今时代和民族历史的主流文化作为认知客观世界的价值立场和情感基础。历史文学的"盛世情结"类叙事所表现的，就是后一种精神文化立场。

　　具体说来，"盛世情结"叙事的主体表现出"当代政治意识形态代言人"和"传统主流文化代言者"两种姿态。"十七年"的创作者主要体现的是"当代政治意识形态代言人"的精神姿态。郭沫若的《蔡文姬》、田汉的《关汉卿》、曹禺的《胆剑篇》等作品，都明显地存在将当代政治文化视野和时代价值取向附着于历史人物与事件的特征，其中显示出鲜明的迎合"时代精神"的"代言"性审美倾向。《蔡文姬》对曹操的"翻案"，就与毛泽东类似的历史兴趣和对相关历史问题的观点密不可分，曹操形象也有明显的"理想化"、"现代化"色彩，作品中为体现"民族团结"而加上的有关胡汉一家的对白，更属因过度迎合"时代精神"而出现的"蛇足"。《胆剑篇》创作的直接目的在于"鼓舞人民的斗志"，为了体现人民群众是创造历史的英雄的观点，作品将过多的优点集中于小百姓苦成的身上，力图使他成为人民群众的智慧、胆略和力量的化身，以致显得牵强附会，反而削弱了人物形象的现实性与生动性。《关汉卿》凭借主人公点滴的历史资料来驰骋浪漫主义的想象进行创作，本身自然无可厚非，但作品中阶级斗争、民族矛盾框架的情节建构，正面主人公充满战斗激情、与人民同呼吸共命运的形象定位，都显然是当代阶级斗争历史观的艺术化。90年代后"盛世情结"叙事的主体精神站位，则体现出从当代主流意识形态立场向中国传统的国家文化立场和主流历史观转换、挪移的倾向。作者力图摒除阶级分析思想观念的遮蔽，从历史文化事实出发，客观地、全方位地还原历史真相，这相对于当代政治文化当属"立言"姿态；相对于中国传统文化的价值立场和历史观，这类作品也蕴涵着某些具有超越性、现代性特征的历史认知与生命体验，但文本依托中国传统官方史学的价值立场与思想架构的特征，无疑表现得相当明显，所以实际上是一种中国"传统主流文化代言者"的精神姿态。比如，唐浩明的《曾国藩》和《张之洞》表现王朝衰变期儒家文化造就的功名追求者建功立业的悲苦与崇高，《杨度》描述政治文化和意识形态的风云变幻中传统文化造就的时势弄潮儿生命价值的沉浮，其中就都明显地表现出一种"传统主流文化代言者"的精神姿态。

这种"代言人"姿态从审美文化的格局及其历史渊源的角度看，实际上是对中国文学创作"雅"、"颂"传统的继承。

中国文学的开山之作《诗经》建构了"风、雅、颂"的审美传统。《毛诗序》云："以一国之事，系一人之本，谓之风；言天下之事，形四方之风，谓之雅。雅者，正也，言王政之所由废兴也。政有小大，故有小雅焉，有大雅焉。颂者，美盛德之形容，以其成功告于神明者也。"郑玄注释《周礼》则指出："雅，正也，言今之正者以为后世法。"在中国作家的精神心理建构中，做时代和民族的代言人，书写国家文化的"颂歌"和"雅正之声"，是一种根深蒂固的审美传统与创作立场。当代历史文学创作的"盛世情结"，正是中华审美文化这种"雅、颂"原则的精神传承。

这种审美原则，首先是许多历史文学创作者的思想自觉。电视剧导演胡玫就谈到，拍摄《雍正王朝》和《汉武大帝》"这样历史题材的作品，我是在呼唤一种盛世情怀"，"就是要让中国文化在世界文明史上显现其应有的地位和价值"。①熊召政谈到《张居正》的创作时也说："我写作这本书的目的不是跟着市场走，而是出于我的强烈的忧患意识。"②唐浩明甚至把历史人物的事业和自我的人生追求融为了一体："我在自己四十岁写曾国藩的时候，有一种强烈的建功立业的抱负和心态，所以写曾国藩写得酣畅淋漓。"③甚至连新中国成立之初受到严厉批判的电影《武训传》，其摄制的动因，也在于主人公是劳动人民"文化翻身的一面旗帜"④、有助于"迎接文化建设的高潮"⑤。诸多表述之中，一种或者"美盛德之形容"、或者"言王政之所由兴废""以为后世法"的精神姿态业已表露无遗。

创作实际情况也正是这样。郭沫若的话剧《蔡文姬》和《武则天》大力渲染天下初定、生机蓬勃的氛围，讴歌主人公开创新时代的文治武功和一个时代"天下归心"、歌舞升平的太平景象，目的就是要和新中国成立之初的时代气象相映衬，从而"美盛德之形容"。二月河的《康熙大帝》、《雍正皇帝》和《乾隆皇帝》紧紧围绕帝王主人公的政治活动及其文化、心理基础展开，叙事策略已接近国家神话的性质，甚至显示出一种代帝王言的叙事效果，实际上是希望既能"美盛德之形容"，又能"言王政之所由兴废"。唐浩明的《张之洞》择取中国在民族患难中从传统向现代艰难转型历程的枢纽型、代表性人物，表现他们为民族历史进程劳心劳力的所作所为和崇高人格，目的也在于"以为后世法"。一种"颂、雅"的审美品格，在他们的作品中都相当鲜明地显示出来。

"十七年"和90年代后历史文学的"雅、颂"审美特征又有着内在的差异。20世纪50年代历史文学创作的"盛世"呼唤，主要是一种对于革命成功、政权在握的欢呼和历史转型开创新世界的展望，更多"美盛德之形容"的"颂"的特色。90年代以来的"盛世情结"

---

① 马智：《胡玫：我在呼唤一种盛世情怀》，《大众电影》2005年第19期。
② 周百义、熊召政：《关于历史小说〈张居正〉的对话》，《出版科学》2002年第2期。
③ 夏义生、唐浩明：《在历史与现实之间——唐浩明访谈录》，《理论与创作》2003年第6期。
④ 董渭川：《由教育观点评〈武训传〉》，《光明日报》1951年2月28日。
⑤ 孙瑜：《编导〈武训传〉记》，《光明日报》1951年2月28日。

类叙事，则更多"言王政之所由废兴"、"言今之正者以为后世法"的"雅"的审美价值倾向，这种因"时移世易"而"刺多于颂"的审美追求，实质上是共和国自身所经历的复杂坎坷的历史进程在文学艺术领域的反映与表现。正因为如此，20世纪50年代的作品洋溢着新中国成立初期乐观、刚健、明朗的气息，90年代以来历史文学"盛世情结"的表现则不仅是"盛世叙事"，还包括对国家盛衰、强弱等各种不同历史时期的描述与思考，而且不管哪类题材，作品中都充满了对于执政的艰难与复杂、盛世的庄严与崇高的深刻品味。从《曾国藩》到《张居正》、从《少年天子》到《雍正皇帝》普遍的悲剧结尾就是"刺多于颂"的审美精神在一个细部的具体表现。

"盛世情结"叙事正面表现国家强弱、兴衰的客观情势，着重剖析和赞颂在既定历史条件下执政的帝王将相等杰出人物的丰富性格、复杂命运和价值状态，并努力揭示其中的历史文化内在机缘和演变特征，这就使创作主体文化代言者的精神站位得到了具体的落实。

在历史文学创作主体的"雅、颂"意识与民族集体心理的"盛世"诉求之间构成了一种有效的对接，这正是历史题材"盛世情结"叙事形成强烈创作激情和巨大社会影响的根本原因。

很多历史文学作家都具有自我创作与时代氛围对接的自觉意识。新中国成立初期的历史文学创作强调"翻案"、"古为今用"意识，甚至过度强化"今"，导致了《新天河配》、《新牛郎织女》等庸俗化的创作倾向。"跨世纪文学"的"盛世情结"类叙事也有这种自觉的对接意识。刘和平谈电视剧《雍正王朝》的改编时表示："把历史题材当现代题材写，把现代题材当历史题材写，这可以说已经成为我的一个创作原则"，他要"通过艺术再现一个民族千百年来共同的精神流脉"，使"现代人看这部戏能感觉到强烈的现实感，但又谁也不能说它不是历史剧，即是发生在那个历史背景下的人和事"。①胡玫导演《雍正王朝》和《汉武大帝》时，对于与时代精神需求进行"对接"的细微之处都把握得相当准确："当年的'雍正'只是对于强者力量的呼唤，对

---

① 阎玉清：《〈雍正王朝〉编剧刘和平访谈录》，《中国电视》1999年第11期。

秩序和盛世的企盼，而今天的'汉武大帝'，则直接展现强者的力量和盛世现实。我们以此来呼唤现代中国的崛起和民族的复兴。"① 唐浩明也是如此："我选择的人物都是中国近代史人物，我不想选择那么久远的年代，那样共振共鸣会差一些；我选择的历史背景和我们现在的历史背景也有某些相近——'洋务运动'本身也是试图使中国与世界接轨，其中心目的是富国富民，与当今的改革开放也有类似之处。"② 当然，更为重要的是，他们确实将这种理性自觉成功地贯彻到了创作实践之中。

总之，特定的时代形势往往会产生特定的精神状态，进而形成对文学艺术的相应需求；历史对于现实而言，体现为一种被储蓄的文化资本，历史资源与时代需求有效而成功地对接，就能构成巨大的现实影响和启示力量。如果从这样的切入点出发进行文学创作，自然也就能具有充分针对性地满足社会的相应精神需求。从20世纪50年代的历史剧创作到90年代的"盛世情结"叙事所形成的良好接受效应，其根源均在于此。80年代也出现过长篇小说"唐宫八部"和电视连续剧《唐明皇》等"盛世叙事"文本，却没有产生社会或文化思潮性质的巨大影响，至关重要的原因也正在于时代的心理基础尚不够充分，因而无法形成有效的对接。

三

历史文学的"盛世情结"类叙事正面解读民族历史的辉煌时期、"盛世图景"，并以此为基础传达民族文化心理的"盛世向往"，这对于20世纪中国长期局限于时代内部各种意识形态争论的文学状况，无疑是一种有力的超越。但问题的另一方面在于，在现代意识充分成长，已经进入多元化、全球化状态的当今时代，重新以顺应、还原性的审美路向展开王朝历史的画卷，这就又与时代理性形成了巨大的错位。正因为如此，在我们进一步研究的过程中，如何从时代理性的高度具

① 马智：《胡玫：我在呼唤一种盛世情怀》，《大众电影》2005年第19期。
② 程文平：《〈曾国藩〉作者唐浩明透露封笔意向》，《解放日报》2001年9月2日。

体剖析"盛世情结"类叙事的思想文化特征,就成了一个无法回避的关键问题。

"盛世情结"类历史叙事属于典型的"宏大叙事",作者往往将王朝历史的嬗变图景、体制内涵、历史潜规则,以及开创这种历史的关键人物的政治智慧、文化人格和人生命运等,全盘展开来进行探究与阐释,其中体现出鲜明的史诗建构意图。《曾国藩》、《张之洞》、《张居正》等作品描述朝廷重臣的戡乱、治理与改革、中兴,多层次、多侧面地展开了其中错综复杂的矛盾纠葛,并在叙事过程中寄予了深沉的创业艰难、盛世难求的慨叹。二月河小说的要旨是讴歌盛世明君的雄才大略与辉煌功业,但不管是《康熙大帝》、《雍正皇帝》还是《乾隆皇帝》,几乎其中每卷的开头都是描述一个朝廷重要人物深入民间却碰到了类似黑社会环境的惊险遭遇,而且这种境遇的构成与朝廷盘根错节的复杂人际关系和事关社稷全局的重大政治问题均有密不可分的关联。在情节进一步展开的过程中,作者往往将圣主能臣江山社稷本位、百姓苍生至上的执政伦理置于朝堂气象、政治智慧与宫闱秘闻、江湖奇事乃至君王心术、官场潜规则的网络之中进行艺术编织。这种创作构思自然有作者以传奇性情节引人入胜的意图在内,但更为重要的是显示出一种从盛世阴影出发透视和驾驭历史文化复杂全局的辩证眼光。电视剧《贞观长歌》、《汉武大帝》、《大秦帝国》等,所展开的都是一个王朝的整幅历史画卷。可以说,这种认同性的全方位还原已经成为"盛世情结"类历史叙事基本的审美视野和精神路向。

以历史文化整体图景为基础,"盛世情结"叙事表现出明显的"人杰"敬仰意识和功利至上的价值取向。这类作品审美观照的核心,大多是帝王将相中的佼佼者、身处特定制度和文化规范却创造了辉煌政治功业的历史杰出人物,作者因此将他们视为"人杰",着意强化他们在"一个人"的意义上历尽艰辛为朝廷和社稷苍生建立功勋的人生历程,并显示出认同、敬佩与艳羡兼而有之的心理,事功至上的价值眼光也就由此表现出来。《曾国藩》就是相当典型的例证。作品描述了曾国藩从墨绖出山、艰难创业,到功成名就、持盈保泰,直至瞻前顾后、求田问舍的人生轨迹，展现了他历尽艰难争成就，费尽心机保成就，直至为成就所累的奋斗状态，挖掘出他从刚健昂扬到深沉老练，直至苦闷萎缩的心境，丰厚深邃地刻画了一个儒家文化人生格局中事业有成却悲苦兼尝的"圣者"形象，透彻地揭示出文化传统与时代条件错位的历史环境中功名追求者的悲剧命运，从功名文化人格的角度来刻画事功奋斗者、官场跋涉者的形象，成为这部作品思想意识的根本特征。其他诸如《张居正》、《汴京风骚》、《雍正皇帝》等对张居正、王安石、雍正形象的刻画，遵循的同样是这样一条由艰难备尝到功勋非凡直至悲苦难抑的审美思路。

于是，在总体精神文化立场上，不管是展现"盛世开创"的复杂图景，还是揭示"盛世追求"的艰难历程，历史文学的"盛世情结"叙事都体现出鲜明的庙堂文化立场和执政事功意识。《蔡文姬》敷演"文姬归汉"的故事，目的在于衬托和颂扬曹操"外定武功，内兴文学"的国家功业及由此生成的人格魅力。《胆剑篇》以国家复兴大业为价值基点来阐释属于不同社会阶级的君臣和民众卧薪尝胆、戮力同心、自强不息的思想根源。二月河的"落霞系列"作品铺陈开创"康乾盛世"的有为君主的功业事迹，君国同一、功利至上的思维路向更是昭然若揭。《张之洞》以功名文化人格在中华民族大变局中的历史形态及其悲剧性命运为关注重心，运"正史之笔"，述"廊庙之音"，也明显地体现出从国家、民族的高度考察历史文化、评判人生世事的庙堂文化立场。《张居正》描绘"治世能臣"张居正建立国家功业的艰难历程，揭示处于社会核心位置的"权相"的命运、功业、人格模式及其悲剧的文化根基，同样是基于一种国家功利立场。《少年天子》探讨顺治人性生成与人格构成的内涵颇富现代的个体生命意识，但作者的深层用意却是要在个体人格及其命运与文明样式变革的国家功利之间，构成一种相辅相成、映衬共生的历史认知效果。甚至连《康熙微服私访记》这样"戏说"形态的作品也表现出鲜明的江山、社稷意识和治世掌故色彩。众多作品均体现出鲜明的以朝廷国家、社稷苍生的实际利益为本进行国家事功追求的"经世"、"治世"眼光。

在当代中国的历史文学创作中，先后出现了革命文化主导的农民起义题材作品、个体生命本位立场的"新历史小说"，其精神文化基础对应着20世纪中国文化知识分子个体本位的现代性、革命文化阶级本位的人民性。"盛世情结"类历史叙事则在还原历史全部复杂性的基础上，推崇创建国家功业为人生的意义与价值之所在；以古今政治文化的异质同构性为思维框架，探讨民族走向盛世的执政文化、建设文化；并由此出发，试图遵循执政者的文化方向，建构一种体现国家文化的审美境界。在当今时代，虽然文化多元，但民族的共同理想与追求显然是一种重要的客观存在；虽然普世价值获得广泛关注，但文化的国别性同样是一种客观存在。置身这样的文化语境中，也许只有国家文化境界方可成为一个民族的普遍利益和价值共识的代表，所以，如果真能成功地实现"创造性的转换"，这种"盛世情结"叙事无疑具有思想文化层面的充分合理性。

但是，历史文学"盛世情结"叙事所依赖的，毕竟是封建时代的王朝历史和人治文化，如果缺乏充分的辩证思维眼光，过分拘囿于表现对象的"世界结构"与"价值范式"，就有可能导致时代理性欠缺的思想偏失。"盛世情结"叙事正于此存在不可忽视的缺失。

从政治文化视野看，"盛世情结"叙事存在着以下局限。

首先，创作者往往以事功伦理评判来代替历史文化评判，过分拔高了历史人物事功追求的个体道德境界，过分夸大了其聪明才智、喜怒哀乐的社会能量。电视剧《雍正王朝》就大大削弱了对主人公阴狠、刻薄等人格因素的表现，将雍正写成了一个"爱民第一"、"勤政第一"、无私无畏的贤明皇帝，以致引起了原著作者二月河的不满。《暮鼓晨钟》则用仁政思想来阐释康熙，并赋予他以"博爱、平等、自由"的基督教思想，以至将他写成了一个少年时期就具备"耶稣"、"圣人"前兆的历史人物。电视剧《汉武大帝》甚至将主人公美化成了"燃烧自己，温暖大地，任自己成为灰烬"的无私奉献的人格典范。而且，似乎只要有了开明的皇帝和几个效力的臣子，雄图伟业就能大功告成，万里江山就会海晏河清。这种基于人杰意识和事功立场的价值判断，显然制约和局限了作品对历史发展动力客观、公正的把握。

其次，作者在致力于展示这种历史复杂性的时候，往往将历史人物应对各种"潜规则"所体现的政治道德杂质和人性负值也转化为具有认识价值和启迪意义的历史智慧来看待，并对这种负值以私德与公益的区分给予认同，由此将主人公人格崇高化、将在人治体制和个体强力基础上运作的中国式执政文化悲壮化。《曾国藩》推崇曾国藩的儒家文化功名人格，以至津津乐道于他的阳儒阴法、后来又兼用"黄老之术"的官场权谋，并用曾国藩文化信条、治世手段嬗变之后才获得功业的更大建树来为这种政治文化负质辩解。《雍正皇帝》充满体谅地理解雍正剪除异己、杀戮群臣、猜忌刻薄的行为，思想基点也在于遵奉人治文化的"潜规则"，认为严刑峻法和阴暗心理均是利益所在、情势所迫，不得已而为之。《张居正》同样表现出以国家功业和"为苍生谋福祉"来替代对于主人公个人私德和政治韬略的价值两面性进行具体剖析的思想倾向。

再次，这些作品不约而同地表现出一种贬低知识分子精神道德、以中国传统文化的"政统"贬低和抑制"道统"的审美文化特征。在电视剧《雍正王朝》中，雍正推行"士绅一体当官一体纳粮"的新政，以李绂为代表的全国读书人都因为自己的私利受损而拼命反对，反倒是在文化较低的田文镜和大字不识的李卫的协助下，雍正恩威并施，才终于控制局面，获得了成功。《乾隆王朝》中的御史钱峰虽然廉洁奉公、关心国事，却于真正的时政要务一无所知，也缺乏最基本的政治智慧，一心只追求"死谏"的名声，直到最后被和珅劝得自尽，仍然对国家毫无事功层面的效用。《张居正》则直接对张居正为事功追求"用循吏不用清流"的官员任用原则表示了高度的认同与赞赏。

从价值多元化的时代思想文化视角看，"盛世情结"类历史叙事显出更深层的局限。

首先，"盛世情结"叙事普遍存在着以功业追求排斥人性人情、以文化人格压抑自然人性的现象，从中体现出一种对个体生命的自由与价值相对漠视的思想倾向。这类作品主人公的功业创建基本上是在具有巨大局限的体制格局内"戴着镣铐跳舞",他们遵从这种体制规范的本身,就潜藏着精神妥协和个体人格独立性匮乏的局限。而且,他们往往处在"危机驱动型"的社会历史时期,人格的崇高基本上是从幽暗的价值体系里生发、在个体生命自由被扭曲的状态中形成的,如果将这种在无奈中形成的"诡道"当作可贵的政治智慧、以人格的萎缩为生命的崇高,则在某种程度上是对生命意义庄严性的漠视。《张居正》的主人公谨守"为政不难,不得罪于巨室"的信条,对于自己与李太后、太监冯保的"铁三角"关系沾沾自喜。窥视首辅相位时期,他韬光养晦、步步为营,串通冯保、笼络李太后,用的是"暗劲";掌握权位之后处理政敌、"京察"、减免田赋、更改税制等杀伐决断,他雄心铁腕而又乘时顺势、谋定而后动,运筹帷幄、游刃有余地运用着"强力";权势与功业达于顶峰时,无论是"夺情事件"还是"回乡奔丧",举手投足皆于雍容庄严、八面威风之中,透露出专权率性、唯我独尊和不动声色的蛮横。所以,综观其功业追求过程,张居正实际上一直处于自我妥协和要求他人妥协的状态中,而作者则因其终于获得了成功,而对他所运用的各种手段也都大加赞赏,一种以效果至上原则来掩盖和代替过程剖析的实用主义价值倾向就明显地暴露出来。《曾国藩》的主人公曾国藩所追求的功名永垂不朽和"三立完人"的境界,是中国传统文化所能达到的最高人生理想,但这一理想的实现不可能撇开君国至上的体制文化规范。而清末的君国不仅不能代表正义和真理,甚至连其本阶级自身的整体利益也不能代表,结果,曾国藩的追求就不能不带有极大的盲目性、自私性,并因历史正义性的匮乏,导致人生价值的最终失落。他对"天津教案"按照慈禧太后的旨意妥协处理,以致沦入"外惭清议、内疚神明"的境地,就是典型例证。虽然相对于集体本位、个体生命价值被漠视的时代,尊重生命个体对自我功业的追求是一种历史的进步,但这些相当优秀的作品也体现出的、对历史不规范处和人性污秽面展示有余而批判力度不足的局限,却又显示出历史题材"盛世情结"叙事的一种建功立业意识至上、缺乏生命终极意义审视所导致的精神迷误。

其次，"盛世情结"叙事在遵从庙堂文化的强势立场与强者哲学时，体现出一种弱势视野和底层意识匮乏的思想偏失。《曾国藩》和《雍正皇帝》不约而同地强调了"治乱世需用重典"的治世方法。《曾国藩》中，"曾剃头"为长沙治安冤杀秀才林明光事件，确实符合国家功利原则。因为"用重典"就是要把不一定杀的杀掉、不一定抓的抓起来，就是要用"恶"来作为维护整体利益的必要手段，具体问题上"行霹雳手段"，乃为在总体目标层面"显菩萨心肠"，这其实是一种更高层次的善。所以，杀林明光从个体生命来说是一种残忍，而从整体利益的角度来看，则在于原则本身的严酷性。作家对此采取基本认同的态度，没有过多描写林明光及其家庭所遭受的痛苦，而是把善恶评价转化为一种审美观照，使读者反而惊羡于曾国藩的铁腕雄风、庄严气象，一种对弱者个体生命价值的漠视、对庙堂功利立场背后的"血酬定律"①的宽宥，即于此充分地显示出来。"盛世情结"叙事还存在大量似乎无关紧要的风俗描写。在唐浩明的作品中，风俗民情往往只是作为展示历史人物性情的逸闻趣事来处理。二月河作品则采用传奇笔法，将它们当作复杂诡异的世态万象来看待，结果在表现作品主题方面，反而时有"旁逸斜出"、喧宾夺主之嫌。这一切正是创作主体遵循体制文化立场、民间本位意识匮乏的表现。实际上，如果对庙堂文化的强势立场与强者逻辑有所超越，这种由风俗民情描写达成的历史复杂性展示，反而能增添文本意蕴的另外侧面，并由此展现出纯粹体制文化所不可能达到的独特深度。凌力的《梦断关河》与《北方佳人》以处于弱势的女性为观察视角，国家的动荡、危机带给普通百姓的灾难就更为充分而惊心动魄地表现了出来。王梓夫的《漕运码头》着意挖掘漕运码头的独特民俗所包含的民间辛酸，也使得朝廷腐败、国家灾难的后果展现得更为丰富、深沉。这都是创作主体摆脱了庙堂文化的强势立场与强者逻辑所获得的审美效果。

最后，"盛世情结"叙事大多乐意用世俗化的眼光来解读宫廷朝堂

---

① 吴思：《血酬定律：中国历史中的生存游戏》，工人出版社2003年版。

生态和王侯将相的人生形态，但是，不少作品世俗化地窥视和解读朝堂的眼光所显示出的，却往往是都市文化世俗性的负面特征。《张居正》浓墨重彩地描述玉娘"外室小妾"的身份和她作为张居正"红颜知己"的感受，就与时下中国都市文学中盛行的言情、武侠的叙事模式有着明显的文化心理关联。《大秦帝国》缺乏节制地大肆渲染战争中种种杀戮的血腥、残忍与成功，则表现出对文明程度低下的暴力文化倾向、"丛林法则"批判意识的匮乏。众多作品对展示宫廷秘史、朝堂权谋的热衷，也潜藏着与逐利、享乐、趋炎附势的生活状态和价值心理的精神一致性。所有这一切表明，创作主体因为缺乏充分的理性精神而盲目追求现代意识，实际上陷入了时代语境的价值迷误之中，这也是一种时代理性孱弱的表现。

总之，历史文学的"盛世情结"叙事形成创作热潮，既具有充分的时代必然性与价值合理性，也存在着诸多思想偏失。出现这种审美状态的根本原因，是"盛世情结"叙事的创作主体在历史的复杂性之中湮没了思想的穿透力，往往以社会体制理性代替人本理性，未能真正登上时代所能提供的思想理性的制高点。正因为如此，人类正义、历史正义、层面惊心动魄的警醒与豁然开朗的启示，在文本中就变得相对薄弱，读者获得的审美感悟也就在历史理性的门槛前止步，甚至逆转了方向。由此看来，在当今中国的多元文化语境中，只有以充分的时代理性，在多元文化优势融合、互补、升华的基础上来建构"盛世文化"和国家文化的思想境界，方可达到历史文学创作的崇高境界，而这仍然需要历史文学的创作者们进行艰苦的努力。

第二节 历史题材的"戏说"现象及其叙事伦理

"戏说"是历史文学创作审美意识的又一重要问题。在中国文学与文化"跨世纪"的进程中，历史题材的"戏说"横跨长篇小说与影视剧等叙事文体、创作和改编等写作领域，实际上已经构成了一种重大的社会文化现象，有关"戏说"的言说与论述也相当之多。但这一术语一直被作为一种否定性概念运用，其中复杂的具体情形却未曾得到深入而系统的探讨。

首先，虽然"戏说"概念因大量"戏说"型历史影视剧而广泛流行，但现当代中国众多未以"戏说"名之的历史题材作品，从鲁迅自陈"陷入了油滑"[①]的小说《故事新编》，到郭沫若自觉地强调"不必为历史的事实所束缚"[②]、"失事求似"的"翻案"作品《武则天》、《蔡文姬》，直到魏明伦打破时空界限、古今中外融为一体的"荒诞川剧"《潘金莲》，包括21世纪以来在网络上流行的各种"穿越"类小说，都具有明显的"戏说"特征。其次，"戏说"概念最初应用于《戏说乾隆》、《宰相刘罗锅》、《还珠格格》等作品，只为强调它们诙谐、"游戏"的娱乐化审美形态；随后用于对"戏说红色经典"的批评，则已加上了"戏谑"、"戏弄"乃至"戏侮"等内含不恭、亵渎意味的价值评判；到网络"恶搞"的"戏说"形态，创作者和批评者双方实际上都已承认，其中包含着明显的道德上"恶"的意味。再次，在影视剧领域，从《宰相刘罗锅》、《康熙微服私访记》、《还珠格格》、《铁齿铜牙纪晓岚》等自觉采用"戏说"语态的文本，到《雍正王朝》、《康熙王朝》、《天下粮仓》、《大明宫词》等以"正剧"形态出现的作品，均因人物形象、故事情节包括服装道具等方面与史实不符，而被指认为"戏说"。但在小说领域，从20世纪二三十年代鲁迅的《故事新编》到新世纪红柯的长篇小说《阿斗》，虽然明显地使用诙谐、调侃的"戏说"笔调，"戏说"与否却始终没有作为评价其审美价值的正面视角。最后，在对待古代历史和现代革命历史题材作品的问题上，批评者的态度也存在巨大的差异。同是以既往文学作品为素材来源的"作品本事"[③]类改编作品，从小说版《沙家浜》到电视连续剧《林海雪原》和《红色娘子军》等"红色经典"改编作品，均因添加了某些"情爱"、

---

① 鲁迅：《〈故事新编〉序言》，《二十世纪中国小说理论资料》第三卷，北京大学出版社1997年版，第401页。

② 郭沫若：《我怎样写〈棠棣之花〉》，《郭沫若选集》第3卷（上），四川人民出版社1979年版，第141页。

③ 孙书磊：《中国古代历史剧研究》，南京师范大学出版社2004年版，第49页。

"低俗"的内容,而被批评为"戏说"和"亵渎";但更大幅度地"戏说"古典文学名著的电影《大话西游》、电视剧《春光灿烂猪八戒》,反而获得了奇迹般轰动的受众效应。

所以,虽然"戏说"这一概念通常被应用的含义,是指创作者缺乏对民族历史与文化的尊重、敬畏态度,为一己创作意图以"游戏"、"戏谑"的方式随意草率地处理史料,结果导致文本既在内容方面背离史料记载,颠覆了历史真实不可违背的"事实正义原则",又在审美风格方面消解了民族历史的庄严品质。但实际上,"戏说"包括表层和深层两方面的含义。表层的"戏说"主要指审美形态层面,就是创作者随意"附会历史题材,虚构一些有趣或发笑的情节进行创作或讲述"[①],以达到世俗性娱乐的目的;深层的"戏说"则主要指审美意识层面,就是指创作者缺乏对历史尊重与敬畏的意识。我们探讨包括小说、戏剧和影视文学在内的历史题材创作与改编中的"戏说"问题,必须把两方面区分开来,方可贴切而具有针对性。

一

在历史题材创作与改编的审美形态层面存在众多"戏说"现象,这一点似乎获得了较为广泛的认同。但其中未曾引起关注和重视之处在于这种审美形态并不为当代所独有,而是在中国历史题材创作与改编历程中源远流长地一直存在着。

中国自唐宋时期白话小说兴起,就存在着眼于历史题材的"讲史"小说,并产生了以《三国演义》为代表的大量历史演义类文学作品。几乎与此同时,古代的小说理论家们就对历史小说与历史记载之间的"虚"、"实"成分问题产生了分歧。他们或者认为,历史小说应当"羽翼信史而不违"[②],作者所能做的仅仅是"补正史之所未

---

① 中国社会科学院语言研究所词典编辑室编:《现代汉语词典》,商务印书馆2005年版,第1462页。

② 修髯子:《三国志通俗演义引》,黄霖、韩同文选注:《中国历代小说论著选》,江西人民出版社2000年版,第115页。

赆"①、通俗化敷演的工作而已，因此必须"言虽俗而不失其正，义虽浅而不失其理"②；或者认为，"凡为小说及杂剧戏文，须是虚实相半，方为游戏三昧之笔"③，"苟事事皆虚，则过于诞妄，而无以服考古之心；事事皆实，则失于平庸，而无以动一时之听"④。而在古代历史剧创作领域，则有"文人历史剧"和"艺人历史剧"两种创作传统。文人历史剧或者追求"以曲为史"、借史化民，或者有意"误读"历史以寄寓情思；"艺人历史剧"则讲究"事""艺"中心、"理"为外缘，以追求娱众为目的，对"故事"中"故"的精确性却并不怎么在乎。⑤这也就是说，在中国古代的历史题材叙事中，就已经存在三种审美和叙事形态，即小说中"羽翼信史"、戏曲中"以曲为史"的"依史"类创作，小说中"虚实相半"、戏曲中"借史寓思"的"拟史"类创作和"艺人历史剧""事、艺中心"、娱人至上的"似史"类创作。

中国现代文学中的历史题材创作，小说类从鲁迅的《故事新编》到郁达夫的《采石矶》，从茅盾的《大泽乡》、郑振铎的《桂公堂》到施蛰存的《石秀》、冯至的《伍子胥》，包括李劼人的《死水微澜》、谷斯范的《新桃花扇》等长篇历史小说，戏剧类从郭沫若的《三个叛逆的女性》、《屈原》到欧阳予倩的《潘金莲》、阳翰笙的《李秀成之死》、阿英的《南明遗恨》，等等，其实都是以现代意识和当下功利立场解读历史的精神、"虚实相半""借史寓思"的"拟史"、"写意"之作。"十七年"文学的《陶渊明写挽歌》、《杜子美还乡》等短篇小说和《蔡文姬》、《武则天》、《关汉卿》、《胆剑篇》乃至《天河配》等戏剧作品，以及大量的革命历史题材作品，也属这一类型。立意"羽翼信

---

① 陈继儒：《叙列国志》，转引自齐裕焜《中国历史小说通史》，江苏教育出版社2000年版，第6页。

② 甄伟：《西汉通俗演义序》，转引自齐裕焜《中国历史小说通史》，江苏教育出版社2000年版，第6页。

③ 谢肇淛：《五杂俎》，转引自齐裕焜《中国历史小说通史》，江苏教育出版社2000年版，第7页。

④ 金凤：《说岳全传序》，转引自齐裕焜《中国历史小说通史》，江苏教育出版社2000年版，第7页。

⑤ 孙书磊：《中国古代历史剧研究》，南京师范大学出版社2004年版，第162、179、235、349页。

史"、"以曲为史"的"工笔"写实型创作，则从姚雪垠的《李自成》开始。新时期以来，《金瓯缺》、《少年天子》、《白门柳》、《曾国藩》直到《张居正》等作品，承接了《李自成》的审美传统和创作道路；"新历史小说"创作思潮中的作品则继承了现代知识分子启蒙"现代性"的审美视角与创作传统。20世纪90年代以来，文化发展呈现多元态势，历史题材创作领域也显示出相应的复杂性。与国家意识形态相适应，形成了依托史料记载还原王朝重大历史进程的"依史"写实型传统长篇历史小说、"正说"语态的传统历史题材影视剧和重大革命历史题材文艺作品。与文人自我拟构"借史寓思"、表现历史精神的审美传统相呼应，出现了"百年反思"题材小说、"宅院"题材电视剧创作的热潮。在影视剧和网络媒体领域，与现代都市大众文化相适应，出现了同古代"艺人历史剧"的创作方法和审美形态存在极大相似性的"戏说剧"。不管是真人假事的《宰相刘罗锅》、《康熙微服私访记》，还是假人假事的《还珠格格》，或者"作品本事"的《春光灿烂猪八戒》、《武林外传》与《林海雪原》、《红色娘子军》，包括各种网络"穿越"小说，都是这样一种娱乐化的"似史"拟构。

20世纪90年代以来，历史影视剧的"戏说"形态并未得到细致的区分，却引起了激烈的争论。赞赏者大致认为，历史题材"戏说剧"突破了传统"正剧"严守正史记载的表现手法和讲述观念，按照现代都市大众的审美趣味组织情节，在娱乐和搞笑中表现出丰富的想象力和强烈的世俗化倾向，其中既蕴藏着后现代文化的"戏仿"原则，又包含着一种文化多元社会自由自在的精神意识。而且，"戏说"文本所具有的幽默、调侃、嘲弄乃至"无厘头"搞笑的叙事风格，正是当今时代特定社会群体娱乐化生活态度的写照，有助于当代人缓解生活的压力，也不会对社会的整体道德与文化秩序产生实际的破坏。因此具有充分的时代意义和审美合理性。批评者则认为，娱乐化"戏说"审美形态的历史文艺作品所传达的，实际上是一种历史沉重面欠缺、历史理性匮乏的审美境界，对普通百姓了解历史本相和民族文化将会形成误导；而且，这种心理顺应性文化想象的背后所隐藏的，是一种从世界本来秩序层面加以认同的奴才主义和皇权思想；相关作品对于王朝历史中尔虞我诈、打情骂俏之类阴暗、暧昧、低俗内容的渲染，还降低了人性的品位，导致了人文精神的消解；对于名著、经典的闹剧化改编，则使原著深刻的精神内涵和令人警醒的批判力量变成了庸俗、油滑与逗乐，糟蹋了民族文化的精华。

其实，历史题材"戏说剧"作为现代的"艺人历史剧"，不过是一种大众文化，是历史叙事的民间、野史形态与现代影视传媒的娱乐化审美倾向相结合的产物，所以"事"、"艺"中心而"理"、"故"淡薄乃其本性。赞赏者认为它具有文化突破意义，从当代中国由文化一体化向多元化转型的角度看尚有一定合理性，但认为其中蕴藏着现代的自由民主精神之类，则属缺乏中华民族文化整体视野的夸大之词；批评者认为其误导历史、宣扬皇权、趣味低俗，实际上是用"依史教化"的国家意识形态叙事和"借史寓思"的知识分子精英叙事的标准，来评判和要求这种"艺人剧"；而由仅仅属于多元文化语境中一种大众文化现象的现代"艺人历史剧"，提升、转换到对于当今中国整个社会文化状况的评析与考辨，则或者是借题发挥、或者有偷换命题之嫌。

不管怎么评价，历史题材创作与改编中的"戏说"形态已经是一种不可抹煞的客观存在。那么，这种审美形态为什么能够为当今社会的广大受众所喜闻乐见？到底又会对大众精神建构和民族文化发展产生怎样的影响呢？

我们不妨以古代历史题材的"戏说"审美形态为例来说明这个问题。笔者认为，古代历史题材"戏说剧"的审美魅力，主要蕴藏于这样一种审美机制之中：一方面，它是"大众在文化工业的产品与日常生活的交界面上创造出来的"[①]；另一方面，其中却又往往蕴藏着深厚的民族、民间文化与心理的积淀。

首先，古代历史题材"戏说剧"涉及本民族众人瞩目的历史，"家珍"本身就能因民族情感的积淀而唤起受众的重视和亲切感；选择王

---

① [美]约翰·费斯克：《理解大众文化》，王晓珏、宋伟杰译，中央编译出版社2001年版，第25页。

公贵族、才子佳人、宫廷朝堂的生活来展示，则更易唤起受众长期积蓄的艳羡心理和窥探欲望。较为成功的历史题材"戏说剧"所叙述的内容，还往往不仅有正史的记载，而且有丰富的野史和民间传说的揣测性描述，也就是说，其中具有深厚的民间文化和平民审美趣味的积累，这就既构成了"事"的丰富性、民间性，又具备了"艺"的广泛共鸣的基础。比如，按民间的想象，宰相刘墉既然身出名门又有个滑稽可笑的罗锅，就可能既具乃父刘统勋正直清廉的大臣风范，又有多才多艺的家学渊源，还会有因自我心理调节生成的诙谐多智乃至玩世不恭的本领；纪晓岚既然世称"第一才子"，自然才华横溢而又风流倜傥，具有高雅不羁的名士风度；康熙、乾隆二帝既然开创了一个盛世王朝，就不可能毫不关心民生疾苦，但身为"普天之下，莫非王土"的太平君主，一旦走出宫廷，则拈花惹草、处处留情，才是其本性所致的正常现象。所有这一切已经在虚实相生的基础上，构成了一种关于历史人物审美想象的心理定势，形成了一种对于相关历史人物及其故事的创作母题、情节模式和主题原型的预设。如果依据这种大众文化心理层面的"前文本"进行变化和敷演，那么，无论其具体故事情节与细节如何荒诞不经，受众都将具有消遣式认同与接受的心理基础。

其次，古代历史题材"戏说剧"往往注重"以偶然与直接体验的方式观照历史，在此基础上对历史进行开放性的假定"，使观众"走进一个因自由假定而忽明忽暗的历史"；[①]再借助现代文化工业鲜活、华美的技术制作，使受众进入一种贴近日常生活的、亦真亦幻的感性化审美境界，从而产生强烈的审美快感。"戏说剧"多半具有生动机智的故事情节，波澜起伏的人生状态，强烈明快的人物情感，这种生活本身的丰富性、灵动性，及其背后着意渲染的人物日常的本能、欲望和激情，往往使受众的人性需求和人生感慨在一种貌似有"文化"的、深层次的精神状态中得到释放，一种似乎内涵丰富地进行消遣式娱乐的心理放松期待，由此得以实现。《还珠格格》反复嬉笑打闹、灵性洋

---

① 孙书磊：《中国古代历史剧研究》，南京师范大学出版社2004年版，第223页。

溢的快乐生存画卷，《康熙微服私访记》不断拈花惹草的暧昧情调和清贪除黑的世相描述，《宰相刘罗锅》、《铁齿铜牙纪晓岚》一波接一波的斗智故事和奚落语态，就容易使受众在眼花缭乱之中，迷惑于披有历史情味面纱的世俗魅力，进而收到"情迷五色"而皆大欢喜的观赏效果。

再次，作为一种"艺人历史剧"，古代历史题材"戏说剧"既符合普通百姓的集体记忆与想象，往往又注重平民愿望的展示与满足。《宰相刘罗锅》、《康熙微服私访记》、《铁齿铜牙纪晓岚》等作品对于在市井空间属于"非常人物"的人生故事进行演绎，其中就蕴涵着现代平民崇尚英雄、尊重才智、上明下贤平等融洽、除暴安良世道清平的社会理想追求；而《还珠格格》等着重表现宫廷"非常空间平常人物"的作品，也隐含着现代都市平民既能自由快乐地家长里短，又能集万千荣耀、宠爱和奇遇于一身的个体人生向往。这类"戏说"审美形态的作品，多半以一种约定俗成、古今公理式的历史认知和价值评判，使受众在世俗层面的广泛认同中，获得符合自我心理定势的对人生世态的解读。这正是"艺人历史剧"审美日常性和民间性有机交融所产生的良好效果。

即此可见，历史题材"戏说剧"作为一种审美文化形态，既"能够用人道的、符合人们意愿的方式实现现代化，同时又保持与往昔、传统的平衡"[①]，具有广泛的适应性。同时，"广义的文化概念首先并不应区分较高和较低、较好和较坏的社会生活秩序及生活意义"[②]。所以，对于作为审美形态的历史题材"戏说"，我们不能一概否定。

在当代中国的文化语境中，历史题材"戏说剧"对于大众精神建构和民族文化发展的影响，也是由其大众文化的特性决定的。

首先从对大众精神建构影响的角度看，"戏说剧"所追求的只是一种娱乐文化的、消费型的审美快感，实际上难以对受众真正历史理

---

① [德]彼得·科斯洛夫斯基：《后现代文化·中文版前言》，毛怡红译，中央编译出版社2006年版。

② 同上书，第10页。

性的建构形成巨大的影响与威胁。这是因为"大众文化之形成，永远是对宰制力量的反应，并永远不会成为宰制力量的一部分"①。具体说来，"戏说剧"的内容虽然是对封建时代的历史话语及其所对应的文化的反应，但"戏说"本身就包含着对这种文化符码系统的游戏化、非功利化的态度，因而无论赞赏还是批判，封建文化本身都不可能构成文本的核心价值内涵。同时，因为这种"艺人历史剧"以"娱众"为审美追求，而受众接受心理所期待的，不过是一种娱乐化的审美快感，本来就没打算从审美活动中探求历史的既成秩序及由此生成的文化训诫。结果，"戏说剧"的叙事策略就表现出将帝王将相、才子佳人背负的文化权力意味抽空后当作普通符码使用的特征，这种普通符码指称系统混淆和干扰了对象实际的价值指称系统，使历史话语及其背负的意识形态与世界秩序内涵，退居了并非至关重要的地位；而"娱众"之"众"即都市民众所具有的市井趣味和民间道德，则因创作者的审美追求而加入进来，成为另一套文本价值系统。"只要两套代码，即作为滑稽模仿对象的文本代码和进行模仿者的代码同时在场，就有两种意义"②，文本自然地生成了一种反讽和间离的效果。这就像市井小民可能津津乐道隔壁富贵人家令人艳羡的生活，却一般不会亦步亦趋、东施效颦地学习和模仿一样。因此可以说，"戏说剧"非历史的想象，不可能具有重大的意识形态灌输作用。21世纪以来，宫廷"戏说剧"比20世纪90年代更为泛滥，但民众的皇权思想、奴才意识却并没有因此变得更为严重，时代风尚反而更为开放、自主乃至"新新人类"化，甚至连"戏说剧"里那些靓男倩女的形象、做派，也随民众想象、兴趣的变化而不断发生着适应时尚的嬗变，这实际上是"戏说剧"意识形态建构功能软弱乏力的明显例证。

其次从对民族文化发展影响的角度看，"戏说剧"作为现代"艺人历史剧"审美形态，说到底不过是一种大众娱乐文化，放到整个民族

---

① [美]约翰·费斯克：《理解大众文化》，王晓珏、宋伟杰译，中央编译出版社2001年版，第45页。

② 王先霈、王又平主编：《文学批评术语词典》，上海文艺出版社1999年版，第213页。

文化的全局来看，也就是其中以复制和移植为核心特征、以日常化和娱乐化为价值旨归的部分。正因为仅仅以满足受众快感型、娱乐性的审美需求为目的，而"既有的观念、形象援用起来省时、省力"，创作者就表现出一种"创作的惰性"，[①]不愿形成真正的创造性、批判性和自我意识形态，文本也就相应地表现出情节拟构类型化、审美追求约定俗成性的文化特征，存在着"理"单薄、"故"粗疏的弊端。但民族文化的重大发展却需要艺术以审美的方式独特深刻地关注人的生存状态，使受众在审美过程中体验和反思真正的"人"、而不仅是自我当下既成状态中的精神生存境界。所以，"戏说剧"作为一种审美形态的内在和谐，仅仅是作为"艺人历史剧"在大众文化层面的自身和谐，不是从多元文化全局出发所建构起来的价值和谐，因而不管是正面还是负面，都无法决定我们时代文化的全局性价值根基。

二

如果说作为审美形态的"戏说"概念主要是在中性的意义上被使用，那么，作为审美意识和创作精神的"戏说"，则是指创作者以"游戏"、"戏谑"乃至"戏侮"的姿态对待史料记载，缺乏对于民族历史文化的尊重与敬畏态度，颠覆了历史记载乃至史实本身具有的合法性与权威性，所表达的基本上是一种贬义。"红色经典不容戏说"、"历史不容亵渎"等断语甚至常常被用作义正词严的批评性论文的标题，就是明显的例证。但作为审美意识的"戏说"及其对历史的颠覆，同样具有内在的复杂性。

"戏说"颠覆历史的第一种情形，是对于历史事实的颠覆，可称为"知识性颠覆"。"知识性颠覆"既包括微观层面的历史文化知识错误即俗称的"硬伤"，也包括宏观范畴的艺术描写不符合史料记载的现象。

在当今的文学研究界，历史文学作品不能出现知识性误差似乎已成共识。二月河的《雍正皇帝》被发现"在古体诗词的运用和某些

---

①　孙书磊:《中国古代历史剧研究》，南京师范大学出版社2004年版，第223、224页。

故事的设计上露出些许破绽"①，形成了"硬伤"，因此与"茅盾文学奖"失之交臂。熊召政的小说《张居正》，因为某些人物形象及相关事迹与史实不符，被指责为"大量内容陷于滥造，悖逆历史，厚诬了多位古人"②。探讨这种知识性颠覆的形成原因时，批评者往往将之归结为创作主体存在对历史的"戏说"意识。电视连续剧《康熙王朝》就因为不少艺术描述不符合史料记载，而被指责为存在"'正史戏说'的问题，引来不少争议，弄得沸沸扬扬，是是非非"③。

实际上，古今中外的历史文学作品很少有对史料记载亦步亦趋，做到"无一处无来历"者。一方面，中国古代历史文学的巅峰之作《三国演义》不仅在故事情节方面"七实三虚"，桃园结义、草船借箭、三气周瑜、关羽不近女色等情节均属"小说家言"；而且在基本的历史文化知识方面，如地理知识、人物年龄之类的"硬伤"也不少见。《李自成》是中国当代历史文学公认的典范之作，"作者十分熟悉明末清初的历史，对于当时的阶级斗争、社会状况、宫廷生活、典章制度、风土人情以至三教九流等，无不了如指掌"④，但从刘宗敏、李岩等人物的形象和事迹到谷城会等重大史实，均存在大量的虚构、移植之处。⑤"潼关南原大战"是小说第一卷浓墨重彩地描述的重要单元，作者本人却公开表示："根据我的研究，根本没有发生过这次战争。但在写小说的时候，我从完成小说的艺术使命着眼，采用了这个传说。"⑥这就是说，作者明知于史无据，却仍然"自觉"地向壁虚构。另一方面，

①　胡平：《我所经历的第四届茅盾文学奖评奖》，《小说评论》1998年第1期。

②　马振方：《厚诬与粉饰不可取——说历史小说〈张居正〉》，《文学评论》2003年第6期。

③　吴明：《〈康熙王朝〉"硬伤"何其多——访中国社会科学院历史所研究员、清史专家冯佐哲》，《北京档案》2002年第1期。

④　严家炎：《〈李自成〉初探》，《关于长篇小说〈李自成〉》，上海文艺出版社1979年版，第169页。

⑤　茅盾：关于长篇历史小说《李自成》，《关于长篇小说〈李自成〉》，上海文艺出版社1979年版，第178—185页。

⑥　姚雪垠：《〈李自成〉第一卷前言》，《关于长篇小说〈李自成〉》，上海文艺出版社1979年版，第269页。

主体创作意图上最为努力地要使"其事核而详，语俚而显"①的《东周列国志》，恰恰并不是中国文学史上最为优秀的历史文学作品。

由此看来，是否存在"知识性颠覆"，并不能成为评价历史文学作品的关键性价值标准。

从宏观层面的"知识性颠覆"看，历史文学创作为了完成"艺术使命"，必然会将史实"戏剧化"，必然会重新组合、编织历史材料，甚至虚构历史上"可能发生的事情"。这是因为在历史文学的创作中，存在着"事实正义原则"和"审美正义原则"两个同时起作用的创作法则。所谓"历史真实与艺术真实相结合"，说的就是两个原则均不可少。《李自成》和《三国演义》的虚构情节能被广大读者所接受和津津乐道，就是典型的事实例证。而且，正因为具有这种"虚构"和"艺术真实"，"历史真实"才得到了更为生动、深入的阐释与呈现。所以，这一层面的"知识性颠覆"，实乃理所当然、锦上添花之事，并无"戏说"意识所包含的"戏谑"、"戏侮"之意。

从微观层面的"知识性颠覆"看，大量事实证明，某些知识性"硬伤"也不会对作品的整体质量构成致命的伤害，更难与对待历史的"戏说"态度直接"挂钩"。《三国演义》中人物年龄、地理知识之类的误差，从整部作品来看不过是"白璧微瑕"，历时性集体创作导致这种误差，更不能说是古人在"集体戏说"。而《雍正皇帝》虽然因为"硬伤"与"茅盾文学奖"失之交臂，多年后回头来看，其中个别地方的"诗词格律"问题也没有真的严重损伤作品在广大读者心目中的声誉。《张居正》成功获得第六届"茅盾文学奖"则说明，某些"知识性颠覆"在对于作品整体价值的判断中处于何种位置，已经在文学研究界形成了相当程度的共识。清史专家冯佐哲仔细考证后认为，从1990—2004年大量的电视"清宫剧"中，只有《一代廉吏于成龙》可进入谨守"历史真实"的狭义历史剧之列②，我们也不能说所有的"清

---

① 陈继儒：《叙列国志》，转引自齐裕焜著《中国历史小说通史》，江苏教育出版社2000年版，第6页。

② 冯佐哲：《清史与戏说影视剧·前言》，台海出版社2004版。

宫剧"都是"戏说",都应予以否定吧？所以，历史文学作品的"硬伤"与"戏说"审美意识之间，并没有直接的逻辑关联。

再者，史料本身往往还因为"为尊者讳"、"为权势讳"、"为帝王作家谱"等缘故，存在诸多不真实、不全面之处。那么，将对史料亦步亦趋作为历史文学创作的"绝对命令"，从根本上说就缺乏充分的合理性。更何况，单纯出现史实和知识方面的误差，也不能等同于创作主体主观上就存在着对历史进行"戏说"的审美态度。

总的看来，历史文学作品毕竟不是历史学著作，即使号称"羽翼信史"的"演义"，终极目的也不只是为了通俗化地介绍历史知识。所以，文学和历史学不能混为一谈，不能以"史料完全准确"的历史学学科标准"跨学科"地要求文学创作。这正是"知识性颠覆"客观上未曾和不能成为历史文学作品评价必要标准的根本原因。

当然，这种学术判断不等于说"硬伤"有理，不等于说史实性、知识性误差，以及由此表现出的创作者史学修养的欠缺，竟是一件值得称道的事情。文学作品毕竟也是一种文化产品和知识形态，"知识性颠覆"在理论层面涉及的是历史真实与艺术真实的关系问题，实践层面主要是作家的学养问题。如果"戏剧化"过度而背离了受众的基本历史感受与认知，出现"硬伤"自然就显出了创作主体文化知识和细致精神的欠缺，也肯定会影响到作品艺术境界整体上的完美与和谐，"白璧微瑕"毕竟也是"瑕"。所以，从精益求精的角度看，这类现象自然应予避免。事实上，态度严谨的历史文学作家对于批评者所指出的史实误差往往能够诚恳接受并加以改正。

任何事物都不是孤立存在的，历史文学创作的"知识性颠覆"往往不仅是审美操作层面的问题，与作者对待历史文化的态度也密切相关。当文本的"知识性颠覆"显示出创作主体对历史的轻慢之心时，问题就产生了质的变化，具备了对历史文化进行"道德情感颠覆"的意味。例如，在关于历史文学作品不符合史实的批评声中，对《张居正》的批评广受关注。其中的关键就在于，批评者将史料增删、显隐的"知识性颠覆"提升到了创作主体缺乏对历史的尊重和敬畏态度、

"厚诬与粉饰古人"①的伦理高度，从而以"情感性颠覆"的指责，使批评获得了坚实的学理依据。

"情感性颠覆"大致表现出两种情形。一是作者对历史记载缺乏全面、客观的态度，违背基本的历史事实和公众基本的历史认知，随意地增删、挪移和修改史料。二是作者无视文本历史氛围的特定性，随意生造迎合现代、世俗审美趣味的生活细节，破坏了审美境界的历史感。这样做的结果只能是剧情拟构偏离历史事实、境界营造缺乏历史氛围，变成了纯粹迎合当下受众的"媚俗"之物。电视剧领域大量争风吃醋、打情骂俏的"清宫剧"就是如此。

从人类生命历程的角度来看，古人的生平事迹乃是一种"人"的生命轨迹，对其采取庄严和尊重的态度应属基本的人类伦理。人们从这种伦理情感出发，不允许历史文学创作对前人、对民族历史存在轻蔑和亵渎之心，并把文学性叙述与史实之间的某种差异当作这种轻蔑和亵渎的具体表现，也确有合情合理之处。所以，如果历史文学作品"知识性颠覆"的背后，确实隐含着对历史进行伦理"情感性颠覆"的意味，就违背了"正当"与"善"的伦理学基本理念，处在了人文道德负面的范畴。这种"情感性颠覆"明显地具有戏弄历史、戏谑前人的意味，当属典型的"戏说"。

"红色经典"改编中的"戏说"现象受到严厉批评乃至谴责，根源就在于此。当代文学中的"红色经典"虽然只是一种虚构的文学作品，却凝结了现实生活中"革命前辈"用鲜血凝成的正面价值，而且这种价值与中国当代文化存在直接的精神血缘关系。当改编背离这种正面价值，表现出对其轻慢乃至亵渎的情感态度时，受众的反感就是自然而然的事情。小说版《沙家浜》之所以受到各方面的审美批判和政治、道德层面的追究，根源就在于作者将原著中美好的"军民鱼水情"改编成了作品人物一女三男之间不无丑陋的暧昧关系。这实际上是以欲望为核心，从恶俗的人性、人情揣测与想象出发来解构现代革

---

①　马振方：《厚诬与粉饰不可取——说历史小说〈张居正〉》，《在历史与虚构之间》，北京大学出版社2003年版，第84页。

命亲历者心目中神圣的"红色记忆",亵渎其中蕴藏的庄严、崇高的情感,其中体现出一种道德虚无主义的价值眼光。而电视剧《林海雪原》、《红色娘子军》无非是增加了一些轻薄、庸俗的情爱纠葛,增添了一些言情成分。在五花八门的情爱故事泛滥荧屏的影视剧语境中,似乎并无大错,革命历史题材原创作品中的类似描述也比比皆是。但因为小说原著广泛而深远的影响,公众对其价值倾向保持着某种明确而一致的心理认同。因此,改编的庸俗化就引起了格外强烈的公众反感和政治意识形态愤怒。总之,"红色记忆不容戏说"、"不可亵渎"说所着眼的,主要不是改编本与原著的内容存在多大的"知识性"偏差,而是因为这种改编所包含的庸俗化、解构性倾向,破坏了"经典"作品审美品格的崇高性,冲击了国家正义的文化伦理原则,侮辱和亵渎了当代中国人植根于现实生活的庄严感情。

"戏说"中的"情感性颠覆"能否被受众认同、认同到何种程度也不能一概而论,而要取决于受众的心理共识和情感定势。古代历史题材和革命历史题材的"戏说性"创作和改编之间,受众的反应程度存在明显的差异,心理实质就在于此。"红色经典"作品的早期改编曾因"戏不够,情来凑"受到激烈批评,但后来的同样情况,受众却显得见惯不惊,关键原因也在于其情感心理已渐渐发生了一些改变。这里所显示的,正是中国传统文化"以血缘为基础"的"亲亲尊尊"、"爱有差等"[1]的伦理价值原则,和"情有浓淡"、"远疏近亲"的伦理情感特征。由此也反过来表明,"戏说"一旦进入"情感性颠覆"的层面必招否定性反映,确实具有深远的文化心理基础。

在"知识性颠覆"和"情感性颠覆"的基础上,历史题材创作具有"戏说"意味的,还有一类更值得关注的"精神性颠覆"的现象。而"精神性颠覆"一旦形成,"知识性颠覆"和"情感性颠覆"往往也相伴而至或已蕴涵其中。郭沫若创作历史剧《武则天》,甚至直接主张"翻案何妨傅粉多"[2],就是三类"颠覆"融为一体的极端例证。

---

① 李泽厚:《孔子再评价》,《中国古代思想史》,人民出版社1986年版,第16、18、31页。
② 转引自王庆生主编《中国当代文学》第2卷,上海文艺出版社1989年版,第60页。

　　"精神性颠覆"也包括两种情况。一种是我们已经论述到的、为了将历史真实转化为艺术真实造成的。艺术描绘虽然是在史实基础上展开的，但实际上不可能与史实亦步亦趋，而必然会构成一种"知识性颠覆"。这种"颠覆"是艺术观念和史学观念的差异所导致的，具有合理的价值基础，因而往往能被较为广泛的理解和认同。另一种则是由创作主体对历史本身的认识、判断或理解、感悟不同所导致的。《三国演义》将曹操描述为"大奸臣"，郭沫若的《蔡文姬》却将曹操翻案为"了不起的历史人物"[①]，二者皆致力于探求历史真相，却将同一历史人物描述成了完全不同的艺术形象，这就属于历史认识差异导致的"精神性颠覆"。

　　"精神性颠覆"往往出现在时代观念产生巨大变革的历史时期。"五四"以后的现代中国，由文化启蒙而民族救亡，人们的思想观念发生了重大变化，历史题材创作的"精神性颠覆"现象也大量涌现。从鲁迅的《故事新编》到郭沫若的历史剧，从《天国春秋》、《忠王李秀成》到《采石矶》、《大泽乡》、《石秀》、《桂公塘》，都是在以现代意识重新阐释历史、借历史题材传达当代感悟。当代文学史上的农民起义题材作品则是以历史唯物主义理论和阶级斗争观念为基础所形成的"精神性颠覆"。1980年代的"新历史小说"，因为作者的"文革"体验和西方思想文化启示共同凝成了新型历史感悟，使得文本对"革命"面貌的描述与"十七年"的革命历史题材作品大相径庭。1990年代后，从宋安华的《秦时明月汉时关》到红柯的《阿斗》等"戏说"笔调的历史小说，也因历史阐释的世俗视角与怀疑意识，以及从人类生态的层面表露出一种和平安逸年代的人们对于战争的通常理解，而显得别具深度。

　　"精神性颠覆"的审美重心是作者以时代理性和个体感悟所提供的新型历史认知为基础，对历史进行重新阐释与定位。在这种情况下，即使作品的艺术形象与史料记载存在巨大差异，受众也往往会从历史认知、真理探索的角度出发，不以"戏说"名之。这是因为在事

---

① 郭沫若：《蔡文姬·序》，《蔡文姬》，文物出版社1959年版，第2页。

实正义的历史原则之上，还存在一个真理正义和精神创造至上的文化原则。人的生命感悟和自由意志冲决道德主体的桎梏，无疑具有人类历史与文化发展层面的充分合理性。"吾爱吾师，吾更爱真理"，即为这种价值和心理态度的最好注脚。黑格尔曾经将历史叙述分为"经验的历史"、"反思的历史"和"哲学的历史"三个阶段，"精神性颠覆""往往既立足于有限时空又超越于有限时空，赋予作品以恒定价值的普遍性、哲理性内涵"[①]，从而使文本的审美境界进入了"反思的历史"或"哲学的历史"阶段，实际上代表着历史题材创作的较高境界。

正因为如此，从元散曲《高祖还乡》到鲁迅小说《故事新编》，表面上看均采用明显的"戏说"语态，以诙谐调侃的笔调、无中生有的细节，自觉地表现出审美精神的"油滑"和对历史的"大不敬"态度。但由于其中具有真正的人文意识和批判精神，包含着重大而独特的创作主体历史认知，文本整体境界中确实灌注了能压倒"油滑"之气的、对于民族历史文化的深邃思考，显示出"精神性颠覆"的庄严审美诉求，所以，学界长期以来少有以"戏说"责之者。90年代以来的历史题材电视剧中，《大明宫词》的创作主旨是关于"爱情与权力、权力与人性"的深度探求，对历史事实一定程度的改动与虚构确实做到了服从文本主题和艺术风格之所需；《天下粮仓》虽因采用史料"为我所用"的方法而造成了与史实的相当距离，但文本意蕴表达了创作者关于"国计民生"的人文追求和精英趣味。由此，它们也与一般的"戏说剧"拉开了距离。虽然从伦理情感角度看，这种对史实的背离存在一定的"别扭"之处，但更进一步的、观念层面的合理性又达成了对这种"别扭"心理相当程度的消解。相反，如果一部作品仅仅包含事实和情感的颠覆，并未具备能与历史事实抗衡的精神高度和思想含量，它就仍属应予否定的"戏说"类型。

总的看来，如果偏离史实是因为创作者的历史知识和修养有所不逮，那就只能算一种"知识性颠覆"，谈不上是对待历史的情感和伦理

---

① 吴秀明：《中国当代长篇历史小说的文化阐释》，文化艺术出版社2007年版，第315页。

态度的"戏谑"、"戏侮"问题。而"借史寓思"类创作往往正是要以创作者独特的思想理性和历史认知为基础拟构艺术图景，来表达对历史进行情感批判和观念颠覆的价值内涵，实际上已经以理性认知和自我价值建构超越了"戏说"。"'事'、'艺'中心"的"艺人历史剧"创作目的本不在传播史实，只在于"娱人"，但这"娱人"作为一种审美文化原则同样具有一定程度的合理性，所以其意义与价值也不能一概抹杀。由此看来，只有历史题材的创作与改编存在着"知识性颠覆"，而且是以对历史轻慢乃至亵渎的"情感性颠覆"为心理基点时，才是审美意识层面应当遭到否定的"戏说"。换句话说，判断历史题材创作"戏说"审美意识是否存在，需要把以下几个紧密联系的条件综合起来考虑：一是文本内容确实偏离史实，二是其中显示出藐视人类和民族文化尊严与权威的"戏拟"乃至"恶搞"的叙事立场，三是情感方面带有亵渎乃至侮辱的意味，显示出伦理品质的恶德，四是文本中的创造性历史认知匮乏。对于"戏说"审美意识内在的价值分野，我们必须这样具体化、细致化，才有可能形成较为科学的、具有学理基础的判断。

三

　　历史题材创作与改编的"戏说"现象及其相关讨论所隐含的，实质上是一个历史文学叙事伦理的问题。

　　在社会层面上，伦理通常指人与人相处的各种道德准则。叙事伦理学则要求叙事应该通过"讲述个人经历的生命故事，通过个人经历的叙事提出关于生命感觉的问题，营构具体的道德意识和伦理诉求"，"从一个人曾经怎样和可能怎样的生命感觉来摸索生命的应然"。[①]历史题材创作不同审美形态的背后隐含的，正是不同的"生命感觉"和"伦理构想"。具体说来，"羽翼信史"、"以曲为史"的"依史"类创作，往往着意于对所叙述的历史及其内在生命庄严感的认同性还原；"虚实相半"、"以史寓思"的"拟史"类创作，则注重对历史的

---

　　① 刘小枫：《沉重的肉身·引子》，上海人民出版社1999年版。.

批判性解构与重构，它们共同地以"正说"的语态出现，所关注的主要是历史正反两方面的认知、教化功能和悲剧性的崇高美学品格。艺人"似史"类创作叙事伦理的核心，则是以"历史""娱人"，通过各种"事"、"艺"手段发挥和扩张"历史"这一叙事客体所拥有的"娱人"功能，认知、教化的功能则退居次要地位。关于历史题材"戏说"的争论，正是由这种叙事伦理的差异所导致的。

20世纪的中国在长时间内是国家权力支持的政治意识形态文化和知识分子为主体的现代性文化占据主导地位，存留于中国民间社会的民间文化形态则处于被遮蔽状态，或者仅仅作为前两种文化扩大影响的工具与手段。在文学领域，"自晚清开始的中国文学现代性的建构中，通俗文学一直是作为新文学的'他者'存在的"[1]。具体到历史题材创作，也是"依史"和"拟史"类创作发达，而"似史"类的"艺人性"创作缺乏合法发展的空间。虽然"在新文学中被'批倒批臭'的传统通俗小说在50年代穿上'革命'的外衣死灰复燃，甚至几成燎原之势"[2]，但当时整个"通俗文艺和通俗文艺作家在社会上受人轻视，在文学领域内，没有一席之地"[3]。进而影响到历史文学批评理论，叙事伦理原则也大多依存于"依史"和"拟史"类创作，少见以"似史"类、"艺人性"审美原则为价值本位的探讨，更少将"依史"、"拟史"、"似史"三类创作纳入整体学术视野的深入思考。由此，"历史真实与艺术真实是否高度融合"的审美考察、"现代性"与"国家意识形态性"内涵的精神考察、"高雅文化与通俗文化"简单归类的文化考察，就成为历史文学批评的主流话语。对于历史题材创作以"娱人"为目标、注重"事"与"艺"的叙事伦理，批评者或者以"小资产阶级情调"、"低级趣味"为名予以排斥与遮蔽；或者以追求"中国作风"、"中国气派"为由将其工具化，纳入通过"雅俗共赏"的方式更生动地宣传"雅文化"的阐释思路之中。90年代后，都市大

---

① 李扬：《〈林海雪原〉：革命通俗小说的经典》，唐小兵编：《再解读：大众文艺与意识形态（增订版）》，北京大学出版社2007年版，第128页。

② 同上书，第129页。

③ 木杲：《通俗文艺作家的呼声》，《文艺报》1957年第10期。

众文化兴起、"事""艺"中心的"艺人"类创作蓬勃发展，历史题材创作格局的巨变强烈地吸引了研究者的日光，但研究者的批评视野和审美伦理观念却长期因袭，未能及时地拓展和转换，这样批评理路与对象的审美重心发生错位，历史题材"戏说"审美形态遭到从"历史正剧"创作原则角度的批评，也就在情理之中。

但这并不意味着"戏说"审美形态值得高度推崇。事实上，作为审美形态的历史题材"戏说"遵循着"事""艺"中心、"娱人"为本的叙事伦理，这种叙事伦理具有价值的两面性，其中的负面价值特征表现得相当明显。

在文化意义诉求方面，"戏说"形态遵循一种"低位原则"。这种"低位原则"的核心是受众的广泛度与共鸣度。由此出发，它着意采用世俗化的感悟和戏仿的方式，建构一种基于社会底线原则的审美境界，以此迎合教育水平和精神期待较低的社会群落的需求，谋求大众无需更多心理和精神的前提条件便能接受其产品。众多打情骂俏、钩心斗角和打斗拼杀集为一体的"宫廷剧"、"江湖黑道剧"、"神话剧"就是如此。中国的社会文化正处于转型过程，这种叙事伦理表现出一种反抗传统文化权力和传播新型文化价值的姿态，并因为审美元素选择的时尚性和异质性，而显示出一种审美的活力，因此受到大众的关注。但是，它不同于传统的历史演义型文本，并不以此追求对某种意识形态的普及性传播；而且往往过度地张扬其反对文化崇拜的精神姿态，以至表现出某种"反智主义"的价值倾向。结果，文化创造中至关重要的、向事物精神形态积极靠拢的思想追求，在创作中就显得相当薄弱。这自然难以使客观事物的精神现实完全展开，难以使人类历史经验的价值实质不受损害，最终也就难以充分实现审美创造的世道认知和文化培育功能。

在生命意义诉求方面，"戏说"形态遵循一种"快乐原则"。"戏说"形态在生命感觉的"曾经"、"可能"和"应然"各方面，都着意迎合富足者无所用心的休闲性文化消费需求，往往以展示生命日常快乐的可能性状态为叙事重心来对历史进行主观随意的解读与演绎，将审美完全当作达成日常娱乐的工具。结果文本所包含的审美智慧往往只是生命原初意义上的灵性而非智性，更非蕴涵着理性的感性形态；最终的审美效应则是一种消费性的审美快感，而非启悟性的精神愉悦。在《还珠格格》及大量类似的"格格剧"之中，封建宫廷俨然是一个新奇刺激而自由快乐、充满人情温馨的太平世界，皇帝是嬉笑怒骂、平凡可亲如市井小民的凡夫俗子，俊男靓女率性地编织着情爱至上、江湖义气的青春童话，一切仅此而已。从精神文化角度看，这种叙事盲目推崇人性欲望与"本我"的满足，而对人格、人品、"超我"境界和时代文明品质等方面则相对漠视。从思想根源方面看，这种"快乐叙事"的伦理原则是无保留地把普通百姓作为积极快乐的追求者，全盘信任他们判断的合理性，即使其中表现的是人性的低俗品质、负面特质与卑污内涵，也往往用理解与重视日常的意义、百姓的趣味和人性复杂性的思路无条件地顺从和信赖，并以中国社会处于"休闲时代"的整体判断来加以解释与合理化。其中所存在的不注重历史实在性的根本缺陷始终没有得到充分的重视和有力的矫正。结果，这种新型的审美模式就成为"历史特性"在我们这个时代逐渐消退的症状，由此，我们变得难以再正面地体察现代与过去之间的历史关系、难以再具体地经验人类生命的历史特性了。几乎所有"戏说"文本都表现出一种生命境界"去社会化"和生命理念"抽象化"的内涵特征，甚至时代基本的理性价值观念也随其"娱乐一切"的审美诉求而成为被戏谑、调侃、嘲讽和撕裂的对象，就是其鲜明的表征。其中隐含着一种伦理品格方面日常人情练达圆滑而精神风骨匮乏的局限。

在创作动机方面，"戏说"形态遵循一种资本逻辑、商业原则。简单地说，就是想方设法地以"娱人"的方式来赚钱。虽然尊重资本逻辑和商业原则本身并没有错，但在产业观念主导、利益博弈至上和真正的审美创造之间，艺术劳动往往难以兼得鱼和熊掌，却几成不可改变的规律。这时，如何选择就显得异常重要。历史文学作为艺术行为最为核心的，当是认知历史的"真实冲动"和艺术创造的"审美冲动"。

而"戏说"形态从消费历史的文化态度出发，主要表现出一种以日常快感、快适伦理为核心的"消费、娱乐冲动"，"真实冲动"和"审美冲动"反而退居于相当次要的地位。在当今中国的文化语境中，商业至上原则刻意迎合大众的创作意图和普通百姓存在的审美"低位"状态，也使"戏说"可以保持"创作的惰性"，不必从精神到审美都艰难地向文化的原创性靠拢。尤其等而下之的是，不少这类文化产品的操纵者还往往利用人性的低俗、污秽，采用种种商业和文化相结合的精明策略来蛊惑人心，以实现其商业、经济乃至文化利益的专制与独裁。结果，文化创造中引入商业原则就走向了事情的反面。众多事实，充分地表现了"戏说"形态商业原则的局限。

"戏说"审美形态的负面价值特征，为历史题材"正说"立场的持守者提供了可资批判的目标，而历史题材创作的"戏说"审美意识，正就是由"戏说"审美形态叙事伦理的负面特征组合而成的。于是，对"戏说剧"审美形态负面特征的批评，就与对"戏说"审美意识的批评混杂到了一起。而且，因为"戏说"审美意识的表层内涵仅在于违背史实，如果批评者未能超越表象深入思考，那么，历史文学作品仅仅出现违背史实的现象也遭受"池鱼之殃"，被不加分析地指责为"戏说"，就在所难免了。

由此看来，我们要想改变历史题材创作与改编的这种叙事伦理状态，首先必须具备一种从时代文化全局视野出发的精神自觉。清醒地认识民族文化的发展规律和未来要求，深入地把握具有古今通理性的审美价值构成法则，以此为基础，从文化创造类型层面来对"戏说"形态重新进行价值建构可能性的定位。而且，这种定位应当确立与民族文化雄健发展相适应和匹配的高位价值目标。"唯乐不可以为伪"，所以，以消费型的审美快感来代替精神的原创性，掩盖审美文化探究世道人心的初衷；以琐碎的心理日常需求来悬置人的自由意志所需要的精神终极追求，都不可能是长久之计，不可能将历史文学创作导向高端的审美境界。在具体的创作中，"戏说"审美形态虽然有其特殊的表达方式，但同历史"正说"一样，必须努力追求对历史内涵和"历史情味"的独特发现，否则创作劳动就只能是一种生活游戏，算不上是真正意义的审美创造。总之，"戏说"审美形态只有建构起具有时代全局适应性的新型叙事伦理原则，才能有力地改变具体创作中精神价值含量稀薄的现状，才能真正圆满地实现文化产品的商业效应与社会高端价值观的成功嫁接，进而达成历史文学多样审美形态良性融合、审美境界正面提升的创作生态。

第三节　亟待重审的历史文学价值观念

"跨世纪文学"的历史文学创作领域，成就与影响堪称有目共睹。但多姿多彩的创作中出现了不少发人深思的倾向，学术界对各类历史文学的研究与评价，也显示出"仁者见仁，智者见智"、难以互相认同的状态，以至对于历史文学从根本上能否成为一个时代的文学高峰，也有不少人心存疑虑。在这种种纷繁复杂的现象背后，其实隐藏着对于当代中国历史文学应该具有怎样的精神价值、审美境界、文学与文化理想等问题的巨大困惑。所以，从文学史高度研究当代历史文学必须解决的首要问题，是反思现有的历史文学观念，以便重新确立我们的言说与评价的价值基点，解决在何种视野、何种层面、以何种思路来阐发和评判各种不同类型的历史文学、并对其进行恰当的价值定位的问题。

一

我们首先从历史文学评论与研究领域来探讨这个问题。

以历史真实与艺术真实，即"史"与"诗"的完美结合为标准，评判各种差异极大的历史文学作品，向来是历史文学研究最重要的思路。

如果从"史"与"诗"结合、转化的角度来看，新时期以来的历史文学作品大致存在四种类型。其一是以"五四"后的纯文学传统观念为依据、"诗"与"史"结合得相当精致规范的"史""诗"兼备型作品。这种形态的作品贯穿了整个"跨世纪文学"时期，可以姚雪垠的《李自成》，凌力的《少年天子》、《暮鼓晨钟》等作品和刘斯奋的《白门柳》，熊召政的《张居正》为代表。第二类和第三类作品则分别以唐浩明的"晚清人物系列"《曾国藩》、《杨度》、《张之洞》和二月河的"落霞系列"小说①《康熙大帝》、《雍正皇帝》、《乾隆皇帝》等作品为代表。它们实际上是以回归古代文学和文化的传统路子突破了现代中国纯文学的审美规范，结果反而在整个时代文化范围内都显示出自我的意义和影响，堪称文化层面的"重史"和"重文"类作品。第四类以《宰相刘罗锅》、《天下粮仓》等影视文学作品和赵玫基于现代女性个体生命体验拟写的《武则天》、《高阳公主》、《上官婉儿》等作品为代表，它们追逐时代精神好尚，艺术境界虽具历史形态，深层叙事却缺乏史实依据，从历史真实角度看属于"戏说"审美形态的作品。

这几类作品的内在意蕴和社会文化影响呈现出相当复杂的态势。"重史"类作品往往以内蕴的沉实厚重为人们所称道，却常因艺术空灵度的欠缺而难免"质胜于文"的贬抑。"重文"类作品实际上同样内蕴丰厚而且总体上并未违背史实，但还是难免通俗、芜杂的评断。而规范的"史""诗"兼备型作品多半在文坛受到认同和赞誉，在整个社会文化大范围中的震动与影响反倒不如那些并不规范的作品，仅作品的发行量就可作为有力的例证。"戏说"审美形态的作品虽然因仅具历史形态而多侧面地不依史实，而且普遍粗制滥造以致鱼龙混杂，从而时常遭到媒体批评的指责，但细究其中的优秀之作所展现的精神深度和审美内涵，可以说并不逊于传统意义上的历史文学，也绝非非历史题材的作品所能涵盖，并且，其中的影视历史剧借图像传播之力，影响反而大大超过历史小说作品。

以上事实表明，单纯的"历史真实"与"艺术真实"的批评思路，虽然在对于具体作品进行文本细读时有其必要性与合理性，但对

---

① 李海燕、谭笑：《晚霞璀璨　黑暗将临——二月河谈他的"落霞"系列小说》，《东方》2000年第4期。

于真正深入地探讨作品内在的精神文化和文学价值，对于从深层衡量新时期以来的各种类型的历史文学作品的影响与得失，其实并不具有普遍的适应性。而且，在"五四"以后的现代中国，从鲁迅的《故事新编》，郁达夫的《采石矶》，到郭沫若的《屈原》，李劼人的"大河小说"三部曲《死水微澜》、《暴风雨前》、《大波》，直到新中国成立后诸多影响广泛的历史剧，仅用"历史真实"与"艺术真实"，都难以作为评判其价值内涵的核心标准，甚至也不能作为创作不可违逆的基本规范来对它们进行衡量，哪怕用"历史真实"泛化产生的"历史氛围"的观念，在其中某些已有文学史定评的作品面前同样会遭遇尴尬。更进一步历史地看，中国自古以来的历史文学创作，就既有《东周列国志》式"羽翼信史而不违"①的通俗化还原的写法，又有《三国演义》式的"本有其事而添设敷演"②、"以文运事"③的写法，还有《水浒传》式的"因文生事"④的传奇化写法。那么，历史文学创作审美价值的内在核心到底是什么呢？这就是一个我们不能不重新思考的问题。

其次，从整个文化范畴看，历史文学面临的最突出的问题，也许是在雅文化与俗文化之间的定位问题。在中国古代，不仅历史小说，整个小说都属于俗文化的范畴，到现代，随着文学观念的转变，过去的"通俗演义"小说也与古代的"纯文学"诗歌、散文一道被放进了中国文学史。但在当代中国的学术界，历史文学的文化属性却仍然是一个未曾达成共识的问题。我们不妨以两部在文学史研究界影响较广且以作品研读见长的文学史著作为例来说明这个问题。复旦大学陈思和教授就将历史文学作为一种雅俗兼具的特殊类型，另外命名为"现

---

① 修髯子：《三国志通俗演义引》，黄霖、韩同文选注：《中国历代小说论著选》，江西人民出版社2000年版，第115页。

② 刘廷玑：《在园杂志》，黄霖、韩同文选注：《中国历代小说论著选》，江西人民出版社2000年版，第388页。

③ 金人瑞：《读第五才子书》，黄霖、韩同文选注：《中国历代小说论著选》，江西人民出版社2000年版，第291页。

④ 同上。

代读物"①，认为其中某些层次较高的作品也具有精英文化的内涵，在他的《中国当代文学史教程》中，历史小说则被摒除于学术视野之外不予观照。中山大学黄修己教授的《20世纪中国文学史》辨析得似乎较为细致，将《李自成》、《少年天子》等作品归入纯文学，《曾国藩》既归于纯文学论述又放入通俗文学的范畴进行分析，二月河的作品则整个地被归于通俗文学。②而不管在哪类文学史著作中，影视历史剧往往都被笼而统之地置于消费型的都市大众文化的范畴。

　　但从创作事实看，在历史小说的创作中，一方面，从姚雪垠到唐浩明、二月河，直到台湾的高阳，都非常注意自己作品的读者面乃至发行量。③而另一方面，唐浩明作品的中国儒家文化底蕴，二月河小说的《红楼梦》的艺术风度，高阳作品诉说"民族的创造有多么艰难"④，从而达到"一个民族必须对他们的历史有温情"⑤的创作意图，又都从各个不同侧面显示出与金庸、琼瑶创作截然不同的精神风貌。同时，随着20世纪90年代中后期历史题材影视剧的繁荣，我们既可看到琼瑶的《还珠格格》一类"古装剧"与大陆《雍正王朝》、《天下粮仓》等"历史剧"的差别，又可发现大陆这类"历史剧"同凌力、刘斯奋、唐浩明乃至二月河作品在艺术观照核心方面的歧义。如果仅用所谓"纯文学"、"通俗文学"或"雅俗兼容"的评判，真能准确地判定这种种不同类型作品的价值内核吗？既然我们并不否认娱乐性也是文学的本性，那么，谁又能说所谓的"纯文学"作品就会完全排除通俗文化的元素呢？所以不能不说，对于当代历史文学的文化定性，学术界确有不够通透、贴切之处。当然，"雅文学"、"俗文学"

---

①　陈思和：《民间与现代都市文化》，《陈思和自选集》，广西师范大学出版社1997年版，第298页。

②　黄修己主编：《20世纪中国文学史》下卷，中山大学出版社1998年版，第219、221、274、275页。

③　二月河就毫不避讳地说过"我必须讨好我的读者"之语（见《卧龙论坛》1993年第4期），高阳亦有诗云："倘能用笔娱人意，老眼犹挑子夜灯"（转引自晓帆《首届"全国高阳学术研讨会"综述》，《华中师范大学学报（哲社版）》1997年第1期）。

④　高阳：《王昭君·出版前言》，海南出版社1996年版。

⑤　高阳引钱穆语《高阳杂文》，远景出版公司1986年版，第5页。

的划分，只不过是现代学术研究为进行细致分析的便利所作出的一种学理性分类。但这种划分本身已包含对研究对象是以精英文化的"创造"为目标还是以大众通俗文化的"传达"为主旨所作的价值评判。既然这样，我们是不是又应当另择标准，方可准确地辨析当代历史文学的价值根本点之所在呢？与此同时，历史文学又能否或者应当怎样去追求，以什么为审美境界的核心，才有可能充分地实现自我作为一种精神文化产品的价值呢？如果不很好地解决这个问题，显然既有碍于历史文学的创作，也有碍于学术界对于历史文学的研究与评价。

再次，从思想界评价历史小说的价值立场与审美观念的角度来看，也存在两个事关全局的问题。其一是当代的和封建的意识形态视角的负面对历史文学文本审美价值的损伤程度问题，其二是历史文学创作在多大程度上能利用西方文化资源的问题。

20世纪80年代前期的历史文学，往往一方面因其思维兴奋点和精神底蕴局囿于当代政治意识形态，而与现实题材的作品一道受到不少研究者的贬低；另一方面又因当时历史文学作品的大量出现和在特定时期内社会共鸣的热烈，而获得某些研究者的大力推崇。[①]但实际上，像农民起义这类为当代政治意识形态所青睐的历史事件本身，并非不能作为历史文学创作的题材，而且这类作品自古有之。那么，到底应以什么为标准，方可准确地阐述当代政治意识形态的精神底蕴及其价值立场对历史文学作品、特别是全面而丰富地展示历史生活宏观画卷的长篇历史小说的价值内涵所带来的正负面影响？对这些留下了深刻意识形态痕迹的历史文学作品，又应该以何种价值眼光，才能梳理和甄别出其概念化的内涵和潜伏于其深层的具有超越性的审美意蕴？同时，接受主体与创作主体处于同受巨大局限的时代语境中，作品所形成的社会影响在何种程度上可作为评判作品文学史价值的依据？另外，到底应怎样辨析和估价封建文化的糟粕在近年大量历史文学作品中的存在，也是一个不可忽略的问题。这种种不仅存在于历史文学作

---

① 吴秀明：《文化转型语境中的历史叙事与本体演变》，《浙江大学学报（人文社科版）》2002年第1期。

品的、立场正确与否在文本价值内涵中的分量问题，似乎并没有得到细致深入的探究。但是，如果缺乏对这些问题的思考，缺乏基于这种思考所形成的具有深厚精神文化依据的观照理路和价值标准，研究者在深入开掘80年代历史文学的价值内涵并进行文学史定位时，存在巨大局限就是势所必然的事情。比如对于皇皇巨著《李自成》，任何简单的评价和分析都注定只能是肤浅片面、难以切中肯綮的。

尤其值得注意的是，不少研究者基于西方思想文化和文学的背景，往往以个体性的价值立场、缘于日常生活趣味的艺术感觉和西方历史文学的艺术处理方式为准则，对当代中国的各种历史文学作品不加细致考辨地一律采取贬低和排斥的态度，并以之为精英和前卫性精神姿态的表现。其实，西方历史是以史诗为源头，中国的历史则以史传为源头，在以史料为基础的历史文学创作中，这种文化源头的差异，必然导致文学传统和创作规范的巨大差别。而且，扎根于中华文化土壤的中国历史文学，以西方式的方式到底能否真正丰满地展示历史生活的丰富内涵、真正深刻地开掘到民族历史文化的底蕴，其实也是大可怀疑的。比如以西方女性主义视角所创作的历史文学作品，从《武则天》、《高阳公主》等历史小说到《大明宫词》等历史题材影视剧，其中所显示的女性独有的生命情韵确实令人赞叹，但历史本身的质感和坚实厚重感却难以与之匹配。然而，随着文化全球化的日渐深入，这种审美评价趋向正日益扩大而不是缩小其发展势头。所以，如果我们不对当代中国历史文学应有的审美境界和价值理想进行重新思考和判断，就既有可能导致研究偏颇浮泛、隔靴搔痒乃至无的放矢等弊端，也显然难免创作的误区与歧途。

从历史文学研究界的现状来看，在新的时代语境中重新审视中国历史文学理想的审美境界与价值形态，确实已成为一个相当重要而紧迫的问题。

二

我们再从历史文学创作的角度来思考这种重审的必要性、重要性和可行性。

中国是一个史官文化异常发达的国家，历史小说堪称古代小说最重要的门类，既有经典性名著，又有庞大的作品数量，其他门类的小说包括《西游记》这样的"神魔小说"也常常带有历史小说的深刻印记。但在"五四"后的现代中国，历史文学领域却空前冷落。鲁迅、郁达夫、郭沫若的历史文学创作传统皆以"借古讽今"、"借古喻今"为创作旨归，力求"取古代的事实，注进新的生命去"，因而创作时不避"油滑"①，追求"神似"。古代历史小说创作"补史之阙"的文化传统已被束之高阁。此后从三四十年代到新中国成立后的五六十年代的历史剧和中短篇历史小说几乎都沿袭着这一创作传统。严格依据史实的创作从姚雪垠的《李自成》开始，到新时期才蔚为大观。"跨世纪文学"时期的历史小说则取得了丰硕而相对可以构成一个完整历史段落的创作实绩。

从名家巨制的创作看，姚雪垠创作历时40余年的《李自成》终于全部完成；刘斯奋完成《白门柳》三大部，唐浩明完成《曾国藩》、《杨度》、《张之洞》，他们均已宣布封笔并转入其他文化创造的方向；二月河的"落霞系列"《康熙大帝》、《雍正皇帝》、《乾隆皇帝》也已大功告成；凌力在完成"百年辉煌"系列的《倾国倾城》、《少年天子》、《暮鼓晨钟》之后，历史小说新作《梦断关河》和《北方佳人》因作品主人公的完全虚构，而显示出某种新的艺术气象。更早些时候，徐兴业的四卷《金瓯缺》，杨书案的三部"中华文化溯源系列"，吴因易的"唐宫八部"，任光椿的《戊戌喋血记》、《辛亥风云录》、《五四洪波曲》等，早就各自竣工。

历史生活的各个题材领域均出现了卷帙浩繁、内蕴丰厚的巨制力作。农民起义题材，有从20世纪80年代的《李自成》、《星星草》等大量作品到90年代的《太平天国》；民族战争题材，有从80年代的《金瓯缺》到90年代的《百年沉冤》、《倾国倾城》；变法改革题材，有从80年代的任光椿的作品到90年代的《汴京风骚》、《万历王朝》；君王帝业叙

---

① 鲁迅：《〈故事新编〉序》，《故事新编》，人民文学出版社1979年版，第1页。

事，有从80年代开始的凌力的"百年辉煌"系列到90年代开始的二月河的"落霞系列"；重臣名仕人生叙事，有《曾国藩》、《杨度》、《张之洞》、《林则徐》、《秦相李斯》、《张居正》等；女性系列叙事，有"唐宫八部"、《庄妃》、《横波夫人》、《武则天》等；历史文化名人叙事，则有《曹雪芹》、《白门柳》、"中华文化溯源系列"；等等。可以说，这些作品已经构成相对较为完整的中华民族历史生活的画卷。

20世纪90年代后，历史题材影视剧创作迅速崛起，使历史文学在新型的传播媒体中也占有了一席显赫的位置。这类作品中，既有《天下粮仓》的立意高远、气局宏阔，又有《宰相刘罗锅》的意趣盎然、寓意深长；既有《鸦片战争》的诚朴庄重，又有《梦断紫禁城》的寓庄于谐；既有《努尔哈赤》的男性雄风，又有《大明宫词》的女性情怀。历史小说改编大获成功者，有《唐明皇》、《雍正王朝》、《康熙王朝》；"戏说"引人入胜者，有《康熙微服私访记》、《少年包青天》、《铁齿铜牙纪晓岚》……它们各自凭借其传播的便利，造成了巨大的社会影响，并逐渐培养和形成了大众新的审美趣味，从而展开了历史文学创作的新界域。但包括这些作品在内的历史题材影视剧又确实存在着轻薄历史、展览式传播腐朽文化、媚俗等令人忧虑的倾向，在不少方面似乎已步入了创作的误区。

所有这一切说明，对于新时期以来的历史文学创作进行阶段性总结，并进一步思考某些本质性问题，以利其在未来更雄健、成熟地发展，确实已经时机成熟而且势在必行。

再从历史文学创作的精神走势和审美内蕴来看。新时期以来的历史文学经历了20世纪80年代前期和90年代两个创作高潮，二者有其共同性，相互之间却存在着明显的差异。具体说来，艺术观照的历史对象呈现出从讴歌现存秩序的挑战者、反抗者，到关注正统秩序的建立者、维护者的位移；审美视角经历了从政治意识形态角度观照历史，到从人性与人格建构层面透视历史及其文化底蕴的演变；情感态度则显示出站在当代立场进行赞颂、批判和细辨历史艰难予以体谅、认同的歧异。而且经过多年的努力，历史文学创作对民族历史文化的开掘本身也呈现出多元发展、各自趋向深入和成熟的态势。同时，史诗气魄、悲剧品格、现实主义创作方法、艺术上的"中国作风和中国气派"却又始终是历史文学宏篇巨制的共同追求。在这异同之间，无疑隐藏着值得深入探究的精神心理和时代文化的背景。

更进一步探究历史文学文本的审美内涵，我们则可以看到，新时期以来的历史文学作品初看似乎各成一体，各有其特定的境界和意蕴，实际上并非如此。《李自成》等20世纪80年代前期作品价值底蕴的一致性自不必说。在90年代后中国文化呈多元发展态势的时代环境中，凌力小说对于历史进程、文明样态契合美好人情的渴望，唐浩明作品对于历史风云人物在变幻莫测的历史洪流中为建功立业真诚、伟岸而悲苦却迭遭误解的生命形态的体谅，刘斯奋的《白门柳》对于"天崩地解"的易代之际知识分子悲剧宿命及其进退失据心态的共鸣，二月河作品对宫廷生态于无奈中走向阴险与残忍的渲染，杨书案将文化圣人形象平凡化的解构与重构，《马嵬驿》以挽歌情调对美的毁灭的描述……都蕴含着创作者对近百年中国艰难历史的深切品味与反思，这种品味与反思恰恰在深层应合着社会转型期的思想文化潮流。并且，它们存在着一个共同的精神文化指向，即叙说中华民族有价值的人生存在于辉煌表象背后的隐曲与艰难，展示杰出历史人物"好汉打脱牙和血吞"的生存状态与人生品质，并希望通过探究、还原这辉煌与艰难之间的内在隐曲来显示民族历史文化的深邃复杂和非凡人生的痛苦与崇高。这种文本内的共同意蕴，无论在自以为突破"铁屋"即万象皆新的"五四"时期，还是在时局动荡、急功近利的战乱年代，或者是明朗轻快、高歌猛进的新中国成立初期，都不可能、事实上也没有产生。只有在经历了诸多外在与内在的痛苦与屈辱，精神视野解放到足以从本质上独立思考民族历史命运的时代，而且是一个本身也充满机遇、矛盾和多向发展可能性的时代，这种蓬勃而饱含沧桑感的精神气象，才有可能在鸿篇巨制的雄健笔力中呈现出来。

包括某些创作的误区也显示出时代的一致性。比如对于官场操作运筹的潜在规则即权谋文化，历史文学创作者就都表现出特别的精神敏感、心理兴奋，往往以其为历史文化智慧加以认同性的探究与描述。从《杨度》的"帝王之学"、《张之洞》的"仕宦之学"，到二月河小说的"帝王心术"，直到熊召政的《张居正》，都是如此。影视历史剧对此更是大肆渲染。在80年代前期的《李自成》、《星星草》等作品中，这方面的内容往往被排除在艺术观照的视野之外，或者被作者从道德层面作为人性的负值加以批判性的描述（《星星草》对于曾国藩人格的描述就是如此）。这种对历史不规范处和人性污秽面展示有余而批判力度不足的精神偏失，一方面显示出创作者对生命个体竭尽心机谋求自我价值实现的人生态度的尊重，相对于集体本位、个体生命价值被漠视的时代，这种尊重是历史的进步；另一方面从人生终极价值角度看又不能不说，这其实是中国文化转型期欲望至上、功利至上的时代病态所导致的一种创作迷误。

历史文学作品已较为全面地展示出审美内蕴的时代共同性，使我们不得不严肃地思考这样一些问题：这整个时代，包括显然存在着内在差异的20世纪80年代和90年代两种文化语境，到底存在着怎样的优质和局限？这20多年历史文学的精神走势到底是特定文化语境中的阶段性现象、叙事策略乃至精神歧途，还是确有历史文化、人生人性和时代发展要求层面的必然性、合理性？换句话说，它们所显示的到底是不是一条既有文化与文学普适性、又顺应着历史文学特定规律的精神道路呢？更进一步从中华民族文化走向现代、雄踞于世界民族文化之林的高度看，它们又有何显性和潜在的优势、有何命定的局限性和人为的误区呢？显然，如果我们不从既成文学事实出发，既稳健地把握整个人类文化的本质特性和普遍规律，又具体地分析中华文化的独特品格，进而理性地确定当代中国特定文化语境中历史文学的应有理想及其正确追求道路，那么，我们就不可能对历史文学在多元文化语境中辉煌而尴尬的处境和它对于民族文化建设的独特价值作出有力的判断。历史文学创作各个局部的演变也就会因未曾明确全局性、本源性的依据，而不时出现似是而非、偏颇、芜杂乃至误入歧途的现象。所以，首先从根本上确立判断和创造的依据，确为历史文学创作的当务之急。

三

近现代以来，对于历史小说的本质特性，以及中国历史小说是否具有、具有何种特殊性的问题，学术界的思考一直甚为薄弱。从梁启超、吴沃尧、黄小配到鲁迅、茅盾、郁达夫等，都只是以序、跋、创作谈等形式的零星言论，着重强调要利用历史文学创作进行"政治启蒙"、"知识启蒙"[①]和传达自我"现代的生活经验"[②]。20世纪50年代初，围绕历史剧《信陵公子》和神话剧《天河配》、电影《武训传》，对于历史文学比附、影射现实的"反历史主义"倾向及如何评价各种历史人物的问题，学术界有过浅显的触及，但因政治的干预，讨论并未得到真正学术层次的深入。[③]60年代初有关历史剧的争鸣内容似乎颇为广泛，涉及历史剧的古为今用、历史真实与艺术真实、如何评价历史上的英雄人物以及如何表现人民群众在历史上的作用等重要问题，[④]现在看来，有些问题已经缺乏现实意义，而如历史真实与艺术真实的关系等问题，却至今仍存歧见且难以解答创作现状业已呈现的复杂审美现象。80年代西方哲学、文学和文艺理论的引进，导致了"新历史小说"的出现及其相关的讨论。这场争论的新意恰恰在于从根本上否定历史真实的存在，认为一切历史都是叙事，克罗齐的名言"一切历史都是当代史"即是这种观念的根本依据。但这样釜底抽薪式地从根本上抹煞历史文学的独特价值，对具体理解中国当代历史文学这一文学史的重要存在，对解决当代中国历史文学独有的种种内在问题,实际上并无帮助。新时期以来的传统历史文学研究，主要集中在对优秀作品内蕴的开掘和历史文学发展状况的梳理，这样的研究同样无力应对诸多新的创

---

① 范伯群主编：《中国近现代通俗文学史》，江苏教育出版社2000年版，第25页。
② 郁达夫：《历史小说论》，《创造月刊》第一卷第二期，1926年4月16日。
③ 齐裕焜：《中国历史小说通史》，江苏教育出版社2000年版，第11页。
④ 鲁煤：《关于历史剧问题的争鸣》，戏剧报编辑部编：《历史剧论集》（第一集），上海文艺出版社1962年版，第353页。

作现象和来自其他文化、文学领域的质疑。

那么，在当今中国这样一个社会和文化的转型时期，历史文学到底应以什么为审美境界的核心，才能充分地实现自我的独特价值呢？思考这个问题，首先需要对我们时代文化的总体特征有一个准确的把握，对文化全球化带来的种种异质文化对中华文化的渗透、融入与冲击、压抑，对经济富足、贫富分化所导致的中产阶级娱乐型审美风尚的话语霸权，对图像文化时代形成的大众审美思维的浅表化倾向，对技术理性、工具理性催生的实用主义、恶俗化的价值原则，等等，都有充分的认识与警惕。这样，在时代文化的多元化浪潮中，我们对历史文学本质的思考，才能既有效地以之为精神资源，又坚守自我而不致随波逐流。我们也需要对历史文学自身的优质与负值，对它在大众阅读范畴的热烈情状和时代文化前沿性探索的边缘位置，对它因青睐、认同民族既往的辉煌而几乎命定的文化保守主义心理倾向，因依托史料、学术化地专心钻研史料而常常可能导致的生命感觉、艺术触觉的粗放与钝化，等等，保持清醒的体察和自知之明。这样，我们才有可能对历史文学在文化转型期所特有的优势与作为形成自我坚定的判断，从而寻找到自我深层的文化与文学的价值立足点。

我们应当更进一步思考的是，在我们这个时代，对于民族文化的转型，历史文学到底能够有何作用和影响。我们还是从创作事实出发来分析这种作用和影响。从正面来看，唐浩明的《曾国藩》之所以在海峡两岸均形成巨大的社会影响与思想冲击力，关键可能就在于它充分展示了在中华民族"三千年未有之大变局"中，中国传统文化的主脉儒家文化实有的人格实践与人生经验。二月河的小说拥有巨大的发行量，根源大概也不仅是其对于宫廷隐秘所作的深入骨髓的透析与气象万千的传奇化描述，而在于它包蕴丰厚地揭示了中华民族往昔一个王朝在趋于鼎盛状态时内在的艰辛、困苦与重重风险，以及那种辉煌与腐烂系于一线的生命情状。对于高阳历史小说与台港"新儒家"文

化思潮的内在联系，则已有不少研究者给予了真切的揭示。①再从反面
看，诸多"戏说"型的历史题材影视剧，我们可以批评它们虚假、肤
浅乃至庸俗、瞎胡闹，但它们就是比同一类型的现实题材作品拥有更
高的收视率，其中的关键可能也因其"古装"、因其具有一点历史的影
子，而显示出某种"文化"味、某种生存样态的"经典"性与"典范"
性来，不像现实题材作品，总让人觉得其艺术图式不过是大千世界某
个角落中一些可说可不说的浮泛表象。

　　总的看来，历史文学最大的优势与作为也许在于通过再现型的艺
术描绘，深入开掘和重新认识我们民族的传统文化，展示中华民族特
有的文化底蕴与历史信息，并努力开掘、提炼出其中独有的生存况味
和人生经验。从民族文化发展的高度来看，不管中华民族的历史将如
何发展、文化将转化为何种范型，现实的力量自然是有力的推动，异
域的文化也会是新颖的体验与不可或缺的启示，传统也必将依旧是国
人彷徨四顾时的心理依托和选择时的参照、创造时的资源。

　　正因为如此，笔者认为，以对于中华民族文化底蕴及其人格化
形态的再现型开掘为审美境界与文化追求的核心，也许是转型期中国
历史文学明智而大有可为的选择。历史文学创作只要艺术地抓住了这
个核心，在其他各个方面均无妨各行其是、各显神通。比如从价值立
场角度看，既可有《李自成》的意识形态文化色彩，也可有唐浩明作
品的庙堂文化立场，凌力、刘斯奋的传统文人文化倾向；在审美趣味
方面，既可有二月河小说的民间传奇文化智慧，也可有影视历史剧包
括高阳《胡雪岩》、《慈禧太后》等作品的市民文化情致等②。不管具
体是哪种方向，只要达到极致，就都能形成一个相对的文学高峰。与
此相应地，研究者评价历史文学作品也应把握住这个核心，至于其他
方面，研究对象能够精美无瑕自然更好，有所缺陷亦应明其小而重其

---

　　① 晓帆：首届"全国高阳学术研讨会"综述，《华中师范大学学报（哲社版）》1997年第1
期。

　　② 比如《胡雪岩全传》中商场加情场的故事模式，情场方面那种真诚与戏弄兼而有之的价值
态度；《慈禧太后》中以私人的纠葛与恩怨解释历史演变的思想眼光，就是市民文化心态的鲜明体
现。惜乎大陆研究者对其"俗"的一面的市民文化特征未有细致的探讨与分析。

大，不必抓住某些枝节喋喋不休。要言之，把握住这一总的创作与研究路向，历史文学的创作与研究庶几可以找准自我在中国社会转型期多元文化态势中的方位，从而获得更为雄健而蓬勃的发展。

第八章　文学全局的精神走势

第一节　20世纪90年代创作的主体立场处理

主体价值立场对于文学创作的重要性是毋庸置疑的，文学作品的观照视野、精神深度、情感重心直到艺术形式的建构等，无不与创作主体的价值立场密切相关。然而，在中国当代文学史上，文学创作对主体价值立场的处理始终不尽如人意，不少曾名噪一时的文学作品，只因过于坚执隐含着局限与偏失的主体立场，结果对文本的价值蕴涵造成了难以弥补的损伤和遗憾，以致时过境迁，这些作品就光彩顿减。应当说，这是当代文学史上最为惨痛的教训之一。

20世纪90年代的中国出现了文化转型和分化的重大时代趋势，中国作家也显示出主体价值立场大转变、大分化的状态，大量作家因主体立场矛盾而激烈争论的现象，构成了90年代文坛最为重要的思想景观之一。作家们的这种主体立场的变化，必然影响到他们的创作。如果说对于作家们主体价值立场的选择本身，我们无法、也不应干涉，那么，许多作家在自我主体立场的处理方面存在种种失误，以致不少本来极具大作品审美潜能的创作也由于这种时代性的迷误导致了艺术品质和审美价值等方面本可避免的偏失、局限与损伤，就不能不引起我们的高度重视。

一

20世纪90年代的文学创作在主体价值立场处理的问题上，主要存在四个方面的偏失和不足。

第一，重人格姿态，轻精神厚度。

在思想文化界引起过激烈争论的作家和作品，几乎都存在这种偏差。我们不妨选择刻意追求终极价值的张承志、肆意张扬反崇高态度的王朔和具有尖锐讽刺精神的刘震云三位作家及其作品略作分析。

张承志的《金牧场》是20世纪80年代长篇小说中有着广泛影响、受到普遍赞誉的代表性作品，直到第四届"茅盾文学奖"之后的90年代后期，还有评论家因其艺术魅力和价值含量，而在长篇小说的民间评估中大加推崇。作品的M部分描写70年代初的知青生活和牧民的大迁徙，J部分反映青年学者对中国边疆历史文化的感情和在日本感受到的世界性的精神思潮，两条叙述线索和其中的回忆、独白概括了从20世纪60年代到80年代的种种最重大的事件及作者对它们的思考。在此基础上，作者着力表现了奋斗的艰难、人生的苍凉，张扬一种九死不悔地追求理想的"金牧场"的英雄主义、浪漫主义精神，显得极具人类精神文化层面的厚度和力度。不过这部作品将两条线索并列，平行推进，确实存在着芜杂和人工拼合的痕迹，因而从艺术结构上看并不特别成功。90年代中期，张承志出于放弃受结构主义影响的艺术形式和保持创作主体精神人格纯度的考虑，重写《金牧场》为《金草地》，删除了J部分日本生活的情节和M部分知识青年生活的内容，只留下主人公蜕变为一名真正的牧民、皈依游牧文化精神的故事。这样，带有作者自传色彩的主人翁的人格形象得到了强化和突出，但作品历史文化蕴涵的深广度却被大大削弱，文本所张扬的理想主义的人类精神哲学意蕴也随之无法避免地退出文本的艺术世界，仅仅成为一种思想背景。不能不说，这其实是一次失败的改写，是90年代文学创作在主体立场处理问题上重人格姿态、轻精神厚度而导致迷误的一个典型例证。改写后的《金草地》关注者寥寥，即是它并不成功的表征。

王朔在创作中对主体价值立场和人格姿态的着意强化也是文坛众所周知的。他有意夸张地张扬的主体立场，在世俗化、物欲化的时代思潮中的确具有相当的普遍性。但是，从人性结构、人类生命价值体系的全局来看，王朔倾注全部才情去表现的，不过是其中一个很肤浅的层面、很窄小的维度、很短暂的过渡型的特征，这样，他的作品的精神文化厚度必然会受到极大的局限，其作品再怎么热闹一时，顺着这样的思路进行创作也无法"一不留神就写成《红楼梦》了"①。

刘震云的《故乡相处流传》描写了四个历史时期的故事，即曹操和袁绍争夺延津之战、明初的大迁徙、慈禧和陈玉成争夺延津之战、1958年的"大跃进"，并将其归结为权势家利用草民之愚以遂私愿的历史循环。《故乡天下黄花》也描写几代人你死我活的争斗不过为了一把小小的村长交椅。在这里，作者对权势斗争的灰暗和单调的剖析确实相当犀利，其冷峻宁静中所透露的讽刺力量也能直逼人的肺腑，但是，过分地强化自我对历史和世事的价值归纳，结果反而削减了对历史丰富的感性内容和繁杂的可能性的耐心描写，读起来固然痛快，却令人感到内涵有深度而乏厚度，单调而又单薄。显然，这是创作主体在价值立场处理问题上重人格姿态而轻精神厚度导致失误的又一个明显的例证。

第二，重心灵体验，轻理性反思精神。

这种不足在知青题材创作中表现得最为典型。梁晓声从20世纪80年代的《雪城》到90年代的《年轮》，一以贯之地讴歌兵团知青的真诚和集团情义，并将它们作为穿越人生患难、抑制人性堕落的法宝，作为一种理想人格来加以推崇。应该说，这种真诚处世、重情重义的品质确实是一代知青无比珍爱、广泛认同的价值取向，是他们充满曲折和迷失的青春岁月里幸存的最美好的精神侧面。但是，凭这种情感、这种道德品质驾驭无比复杂的社会和变幻莫测的人生，实质上隐藏着诸多危险和歧途，事实上也导致了从红卫兵到知青的这一代人许多无法弥补的历史性错误和人生缺憾，刻薄一点说，它反映的不过是一代知青在人生价值一无所有的处境下相依为命的生命状态，是人生几乎面临灭顶之灾时的一根"救命的稻草"。仅仅凭群体性的心灵体验就以之为人类生命价值的制高点，其实是"见树不见林"，甚至可以说

---

① 邱华栋、王朔、张英、刘震云：《从〈看上去很美〉谈起》，《作家》1999年第7期。

是"一叶障目，不见泰山"，必然会导致对整个宇宙、人生进行审美观照时的偏激和执拗。惜乎梁晓声对这种主体价值立场本身缺乏深刻的理性反思精神，他那些影响广泛的长篇小说从本质上看，就只能是一种青春体验、道德激情的产物，感人至深却缺乏人类历史文化的包容度、沧桑感。

邓贤的长篇纪实文学《中国知青梦》直面事实、纵观全局，以饱蘸血泪的笔触，深刻剖析知青上山下乡的历史性悲剧，满怀决绝地否定了从城市流向乡村的人类文明发展趋向。但是，作者贯注全书的悲怆基调之中，是否又隐含着城里人血统的优越感和对城乡之间等级差别的认可态度呢？这种对人类生存的乡土空间的不公平态度，同样是作者在价值立场选择时重集团生命价值状态、而对主体立场本身缺乏怀疑与反思精神所造成的，它导致了作品在人类生命本源意义上悲天悯人情怀的匮乏，结果当然也影响到了作品人文内涵的气度和历史理性的深度。

当代中国作家学贯中西、具有人类生命哲学深厚修养者为数甚少，其作品多半是个人或群体性的现实生命体验的自传。在这样的情况下，选择主体价值立场时既重心灵体验又对所选择的立场本身具备理性反思精神，就显得尤为重要。可惜不少作家在这方面缺乏充分的自觉性，往往以自我体验的痛切、真实来代替文化人格的深厚、稳健性，结果作品推出后，总会引起众说纷纭的争论，就是在有着相似人生经历的"同类人"内部也难以获得广泛的、一致的认同。不能不说，这类作品所展示的不过是一种"片面的深刻"。

对策略意识的过分推崇，是90年代文学处理主体价值立场时出现的第三种偏失。

20世纪90年代的中国正处于社会和文化过渡、转型时期，各种思想文化立场、各类价值规范皆呈不成熟、不定型状态，这就为主体价值立场的成功选择带来了难度；而且，当今中国社会人文环境的宽松度显然也不尽人意，这又使得作家难以充分自由和坦诚地表白自我的主体立场。于是，一些作家就采取了以状态描述代替价值判断的策略，或者完全回避主体立场的显示，或者用隐晦、扭曲的方式来暗示主体的价值立场。

王蒙立意反映新中国第一代革命知识分子心路历程的"季节系列"长篇小说就是如此。在这部他个人思想和创作总结式的系列长篇小说中，王蒙出于种种主观和客观的考虑，倾注全力去从事的是对主人公那一代人生存和精神状态准确细致而血肉丰满的刻画，从特定的价值立场进行剖析和评判的工作却被他有意省略了，即使是无法抑制的情感倾向，作者也故意用调侃和反讽的笔调把它们弄得恍恍惚惚，让人读来觉得亦此亦彼、似是而非。王蒙这种机智与无奈相交融、用心良苦的策略，自然有其特定历史文化环境中的合理性，文本也确实由此呈现出一种复调效果和智慧风貌。但是，由于主体立场的消隐，"季节系列"的第一、二部《恋爱的季节》、《失态的季节》所呈现的生存景观就无法获得确凿的价值定位。结果，作品的艺术画卷虽然异彩纷呈，极富信息量和启发性，读者心灵的震撼感和"被击中"（王蒙语）感却难以强烈起来，作品的认识价值当然无形中也就消淡了许多。第三部《蹒跚的季节》立足20世纪90年代，在倾诉委屈、揭示回避主体立场选择的心灵缘由方面露出了内心的真实，结果，它虽然不如《恋爱的季节》和《失态的季节》那样格局开阔，在精神的深度和力度方面倒更胜一筹。

贾平凹的《废都》更为以策略方式对待主体立场的选择问题留下了惨痛的教训和负面的镜鉴。平心而论，《废都》笔墨的酣畅饱满、运思的缜密灵动，在中国当代文坛都属一流水平，作品对现实的批判也是切中肯綮、入木三分。问题的关键在于，这部小说在价值判断方面采取的是"以毒攻毒"的策略，这样，创作者的主体立场就缺乏正大的气度，而散发着一种"邪"气、俗气。如果读者能透过这种"邪"气、俗气探索文本的深层意蕴，自能领悟到有关"世纪末"中国的诸多问题和作者的苦衷、孱弱然而顽强的批判意识。但广大的普通读者只能就事论事，难以去细细品味文本的深层题旨，这样，《废都》作为策略显示的主体立场、精神品格的"邪"气，就只能导致不良的社会后果，甚至给人留下讽一劝百的印象。已有《废都》的前车之鉴，作家们如果还在主体立场、精神品格方面玩手段、玩策略，以致再一次出现"废都废人废作家"的局面，那就只能说是咎由自取了。

90年代文学处理主体价值立场的第四个偏失，是忽视艺术的特殊规范。

中国文坛不少具有思想家气质的作家都着力追求主体价值立场与整个时代思想发展的对应性，追求作品在整个思想文化界的意义和影响。这种趋向本身无可厚非。问题在于，由于把握失度，这种努力又往往导致他们处理主体立场的另一个偏失，就是轻视和忽略了艺术的特殊规律，忽视了对文学作品来说，具有思想文化意义的主题意蕴只能通过符合艺术特殊规范的方式来表达。结果自然是作品的文学价值受到令人惋惜的损伤。

张贤亮的《我的菩提树》立意再现那个特殊年代中国社会的原始真实，力求以饱含血泪的、活生生的事实，告诫国人千万不能再走"老虎豹子向往的那条通往蛮荒去的山道"，作者采用"原始日记"阐发的方式也确实在一定程度上收到了"信史"的效果。但是，由于作者"不想远离政治而在艺术上攀什么高峰"[①]，没有认真开掘生活素材所包含的巨大的艺术创造潜能，结果，这部长篇随笔式的作品虽然细部极具艺术性，从总体上来说却称不上是真正的艺术品，而且最终影响了文本思想传达的效果。

无独有偶，老鬼继《血色黄昏》之后推出的《血与铁》同样追求"裸体的真实"，作品以毫无遮掩的切身经历揭示了新中国的教育和社会文化为什么会培养出红卫兵一代这样一个重大而深刻的思想主题，小说所体现的求真精神和自我批判意识，使它成为知青文学迈向一个新境界的醒目标志。但是，作者拘泥于对第一手材料的披露与剖析，使《血与铁》作为红卫兵一代的精神史资料显得极为珍贵，作为艺术品的价值却相形逊色。

这些作者既然是以作家的文化身份从事精神文化创造的，那么，

---

① 张贤亮：《我的菩提树》，作家出版社1994年版，第308页。

忽视艺术特殊规范就是一种必然导致局限和遗憾的、不应有的偏失。

二

20世纪的中国作家特别关注主体价值立场，而且长期以来为此吃尽了苦头。在90年代后的多元文化语境中，他们力图探寻崭新的价值姿态，甚至以此为基础从事作为时代精神文化代表的长篇小说的创作，主观意识不可谓不诚恳、深沉。但为什么在主体价值立场处理的问题上，仍然存在如此广泛而严重的偏失呢？这实在是一个发人深思的问题。笔者认为，这个问题的背后，至少隐藏着以下几方面的重要原因。

首先，矛盾尖锐的社会环境和急剧动荡的时代局势，造成了作家们从容心态的匮乏，使他们始终未能充分地去消化和理解所面临问题的全部内涵，也未能透彻地参悟和把握思想与艺术的真正底蕴。

20世纪中国处于一种矛盾异常尖锐、复杂的历史时代，置身漩涡而又格外清醒、敏感的知识分子必然要时刻经受严峻的考验，从阶级矛盾、民族矛盾激荡中的社会政治立场到价值规范更易、生存依据紊乱状态中的道德人格立场，再到当今中国顺从生命欲望和探求文明品位两种倾向并存的时代大潮中的精神文化立场，知识分子在诸多层面都需要不停地进行判断和抉择；而且，这种选择经常严峻到需要付出鲜血与生命的代价；各种必须进行抉择的问题又总是反差极大，甚至大到了超过个人学养驾驭能力和心智承受能力的程度。结果，知识分子往往已无可挽回地决定了自己的主体立场，却还来不及深入地理解它所包含的内在意味。在这样的状态下，作家们又怎么可能深思熟虑并牢牢捕捉到具有本源意义的价值基点，又怎能全面地具备人类精神文化创造最深刻层面的思维能力呢？结果，主体精神的根基处于悬浮状态，作家的生存体察呈散漫、自在形态，他们所敏悟到的种种价值元素未能浓缩、凝聚成一个有机的整体，真正勇敢而意向准确的反思自然也就难以长久地存在，切切实实的精神厚度而非芜杂的信息填充同样无从谈起,机智、好逞强者在可能的情况下"病急乱投医",以致出现种种偏失,当然也就在所难免了。

其次,意识形态的强大吸附作用导致了知识分子文化独立意识的贫弱。

20世纪中国从救亡到富强的历史道路,都是在极为紧张、艰难的状况下走过来的,时代功利目的和民族整体利益的严苛需求促成了意识形态话语的强大力量。富有历史责任心和民族使命感的中国知识分子都心甘情愿地被吸附于其中,能够自觉地寻找具有超越层面独立自足意义的价值基点来确立主体立场者,显得极为罕见。某些作家的文本话语表面上看来是对时尚话语的超越、突破或反叛,但实质上并未脱离时代的文化心理范式另辟思维层次与精神思路。结果,他们创造出来的作品难免大同小异,缺乏作为精神生命个体所应有的独特性。而且,这些作家还存在一种缺乏深思、盲目地信仰和乐观的文化心理,反思、怀疑习惯的形成则极为艰难;由于尽心竭智于现实功利和当代得失,策略意识也作为正面价值选择深植于知识分子的心中。因为缺乏文化独立意识,当意识形态的具体内容本身出现错误、或意识形态话语不利于文化创造的侧面占主导地位时,在处理主体立场的问题上出现偏失就几乎不可避免。80年代中后期以来,走出意识形态阴影、努力呈现个体生命的体悟,倒是得到了作家们的广泛重视,但对个人体悟在社会历史环境中的典型意义和普遍功用的剖析,却往往被置之一旁,结果又导致个人生存感悟缺乏一种时代理性的高度。对意识形态吸附作用进行反拨的这种矫枉过正,也导致了过分偏重人格姿态、当下体验等现象的出现。

再次,20世纪各种价值立场背后的文化资源不够深厚,导致了作家文化支撑力的不够雄健。

20世纪的中国文化处于数千年未有之大变局中,传统文化、当代政治文化和西方文化瑕瑜互见,于中国现实的发展均有其不适用、不成功之处,这样,主体立场的频繁演变就成为难以避免的现象。但这种暂时的合理性必然导致深刻性、稳健性的匮乏,导致主体价值立场处理问题上种种偏失的出现。那么，如果始终坚守一种文化立场，作品的价值蕴涵又会如何呢？我们不妨以90年代影响极为广泛的两部长篇小说《白鹿原》和《曾国藩》为例来说明这个问题。《曾国藩》和《白鹿原》都是提炼传统文化优质作为思想文化依托来确立主体立场的。传统文化历时久远、包容深广，经过近百年的批判和扬弃，其优质和负值也能够被比较明晰地分辨，以它为思想文化基础并融入现代人的生命领悟，主体价值立场的深刻、稳健和充实性自然都比较充分，而且不会为转型期特定的社会文化所局囿。曾国藩和白嘉轩两个人物形象正是创作主体价值立场艺术化、人格化的体现，他们所拥有的高度的典型性也意味着创作者主体价值立场的选择具有相当程度的成功。但是，这里同样存在着需要审慎思考之处。首先，传统文化是一个异常丰富、复杂的存在，作者所认同的优质到底是不是准确无误，不仅需要有转型期生存状况的映照，而且还需要进行转型后是否具有存在合理性和适应性的预测性检验。其次，张扬传统文化价值因素的合理性，也许又会导致漠视和贬低20世纪社会运行特殊规则的必要性和历史必然性的现象，从而带来对当代生命现实的一定程度的失察和缺乏尊重。《白鹿原》关于"鏊子"的比喻性主题阐析之所以受到批评，也许正是因为这个原因。由此可见，不管是频繁改换文化支撑还是固守某种文化基础，作家的主体立场总会引起争议、受到质疑，在进退失据的状况下，他们能选择出一种立场已属难能可贵，对于精神厚度的考虑、对于已确立立场的辩证批判、对于思想立场的艺术化等问题，在他们的创作中就只能退居其次，甚至被置之脑后了。

20世纪中国文学本身不够发达，审美传统不够成熟，作家们对审美参照物又缺乏批判性审视的精神，结果一次次重蹈覆辙，这也是90年代文学在主体价值立场处理的问题上出现偏失的一个原因。

20世纪的中国新文学是批判、打倒封建时代的文学，按照新时代的功利需要发展起来的，在一个世纪的行程中，新文学走过了相当曲折坎坷的道路，几乎在每前进一步、取得一些成效的同时，都留下了遗憾、显示出局限，这些遗憾和局限却始终没有得到系统、深入的清理与反思。这样一来，从题材领域来看，现实生活题材的作品往往是有生活热度而文化深度欠缺，历史小说精致深沉却总散发着迂腐气，形而上感悟类小说则对人物和情境的鲜活度、可触摸感相对忽略，形式探索类作品在精神内蕴方面又往往故作玄奥而实质上颇为单薄；从审美价值取向看，无论是对政治功利化、大众化还是民族气派、现代性的追求，作家们总是把目标仅仅停留在具体文本的技术操作上，缺乏更深层次的思考和探索；从作家精神心理看，对"五四"新文学和革命文学的辩证性观照和超越意识总是没有成为群体的自觉。而且，受新文化的营养哺育、熏陶而成长起来的当代作家对审美参照物大多缺乏批判意识，缺乏改变审美现状的精神自觉性，结果，从思维路向选择、审美格局建构到价值的褒贬与情感的抑扬等，他们就都是一次次地重入陷阱、重蹈覆辙。

最后，90年代文学在主体价值立场的处理问题上出现偏失，还存在一个创作主体心理方面的原因，就是这些作家多半存在自恋情结，却缺乏自审意识。

许多作家都是这样，无论选择什么，往往刚有一点念头，就将之认定为可开创中国文学新局面的大动作，迫不及待地要展示并未成熟的东西，结果一次次地做成了夹生饭。与此相应的，是对其他作家的追求则总存有一种对立、排斥的心态，缺乏包容的气度，以致他们的作品从总体文化格局看并不具备多个价值支撑点，价值基础的稳健度、深厚度自然也就不如作家自我估价的那样好。而且，不少作家往往不愿意承认这种自我神圣化及其所隐含的惨痛损失，而总是以创作路数各有优长来加以掩饰，缺乏一种诚恳、深入地借鉴同代作家的谦虚精神，结果，一代作家创作的主体价值立场五花八门，却普遍存在偏失，就成为了不可避免的现象。

当代中国从生活震荡的雄浑深刻程度、精神心理的自由程度、文化资源贮藏的丰厚程度到优秀作家的智力潜能、知识修炼、经验积累等，都具备产生划时代大作品的基础，纵览全局者也屡屡发出乐观的预期和急切的呼吁，但客观的创作实绩却难以使中国文坛真正地骄傲和自豪起来。其中最根本的原因，是种种因素导致了作家人格结构的缺陷，各种主观和客观的限制围绕作家人格这个枢纽转动起来，就产生了负面的作用力。主体价值立场处理问题的偏失，正是作家人格缺陷所导致的一个痼疾。中国作家如果长期缺乏克服这种痼疾、重建精神人格的高度自觉性，那么，中国文学创作就无法出现广阔的新天地，中国作家就有可能辜负伟大时代的殷切期望。这是一切怀有推动中国文学事业发展雄心的作家都应深自警惕的。

第二节 新世纪文学的病态审美气象

新世纪文学虽然才短短十来年的时间，已经显示出诸多不同于20世纪90年代的创作特征，这正是中国文学"跨世纪"历史演变与进化的必然结果。但随着新世纪审美文化生态和文学创作面貌的逐步展开，人们的质疑和批评之音也逐渐地增多。从"创作征候分析"到文学中"中国形象"的塑造，直至文学艺术的"国家文化安全"维护功能，等等，各种全局性问难的论题都被相继提出，并引起了价值判断和方向指引甚至截然相反的种种讨论。虽然相关讨论各有其意义，但争论本身就已透露出，到底选择何种背景、何种思路才能对新世纪的创作现实进行切中肯綮的阐述与评判，包括透彻地把握其缺陷与弊端，确实是一个亟待充分关注和深入思考的问题。笔者认为，不同于90年代因为价值立场的重要性而使得创作主体立场的处理成为相当核心的深层次审美问题，新世纪文学让人不满意的关键之处在于创作全局的审美气象存在发人深省的问题。

"气象"是中国古典美学的一个重要理论范畴。"气象"的概念在唐代皎然的《诗式》中已较为确切地使用，经宋代严羽《沧浪诗话》的充实，直到王国维的《人间词话》，逐步走向成熟与丰富。它主要是指自然、人类、社会等审美对象在文本境界中所呈现的生命活力和精神状貌，实质上是审美主体精神和时代审美文化所表现于外的、"别人所感觉的""气氛"①，其中既包含着创作主体从理性或哲理层面建构人生与时代终极关怀的整体特征，又是对审美创造物的精神人格状态从质和量双方面的感受与判断。人们耳熟能详的"汉唐气象"、"盛唐气象"，即为对中国古典文学雄强或鼎盛时期的一种经典阐释与评价。作为国家、民族的一种精神存在方式，一个时期文学创作的审美气象即内在的生命形态与精神状貌，往往以其所呈现的审美境界和积淀的审美惯性，预示和限定着文学的未来发展。

那么，新世纪以来的文学创作显示出怎样的审美气象呢？

一

我们不妨从新世纪文学的精神走势与审美境界入手进行考察。

相对于20世纪90年代的文学创作，新世纪文学的精神趋向与审美境界大致包括定型审美思路延伸和新型审美空间开拓两类。

定型审美思路延伸方面，《秦腔》、《笨花》等以原生态铺陈，《日光流年》、《受活》以寓言化拟构，《檀香刑》、《石榴树上结樱桃》则采用民间艺术方式叙述，分别拟构着对于"乡土中国"的审美诠释；《西去的骑手》、《圣天门口》等立意阐述地域性群体生命价值形态，《花腔》、《人面桃花》、《第九个寡妇》、《一个人的史诗》致力探究特异个体的精神和命运状态，各自展开着独特的"百年历史反思"；《暗示》、《我的丁一之旅》、《刺猬歌》等作品专心于当代人"生命本源与终极境界"的探寻；《国家干部》、《省委书记》、《我本英雄》、《天高地厚》等作品则进行着政治视角的"主旋律宏大叙事"。

新型审美空间开拓方面，既有《狼图腾》、《藏獒》和《水乳大地》、《如意高地》等，致力于探究特殊文化群落的生态与底蕴；又有《亮剑》、《历史的天空》、《狼烟北平》、《遍地枭雄》等，分别从野性英雄和边缘人物的角度，展现另类人生的生存习性与生命原动力；各种畅销类作品如《暗算》、《玉观音》、《手机》、《中国式离婚》等，多以时代的心理痛感和阅读的情感、智力快感为创作旨归；以患难温习

---

① 冯友兰：《中国哲学史新编》第五册，人民出版社1985年版，第122页。

与诗性寻求为本位的"乱世阅历叙事"也兴盛起来，《抒情年代》、《英格力士》、《后悔录》、《兄弟》之类抒发"文革"少年心灵成长的创伤，《白豆》系列、《空山》系列等诗化边远地区濒临湮灭状态的灾祸与苦难，《白银谷》之类的作品则着力铺排旧时代财势大家族腐烂历程与末日光彩的挽歌。

具体评析这种种创作趋势和其中引人注目的文本时，我们确实可以欣喜地看到，它们各自存在着许多优长。但整合起来思考我们则会发现，一种病态化的审美倾向与精神气象已逐渐在新世纪的文学创作中弥散，并变得日益严重。

首先，大量畅销书类型的作品，审美境界都拘囿于现实生活的具体情态与日常感触，"仓廪足"却并未"识礼仪"的、时尚性的浅层人生欲望及其病态性的寻求与慨叹方式，成为文本审美观照的核心内涵。状写情爱的青春期错乱与时代性迷茫的"伤情"作品就泛滥于文坛，诸如《当年拼却醉颜红》、《无爱再去做太太》、《花心不是我的错》、《成都，今夜请把我遗忘》、《爱你两周半》，等等。作品的基本内容不外乎对本性高雅却总有男女本性之"坏"、总会迷茫"失足"的当今才俊之间婚恋风情、情感悲欢的铺陈，作家们往往将几方暧昧与酸楚、几缕哀怨与迷误也不悔的情感持守，采用略具诗性才情的伤感笔调，自我膨胀、夸大成具有时代典型性的心理和情感状态，其中弥漫着中国古典文学王朝衰落期的旖旎、萎靡情调。《英格力士》、《抒情年代》之类抒发心灵成长创伤的作品则于"唯美"和"诗意"的氛围中弥漫着文弱少年对往日得失斤斤计较的悲吟。《手机》式的"心理疲劳"、《中国式离婚》的"憔悴"与"无奈"、《所以》的怨愤与惊恐，既是客观世相的描绘，其实更是审美主体心态的写照。不少作家刻意强调欲望泛滥、品性迷失的社会普遍性，以连篇累牍、长年累月地敷演此类世相为能事，结果普遍地出现了创作的"平面化"和文本价值含量浅陋、稀薄的趋向，其中明显地透露出创作主体精神营养的单调与贫乏。

其次，不少广获文坛赞赏的作品，普遍地表现出对于物象和世态中污浊、畸形、诡异面的审美兴奋感。阎连科的《日光流年》和《受活》都是立意深邃的境界独创之作，但作品以"男人卖皮女人卖肉"、"残疾人绝活团"等畸形生态为关键情节加以渲染，则让人在倍感惨烈、绝望的同时，又不能不心生污秽、诡异乃至生理上的嫌恶之感。莫言的《檀香刑》对刑场行刑那种感觉、感官毕至的铺张，《四十一炮》对罗小通丑陋吃相和"肉神节"、"吃肉比赛"等酣畅恣肆的描述，《生死疲劳》以并未展现独特精神用心和内涵必然性的"牲畜六道轮回"为文本结构形态，分别从不同侧面表明，因缺乏精神和审美的规约，作者立意用"魔幻"和戏谑来展现创作灵性中"天马行空的狂气与雄风"①，已在某种程度上蜕变成了乖戾、诡异的审美气象。《兄弟》随处可见"屁股"、"粪坑"、"屎尿"、"搞"之类粗俗的语词和细节，《后悔录》开头津津有味地以"狗交配"的描写当作引人入境的噱头，则更是审美境界中等而下之的"肮脏"。如果说，单部作品对畸形、污秽、陈腐的生命形态的依赖也许自有其别开生面之处，但众多声誉隆盛而又颇具创造力的作家、众多被交口称誉的作品竟不约而同地关注和痴迷于这类违背审美趣味常态的世态和生存现象，使得刻意强化审美接受者心理乃至生理上的恐怖、丑陋、恶心感，成为一种旷日持久的创作思维倾向，这就不能不说是一种审美病态的表现了。

新世纪文学病态审美气象的又一表现是，不少作家沉湎于凭借娴熟的叙事能力和技巧，巨细无遗地展示浑浊世相与日常琐碎，精细的体察背后，缺乏强健、充沛的主体精神能力的贯注。贾平凹从《高老庄》到《秦腔》一直标举"混沌"气象，对于转型期中国乡土世界展示之丰沛、描述之精湛，也确实令人惊叹，但这些作品之所以让人颇觉烦闷，以至到《秦腔》时，"沉闷"感成为文坛较为广泛的阅读共识，其实就病在描述那"鸡零狗碎的泼烦日子"时，作者因匠气而琐碎、因迷茫而萎缩了精神裁断的力量。王安忆立意刻绘生活与历史的"日常形态"，但对于底蕴在大千世界的"琐屑"世相中"自生自长"的过分依赖，却使作者所希求的体察的丰赡与精深，不时转化成了文

---

① 朱向前：《天马行空——莫言小说艺术评点》，《小说评论》1986年第5期。

本世界"无边无际的汤汤水水"式的松散与疲软。《长恨歌》后半部对上海"日常生态"纵横捭阖的"鸟瞰"之力渐趋式微,作品沦为了故事随年代流淌的通俗读物;《遍地枭雄》大量铺陈"大王"所讲述的与故事情节和文本底蕴均缺乏充要关联的"典故",从而导致文本境界漂移、整体凝聚力柔弱,就是典型的例证。这些作品所显示的,决不仅是"时代性的无奈",更多的恰是创作主体精神的强健气息及其审美渗透能力的欠缺,是一种"病怏怏"的、内力孱弱的审美气象。

新世纪文坛也出现了不少表现强悍型生命形态的作品,但其生存景观和执拗地强化的价值立场背后,却显示出一种令人担忧的狰狞和芜杂的精神生命特征。轰动一时的《狼图腾》和《藏獒》就是突出的代表。尽管两部作品的价值立场截然相反,但不管是张扬强力还是渲染品格,其审美境界呈现的生存景况与价值立场确立的背景,却都是高度紧张、残忍、血腥的,只能生死相搏、你死我活的暴力、决杀型生命形态。不能不说,其中包孕着浓重的人类世界负面生存形态的精神投影。

一个短暂的文学时期引人注目的众多作品,都这样或者境界简陋,或者有境界却精神营养匮乏、审美病态严重,弥漫着极端、失衡、变态的人性病象、人间污浊、人世琐屑和人格扭曲,甚至出现了明显的卑污嗜好和对人类精神污垢的热衷,其中充分表露出创作主体雄健、伟岸、正大的精神气象的匮乏。

二

文学审美气象的形成,植根于创作主体对人类世界、民族历史和艺术本质进行个人性感知后的审美选择,也取决于创作主体在进行这种选择时的生命活力与精神状貌。新世纪文学的病态审美气象,同样与创作主体的精神格局、心理定势和价值取向密不可分。

首先,不少卑贱、污浊性生存体验强烈的创作主体都过于信任和盲目忠实自我既往的同类型个体阅历及其文化对应因素,缺乏超越型的精神定势。

新世纪文坛活跃的许多作家均在青少年时代品尝过贫瘠、寂寥、困厄和"文革"惨痛的滋味。那一时期生命感受的深切以及对这种悲苦体验的个人性忠实，使他们往往难以超越浓重的精神阴影以及对它的依顺心理。而且，他们往往褊狭地固执知识界的"批判立场"，缺乏顺应时代精神的"高亢"面进行文化"共建"与审美"共创"的意识，不愿从我们民族当今时代"应有的"精神气象角度着眼进行审美抉择。同时，因为对当代中国文化营养和审美资源的失望与抵抗，他们多半转向西方去寻求，但西方现代审美文化其实也主要是经济和战争创伤过后"末世资源"的产物，以它们为参照和共鸣物，更使创作主体的审美价值取向显示出"共时性"层面符合潮流的表面特征。于是，心智自我拘囿、扭曲和以此为基础进行"审美升华"的思维定势，反复唠叨与强化生存境况的晦暗、猥琐以自抒郁勃的创作偏向，对于惨烈、畸形、污秽、诡异现象持久的"审美"兴奋，就由此形成了。

其次，不少作家缺乏开阔、高远的审美文化视野和雄健的主体统驭、建构能力，屈从于社会瞬时语境的病态现象，存在盲从价值判断时尚标准的审美迷失。

任何时代的精神状况都可能出现表象与底脉、激流与浮末、风尚与迷误混为一谈、难解难分的现象，处于开放和转型过程的当今时代更是古今中外种种正负面的文化元素及其派生物集于一体。而且，由于这个时代新型文化的意义与内涵刚刚展开，对它既有强烈现实针对性、又具民族精神文化发展高度与深度的理解和探讨还相当薄弱；对于其核心价值与根本问题的发掘、提炼与剖析也相当欠缺；种种研究与评价中，还出现了许多新的混乱、偏颇与误导的倾向。而在信息传达自由的历史时代往往是负面信息更能引起人们的关注与兴趣。在这样的状况下，缺乏雄健的审美甄别和建构力量的创作主体就像一个人走进茫茫大森林，源于个人阅历、胸襟与才力的欠缺，"见树不见林"就是常有之事。

正因为如此，那些以才情自矜而缺乏精神人格建构自觉性的作家汲汲于时代生活的表象和细部，过分地贴近时尚文化的负面感触，从而更着眼于特定环境中人性不无偶然性的蜕变和异化，更倾向于对人格劣质的"人道化同情"，乃至把种种其实是"时代错误"的问题当作"时代趋势"来进行辩护和追捧，而对于中华民族作为一个绵延数千年依旧充满活力的人类生命体中那些雄强、健全的生存气象和精神元素，却未能用心、用力去勘探和捕捉，就不足为怪了。更进一步，创作主体的"自我"在"超我"的正义、良知焦虑和"本我"的快乐原则放纵之间精神失衡，顺应欲望泛滥的时代，热衷于书写欲望的压抑与畸形释放，而缺乏具有民族人格形象高度的批判意识，也就在常情之中了。可以说，这其实是人格平庸时代对于人性孱弱、堕落的一种纵容式的体谅与抚慰。

最后，当今的不少作家还存在自我精神追求与审美理想缺乏修炼的现象。

当今的不少作家基本上还是一种经验型的、"自在"性的写作，未能进入本体论基础上的精神"自为"境界。他们对于人的精神区别、精神质量的品位与层次缺乏坚定的信仰，对于探索伟大作品与时代标志性作品的精神与审美路径也缺乏充分自觉的追求。同时，他们过于关注方法论的问题，过于注重文本境界的新颖品质、叙述策略，却未能真正清醒地体会到，方法论的背后始终潜藏着审美认识论的根基。因此，这些作家就难以从本体论的高度来选择主体观照客观世界并进行审美反映的路径，来展开对于大作品境界根基的寻求和审美气象构成元素的具有根本性的取舍、抉择，自然也难于以此为基础来确立或修正自我的审美趣味与艺术好尚。由此，就自然地导致了他们精神开拓气魄的匮乏和审美创造能力的贫弱，导致了审美气象基础的浅薄与狭隘。

三

虽然单个作家的精神境界病态与否、审美气象雄强与否，并不必然地影响其艺术创作的成就。但一个时代的文学普遍地亲近、器重和选择何种意义元素、生命形态，进而形成何种整体精神气象，却必将对这个时代审美创造的终极品质造成影响，也必将对整个时代文明的品质与发展造成影响，它实际上关联着一个国家和民族以何种精神人格形象展现于人类文化之林的重大问题。

新世纪文学的病态审美气象，其实已经在客观上为时代文化的低迷、时代生命境界的低俗与浅陋起了推波助澜的作用。社会各界对于文学创作连续不断的"审丑"、"媚俗"、缺乏"正面意识"的指认与批评，就是对这种顺应和推波助澜的一种否定性判断。如此的"创作征候"长久地存在下去，影响我们时代的"国家形象"，危及我们时代的"国家文化安全"，并非危言耸听之事。所以，我们应当从当代文学在民族文化历史长河中呈现何种整体风貌的高度，认真地反省我们时代的"审美气象"这一事关全局的战略性问题，并以之为思想基点和学术视角，对当下中国文学的相关内涵、审美特征与演变趋势进行概括和总结；对创作与评论所呈现的审美文化病态及其精神文化根源进行切中肯綮的透视与反思；进而真正深入地对文学作为一种民族精神存在方式，在当代中国到底"应该怎样"才能雄健发展、才能有利于国家和民族的文化形象，展开一种合规律性与理想性相结合的思考。

正基于此，笔者以为，我们应当提倡一种基于人类健康生态、雄健气魄和浩瀚胸襟的时代审美文化气象。我们的时代既有盛唐雄汉的民族历史文化背景，又有虽然不断地出现着各种深刻的问题与失误，但总体上生气蓬勃、成就巨大的社会现实基础，还有"实现中华民族伟大复兴"的宏伟志向，而我们的文学本身其实也具有了相当丰富的积累和正反两方面的经验教训，因此具备建构文学审美气象的深厚基础。但新世纪文学审美气象的改观，有赖于作家疏离与时尚文化的距离，强化同中华民族伟大复兴时代的整体趋势和核心问题之间的精神联系，有赖于作家摆正自我感受、群落经验、集团利益与"国家形象"、民族文明高峰的位置，不断进行自我精神系统的反思、弥补与重构，在新的基础上确立审美主体的创造品格与思维路向，重新达成审美气象的丰富、健全与和谐。

　　具体说来，这种审美气象的建构，需要着重处理好以下几个方面的问题。

　　首先，在对时代与历史审美认知的问题上，广大作家应该更着力于考察中华民族在艰难的历史境遇中奋力前行的姿态，更着力于发掘这种前行的过程所显示的民族文化生机与时代精神力量。新世纪文坛呈现病态化审美症状的文本，多半出自于对20世纪中国社会生活的描绘及其艺术转换。现当代的中国长期处于动荡、坎坷乃至"人祸"频仍的状态之中，文学创作以这种民族命运及其派生的世态万象为体察和反思的对象，因此显示出人间负面生存形态的心灵投影，当然具有一定的历史必然性和精神合理性。但关键的问题在于，不少作家长期沉湎于这种艰难时世所造成的悲凉、愤懑与哀叹之中，未能在苦涩的历史体悟、勇敢的精神探索之后，超越社会历史所造成的心灵阴影。这样，文本审美境界自然只能是深邃、病态有余而开阔、雄健不足。而且，随便一个生命个体的文化意义相对于社会全局，不过是具有"资料"的性质而已，如果盲目地放大个人"生命缺憾"的体验在人类艺术选择整体格局的地位与能量，缺乏在时代和历史的整体流变中对自我体验的冷静的价值评估，缺乏对自我内心问题本身的深刻的检验与反省，这实际上是难以充分揭示并准确定位个体经验的人类共通性的，个体经验的审美价值也难以得到有效的升华。这种迷误其实是一种社会历史观的偏差，应予根本性的纠正。

　　其次，从精神主体对人类世界把握的角度看，广大作家应该在展示矛盾与紧张的同时，以更雄强的精神能力努力参悟矛盾的解决这一历史演变过程的更高形态。近现代中外的不少作家都一样，往往倾向于对人在世界上的矛盾、紧张状态的捕捉，进而着力强化自我与社会、时代、文化的对立关系及由此导致的精神焦虑，以作品的"震撼力"和主体的批判立场为创作旨归。以中国现当代文学而论，从"五四"启蒙文学到20世纪30年代的左翼文学，直到新时期文学，成功之处往往都体现在对于人、社会、文化的斗争、紧张形态的把握上，而且由于复杂的社会文化原因，对这种紧张形态的描绘最后基本上未曾真正走向"和合"的新方向。以批判姿态发掘"紧张"关系的审美倾向长期累积，甚至已经形成了一种积重难返的精神乃至思想的传统。而20世纪五六十年代的"时代颂歌"则因对实在的社会深层矛盾缺乏有力的发掘与解剖而失之肤浅、遭到诟病，以致其中蕴涵的和谐、明快、生机与活力洋溢的审美气象也受到了忽略和贬低。当然，矛盾无处不在、无时不有乃自然界和人类社会发展的普遍规律，但不少作家因此绝对地看待"幸福的家庭都是一样的，不幸的家庭各有各的不幸"，只着力去寻求人世的"不幸"侧面及其成因，这就难免失之偏颇。惜乎不少作家对此缺乏洞见或认同，结果对于负面、丑陋、病态的展示相当热衷，而对相反侧面的表现则相对薄弱。实际上，无论从思想认识还是社会现实角度理解，矛盾的解决也应该是规律的一部分，甚至是矛盾过程的更高形态，展示矛盾与紧张的同时呈现矛盾必将解决的方向，才是更为全面、丰满、强健的精神能力。有为作家应该以充分的文化自觉，更健全地把握精神主体与世界的关系，使创作走向感受和认识世界的新境界，从而走出审美气象病态化的泥淖。

最后，广大作家应该恰当地处理好审美独创性与精神和谐性的关系。当今中国活跃于文坛的不少作家，或者成名于反省我国历史曲折时期的失误与悲剧，或者成功于发现改革开放初期的缺陷与矛盾，其独特性由此形成。进入历史新阶段，时代精神的核心境界已经发生巨大变化，他们却片面地固守自我以往的"独特性"。当以往的精神"独特性"是以对生命阴暗面的感受为底色时，他们不愿超越自我的精神惯性，就只能以审美的诗意掩盖精神的病象。广大作家只有超越审美本位的观念，以业已变化了的时代精神境界为基础和依据来拓展精神视野，以精神世界的健全、生机与活力为主导方向来进行审美核心元素的选择，才有可能真正达成主体建构的自我平衡，真正形成精神和谐、生机盎然、与时代整体相适应的审美气象。

总之，不仅努力以自我的创作丰满时代的整体面貌，更致力于深入把握和表现时代文化的核心价值观、时代生活的核心形态，这样的文化创造才能趋近和代表一个时代的精神文化气象。广大作家应当真正切实地强化自我同时代根本历史趋势和核心价值观之间的精神联系，从时代价值理性的高起点来认识和驾驭当今中国与世界的复杂现实，并努力捕捉其中真正具有生机与活力的美学品质与精神境界，以之作为艺术支撑和思想引领来建构一种基于人类健全生态、雄健气魄和浩瀚胸襟的时代审美文化气象。只有这样，我们的文学创作才能真正激发出精神的活力和创造的潜力，文学的审美境界才能真正代表中华民族伟大复兴时代的文化境界与国家形象。

第三节　民族复兴呼唤"大雅正声"

21世纪的中国无疑处于一个八面来风、气势磅礴的历史时代，在较为全面地展开了由"革命文化"向"建设文化"的转型之后，新气象与新问题的同时出现，又成为一种新的时代文化景观。面对这样一个大事件、大变化、新问题不断出现的时代，我们的文学艺术虽然也不时产生一些直面现实、引人赞叹和令人感奋的优秀作品，但总体上呈现不相称、不适应的状态，而且存在诸多的病态审美气象，"过渡性"的审美文化特征仍然存在。"跨世纪文学"之所以呈现并长久保持这样的精神与审美文化风貌，关键在于文学创作的基本审美原则中缺乏一种对于创造时代文学"大雅正声"的精神自觉和价值追求。

一

"大雅正声"实为中国文学一种源远流长的重要审美传统。《诗经》开创了"风、雅、颂"审美原则和创作立场。《毛诗序》这样对之予以界定："以一国之事，系一人之本，谓之风。言天下之事，形四方之风，谓之雅。雅者，正也，言王政之所由废兴也。……颂者，美盛德之形容，以其成功告于神明者也。"郑玄注释《周礼》时也指出："雅，正也，言今之正者以为后世法。"换句话说，所谓"大雅正声"，就是要"言天下之事，形四方之风"，全面、广泛地展开和表现关系国计民生的时代状态及其盛衰缘由，尤其要关注和弘扬时代文明的正面成果，"言今之正者以为后世法"。实际上，中华民族的历史上始终存在这种"大雅正声"。汉唐时代的"盛世文学"即存在大量"雅、正"之作，从而构成了雄浑壮丽、光耀千秋的"汉唐气象"。唐代伟大诗人李白的《古风》第一首就直陈对于"大雅久不作"、"正声何微茫"的强烈不满，表示"我志在删述，垂辉映千秋"。他包括59首《古风》在内的大量诗作发掘和弘扬"大雅正声"倡扬理想、批判现实、引人向善的审美传统，以时代史诗精神与个体自由意志的高度融合，建构起了盛唐文学的创作高峰。完全可以说，如果缺乏一种立足"大雅正声"审美原则的、对于文明成果的正面积累与传承，中华文化数千年的绵延与发展是无法想象的。

以此相比较则不能不说，"跨世纪文学"确实存在着某些根本审美原则层面的误区和偏差，要想克服这种种误区与局限，建构"大雅正声"的审美原则显得事关重大、刻不容缓。

首先，中国古典文学的"风"、"颂"审美传统长期受到缺乏特定历史时段意识的重视和缺乏文化整体格局眼光的推崇，而"大雅正声"的审美原则则处于被忽视乃至遮蔽的状态。

近人钱穆曾经谈道："诗之先起，本为颂美先德……及其后，时移世易，诗之所为作者变，而刺多于颂，故曰诗之变。"[①]这也就是说，"颂"往往是一个历史时代开创初期的审美需求，"风"多半是乱世、末世时期社会矛盾激化的产物，"大雅正声"方为漫长的历史健康发展阶段的核心审美原则。从20世纪中国的历史来看，现代中国长期处于内忧外患、腐败动荡、国家和人民均灾难深重的历史状态中，因此，作家们选择以"真正的艺术家的勇气"，"敢于直面惨淡的人生，敢于正视淋漓的鲜血"[②]，来对之加以否定和揭露，"刺多于颂"，由此形成了中国现代文学珍贵的战斗传统。共和国成立初期，面对"中国人民从此站起来了"的历史局面和生气勃勃的开国气象，大量颂歌的出现

---

① 钱穆：《读诗经》，《中国学术思想史论丛》（一），台湾东大图书有限公司1976年版，第120页。

② 鲁迅：《记念刘和珍君》，《鲁迅全集》第三卷，人民文学出版社1995年版，第274页。

也理所当然。"文革"结束后一段时期痛定思痛的批判与反思同样在情理之中。而当今的中国已经进入了以建设和发展为中心的、雄健迈进而又任重道远的历史新阶段。所以,以揭露、批判、否定、"革命"性立场为中华民族新的建设与发展扫清道路的创作,主要历史任务实际上已经完成,单纯的"风"已不符合当今中国的国情;仅仅"美盛德之形容"的"颂",对于共和国时代这样一个已经开创60年之久的民族历史阶段来说,也难以产生促其更快前进的核心推动力。当今时代所需要的,是及时地调整价值眼光,超越20世纪中国文学的"风"、"颂"传统,以"言天下之事,形四方之风"的审美气魄和"言今之正者"的思想立场,确立"大雅正声"的审美原则。只有这样,我们才能真正有力地应对、全面深刻地反映我们身处的历史新阶段。

其次,"跨世纪文学"自身严重地存着在悬置整体利益诉求的个体本位立场,并导致了势利、浮华的审美风尚,不仅中华文化的"雅"、"颂"传统衰弱,即使是"风"、"变"的审美价值模式也未能真正进入以"一人之本"显"一国之事"的深邃境界。

西方个体价值至上的思想观念和反省"革命"时期损伤个体利益的思维惯性,长期地影响着中国。市场经济纯功利化的价值取向也推波助澜。于是,一段时间以来,推崇个体欲望、漠视文化社会功能的审美观念,逐渐在文坛成为了时尚。不少创作者或者在成名之后养尊处优,品味个体生命终极意义的意识膨胀,而现实忧患和对国家民族文化的担当意识则空泛、淡薄下来;或者因为曾经以某一群体精神代言人的立场引领风骚,而无视新的时代全局状态,始终拘囿于已经分化乃至不存在的那一群体的既往经验,实质上是固守着一己既往名利的立场;或者局促于对个体性情的展示,满足于家长里短、飞短流长地诗意化纯粹个体的情态和感受;或者脱离社会的全部复杂性,刻薄地放大人性丑陋、阴暗、浅薄乃至卑劣的侧面,着意渲染病态应对社会不良环境的"厚黑"权谋和变态欲望,以宣泄与快感为审美的终极价值旨归;或者根本就缺乏人类文明积累与生成的历史感,创作只是才情的展现而非生存品格的融贯……结果,种种纯粹"为一时谋、一己谋"的、势利浮华的审美价值立场甚嚣尘上，而且以"文化多元化"的名义进行着理论的转换与包装，将其美化成了顺应"时代趋势"的精神姿态。而以国家、民族命运为审美重心的"风、雅、颂"写作传统，却处于被歧视的弱势地位。

实际上，纯粹个体本位的审美立场，往往是一种"哀怨起骚人"式的"末世之音"。中国历史上魏晋南北朝文学"人的自觉"和"文的自觉"，就源于乱世诗人和作家的"忧生之嗟"，它虽然提示了一些新的发展方向，但在根本上只是为唐代文学的康庄大道、为"盛唐之音"的出现所作的铺垫而已。所以，从建构真正的历史和文学大时代的高度来看，这种审美立场并不足为训。李白就早已指出："自从建安来，绮靡不足珍。"而且，西方的个体价值至上观念本身也是起源于"二战"后"垮掉的一代"自暴自弃的颓废心理。20世纪的世界文学虽然异彩纷呈、细腻深邃，但其中有多少真正属于人类文化的高峰，事实上尚难定论。惜乎不少作家对此缺乏清醒的理性认知，盲从时风，结果"风"、"雅"、"颂"的崇高审美传统均被丢失殆尽。事实上，当下中国诸多这类审美倾向的文学作品虽然笔致精良，却受到广大读者的冷落；反倒是那些粗糙肤浅但社会信息量丰富的纪实性作品正在拥有广大的阅读市场。这种强烈的反差实际上已经对我们的文学创作提出了严重的警示。多方面的事实证明，个体本位立场已经丧失曾经的社会批判功能发生了蜕变，大大减少了历史的合理性。因此，我们必须转变立场，在中华民族走向伟大复兴的历史新阶段，努力"言王政之所由废兴也"，书写与时代整体需求相匹配的"大雅正声"。只有这样，我们才有可能挽回文学作为人类精神产品的崇高声誉。

二

21世纪以来，严肃文学的创作处于越来越边缘化的状态。在这样的时代环境中，倒是传统现实主义文学虽然不再时常被关注，却正以稳步前行的姿态显示着旺盛的文化生命力。涵盖整个共和国历史时段的"当代叙事"，体现出不同于"百年反思"小说的历史回望新视域；

大量采用长篇小说形式进行的"当下叙事",则以坚实、丰厚的内蕴,超越了"底层叙事"等思潮性文本的审美境界。所有这一切构成了"跨世纪文学"在某种程度上带有"大雅正声"色彩的审美品格。

"当代叙事"着重选择共和国历史的重大现象和典型生态为表现对象。社会历史的宏观考察方面,反思农民文化人格历史性蜕变的《农民帝国》和讴歌中国现代化壮阔历程的《命运》堪称突出代表。共和国劳动群体历史境况的揭示方面,《天行者》、《机器》、《老风口》等作品,以其所呈现的工人劳模、民办教师、兵团战士等劳动者群体严酷而独特的生存命运,引起了人们的关注与深思。以共和国文化为背景的"个体成长秘史写真"则更为丰富,女性作家有《隐秘盛开》、《一九八〇的情人》之类的作品,热衷于表现改革开放初期时代氛围中的青春恋情,试图以温馨的怀旧获得疲惫心灵的滋润与蕴藉;男作家们则以《我是我的神》、《风和日丽》、《后悔录》等,展示着革命文化氛围中个体成长的创伤与觉悟。这两类作品共同构成了一种通过个体生命感和主观真实性来审视共和国历史文化得失的审美倾向。

"当下叙事"直面中国社会结构巨变后的新状态和新问题。《问苍茫》、《首席记者》、《男人立正》、《人民警察》、《因为女人》等作品以令人震惊的社会画卷和悲愤交加的质询语调,揭示着社会矛盾的尖锐、复杂和弱势群体的困顿、煎熬。《福布斯咒语》、《梦想与疯狂》、《大房地产商》等作品将财经视角和社会分析相结合,展现出种种"财富神话"的资本原始积累特性及其所导致的辉煌、罪错与无奈。《苍黄》、《放下武器》、《驻京办主任》等作品对官场人生苦心孤诣而尴尬迷茫的生态特性,也表现得曲折幽深、入木三分。《湖光山色》、《白纸门》、《吉宽的马车》对乡土中国文明状态的审视与叩问,既传承了中国现代化进程的传统命题,又贯注了崭新的现实生活内容和深切的民族前途忧思。

这些作品都曾引起社会各界不同程度的关注,虽然具体作品之间存在质量高下之分,却共同体现出一种将社会问题披露与精神困惑阐发、历史真相呈现与主体感悟抒写、写实性手法与思辨性叙述融为一体的特征，其审美气象的新意主要表现在以下方面。

首先，这些作品以其对共和国革命和建设历程中许多根本性问题的深入探索，体现出基于历史新起点的思想能力与时代理性。蒋子龙的《农民帝国》将新中国农民求温饱的道路与富足后的出路连贯为一体，在对历史整体性考察的基础上剖析郭存先的人格蜕变与人生哲学，进而有力地揭示出农民文化的复杂底蕴及其对中国现代化进程正反两方面的决定性影响。邓一光的《我是我的神》以辽阔的时代生活画卷，展现出"革命后代"挣脱英雄前辈光环和阴影、寻找自我人生意义的悲怆历程与沉重代价，雄健、丰满地发掘出"革命文化"对"接班人"人生形态与个体命运的操纵功能。曹征路的《问苍茫》之所以难能可贵，在于以作品尖锐的劳资纠葛和各社会利益群体如何对待与处理为基础，直逼矛盾的核心与实质，提出了中国社会"谁主沉浮"这一事关全局的根本性问题。刘国民的《首席记者》层层深入地剖析了城市拆迁过程的复杂内幕，不仅揭露出其中隐藏着的社会黑暗与罪恶，而且挖掘出这罪恶存在的历史文化合理性及其可同情之处，一种"不但剥去了表面的洁白，拷问出藏在底下的罪恶，而且还要拷问出藏在那罪恶之下的真正洁白来"[①]的艺术和历史辩证法眼光，从中鲜明地体现出来。这样以深入发掘当下生活提供的体验与认知为基础来展开现实和历史中的美好与缺陷、困顿与崇高，正体现了"大雅正声"传统中忧国忧民、"言王政之所由兴也"的庄严社会责任感。

其次，这些作品以其在多元化、全球化的文化视野中对各种思想资源的探寻、辨识与融合，显示出一种基于文化新境界的生活底蕴阐释倾向。肖克凡的《机器》、刘醒龙的《天行者》、张者的《老风口》等作品，既充分呈现出集体主义的社会历史必然性，又融合了个体生命意义的价值视角，对普通劳动者为共和国事业艰苦奋斗的历程展现得格外丰富而深切，作品人物也就于浓烈的命运悲剧色彩中，更强烈地显示出人格的韧度与人性的光辉。阎真的《因为女人》、东西的《后

---

① 鲁迅：《陀思妥耶夫斯基的事》，《鲁迅全集》第六卷，人民文学出版社1995年版，第411页。

悔录》等作品以西方思想文化的眼光展开对人物"中国式命运"的剖析，作者选择了人性本能欲望和个体生命本源性局限的思想角度，使得文本情感基调不无愤激，对人物生存困境和欲望错失的同情与悲悯却穿越道德表象，显出无可辩驳的生命逻辑真实性。关仁山的《白纸门》则通过对民俗文化神性与尊严的渲染，更有力地强化出雪莲湾人"求变"过程中民间道德精神的坚守与崩溃。这些作品因为从客观存在的现实及其内在特征出发，不拘一格地调动各种能对其给以恰切阐释的思想资源，文本的审美建构就既覆盖和丰富了传统现实主义文学的问题视域，也使同类题材非现实主义作品以意象和感悟为主的审美表达，从生活具象层面得到了有效的深化与落实，从而充分显示出"大雅正声"审美原则"言天下之事，形四方之风"的强大精神能力。

再次，这些作品以其对时代正面力量和社会良知的守望热情，表现出一种基于认识新层次的、对文学存在意义的坚守与维护。人类需要文学的根本原因，应在于使人们以更深的理解，坚守对人心、世道的信任和温情，所以，不以忧患意识湮没了爱与理想精神，不以对社会局限和世态负面的揭露遮蔽对人心、世道正面价值的发现，乃是文学作为人类精神行为的基本责任。许春樵的《男人立正》超越大量"底层叙事"的控诉基调，独具只眼地从一个不起眼的底层百姓还债故事中，挖掘出主人公以生命代价捍卫男人信誉和父亲尊严的人格品质，从而为尔虞我诈、人欲横流的世界中道德坚守的可能性，提供了一个震撼人心的范例。蒋韵的《隐秘盛开》、于晓丹的《一九八〇的情人》既诉说心灵的忧伤和缺憾，更致力于发现其中"隐秘盛开"着的美好人情与人性的花朵，终于凭借情感创伤中的凄美与温馨超越庸琐、动人心弦。事实上，批判现实与倡扬理想并不天然矛盾，陆天明的《命运》这样具有鲜明"主旋律"色彩的作品，就并没有因为对中国现代化主导力量的讴歌，而影响其社会历史矛盾揭示的尖锐度与深刻性。总之，因为既直面历史的坎坷与时世的艰难，又坚持对美好人性与崇高精神的不懈探寻，这些现实主义作品的审美意蕴变得更为层次丰厚，对共和国大厦支撑力量、中华民族前行姿态的种种审美反映也显得更具思想说服力和情感的魅力。一种"大雅正声"审美传统中提倡理想、批判现实、引人向上、"言今之正者以为后世法"的艺术精神，由此鲜明地体现出来。

在新世纪文化多元化、文学审美路径多样化的语境中，现实主义文学这种建构时代"大雅正声"的审美新气象，既构成了对文学病态审美气象的反拨，也预示出一种开创审美新境界的良好势头。

三

但总的看来，"大雅正声"审美风尚的真正形成，不仅需要广大作家高度的精神自觉，还需要他们在创作过程中进行艰辛的探索和艰苦的自我提升。

首先，"大雅正声"的审美原则要求作家具有包容万象、海纳百川的精神气魄和正视时代全部现实的思想视野。只有以正面的、负面的、正负面不断发展和改变的一切客观事实为基础，创作才能真正准确地寻找到调整认识、剖析矛盾的价值指向，从而"言今之正者"；也只有以包蕴整个时代风云的思想内涵来充实和深化创作的底蕴，才能真正"言王政之所由兴废也"。

其次，"大雅正声"的审美原则要求作家不断修炼自我的精神人格，不断加强对于整个国家、民族的社会良知和文化担当意识。在关系极为广泛、复杂的社会结构中，不同利益体之间感受和立场必然会存在不一致乃至矛盾之处，但整个中华民族的伟大复兴，却非任何个体和一时之功所能奏效，而需要全民族长时间持续的艰辛努力。因此，无论是基于公平对待一切"振兴中华"的努力的人类正直品格，还是源于期待民族文明步入更优良境界的善良愿望和文学致力于人心改造的文化终极目标，文学创作者不断修炼自我的胸襟、气度与人格，超越一己社会位置和身世经历的局限，承担肩住整个时代"闸门"的文化重任，都是理所当然的，也是创作充分体现时代精神的优秀作品所必需的。

再次，"大雅正声"的审美原则要求作家真正把对于现实生活的重大体验和审美原则的建构结合并统一起来。实际上，新世纪接踵而至的民族灾难和举国盛事，以及在这一桩桩大事面前的全民努力，恰恰充分地显示出多元文化有机交融、升华为历史前进"合力"的可能，也充分显示出，"言天下之事，形四方之风"的"大雅正声"的审美原则，乃全局性、根本性思考和反映当今时代的中国之所必需。所以，对于客观事实提供的重大的思想启迪，有理想与担当的作家应该高度自觉地将其化作自我的心智和精神营养，进而转化为创作迈向新台阶的审美价值原则。只有这样，我们的文学才有可能创作出与中华民族伟大复兴时代相适应、相匹配的优秀作品，从而再造中华民族文学的辉煌。

主要参考书目

1．[德]黑格尔：《历史哲学》，王造时译，上海人民出版社1999年版。

2．[德]叔本华：《叔本华文集·作为意志与表象的世界卷》，石冲白译，青海人民出版社1996年版。

3．[法]让·保罗·萨特：《存在与虚无》，陈宣良等译，杜小真校，生活·读书·新知三联书店2007年版。

4．[奥地利]弗洛伊德：《精神分析引论》，高觉敷译，商务印书馆1984年版。

5．[瑞士]荣格：《荣格文集》，冯川译，改革出版社1997年版。

6．[法]莫里斯·哈布瓦赫：《论集体记忆》，毕然、郭金华译，上海人民出版社2002年版。

7．[德]恩斯特·卡西尔：《人论》，甘阳译，上海译文出版社1985年版。

8．[法]米歇尔·福柯：《知识考古学》，谢强、马月译，生活·读书·新知三联书店1998年版。

9．[德]胡塞尔：《纯粹现象学通论》，李幼蒸译，商务印书馆1995年版。

10．[英]罗素：《论历史》，何兆武、肖巍、张文杰译，广西师范大学出版社2001年版。

11．[美]詹姆斯·哈威·鲁滨孙：《新史学》，齐思和等译，商务印书馆1964年版。

12．[英]沃尔什：《历史哲学导论》，何兆武、张文杰译，广西师范大学出版社2001年版。

13．[英]柯林伍德：《历史的观念》，何兆武、张文杰译，中国社会科学出版社1986年版。

14．[美]海登·怀特：《后现代历史叙事学》，陈永国、张万娟译，中国社会科学出版社2003年版。

15．[美]爱德华·W. 萨义德：《东方学》，王宇根译，生活·读书·新知三联书店1999年版。

16．[美]丹尼尔·贝尔：《资本主义文化矛盾》，赵一凡、蒲隆、任晓晋译，生活·读书·新知三联书店2003年版。

17．[德]马克斯·韦伯：《新教伦理与资本主义精神》，于晓等译，生活·读书·新知三联书店1987年版。

18．[美]詹明信：《晚期资本主义的文化矛盾》，张旭东编，陈清侨等译，生活·读书·新知三联书店2003年版。

19．[法]加缪：《西西弗斯的神话》，杜小真译，生活·读书·新知三联书店1987年版。

20．[德]彼得·科斯洛夫斯基：《后现代文化》，毛怡红译，中央编译出版社2006年版。

21．[英]约翰·斯道雷：《文化理论与通俗文化导论》，杨竹山、郭发勇、周辉译，南京大学出版社2001年版。

22．[美]约翰·费斯克：《理解大众文化》，王晓珏、宋伟杰译，中央编译出版社2001年版。

23．[法]丹纳：《艺术哲学》，傅雷译，人民文学出版社1997年版。

24．[美]苏珊·朗格：《情感与形式》，刘大基、傅志强、周发祥译，中国社会科学出版社1986年版。

25．[英]克莱夫·贝尔：《艺术》，周金环、马钟元译，中国文艺联合出版公司1984年版。

26．乐黛云、陈珏编选：《北美中国古典文学研究名家十年文选》，江苏人民出版社1996年版。

27．梁启超：《中国历史研究法（外二种）》，河北教育出版社2003年版。

28．《鲁迅全集》，人民文学出版社1995年版。

29．翦伯赞：《史学理念》，重庆出版社2001年版。

30．李泽厚：《中国古代思想史论》，安徽文艺出版社1994年版。

31．李泽厚：《中国近代思想史论》，人民出版社1979年版。

32．李泽厚：《中国现代思想史论》，东方出版社1987年版。

33．李泽厚：《美的历程》，安徽文艺出版社1994年版。

34．冯友兰：《中国哲学史新编》，人民出版社1985年版。

35．葛兆光：《中国思想史》，复旦大学出版社2001年版。

36．黄仁宇：《万历十五年》，生活·读书·新知三联书店1997年版。

37．余英时：《中国思想传统的现代诠释》，江苏人民出版社2006年版。

38．[美]林毓生：《中国传统的创造性转化》，生活·读书·新知三联书店1988年版。

39．[美]孙隆基：《中国文化的深层结构》，广西师范大学出版社2004年版。

40．王山编：《王蒙学术文化随笔》，中国青年出版社1996年版。

41．刘小枫：《沉重的肉身——现代性伦理的叙事纬语》，上海人民出版社1999年版。

42．王晓明编：《人文精神寻思录》，文汇出版社1996年版。

43．雷达、赵学勇、程金城：《中国现当代文学通史》，甘肃人民出版社2006年版。

44．雷达：《重建文学的审美精神——雷达文艺评论精品》，北京师范大学出版社2010年版。

45．陈思和：《中国当代文学史教程》，复旦大学出版社1999年版。

46．陈思和：《陈思和自选集》，广西师范大学出版社1997年版。

47．洪子诚：《当代文学研究》，北京出版社2001年版。

48．洪子诚：《问题与方法——中国当代文学史研究讲稿》，生活·读书·新知三联书店2002年版。

49．钱理群：《返观与重构——文学史的研究与写作》，上海教育出版社2000年版。

50．钱理群：《我的精神自传》，广西师范大学出版社2007年版。

51．陈平原：《中国小说叙事模式的转变》，上海人民出版社1988年版。

52．陈平原：《陈平原自选集》，广西师范大学出版社1997年版。

53．王晓明：《潜流与漩涡——论二十世纪中国小说家的创作心理障碍》，中国社会科学出版社1991年版。

54．《王晓明自选集》，广西师范大学出版社1997年版。

55．刘再复：《论中国文学》，作家出版社1988年版。

56．刘再复、林岗：《传统与中国人》，安徽文艺出版社2001年版。

57．吴秀明：《中国当代长篇历史小说的文化阐释》，文化艺术出版社2007年版。

58．吴秀明：《中国现当代文学史与生态场》，中国社会科学出版社2009年版。

59．朱文华：《传记通论》，复旦大学出版社1993年版。

60．朱文华：《再造“文明”的奠基石——五四新文化运动三大思想家散论》，上海教育出版社2000年版。

61．王庆生主编：《中国当代文学》，上海文艺出版社1989年版。

62．黄修己主编：《20世纪中国文学史》，中山大学出版社1998年版。

63．杨义：《中国现代小说史》，人民文学出版社1986年版。

64．范伯群主编：《中国近现代通俗文学史》，江苏教育出版社1999年版。

65．王瑶主编：《中国文学研究现代化进程》，北京大学出版社1996年版。

66．王富仁：《王富仁自选集》，广西师范大学出版社1999年版。

67．朱德发等：《现代中国文学英雄叙事论稿》，山东教育出版社2006年版。

68．蓝棣之：《现代文学经典：症候式分析》，清华大学出版社1998年版。

69．陈晓明：《表意的焦虑——历史祛魅与当代文学变革》，中央编译出版社2002年版。

70．程光炜：《文学讲稿：“八十年代”作为方法》，北京大学出版社2009年版。

71．於可训：《当代文学：建构与阐释》，武汉大学出版社2005年版。

72．朱晓进等：《非文学的世纪：20世纪中国文学与政治文化关系史论》，南京师范大学出版社2004年版。

73．李运抟：《中国当代现实主义文学六十年》，百花洲文艺出版社2008年版。

74．覃召文、刘晟：《中国文学的政治情结》，广东人民出版社2006年版。

75．唐小兵编：《再解读：大众文艺与意识形态》（增订版），北京大学出版社2007年版。

76．夏中义：《九谒先哲书》，上海文化出版社2000年版。

77．陈伯海主编：《近四百年中国文学思潮》，东方出版中心2007年版。

78．赵稀方：《二十世纪中国翻译文学史》（新时期卷），百花文艺出版社2009年版。

79．郭小东：《中国当代知青文学》，广东高等教育出版社1988年版。

80．杨鼎川：《1967：狂乱的文学年代》，山东教育出版社1998年版。

81．许子东：《为了忘却的集体记忆——解读50篇文革小说》，生活·读书·新知三联书店2000年版。

82．惠雁冰：《"样板戏"研究》，中国社会科学出版社2010年版。

83．陈继会等：《中国乡土小说史》，安徽教育出版社1999年版。

84．丁帆：《中国乡土小说史》，北京大学出版社2007年版。

85．赵园：《地之子——乡村小说与农民文化》，北京十月文艺出版社1993年版。

86．贺仲明：《一种文学与一个阶层——中国新文学与农民关系研究》，人民出版社2008年版。

87．定宜庄：《中国知青史》（《初澜》、《大潮》），中国社会科学出版社1998年版。

88．[美]托马斯·伯恩斯坦：《上山下乡——一个美国人眼中的中国知青运动》，李枫等译，警官教育出版社1993年版。

89．史卫民、何岚：《知青备忘录——上山下乡运动中的生产建设兵团》，中国社会科学出版社1996年版。

90．罗平汉：《农村人民公社史》，福建人民出版社2003年版。

91．秦晖：《耕耘者言——一个农民学研究者的心路》，山东教育出版社1999年版。

92．金大陆、金光耀主编：《中国知识青年上山下乡研究文集》，上海社会科学院出版社2009年版。

93．齐裕焜：《中国历史小说通史》，江苏教育出版社2000年版。

94．欧阳健：《历史小说史》，浙江古籍出版社2003年版。

95．纪德君：《中国历史小说的艺术流变》，中国社会科学出版社2002年版。

96．孙书磊：《中国古代历史剧研究》，南京师范大学出版社2004年版。

97．马振方：《在历史与虚构之间》，北京大学出版社2006年版。

98．路文彬：《历史想象的现实诉求——中国当代小说历史观的承传与变革》，百花洲文艺出版社2003年版。

99．王爱松：《政治书写与历史叙事》，中国广播电视出版社2007年版。

100．张德礼等：《二月河历史叙事的文化审美建构》人民出版社2005年版。

101．闫立飞：《历史的诗意言说——中国现代历史小说文体研究》，天津社会科学院出版社2010年版。

102．林风云：《中国帝王电视剧叙事研究》，中国电影出版社2008年版。

103．汤哲声：《中国当代通俗小说史论》，北京大学出版社2007年版。

104．戏剧报编辑部编：《历史剧论集》（第一集），上海文艺出版社1962年版。

105．上海文艺出版社编：《关于长篇历史小说〈李自成〉》，上海文艺出版社1979年版。

106．茅盾、姚雪垠：《谈艺书简》，人民文学出版社2006年版。

107．姚雪垠：《姚雪垠文集·论历史小说的新道路》（第18卷），人民文学出版社2010年版。

108．广东文艺批评家协会编：《名家评说〈白门柳〉》，广东教育出版社

2000年版。

109．湖北省作家协会、华中师范大学文学批评学研究中心编:《〈张居正〉评论集》,长江文艺出版社2004年版。

110．吴秀明主编:《中国历史文学的世纪之旅——现当代历史题材创作国际研讨会论文集》,春风文艺出版社2004年版。

111．吴秀明主编:《文化转型与百年文学"中国形象"塑造》,浙江工商大学出版社2011年版。

112．古远清:《中国当代文学理论批评史》(1949—1989大陆部分),山东文艺出版社2005年版。

113．陶东风:《文学史哲学》,河南人民出版社1994年版。

114．白烨:《批评的风采》,安徽文艺出版社1994年版。

115．李咏吟:《文艺美学》,广西师范大学出版社2007年版。

116．鲁枢元:《生态批评的空间》,华东师范大学出版社2006年版。

117．胡志红:《西方生态批评研究》,中国社会科学出版社2006年版。

118．程金城:《原型批判与重释》,东方出版社1998年版。

119．徐贲:《走向后现代与后殖民》,中国社会科学出版社1996年版。

120．伍茂国:《现代小说叙事伦理》,新华出版社2008年版。

121．田中阳:《区域文化与当代小说——对中国当代小说一个侧面的审视》,湖南师范大学出版社1996年版。

122．王晓明主编:《二十世纪中国文学史论》,东方出版中心1997年版。

123．王晓明主编:《批评空间的开创——二十世纪中国文学研究》,东方出版中心1998年版。

124．陈平原、夏晓虹编:《二十世纪中国小说理论资料》,北京大学出版社1997年版。

125．牛运清主编:《中国当代文学研究资料丛书·长篇小说研究专集》,山东大学出版社1990年版。

126．张学正等主编:《文学争鸣档案——中国当代文学争鸣实录(1949—1999)》,南开大学出版社2002年版。

127．陈思和、王光东主编:《中国当代文学60年(1949—2009)》,上海大学出版社有限公司2010年版。

　　128．吴义勤主编：《中国新时期小说研究资料》，山东文艺出版社2006年版。

　　129．丁景唐主编：《中国新文学大系（1949—1979）》第二十集《史料·索引卷2》，上海文艺出版社1997年版。

　　130．王先霈、王又平主编：《文学批评术语词典》，上海文艺出版社1999年版。

后　记

本书是我在中国现当代文学研究领域多年学术成果的系统化。

从1994年硕士期间发表有关《曾国藩》的论文，我走上"做学问"的道路不觉已快20年了。这期间从湖南师大攻读硕士学位到复旦大学攻读博士学位，再到浙江大学做博士后，然后到华南理工大学任教，我辗转于湖南、上海、浙江、广东等颇具地理与文化跨度的多个省份。也许是由于这个原因，我这些年的学术兴趣不断拓展，所申报的课题和发表的论文也涉及了中国现当代文学与文化研究的多个不同领域。但以长篇小说和文学思潮为中心对于创作实践的跟踪观察与思考，始终是我学术关注的一个重要方面。我在这一方面研究的基本想法，是希望以中国文学在20世纪和21世纪之交的多元发展与生态转型为观照对象，努力捕捉其中具有典型性、代表性的重要现象和关键问题，将具体个案剖析与全局态势考察、文本内涵解读与意蕴生成机制探寻结合起来，进行一种既论从史出、而又以论驭史的研究，从而尽可能开阔、丰厚而透彻地揭示出，中华文化"三千年未有之大变局"中又一重要转型过程在文学领域呈现出怎样的精神走向、审美得失与内在文化逻辑。本书就大致体现了我在这一领域研究的视野、思路和心得。

学术研究犹如踏遍青山、寻幽探宝，是一件快乐与艰辛并存的事情，而且快乐与艰辛往往都只能与同道者分享，难以为"外人"道也。所以，在本书即将出版的时刻，除了自己的研究专著得以面世的欣喜，我更油然而生对自己学术和人生道路上众多良师益友的感激之情。他们或者给予了我为学与为人方面的深刻影响；或者给予了我人生道路上关键性的帮助与扶持；或者以思想的交流、志趣的投合及日常生活中朝夕相处的亲近，让我常享坦荡无碍的心灵快乐。

在这里，我首先要感谢我的博士生导师朱文华先生和博士后合作教授吴秀明先生。朱老师和师母从学习、工作到生活等方面温厚的关心、信任和帮助使我如沐春风；而朱老师严谨的学术态度和扎实的史料功夫，对我这个"搞文学评论"出身的学生更具重要的学术思路启发和示范意义。吴秀明老师的大名，我早在攻读硕士期间便有所耳闻，做博士后时终于有机会在吴老师门下耳濡目染了整整两年。在此期间，从对于我们共同关注的历史文学的探讨，到各类课题申报思路的琢磨，再到吴门博士生学位论文的讨论，于青山绿水间的饮茶高论之中，我一次次地享受着思想交流的快乐。这段生活对我的学术洗礼是全方位的，丰富、深切而细微。

我还要真诚地感谢唐浩明、雷达、贺绍俊、胡良桂等诸位先生，他们的鼓励、指点和帮助使我受益良多，而他们的思考和观点又常常是我深化思想的精神滋养和学术探讨的重要参照系。学术和人生道路上众多的好同学、好朋友更让我难以忘怀。那一次次长沙的欢宴、上海的小酌和美丽杭州的茶聚，以及蕴藏于其中的智慧的灵光和人情的温暖，都不时激起我情感的浪花。逐一列举他们的姓名将是一件很占篇幅的事情，我只能化繁为简，对这些已散布在全国各地的兄弟姐妹般的同学和朋友致以诚挚的谢意与深深的祝福，并期待我们能够再度品茶论世、把酒衡文。

在社会分工日益细化和体制化的当今时代，学术研究及其成果与影响的形成，实际上是一桩极具社会性特征的系统工程。在这本书的写作过程中，承蒙各位编辑朋友的信任与厚爱，书中的各个章节均已在《人民日报》、《文艺报》、《文艺争鸣》、《小说评论》、《当代文坛》、《南方文坛》、《民族文学研究》、《文艺评论》、《理论与创作》、《湖南社会科学》、《湖南师范大学学报》、《长沙理工大学学报》、《海南师范大学学报》、《东方论坛》等报刊发表。其中许多章节在发表后还被《新华文摘》、《中国社会科学文摘》、人大复印资料各相关专题、《高等学校文科学报文摘》及其他各种报刊或选本转载或转摘。在此，我要衷心感谢各位编辑朋友所给予的关注和扶持。

我要特别感谢中国社会科学出版社接纳本书。感谢武云女士、责编门小薇女士和我的朋友、文物出版社的许海意先生，他们的热情帮助是本书顺利出版不可或缺的条件。

最后，我还要将感谢献给我的父母和亲人。我在学术道路上的跋涉与奔波，离不开他们长期无条件的关爱与支持，他们始终是我不懈前行的动力和学术激情的源泉。我的妻子颜浩教授，虽然自己的科研任务也十分繁重，却还随时为我出谋划策，参与我的学术思考，鼓励、督促和验收我的各项研究工作。这本书从学术目标、研究思路的确定，到章节目录的设计、具体观点的推敲，包括某些资料的查找，都融汇了她的学养和智慧。在本书定稿之际，她的一部新专著也正好出版。希望这两本相继问世的著作，能成为我们在学术和人生道路上携手同行的一个小小纪念。

2013年4月26日于京东定福庄